U0691800

书信中的现代人文风景

史挥戈　吴腾凰　编著

中国文史出版社

图书在版编目（CIP）数据

书信中的现代人文风景 / 史挥戈，吴腾凰编著 . —
北京：中国文史出版社，2022.8
ISBN 978-7-5205-3847-3

Ⅰ . ①书… Ⅱ . ①史… ②吴… Ⅲ . ①书信集－中国
－现代②书信集－中国－当代 Ⅳ . ① I266.5

中国版本图书馆 CIP 数据核字（2022）第 195331 号

责任编辑：窦忠如
出版发行：中国文史出版社
社　　址：北京市海淀区西八里庄路 69 号院　　邮编：100142
电　　话：010-81136606　81136602　81136603（发行部）
传　　真：010-81136655
制　　版：北京方舟正佳图文制作有限公司
印　　装：廊坊市海涛印刷有限公司
经　　销：全国新华书店
开　　本：710×1010　1 / 16
印　　张：30.25
字　　数：432 千字
版　　次：2023 年 5 月北京第 1 版
印　　次：2023 年 5 月第 1 次印刷
定　　价：78.00 元

文史版图书，版权所有，侵权必究。
文史版图书，印装错误可与发行部联系退换

磨合文心萃编佳作

文辉戈如文雅正

李德凯书 己亥冬

宁编中国
况当代在
名人书简
解析欣然
书之兹祝
早奏功
告成

序 言

李继凯

　　答应史挥戈老师写序，是因为我是漂泊到中国西部的江苏人，老乡有书要出版，自然要热烈祝贺一下。记得是 2019 年 10 月曾到江苏大学文学院讲座，学术讲座之后还与部分教师座谈。在这个过程中也就认识了史教授即挥戈老师。她热情地介绍了她近期的研究工作，特别介绍说正和吴腾凰先生一起编著《书信中的现代人文风景》（原名《中国现当代文化名人书简解析》，再改为《私信中的中国现代文学》，最终接受了我的建议，定为此名）。听了她的介绍，觉得很有价值也很有必要，在后来也曾给了点建议，特别希望这本凝结编者多年心血的书能够正式出版。据挥戈老师在本书中的记忆，有这样的情节："当得知史挥戈和吴腾凰兄长正在着手编写《中国现当代文化名人书简解析》（暂名）一书并跟他约一封信时，李继凯教授欣然接受，并愿意为我们作序。待他返回西安后不久，就快递来了为史挥戈题写的书法作品，殷殷期待之情令人动容：史挥戈女史雅正 磨合文心 萃编佳作 闻编中国现当代文化名人书简解析，欣然书之并祝早日大功告成 李继凯书 己亥冬。"我现在执笔写序，算是言而有信，兑现承诺吧。

　　说起本书倾注了编著者"多年的心血"还真不是一般应酬式的介绍，而是非常真切地道出了编者长期的学术努力和辛勤付出。本书在介绍陈子善先生文献研究的时候，也表述了这样的辛苦："我们几十年也四处奔波搜集史料，虽然没有陈先生获得那么多的成绩，但也感到每每得到一件史料后，获得的欣慰让我们忘记了来路的劳苦。"本书编著者之一的吴腾凰先生，是安徽 30 后人文学者，特别看重史料的搜集和研究，在学界有相当广泛的影响。他早期研究蒋光慈等诗人、作家，发表了不少文章，还出版了《蒋光慈传》《蒋光慈评传》《蒋光慈·宋若瑜》《蒋光慈与读书》等著作。在我 20 世纪 80 年代中期读研究生的时候就从他的研究中获得不少启示，包括史料考证方面，也为我提供了非常重要的参考。我之所以能够写出习作《一点心灵燃烧着的红火——蒋光慈诗歌试论》（《安徽师范大学学报》1987 年第 1 期），也曾得益于吴腾凰先生学术成果的引导。借这个机会，我要衷心地道一声谢谢！吴先生为了研究蒋光慈、吕荧等作家、学者，广泛联系相关人员，并经常与史挥戈一起联系或单独咨询、访问一些作家、学者（如茅盾、丁玲、田间、许杰、王瑶、李霁野、吴组缃、郑超麟、李何林、丁景唐、许钦文、廖沫沙、杨宪益、曹靖华、李希凡、王冶秋、史树青、陈子善、陈漱渝、竹林、赵淑侠、楼适夷、尚明轩、何满子、孙席珍、陈铁健等），由此坚持不懈，辛苦多年，终于集腋成裘，尤其是加上治学勤勉、成果丰硕的史挥戈教授近些年来的持续努力，在拓展思路、扫描书信、扩充篇幅、规范体例、评介书信等方面下了很多功夫，遂使本书成了内容丰富、图文并茂、文（书信）艺（手稿）合璧的"大著"。

概而言之，本书有以下几个突出的特点：

一是该书编著者具有强烈的史料意识和历史意识。该书的主要内容是通过书信往来及对书信的解读来讨论人文学术的一些具体问题，尤其是中国现当代文学学科所涉及的若干史料问题、前沿问题。该书编著者长期主要从事中国现当代文学研究，认定中国现当代文学作为一门富有学术活力的学科必须要有坚实的史料作为支撑，必须高度重视相关文史资料尤其是"第一手"资料的发掘，从可信或比较可信的史料包括作家的书信介绍和研究者的学术自述中考察文学发展的历史踪迹。在编著者看来，中国现当代文学史料是现当代文学史编撰的基础，是拨开历史迷雾，揭开历史真相的钥匙和路径。作为文学历史演进过程的亲历者或知情人，在其私人信件中所呈现的，也有生动细节可以显示有血有肉的现当代文学的历史光影。同时从这些书信中也可以领略到众多作家、学者的文学观、价值观以及许多富有启示性的具体观点，增进对一些作家作品和学术论著的了解。值得特别强调的是，书中绝大部分书信手稿都是第一次公布于众，这点很为稀罕，也很值得读者珍视。

二是该书编著者具有鲜明的问题意识和求真意识。学术探索的要义是发现问题和解决问题。史挥戈老师和吴腾凰先生在长期的学术研究或教学活动中，结合自己的学术兴趣深入细致地探讨了一些学术专题。在这个过程中经常会发现一些大大小小的问题，为了解决这些问题或疑惑，他们采取了许多办法，对于那些在现成的教科书和各种文献资料中寻找不到现成答案的问题，他们一方面尽量寻求机会进行实地考察、专程拜访，另一方面就是经常向现当代文化名人、文学事件的亲历者写信咨询，而这些作家或学者的回信，对他们的学术研究和相关论著都产生了直接的影响。史挥戈教授和吴腾凰先生数十年的学术"问学"之路很辛苦，但他们作为兄妹联手的学术求索却也很有收获，从中彰显的恰恰是学术创新最可宝贵的问题意识和求真意识，足可以传为学界佳话。正是坚忍不拔的上下求索，使他们能够发现一些真材料，积累一些真经验，体察一些真思想，尝试一些新方法，也由此纠正了现代文学史上一些史实的谬误、填补了一些或大或小的学术空白，同时也使本书成了编著者与作家、学者之间书信往来、答疑解惑的真实记录。无论问答之间有多少时代和语境的局限，但经过书信整理和问题辨析，已经显示了编著者的实事求是的理性态度和反思力度，由此也可以增进对作家创作和学者研究的"心路历程"的认识。

三是该书编著者坚持并很好兼顾了学术规范性和可读性。该书编著者为了强化本书的学术性，始终坚持了入选书信的"三原则"，即：（1）书信作者是国内外或省内外现当代文学领域的知名作家、学者或教授，同行承认、学界公认；（2）书信限于给吴腾凰和史挥戈的私人信函，从而保证"第一手"史料的真实性；（3）信函均有一定的学术价值、史料价值、历史价值或社会价值，能补充完善文学史著作中的某些缺憾、解决某个长期困扰研究者的难题。依循这种"三原则"，该书遴选了66封书信。为了强化学术性，本书还采取了恰当的分类和严整的编著体例。具体为：采用私信内容分类法和来信者的身份分类法两种分类方法，涉及每位书信作者，则每位书信作者都单独成为一节，每节的内容按五个部分顺序展开：原信影印—来信主要内容—信件原文—信件解读—写信人生平、学术成就。

由此，从一封信便牵连到一个作家和学者的人文历程，展示了这些书信者所独有的"人文风景"，客观上也弘扬了众多写信学者的学术观点。而这些丰富多彩的内容本身对读者就会产生比较大的吸引力，尤其是那些著名作家、学者的稀见的书信手稿原图，为"图像时代"的读者提供了"读图"的审美对象，"见字如面"的读图乐趣也便蕴含其中了。即使是观赏本书"附录"所列书画家的书信，也会有这样审美的愉悦。比较奇妙的还有，在信件解读过程中，编著者经常采用了声情并茂的散文笔法，于生动回忆或情景再现的过程中展示了书信的诞生和写信人的形象。

正是基于这些突出的特点，本书无疑拥有了重要的学术价值和出版价值，因此我迫切期待本书的顺利出版并能够受到广大读者的欢迎。我本人能够在这本凝结了编著者多年心血的"大著"前面说点相关的话，权作引言，深感荣幸！而读者诸君要想领略本书提供的文献史料、思想观点、书信手稿等丰富信息，还是要细读和观赏一下本书才好。

是为序。

2022 年 8 月 25 日于西安启夏斋

前　言

　　书信，是人与人之间联系的重要手段，在人们的日常和社会交往中发挥着十分重要的作用。名人，在社会上通常享有极高的声誉，具有很强的社会影响力。他们的书信，是第一手的文献资料，是正史和野史的重要补充材料，在各类学术研究中，都有着不可替代的意义。

　　随着老一代文化名人的先后辞世，大量名人书信因疏于保管或者家人认识不到其价值而导致严重散佚，因此变得越来越稀缺，已成为拍卖行和收藏者关注的热点，因此，对其抢救性的发掘和保护刻不容缓。据我所知，迄今为止，国内许多同行学者怀着强烈的历史感和使命感，在史料搜集整理方面不计名利地做了大量卓有成效的工作。功在当代，泽被后人。纵览这一大批名人书简，觉得它的意义非同一般。

　　第一，名人书信具有重要史料价值。名人书信提供了一般文献中无法提供的独家资料，对某些历史细节进行了补充与修正，可以丰富我们对某些历史事件的认识、理解，从而使我们的学术研究更加充实、生动和具体。更重要的是，名人书信由于直面现象直接表达观点，比那些意在发表的文本显得更直观少雕琢，因此凸显了其重要的史料价值。

　　第二，名人书信相对真实。与同类体裁的回忆录、传记相比，它的可信度更高。

　　第三，名人书信是文化的载体。随着电子传媒的普及，传统书信正在逐渐式微乃至消亡，它已经成为历史的特殊记录者与见证者，因此称它们为文献也无不可。

　　第四，中国的书法是一门古老的艺术，许多老一代文化名人仍操持毛笔或硬笔来书写信笺，谱写了中华书法的华章，这些书简本身就是一件精美的艺术品，是老一代知识分子书法艺术的展示和传承。

兵马未动，粮草先行。随着中国现代学术史研究的不断深入，史料整理工作已经被提升到重要地位，书信的史料价值也为人们所重视，但目前的工作大多着眼于书信的搜集和整理，对于书信内容的研究尚未充分展开；以收信人身份披露名人书信，解析名人书信，同时阐明编著者自己的学术观点的成果仍是一个亟待开垦的领域。

中国现当代文学是一门极富学术活力的学科，在七十年的学术研究中，学者们在对该领域的重要理论问题逐步展开深入探讨的同时，对文学史料的开掘与阐发也愈来愈重视。众所周知，现代文学史料是现代文学史编撰的基础，是拨开历史迷雾，揭开历史真相的钥匙和路径。作为这段历史的亲历者或知情人，在其私人信件中所呈现的，是一部有血有肉的文学历史，更是一处蕴涵丰厚的人文景观。

在三十多年的中国现当代文学教学与研究中，我与现代文学研究者、兄长吴腾凰先生在学术研究和写作过程中经常发现一些问题，产生一些疑惑，在现成的教科书和各种文献资料中寻找不到答案，因此除了长期坚持实地考察的研究方法外，也经常向现当代文化名人、文学事件的亲历者写信咨询，这些名人的回信，不但解决了我们研究中的疑问，也为我们合著《蒋光慈与读书》《李香君传》；吴腾凰先生撰写《蒋光慈传》《蒋光慈评传》《美的殉道者——吕荧》等传记文学作品提供了许多珍贵资料。这本书就是数十年来我们与中国现当代文化名人之间书信往来、答疑解惑的真实记录。

本书所呈现的都是现当代文化名人给我们的私人信函，保证了史料的真实性和初次面世；信函均有一定的学术价值、史料价值、历史价值或社会价值，能补充完善文学史著作中的某些缺憾、解决某个长期困扰研究者的难题。全书在体例上采用的是书信内容分类法和来信者的身份分类法，具体为：每位名人一节，每节分为五个部分，包括：原信影印、来信主要内容、信件原文、信件解读、写信人生平及学术成就。

本书严格遴选 66 位文化名人，包括著名作家、诗人、翻译家、文艺理论家等，其中有茅盾、丁玲、田间、丁景唐、许钦文、杨宪益、李希凡、王冶秋、史树青、陈漱渝等，也有美籍华人作家赵淑侠等，通过对他们书信的逐封解读与剖析，对这些书信的价值予以评价，对名人们的学术成就和治学精神以及为人为文的品德进行展示。

其中，有多位名人是中国现代革命的参加者、亲历者，他们本身的经历就是一部历史。这些前辈的亲笔回忆材料是十分珍贵的、鲜活的历史资料，对我们的研究工作有着极为重要的参考价值或文献价值，如茅盾、丁玲等；

有的是著名的文学史家，他们一生坚持以史实说话，对史料广泛占有，精准甄别，去伪存真，实事求是，如现代文学资料专家丁景唐、陈子善，现代文学史家王瑶、李何林，鲁迅研究专家陈漱渝等；

有的在文学创作方面坚持继承中国创作传统，汲取外来艺术营养，以与时俱进的创新精神，创造出独特的"这一个"属于自己风格的文艺作品，赢得同行和读者的认可，如当代作家韩少功、女作家竹林、美籍华人作家赵淑侠等；

有的学者运用马克思主义的史学观，用是否推动社会进步、是否促进生产力发展，和是否为人民谋得福祉为标准来衡量和臧否历史事件和历史人物，撰写出富有新观点的历史著作，如华文文学研究专家施建伟和文物研究专家王冶秋、近现代史专家陈铁健等。

总之，我们对每位名人书信中提供的文史资料、学术思想、创作理念等方面都从学术的角度实事求是地进行理性分析和评价，借以表达我们的认识水平和学术观点，力求做到有理有据、富有说服力。

我们在本书中主要做了如下努力：

1. 纠正了现代文学史上一些史实的谬误。譬如，蒋光慈与曹靖华是青年时代的好友，五四运动中，他们可谓生死与共，然而几十年后，曹靖华却在来信中明确表示不希望吴腾凰为蒋光慈写传记，更不希望"传记"中出现他本人的名字。他指责蒋光慈的"临阵而逃"，批评蒋光慈"反鲁迅"。两位好友最后"老死不相往来"。曹靖华先生在信中还向吴腾凰发出诘问："毛主席推崇鲁迅是'空前的民族英雄'，而他却诋毁鲁迅不革命。究竟蒋对鲁的论断是正确的呢？还是毛主席对鲁的论断是正确的呢？读者提出这问题时，你将何辞以对？"

蒋光慈对鲁迅和鲁迅作品的看法，肯定是不正确的，是幼稚浅薄的，带有"左"倾思想影响的时代特征。曹靖华先生不能辩证地、历史地去看待蒋光慈，对昔日好友言辞激烈，令人痛心。这在曹靖华先生的书信中展示得淋漓尽致，令人更加直观地看到极"左"路线既断送了友谊，也极大地干扰了对文学史人物的正确评价。

2. 填补了一些研究空白。譬如，蒋光慈被开除出党籍的这段历史，文学史上一直语焉不详，甚至连同时代的夏衍先生都记忆有误，左联研究专家丁景唐先生在给吴腾凰先生的一封信中澄清了这桩史实，对于蒋光慈的现代文学史评价提供了有力证据。类似的例子尚有很多。

3. 披露了现当代文学名人对于现代文学作品和人物的独特见解。譬如，学术界长期以来对蒋光慈早期革命文学创作的文学史评价褒贬不一，差异极大。许杰先生在给吴腾凰先生的来信中认为蒋光慈作品在文学史上有一定的价值，但作品本身，经过一定的时间的考验，就不一定同样有价值。确实有许多青年是读了《少年飘泊者》走上革命道路的，许杰先生认为这正是他所说在文学史上有价值的例证。正因为蒋光慈有他的进步的世界观和人生观，他的作品写作的精神，同那个时代青年的思想相呼应，因此，在当时就鼓励或指导进步青年走上革命的道路，因此，他的作品也就在文学史上产生了具有时代影响的一定的价值。许杰先生进一步指出："鲁迅、茅盾的作品何以比蒋光慈作品给人的影响更为深远，永久呢？用我的看法来回答，就是鲁迅他们的艺术技巧与造诣，他所达到的高度与深度，则是蒋光慈所远远不能比得上了。"作为蒋光慈的同时代作家，许杰先生的评价可谓客观、公允，恰如其分。

中国现当代历史起伏跌宕，每一封名人书信背后都隐藏着一番曲折生动的经历。本书尝试着将写信人与收信人的历史渊源、所探讨问题的来龙去脉巧妙地融合在新颖独特的体例中，通过名人书信观察这段历史。譬如：有的名人是事件的亲历者，对事件的来龙去脉讲得十分清楚，但由于身处历史的漩涡中，并不明晰事件的整体全貌，其观点往往以偏概全，不够准确和正确，我们在解析中运用马克思主义的辩证唯物主义和历史唯物主义观点给予重新解读，以表达我们的学术观点；对一些名人书信中没有解释清楚的问题或没有解释到的问题，我们则用调查得来的材料或新的研究成果加以补充完善；还有些名人对历史的回忆和判断不够准确，我们就运用新的史料予以纠正，力图给读者提供一个准确的答案；还有一些文化名人的学术观点明显滞后或超前，我们则根据与时俱进的原则，实事求是地进行商榷和探讨，借以表达我们对该问题的认识与理解。

总之，我们在本书中，将茅盾、王瑶、丁景唐、陈子善等65位作家、学者的来信作为素材，填补、匡正现代文学研究领域中的诸多问题。力图使这部书稿融新文学史料与编著者学术见解于一体，既具有文物价值，又不乏现实意义，在近距离地展示现当代文化名人风采的同时，又为现当代文学研究者提供一批崭新的史料。同时，也期待着它成为老手札爱好者和书法爱好者手中的瑰宝。

66位文化名人留下的信函是弥足珍贵的，展现的学术思想是无价之宝。愿读者诸君和我们一起，怀着虔诚之心，走近这一个个火热的生命，走进这段波澜起伏的历史。

目　录

第一辑

书信中的革命作家蒋光慈

蒋光慈小传

　　蒋光慈（1901—1931），原名蒋如恒，又名蒋光赤，蒋侠僧（生），安徽霍邱（今金寨县白塔畈）人。7 岁发蒙，11 岁进河南省固始县陈琳子志成小学，毕业后考入固始中学，1917 年到安徽芜湖市省立第三中学续读。五四运动期间，积极参加并领导芜湖市学生运动，当选为该市学生联合会副会长，参与主编校刊《自由之花》，鼓吹无政府主义。1920 年到上海外国语学校学习，1921 年 5 月到莫斯科共产主义东方大学学习，1922 年加入中国共产党。1924 年秋，回国至上海大学任教，与沈泽民等组织春雷文学社。1928 年初，与阿英等共产党人组建革命文学社团太阳社，主编《太阳月刊》《时代文艺》《海风周报》《新流》《拓荒者》等文学期刊。在《太阳月刊》创刊号上发表论文《现代中国文学与社会生活》《关于革命文学》，曾引起创造社、太阳社与鲁迅之间的一场关于革命文学的论争。1929 年 4 月，因出版长篇小说《丽莎的哀怨》，受到左翼文学界的批评。1929 年 11 月，因病赴日本养病期间，主持成立太阳社东京支部。回国后，参加"左联"的筹备工作。1930 年 3 月，"左联"成立时被选为候补常务委员。1930 年 8 月，因反对当时党内立三路线的"左"倾冒险主义，被开除党籍。1931 年 8 月 31 日，病逝于上海同仁医院。1957 年 2 月，安徽省民政厅追认他为革命烈士。

　　蒋光慈虽厄于短年，但著译颇丰。著有诗歌集《新梦》《哭诉》《战鼓》《乡情集》等，中篇小说《少年漂泊者》《野祭》《菊芬》《丽莎的哀怨》《冲出云围的月亮》，短篇小说集《鸭绿江上》，报告小说《短裤党》，通讯集《纪念碑》，日记《异邦与故国》，长篇小说《田野的风》等，译作《冬天的春笑》《爱的分野》《一周间》等，与瞿秋白合编《俄罗斯文学》。新中国成立后，出版多种蒋光慈诗文选集、蒋光慈文集，2017 年安徽出版了《蒋光慈全集》。

　　蒋光慈是东方革命的一位最先鸣叫的歌者，他把自己的一生都献给了无产阶级文学事业，他的作品水平代表左翼文学那个时期的最高水平，他的作品对那个时代的革命青年影响很大，很多青年革命者都是捧着他的《少年漂泊者》投身革命的。

蒋光慈是中国革命文学的拓荒者，他在中国现代文学史上的地位是无可替代的。

蒋光慈一生有三段婚姻。幼年时期，父母包办为他选了一个穷苦人家的女儿王书英作童养媳，1924年回国后于1925年春节被迫迎娶，生了一个男孩。由于他的长期抗争，父母无奈之下，把孩子送给别人养活，将王书英另嫁。他有一个孙女名叫蒋纯霞，在上海工作。第二段婚姻是与河南省开封五四运动学生领袖宋若瑜缔结。他们是经同学介绍，因志趣相投，彼此相追6年，见面后交往2年，结婚不到3个月宋若瑜便因肺病在庐山医院去世了。蒋光慈写下了长诗《牯岭遗恨》，还将他们两人的通信编成《纪念碑》公开出版发行，作为永远的纪念。第三段婚姻是与南国社演员、作家吴似鸿缔结。1929年冬经田汉介绍，他与吴似鸿相识相恋，1930年春节在上海结婚，婚后生活动荡不安，1931年8月在贫病交加中去世。吴似鸿后来虽又经历三段不幸的婚姻，但终生承认她是蒋光慈的夫人。她为蒋光慈的后事呕心沥血，四处奔波，直到将蒋光慈的骨灰安放进上海龙华烈士陵园，才静下心来颐养天年。她在晚年写作出版了《我与蒋光慈》一书，深切怀念蒋光慈为革命歌唱一生的精神。《蒋光慈文集》《蒋光慈全集》先后出版，全国发行。上海市政府已将蒋光慈的故居定为文物保护单位。

1 茅盾：我与蒋光慈不熟

来信主要内容：

第一封信：对蒋光慈不熟，没有交往，大概是从蒋的作品认识蒋的。

第二封信：弟弟沈泽民是 1923 年下半年到安徽芜湖教书的；秋心、环心是上海大学中文系的学生；对蒋光慈、沈泽民等办的"春雷文学社"不记得了。

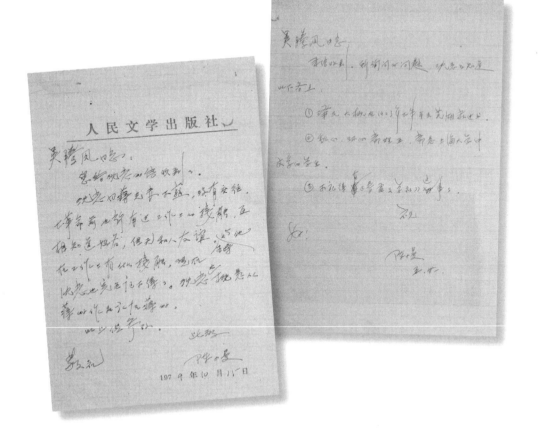

信件原文：

吴腾凰同志：

您给沈老的信收到了。

沈老对蒋光赤不熟，没有交往，大革命前也许有工作上的接触，互相知道姓名，但无私人友谊。当时与他在工作上有什么接触，现在沈老也完全记不得了。沈老大概是从蒋的作品认识蒋的。

以上供参考。

此致

敬礼

陈小曼

1979 年 10 月 15 日

吴腾凰同志：

来信收到。所询问的问题，沈老只知道以下各点：

①泽民大概在 1923 年下半年去芜湖教过书。

②秋心、环心都姓王，都是上海大学中文系的学生。

③不记得有《春雷文学社》这事了。

祝

好！

陈小曼

五．廿一

信件解读：

在调查蒋光慈生平材料期间，吴腾凰获知文学家茅盾先生与蒋光慈有过交往。在 1924 年上海大学期间，两人是同事，茅盾（当时名为沈雁冰）教授希腊神话，蒋光慈（当时名为蒋光赤）教社会学兼外语系俄语。两人曾面对面争论文学问题。那是在 1925 年底，沈雁冰和蒋光慈同去上海福生路中共中央宣传部看望一位朋友。两人在房间里坐下后，不知不觉谈到文学问题。蒋光慈当时提倡革命文学，是以农工大众为描写对象的创造社的成员。沈雁冰提倡"为人生而艺术"，是维护文学现实主义原则的文学研究会的一支主笔。两人文学观念差异巨大，争论不可避免。沈雁冰说，我们文学研究会是走现实主义道路的，都怨你们创造社把文学的方向给搞乱了。蒋光慈也讽刺沈雁冰，嘲笑他们文学研究会很低级、很庸俗。两个人都动了肝火。当时在场的宣传部干部郑超麟听到他们在争吵，便赶过来劝说，争论才消停下来。1926 年底，沈负责在上海为武汉中央军事政治学校招生，蒋写信给他介绍上海大夏大学学生戴霞前去应考。沈一见是蒋介绍的，便免考录取了。"文革"前，戴霞曾任中共上海党校秘书长。在 1928 年革命文学论争中，茅盾先生曾对蒋光慈的"革命加恋爱"的创作模式进行过尖锐的批评。基于此，吴腾凰于 1979 年和 1980 年两次写信给茅盾先生求教有关问题。茅盾先生因重病在身，便让儿媳陈小曼女士代笔回复。

现将两封复信展示在此，供读者参考。

吴腾凰收读复信后，考虑到时过境迁，茅盾先生又年迈多病，许多人和事记不清，那是可以理解的。可喜的是，后来茅盾先生在他的回忆录《我走过的道路》的"创作生涯的开始"一节中，对他与蒋光慈的关系就讲得比较清楚了。他写道：

大约在一九二七年底，太阳社成立了，创造社也重新开始了活动。太阳社出版了《太阳月刊》，创造社出版了《文化批判》和《创造月刊》。

他们提倡革命文学，并且在一年多的时间内大声疾呼，的确使沉寂的中国文坛又活跃起来，并且在推动介绍马克思主义文艺理论的初步知识等方面，起了重要的作用。我在看到《太阳月刊》创刊号后，很是欢欣，我发现一年前投笔从军的朋友们又重新拿起笔来战斗了。太阳社的钱杏邨我不认识，但蒋光慈是相当熟的，是上海大学的同事，他还与泽民一起组织过文学团体。因此，我就写了一篇《欢迎太阳》，刊在一九二八年一月八日的《文学周报》上。在文章中我说："我敬祝《太阳》时时上升，四射它的辉光，我更郑重介绍它于一切祈求光明的人们。"但是我也认为蒋光慈在《太阳月刊》创刊号上所写的一篇宣言式的论文，有些观点是值得商榷的。我觉得蒋文有唯我独"革"，排斥一切"旧作家"的思想，对于革命文学的议论也趋于偏激。我在文章中说："文艺是多方面的，正像社会生活是多方面的一样。革命文学因之也是多方面的。我们不能说，惟有描写第四阶级生活的文学才是革命文学，犹之我们不能说只有农工群众的生活才是现代社会生活。……蒋光慈的论文，似乎不承认非农工群众对于革命高潮的感应——许竟是反革命的感应，也是革命文学的题材。我以为如以蒋君之说，则我们的革命文学将进了一条极单调的仄狭的路。"我还认为作家有了"实感"（生活经验）并不等于就能写出好作品，我说，"我并不是轻蔑具有实感的由革命浪潮中涌出来的新作家，我是希望他们先把自己的实感来细细咀嚼，从那里面榨出些精英、灵魂，然后转变为文艺作品"。我的这些议论，反映了我对当时文坛某种倾向的忧虑。不过，也许我用了"方璧"这笔名，这篇文章并未引起太阳社的注意。然而我的忧虑却不幸而言中，一个多月后，创造社和太阳社就开始了对鲁迅的围攻，说鲁迅"常从幽暗的酒家的楼头，醉眼陶然眺望窗外的人生"，说"阿Q时代是已经死去了"，"鲁迅他自己也已走到了尽头"，甚至骂鲁迅是"绍兴师爷"，"封建余孽"，资产阶级"最良的代言人"，"二重性的反革命的人物"等等。同时，创造社和太阳社的人们写了一些他们自称为普罗文学的东西，但可惜其中的人物都是没有血肉的，鲁迅说它们"往往是拙劣到连报章记事都不如"，郁达夫则称它们是革命的广告。

关于创造社、太阳社与鲁迅的这场论战，我没有加入，因为论战展开时我正埋头写《追求》,《追求》写完就真个到日本去了。直到我在日本写《从牯岭到东京》时，才间接地参加了这场论争。

茅盾先生这段回忆，既具有史料价值，又对革命文学创作有着很强的指导意义。他对创造社、太阳社这批文学青年的批评是十分中肯的。这批青年面对大革命的失败，敌人的残酷镇压，挥笔上阵，狂热呐喊，的确"趋于偏激"，而对生活和创作的关系的理解更是形而上学。茅盾先生针对他们的问题，不但指出存在的毛病，还指明了纠正的方向。这些理性的见解，不但对当时的创作有着现实的指导作用，就是对今天建设社会主义新文学依然有着重要的参考价值。

另一封复信，写于 1980 年 5 月 31 日，共解答了三个问题。

第一个问题是关于茅盾先生的胞弟沈泽民在安徽芜湖教书的时间问题。复信称，沈泽民大概是 1923 年下半年去芜湖教过书。

沈泽民，在中国共产党正式成立前就加入上海共产主义小组，成为建党前的 50 名党员之一，1922 年被选为中国社会主义青年团中央委员。1923 年秋，经高语罕介绍，到安徽省芜湖省立第五中学任化学教员，在那里他与进步师生组织"芜湖学社"，创办《芜湖》杂志。后因党的工作需要，1924 年 1 月在上海当选为中共上海地方兼区执行委员会执行委员。

第二个和第三个问题，实际上是一个问题，就是"春雷文学社"的问题。复信说，他对"春雷文学社"的事不记得了，但对"春雷文学社"的成员秋心、环心还知道一些，说两人都姓王，都是上海大学中文系的学生。

现代文学史资料显示：1924 年 11 月，蒋光慈与同在上海大学任教的沈泽民和学生秋心、环心等人组成文学社团——春雷文学社，11 月 15 日在《民国日报》副刊上发表了《春雷文学社小启事》的广告，第二天就正式创刊了。第一期发表了蒋光慈的《我们是些无产者》一诗，代发刊宣言，同时还发表了蒋光慈的《现代中国的文学界》。这个刊物只出两期就终结了，至于是什么原因，尚待进一步考证。

关于"春雷文学社"成员中的秋心和环心，茅盾先生的回忆是准确的，二人都姓王，还是一对堂兄弟，是江西省永修县人，大地主家庭出身。两人都是上海大学学生自治会委员。1923年，王环心经瞿秋白、恽代英介绍加入中国共产党，后来成为江西永修地区党的领导人，1927年被反动派杀害。在敌人的法庭上，他大义凛然，视死如归，挥笔写下了"我生自有用，且将头颅击长天"的诗句。他牺牲时，年仅26岁。

茅盾先生在病中还能及时给吴腾凰复信，让他无限感激。

写信人生平、学术成就：

茅盾，现代著名作家，杰出的语言大师，中国无产阶级文学运动的领导人之一，现代文学奠基者之一。原名沈德鸿，字雁冰，曾用名郎损、方璧、石萌等。"茅盾"是1928年发表第一部小说《幻灭》时使用的笔名。1896年生于浙江省桐乡市乌镇，父亲是"维新派"，具有一定的民主思想，母亲是一位有文学修养的女性。他自幼就受到良好的家庭教育。1913年中学毕业后，考入北京大学预科第一类，毕业后的1916年到上海商务印书馆编译所任职，从此开始了早期的文学活动。五四运动时期，积极参加革命斗争，是中国新文学运动的积极参加者和重要组织者。1920年，与郑振铎、叶圣陶等人发起成立"文学研究会"，提倡"为人生"的现实主义文学，反对"为艺术而艺术"，同时大量翻译介绍了欧洲各个流派的文学和被压迫民族的文学。1920年加入上海共产主义小组，为中国共产党的成立作出了贡献。1926年春到广州任国民党中央宣传部秘书，1927年任中央军事政治学校教官。大革命失败后，东渡日本，1930年春回到上海，立即加入"左联"并担负领导工作。1939年底到新疆学院任教。1940年5月，由新疆到延安，在延安鲁迅艺术学院讲过学，后又到重庆、香港、桂林等地，始终用文学这一武器战斗。1946—1947 年应邀去苏联访问。解放战争时期，由于受国民党政府的迫害，再到香港。1948 年底应邀由香港回北京参加新政协的筹备工作。1949 年 7 月当选为全国文联副主席和中华全国文学工作者协会（作协前身）主席。新中国成立至 1964 年，一直担任中央文化部部长，致力于社会主义的文化建设，辛勤培育文艺新生力量。此外，他多次率中国作家代表团出席国际作家会议，为促进中外文化交流和反帝事业作出了贡献。1981 年 3 月临终前，向党提出了死后追认党籍的请求，经中共中央批准，恢复其党籍，党龄从 1921 年算起。他把一生积攒下的稿费 25 万元，捐献设立"茅盾文学奖"。1981 年 3 月 27 日仙逝，享年 85 岁。

茅盾先生是现代文学大师，一生著译甚多，其代表作长篇小说《子夜》，被世人公认为新文学发展历程中的里程碑。他的作品收入《茅盾全集》共四十卷，由人民文学出版社出版，另有回忆录《我走过的道路》（上、下卷），为新文学研究留下了珍贵的史料。他走过的道路和文学创作成果，都是中国现代文学研究的重要课题。

2 丁玲：难以忘却的一顿饭

来信主要内容：

吴腾凰拟写蒋光慈的故事，丁玲表示应该写并希望能顺利完成。该信证明 1931 年蒋光慈与夫人吴似鸿应约去丁玲家见胡也频与丁玲夫妇这件事是真实的。

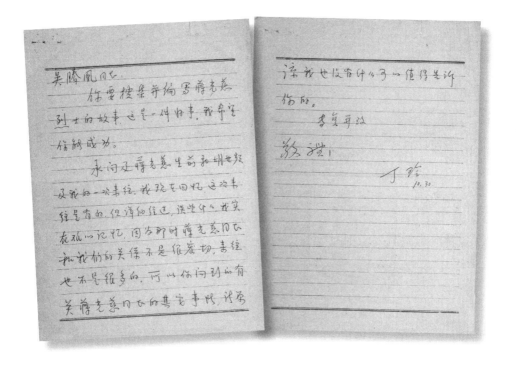

信件原文：

吴腾凰同志：

　　你要收集并编写蒋光慈烈士的故事，这是一件好事，我希望你能成功。

　　承问及蒋光慈生前和胡也频及我的一次来往，我现在回忆，这次来往是有的，但详细经过，谈些什么，我实在难以记忆，因为那时蒋光慈同志和我们的关系不是很密切，来往也不是很多的。所以你问到的有关蒋光慈同志的其他事情，请原谅我也没有什么可以值得告诉你的。

　　专复并致

敬礼!

丁玲
10.30

信件解读：

　　吴腾凰听蒋光慈未亡人吴似鸿回忆说，她与蒋光慈在 1931 年初曾到丁玲、胡也频家做客，蒋光慈与胡也频两人谈文学问题。吴腾凰为核实这件事，写信向丁玲求教。丁玲于 1979 年 10 月 30 日复信对这件事情予以肯定。

　　近日我们读了蒋祖林的《丁玲传》[1] 和李向东、王增如的《丁玲传》[2] 两部大作，倍感亲切。这两部著作，都运用大量的史料，生动形象地描述了丁玲的生命历程，忠实展示了"飞蛾扑火，非死不止"的女作家丁玲平凡而伟大的一生。可以说，两部书是"事实准确、内容翔实"的优秀传记文学作品，代表了当前国内丁玲研究的最新成果。但掩卷沉思，仍觉得与以前出版的几本丁玲传记一样，都把革命作家蒋光慈与丁玲、胡也频在 1930 年冬会晤的一件有特殊意义的事忘却了，遗漏了。现为了弥补诸多研究者的遗珠之憾，特将我们对这件史实的认知公之于众，以供参阅。

　　1979 年秋，为搜集革命作家蒋光慈的生平资料，我们赶往浙江绍兴柯桥陈家湾拜访了蒋光慈的未亡人吴似鸿，老人向我们详细讲述了当年她陪同蒋光慈走访丁玲、胡也频的那件往事[3]：

　　1930 年春夏之交，蒋光慈和钱杏邨（阿英）两家一起搬迁到法国公园附近的吕班路（重庆南路）的万宜坊。这个坊里有好几条弄堂，每条弄堂里有七八幢三层楼洋房。光慈和杏邨合租了十三号的一幢，杏邨全家住二楼，光慈和我住三楼，下面的客堂共用。这年初冬的一天，杏邨上楼来告诉光慈，说丁玲想同光慈见面，已约定了日期和地点。

　　不知道丁玲的住址，因为她和我们一样，住地是不公开的，杏邨是"左联"的联络员，因此"左联"作家们住在哪里他都知道。原来丁玲也住在万宜坊，只隔一条小弄堂，门牌号我忘记了。

　　我拜读过丁玲的《莎菲女士的日记》，早就想看看她是怎么一个人。

这次丁玲约光慈见面，没有约我同去，可是我想看看丁玲，还是跟着光慈去了。

这一天，光慈穿了一件黑色的棉大袍，我也穿了一件男士棉袍。我们从后门进去，丁玲正在厨房中烧些什么，她见我们进去，连忙从厨房里走出来，和我们打招呼。我两眼注视着她，只见她长着一个圆脸，粗眉大眼，穿着一件宽大的蓝布长衫，还隐约露出里面穿着的花色裙子。她把我们领上楼去，在小客堂坐下。她那刚满月不久的胖儿子由奶妈抱着。丁玲向我们介绍说："我生这孩子是难产，孩子太大了，老是生不下来，后来是剖腹产的。"

奶妈抱着孩子下楼去了，胡也频从卧室里出来，两只手一边系着领带。他穿着条纹西装，显得很年轻，好像只有二十多岁，马面形的脸，像年轻时的田汉。他对光慈说："我要到苏区去了，不久就动身。"他系好领带后，搁起了一只脚，用刷子擦着皮鞋，动作飞快。

光慈问："你都准备好了吗？"

"路上穿的衣服，都准备好了。"胡也频一边擦着皮鞋，一边回答。擦好后，他捧起丁玲的圆脸吻了一下，然后跳开，快步走下楼去。

丁玲对我说："你是学画的，你看那张画画得好不好？"她用手指着墙上那张油画。

墙上挂着的油画，是丁玲身穿西装的全身像，差不多和本人一样大小。画中的丁玲坐在椅子上，脸望着前方。左下角署名——威廉。我知道威廉是蔡元培的女儿，是德国留学生，回国后任西湖国立艺专的绘画教授。这幅画是丁玲和胡也频到杭州度蜜月时画的。画得很像，色彩也调和，我只是笑笑不语，但这幅画给我留下很深的印象。

胡也频从外边买了一听鸡肉罐头，一定要留我们吃中饭，我们也就真的留下了。四个人坐下，他们三个人一边吃，一边谈着创作问题，我一直不作声。他们谈什么"新写实主义""革命浪漫主义"，他们一直谈到下午三四点钟才握别。

没有几天，听说胡也频和另外几个"左联"的同志一起被捕了。光慈听到这个消息，就闷闷不乐，我心里也很难过。光慈去"左联"开会，讨论如何营救，结果无效，也频和其他"左联"作家、进步人士惨遭杀害。

1979年10月30日，丁玲老人在百忙之中写来了这封亲笔回信[4]，这天正值第四届全国文艺工作者代表大会在北京召开，丁玲经过艰难斗争，终于实现了以共产党员的身份出席大会的心愿。

信中，她不但肯定了这次蒋光慈与她和胡也频"会晤"的真实性，说"我现在回忆这次来往是有的"，还赞扬吴腾凰"编写蒋光慈烈士的故事""是一件好事"，并希望他的努力获得成功。这封珍贵的复信，让吴腾凰深受鼓舞！后来，我们陆续写了几篇有关蒋光慈研究的论文，出版了《蒋光慈与读书》等论著，这部论著获得了中国图书奖和冰心儿童文学奖，这也算是我们对丁玲老人希望的报答吧！

通过对蒋光慈与丁玲、胡也频会晤这件往事的考察，我们有如下三点认知。

一、会晤的时间

1930年10月，"因为丁玲要生孩子，把家搬到条件好些的万宜坊（今重庆南路）。11月7日丁玲住进医院，第二天中午儿子出生[5]"，也就是说，丁玲的儿子祖麟（1938年后，在延安改为祖林）是1930年11月8日出生的。蒋光慈和吴似鸿会晤丁玲、胡也频是在孩子"刚满月不久"的时候，即是12月8日之后。而他们"这次见面后不久，胡也频去苏区尚未启程，就被国民党反动政府逮捕了[6]"，胡也频在东方旅社被捕的时间是在1931年1月17日。由此即可推知，他们四人会晤的时间应该在1930年12月中下旬这个时间段里。

二、会晤的目的

蒋光慈1924年夏从苏联留学归来后，就大力倡导革命文学，以诗集《新梦》和中篇小说《少年漂泊者》影响一代青年奋进者。1927年至1928年又以《野祭》《菊芬》的出版发行，被认为"革命与恋爱"

小说的"始作俑者"。这类小说将"五四"个性解放和恋爱自由的主题转换了新的阐释方向，革命取代恋爱成了唯一的职能。这类作品虽然受到广大青年读者的欢迎，但它毕竟与革命现实脱节，离真正的革命文学相距甚远。随着时间的推移，蒋光慈写作的视野和技巧有了扩张和精进，勇敢地纠正了"革命与恋爱"小说的流弊，推出了"现代小说史上具有开创意义"（杨义语）的《咆哮了的土地》。这部小说共有 56 章，1—13 章分别刊载于 1930 年 3 月、5 月出版的《拓荒者》第三期和第四、第五期合刊上。因《拓荒者》被迫停刊，未能载完。丁玲、胡也频都是文学青年，对蒋光慈的名字应该是早已知晓的，特别是他们在 1930 年 5 月参加"左联"之后，蒋光慈在文学写作中纠偏的进步，《咆哮了的土地》获得的成功，丁玲、胡也频应该是能看得到和感觉到的。而丁玲在这一时期，在文学创作中正处于苦恼和困惑过程之中。丁玲从济南回到上海后，就着手写她的《一九三〇年春上海》之一、之二，作品依旧是"革命与恋爱"的老路子，让主人公在革命与恋爱的冲突中作出"痛苦与豁朗的选择"，而在妇女解放的问题上，又不断和文友沈从文进行探讨。也在此间，她对丈夫胡也频"转变后的小说"曾表示出不喜欢、不满意的情绪，称他是"左"倾幼稚病。但他们为了生计，又不得不争着写稿子。[7] 可以想见，两人在写作中摸索，在摸索中前进的当儿，想到蒋光慈这位"左联"候补委员、革命文学的先锋，想到《拓荒者》连载的蒋光慈的现实主义长篇小说《咆哮了的土地》，那是自然而然的事。再看，蒋光慈、丁玲、胡也频他们三人在餐桌上兴高采烈地大谈"新写实主义""革命浪漫主义"的劲头，就不难猜出这次"会晤"的目的了。在胡也频牺牲后，丁玲写出她的"第一篇真正意义上的小说"——《一天》后，在光华大学演讲时说："我现在觉得我的创作，都采取革命与恋爱交错的故事，是一个缺点，现在不适宜了。"[8]

三、危难见真情

蒋光慈与丁玲、胡也频会晤的时间是 1930 年 12 月中下旬，而蒋光慈在这年 10 月 20 日被中共中央以"没落的小资产阶级""已流入反革命的道路"的罪名开除出党,且公布在党中央的机关报《红旗日报》上。自此之后,蒋光慈的一些好友也很少来看望他了,"左联"的个别领导甚至在他生病时也拒绝探视,而作为丁玲、胡也频这两位"左联"成员,特别是胡也频,既是党员、"左联"执行委员、工农兵文学委员会主席,又是新当选的中华苏维埃工农兵第一次全国大会代表,能在蒋光慈危难之际,邀请其到自己家里来谈革命文学,实在是难能可贵!由此也不难看出,丁玲、胡也频他们对"立三路线"错误开除蒋光慈党籍的做法是有自己的独特看法的。再说,当时丁玲、胡也频家境十分困难,夫妻两个"共吃一客包饭,为了不得不雇奶妈,胡也频把两件大衣都拿去当了"[9]。沈从文也说"我从没见过他们桌上有一钵肉或一钵鸡的时节"[10]。这次会晤蒋光慈他们能吃上"鸡肉罐头",可真算得上奢侈了。正可谓危难见真情!

注释:

[1] 蒋祖林:《丁玲传》,人民文学出版社,2016 年 10 月出版。

[2] 李向东、王增如:《丁玲传》,中国大百科全书出版社,2016 年 6 月第 3 次印刷。

[3] 此记录整理时参阅吴似鸿《我与蒋光慈》,广西教育出版社,1993 年 2 月出版;吴似鸿《浪迹文坛艺海间》,浙江文艺出版社,1984 年 5 月出版。

[4] 见丁玲给吴腾凰来信的复印件。

[5] 李向东、王增如:《丁玲传》,中国大百科全书出版社,2016 年 6 月第 3 次印刷,第 70—71 页。

[6] 吴似鸿:《我与蒋光慈》,广西教育出版社,1993 年 2 月出版,第 64 页。

[7] 参阅李向东、王增如:《丁玲传》,第 67—71 页。

[8] 丁玲:《我的自白》,1931 年 5 月,《丁玲全集》第七卷。

[9] 蒋祖林:《丁玲传》,第 125 页。

[10] 转引自李向东、王增如:《丁玲传》,第 70 页。

写信人生平、学术成就：

丁玲（1904—1986），原名蒋伟、蒋冰之、丁冰之，曾用名彬芷、从喧等。1904 年生于湖南临澧，长于常德。幼年丧父，在具有浓厚民主主义思想的母亲教育熏陶下，产生了强烈的反封建思想，后又接受了五四运动的影响。早年曾在桃源第二女子师范学校读书，后进长沙周南及岳云中学。1921 年到上海进陈独秀、李达等创办的平民女校，1922年在上海大学中国文学系学习，一年后便到北京。她怀着对社会人生的愤怒和鄙视，开始写小说。1927 年她的处女作《梦珂》发表在《小说月报》上，引起社会关注，后又发表《莎菲女士的日记》《暑假中》《阿毛姑娘》等，辑为小说集。1928 年与沈从文、胡也频等人组织了红黑社，出版《红黑》半月刊。1930 年写以革命与爱情为题材的长篇小说《韦护》。1931 年加入"左联"，主编机关刊物《北斗》，并发表中篇小说《水》，接着又写以上海工人生活为题材的短篇，辑为《夜会》，自传体小说《母亲》。1932 年加入中国共产党。1933 年任"左联"党组书记，同年被反动派逮捕，关押在南京。在党组织和社会名流的帮助下，于 1936 年逃离南京到达陕北，曾做过中央警卫团政治部副主任。抗战初期，带领战地服务团去山西前线。1940 年任陕甘宁边区文协副主席。1941 年主编《解放日报》文艺副刊。此间，她出版了短篇集《一颗未出膛的枪弹》，剧本《重逢》《河内一部》，短篇小说集《我在霞村的时候》，发表了《三八节有感》《在医院中》《田保霖》等。1945 年到晋察冀主编文学杂志《长城》。1946 年至 1948 年在农村深入生活，参加土地改革，写了反映土改斗争的优秀长篇小说《太阳照在桑干河上》，曾获 1951年斯大林奖金二等奖，并被译成十多种文字。新中国成立后，曾任中央宣传部文艺处主任、中国作协副主席，《文艺报》《人民文学》主编，并主持中央文学研究所。1955 年至 1957 年两次遭受极"左"路线残酷迫害，被错划为"反党集团"、右派分子，下放黑龙江垦区劳动 12 年。

"文革"中又被关进监狱5年。粉碎"四人帮"后，冤案逐步得到平反。1984年中央组织部下发通知，称她是"一个对党对革命忠实的共产党员"。晚年奋力写作和参与文艺事业发展，写出影响巨大的《魍魉世界》《风雪人间》，创办并主编大型文学期刊《中国》，热情培养青年一代。

1986年3月4日，丁玲在北京多福巷家中逝世，享年82岁。这位在国内外颇有影响的女作家，为中国文学事业作出了巨大贡献。

丁玲得到的社会评价很高，称她是伟大的女作家也不为过。

毛泽东当年在延安称她是：昨天文小姐，今日武将军。

1933年5月，丁玲被国民党秘密逮捕，谣传已遭杀害后，鲁迅悲愤地写下《悼丁君》一诗：如磬夜气压重楼，剪柳春风导九秋。瑶瑟凝尘清怨绝，可怜无女耀高丘。

丁玲逝世后，作家孙犁说：一颗明亮的，曾经子夜高悬，几度隐现云端，多灾多难，与祖国的命运相伴随而终于不失其光辉的星，殒落了。

作家王蒙说：为丁玲长歌当哭。

文学史专家陈子善说：丁玲能在作品中提出女性的地位。

老作家、出版家楼适夷对吴腾凰亲口说：丁玲是中国一位了不起的女作家，值得后人研究。

3 曹靖华：争论割断兄弟情谊

来信主要内容：

反对吴腾凰写作蒋光慈的传记，一说他不服从党组织的工作安排，自动离开工作岗位；二说他说鲁迅先生不革命。

信件原文：

腾凰同志：

　　来函所提问题，因病无力作复，也无必要作复。蒋是我的故友，身后不愿多言。现仅提一二事，如将来有读者质问，你将何言答复？

　　一、中国大革命时期，他在冯部作口译工作，那是当时最切实的革命具体工作，而他却在革命最需要他那点一技之长（会俄语）时，他却临阵而逃。

　　二、（一九）二六年河南国民革命军失败，我离汴返京，又被派往广州参加北伐战争，过沪时，他请我吃饭，席间对我大施反对鲁迅，说鲁不革命，我曾当面反驳，我曾直言说："什么红场呀、列宁呀、红旗呀……"这些空洞口号不论喊得多么响，不见得就是革命……"毛主席推崇鲁是"空前的民族英雄"，而他却诋毁鲁不革命。究竟蒋对鲁的论断是正确的呢？还是毛主席对鲁的论断是正确的呢？读者提出这问题时，你将何辞以对？"太阳社"反鲁，是人尽皆知的。历史的真实应该重视。此等事，人尽皆知，不能只称颂一面，而掩盖另一面。不然，那后果就难说了。只要是事实，不能以为无人知道就避而不谈，实际，人尽皆知的。草草，供考虑。

　　来日文章中，万望勿提及我的名字。

十一月廿六

　　（对蒋的看法，我和韦素园一致。而韦深得鲁敬重，鲁观点极确，韦对蒋深深不以为然。这是原则问题，是大是大非问题，非个人私见也。朋友是朋友，但原则、史实、真理，应重于一切。）

信件解读：

蒋光慈与曹靖华是青年时代情同手足的好朋友。五四运动中，他们分别是安徽芜湖地区学生领袖和河南开封地区学生领袖，又分别作为各自省的学生代表出席在上海召开的第二届全国学生联合会代表大会。后一同在上海外国语学社学习，又一同冒着生命危险赴莫斯科东方劳动者共产主义大学学习。曹靖华曾多次称自己是"半个安徽人"。吴腾凰于1979年冬写信给曹靖华先生，向他求教蒋光慈青年时期的情况。当时曹先生正在广州从化温泉疗养，于是年11月26日给他复了这封信。

这封信主要讲了两个问题，主旨是不希望吴腾凰为蒋光慈写传记，更不希望"传记"中出现他的名字。曹先生讲的第一个问题是蒋光慈"临阵而逃"。1925年春，蒋光慈由上海大学被派往张家口冯玉祥部做俄国顾问翻译。他在那里工作不安心：一是想与宋若瑜早日结婚；二是想与南方上海的工人、学生运动同呼吸共命运，战斗在一起；三是不习惯军事生活，想回到他的"文学"家园，进行他的文学创作，为革命鼓号。在他向北方局请假和向上海大学要求重返教学岗位的信得不到回复的情况下，便违反党的"服从"的原则，擅自不假而别，离开工作岗位，回到上海。曹靖华先生认为"在革命最需要他那点一技之长（会俄语）时，他却临阵而逃"。这是不可取的。

曹先生讲的第二个问题，是蒋光慈"反鲁迅"。蒋光慈在革命浪潮激荡的上海，思想比较"左"倾激进，从左翼政治的角度看待鲁迅和他的作品，认为鲁迅的作品不够革命，不够激烈，不痛不痒。曹靖华反驳他，你那些"什么红场呀、列宁呀、红旗呀……这些空洞口号不论喊得多么响，不见得就是革命……"两位好朋友、好同学争得面红耳赤，互不相让，最后搞得"老死不相往来"。

曹靖华先生在信中还向吴腾凰反问："毛主席推崇鲁迅是'空前的民族英雄'，而他却诋毁鲁迅不革命。究竟蒋对鲁的论断是正确的呢？

还是毛主席对鲁的论断是正确的呢？读者提出这问题时，你将何辞以对？"

蒋光慈对鲁迅著作和鲁迅先生的看法，肯定是错误的，是幼稚的，是浅薄的，是极"左"的观点。后来，鲁迅先生对创造社、太阳社在文学论争时期一帮青年的言论，却认为只要目标一致，先前那些争论都是可以忘记的。鲁迅先生这种如同大海一般的博大胸怀，永远值得后辈学习。可曹老先生却始终耿耿于怀。他不看蒋光慈为中国无产阶级文学作出的巨大贡献，不看蒋光慈为坚持"创作也是革命"而遭受"立三路线"的残酷迫害，却形而上地去看待那些历史问题。据说，曹老一生耿直，连自己当年"未名社"的一些同仁和同舟共济的妻子，因一语不合，都"老死不相往来"。从给吴腾凰的这封复信中，我们也可见一斑。

曹先生一生都是这个脾气，也因此得罪了许多人。曹靖华先生在晚年为悼念安徽友人张目寒写的散文《哀目寒》中，对蒋光慈这位当年的朋友几次提及，似乎对蒋光慈的"怒火"消去不少，友谊的"春风"又吹回到了他的心田。

写信人生平、学术成就：

曹靖华（1897—1987），著名翻译家、散文家、教授。原名曹联亚，河南省卢氏县五里川人。1919年在开封省立第二中学读书时，投身五四运动，当选为学生会主席。1920年在上海外国语学社学习，加入社会主义青年团，并被派往莫斯科东方大学学习，1924年加入文学研究会。1927年重赴苏联，1933年回国，在大学任教并从事翻译工作。1956年加入中国共产党。1959年至1964年，任《世界文学》主编。曾被选为全国人民代表大会代表、中国文联第三届委员、中国作协书记处书记。1987年获苏联列宁格勒大学荣誉博士学位和苏联最高苏维埃主席团授予各国人民友谊勋章。

　　曹靖华著译颇丰，主要译著有《苏联作家七人集》、契诃夫《三姊妹》《蠢货》《烟袋》、绥拉菲摩维支《铁流》、拉甫涅列夫《第四十一》、苏俄独幕剧集《白茶》，主编反法西斯的苏联抗战文艺丛书，肖洛霍夫的《死敌》（与尚佩秋合译）、高尔基的《一月九日》等，散文集《春城飞花》《望断南来雁》《曹靖华散文选》《曹靖华抒情散文选》《飞花集》等，编注《鲁迅书简——致曹靖华》。

　　曹靖华在风雨如磐的旧中国最黑暗的时候，冒着生命危险，千方百计翻译并引进介绍苏俄文学作品，成为引进十月革命社会主义的先行者，被鲁迅先生称为"给起义了的奴隶们偷运军火"。

　　这里，特别值得一提的是绥拉菲莫维奇的中篇小说《铁流》。《铁流》是以十月革命后的 1918 年内战为题材，表现将一群士兵、民众的乌合之众锻造成为一支纪律严明、作战勇敢、钢铁般的塔曼军的历程。小说成功塑造了坚定勇敢的革命领袖、共产党员郭如鹤的光辉形象。曹靖华觉得《铁流》符合中国人的审美观，能为中国革命增添一股动力，便抓紧时间于 1931 年 5 月 1 日译就。为了使书稿安全送达国内，他将书稿复印 6 份，通过不同途径，甚至拜托在比利时和法国的可靠友人代为传送。为这本译著，他与鲁迅先生书信往来就有 20 多次。鲁迅先生看到书稿后，自己掏钱，编了一个实际并不存在的出版机构"三闲书屋"，予以出版发行。这里的所谓"三闲"，指的是译者曹靖华、出版者鲁迅、翻译长篇序文的瞿秋白。小说印了 1000 册，很快就卖得精光。接着，上海、北平相继翻印。1938 年上海又有一家出版社翻印，解放区也有多地印刷。革命老人林伯渠曾说："延安有一个很大的印刷厂，把《铁流》一类的书不知印了多少版，印了多少次，参加长征的老干部很少没有读过这类书的。它成了激励人民打击敌人的武器了。"（注：新中国成立后，曹靖华又动手进行精心校改，各地出版的次数难以计算。）

　　曹靖华先生一生勤学，勤劳译著，教书育人，孜孜不倦，永远向前，深受世人敬重。鲁迅先生赞扬他："一声不响，不断地翻译着。"董必武曾以"洁比水仙幽比菊，梅香暗动骨弥坚"的诗句赞誉他高尚的革命情操和不凡的风骨。

4 李霁野：他患有"左倾幼稚病"

来信主要内容：

1. 称未名社成绩微不足道，不必花精力去研究。

2. 与蒋光慈见面是 1926 年之前在北京，再次见面是 1926 年夏在上海，以后再没有见过面。他在上海搞革命文学，有"左倾幼稚病"。

3. 韦素园不是共产党员，是作为共青团员代表去苏联开会，受瞿秋白影响热爱文学。

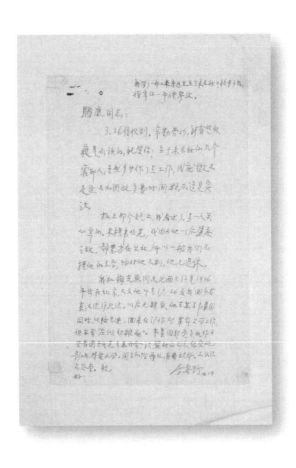

信件原文：

腾凰同志：

　　3.26 信收到。辛勤劳动，能有些收获是应该的，祝贺你！至于未名社的几个霍邱人，虽然多少做了点工作，成就微不足道，不必因此多费时间精力。这是实话。

　　报上那个短文，我看过了，另一人关心寄的。未提韦丛芜，或因为他以后堕落之故。静农尚在台北，所以一般我们不提他的名字，怕对他不利。他已退休。

　　我和蒋光慈同志见面大约是 1926 年前在北京，不久他即去沪，（19）26（年）夏我回乡省亲，又过沪见过。以后无联系。他去苏与韦素园同时，比较先进，回来在沪作些革命文学工作，但亦有"左倾幼稚病"。韦素园非党员，他作为共青团员代表去苏开会，识瞿秋白同志，很受他影响，特爱文学。同去的除蒋外，有曹靖华。不认识詹谷堂。

　　祝
好！

李霁野

4.14

　　（我写了一本《鲁迅先生与未名社》，秋季可出，将寄你一本供参考。）

信件解读：

南开大学教授、翻译家李霁野先生是以鲁迅先生为首的未名社成员，又是革命作家蒋光慈安徽省霍邱县的同乡。他与蒋光慈在青少年时代就有过交往，彼此比较熟悉。吴腾凰在研究未名社和蒋光慈时，曾多次写信向李霁野先生请教，每次都是有函必复，且不厌其烦地给予详细答复。20 世纪 80 年代初的一个夏天，吴腾凰在韦素园侄儿、新华社资深记者韦顺同志引领下，在天津李宅拜访了李先生，当面聆听过先生的教诲。现在这里展示的是李霁野先生 1980 年 4 月 14 日给吴腾凰的一封复信，作一简析，与读者共分享。

复信中讲了五六个问题。首先讲未名社研究的问题，他认为未名社中四个霍邱县叶集人，没有什么大的文学成就，不值得花费那么多的精力去研究。我们认为，未名社存在的五六年间，在鲁迅先生直接关怀、参与下，在翻译创作和培养人才方面还是作出了巨大贡献的，在引进外国文学方面还是投入大量心血取得了丰硕成果的，先生之所以说不值得花费时间和精力，一方面是他作为未名社成员的一种谦虚的表示，还有他觉得跟文学研究会、创造社等社团相比，未名社人少力薄、存在时间短、影响力不大。

接着他讲了韦丛芜、台静农的事。报刊上谈到"未名社"的问题时，往往避开韦丛芜、台静农这两位成员。李霁野先生认为有关文章为什么不提这两个人是有原因的。不提韦丛芜，是"因为他以后堕落之故"，不提台静农是因为他身在台湾，提了他对其安全不利，影响他的正常生活。我们认为，李霁野先生对不提台静农的原因讲的是正确的，但对不提韦丛芜的原因，称他"堕落之故"则是不够准确的，至少是他受极"左"思潮的影响，没有能从时代、人的本质和对社会的贡献上去全面看待评价一个人。

在这里我们有必要介绍一下韦丛芜先生。韦丛芜，又名韦崇武、韦立人，1901年生于安徽省霍邱县叶集一个小商人家庭。五四运动时期，他接受新思想，追求民主政治，1922年与李霁野在安庆《评议报》上主办《微光周刊》，在《皖报》上主办《微光副刊》，宣传新文化，传播新思想、新道德。1925年在北京崇实中学读书期间，参加未名社，积极从事苏俄文学的翻译和新文学的创作活动，翻译陀思妥耶夫斯基的《穷人》，受到鲁迅先生的表扬。他创作的长诗《君山》，引起新文学界的关注。1926年"三一八"惨案中，他作为燕京大学的学生，积极投身爱国请愿行列，从死人堆里爬了出来，写了揭露控诉反动当局罪行的诗篇。在未名社存在的几年间，他自始至终积极参与。由于时局的变化和成员家庭境况的转变，六个成员中有五位先后离开了未名社，他的"独角戏"只好落幕收场。1931年9月，韦丛芜为了生计，应天津女子师范学院之聘，前去担任英语教授。"九一八"事变之后，日本帝国主义把侵略魔爪伸向华北，在天津不断寻衅闹事，学校被迫停课、师生逃散。这时，他肺病复发，面对民族危亡，把自己一腔爱国热情凝结为以农村为基地的抗日救国"合作同盟"主张。

1933年，胡愈之先生主编的《东方杂志》新年特大号上，韦丛芜以《新年的梦》为题简明扼要地阐述了他的理想："我梦想着未来的中国是一个合作化股份有限公司，凡成年人都是社员，都是股东，军事、政治、教育，均属于其下，形成一个经济单位，向着世界合作化股份有限公司走去。"他认为，要挽救中国的命运，必须振兴经济，要振兴经济，就要抓住乡村建设这重要一环。他认为，这里首要任务是国共合作和各阶级合作，停止内战，枪口一致对外。要达此目的，"必须有一套新的经济制度。为国内各党派各阶级所接受，这种合作才能坚持，才能有效地应付强敌"。鉴于此，他提出了全国合作化的设想。为了使他的梦想变为现实，他辞去大学教授的职务，中断了文学生涯，于1933年1月向南京政府陈立夫、陈果夫两位高官谈了自己的"全国合作化"设想，得到了二陈的赏识。6月，韦丛芜编成《合作同盟》一书，印成千册，还把自己的名字改成"立人"，以示自己的决心。8月，陈立夫以中央组织委员会的名义，任命他为"豫皖鄂社会事业考察员"，让他在霍邱县做筹备工作。他在那里干了三件大事：一是办培训班；二是健全保甲制度，整顿社会秩序；三是开发县城东西两湖。

1934年，他被任命为霍邱县代理县长，可以用行政权去推行合作运动。由于东西两湖的开发，使那里在1935年获得历史上最好的收成。正当他意气风发准备继续扩大合作运动之际，当地的贪官污吏、土豪劣绅将罪恶的魔爪伸向了他。省民政厅决定把他调离，他坚决不同意。民政厅又将他的县长免去，让他以"官产专员"的名义继续留在霍邱。恶霸豪绅们一计不成，又生一计，于1937年1月收买一个兵痞对他实施暗杀。凶手潜入室内，见他是个白面书生，并非青面獠牙，便放下屠刀，跪在他面前说明了来意。他立即命令手下将凶手送到自己的老家保护起来。可地方恶势力仍不肯善罢甘休，他们又以"安徽霍邱旅省同乡会"的名义向安徽省政府主席递交了一份近四千言的控告状，对韦丛芜进行无端的攻击和陷害，说他是共产党的走卒，推行共产党的政治，妄图复辟红军势力，说他"影响人心，流毒社会"，闹得"孑遗之民，救死不暇"。他们要求省政府对韦丛芜"撤职查办，尽法惩治，以儆官邪，而除民害"。1937年2月，由安徽省主席刘镇华出面以渎职罪将他逮捕关押，至此韦丛芜的"合作同盟"也就寿终正寝了。韦丛芜后来回忆这段曲折的改良救国之路，自嘲道"三年一觉狂夫梦"，本来是抱着救国救民的宏愿，"堪叹神州将沉沦"而不惜赴汤蹈火，"甘冒不韪试经纶"的，谁料想最终落得个"一夕离境身为囚"的可悲下场。

对于韦丛芜这前后五年"合作同盟"的历史，人们评价不一。鲁迅先生读了他的《合作同盟》，"既哀其梦梦，又觉其凄凄。昔之诗人，本为梦者，今谈世事，遂如狂醒；诗人原宜热中，然神驰宦海，则溺矣，立人已无可救，意者素园若在，或不至于此，然亦难言也"。同乡、同学、同社友李霁野说他"堕落"，说他"坏"，对他深恶痛绝，不愿与他交往。当代学者高璐说韦丛芜的"经济救国思想，虽然对共产党领导的革命无补，但具有一定的进步倾向。他的实验救不了国，但确实表明了他具有改造农村、争取民族自救的愿望。他的乡村实验的失败说明了改良主义道路在中国行不通，但其积极的一面却有一定意义"。

我们研究认为，韦丛芜的"合作同盟"，目的是明确的，措施是具体的，是有一定成效的，他本人也为这场不成功的改革付出了血的代价。霍邱县的历史上有他一页，中国的乡村建设运动史也应该留下他的名字。他既不是"神驰宦海"，也不是"堕落""反动"，只不过他这个青年诗人"本为梦者，今谈世事，遂如狂醒"，太幼稚、太天真、太罗曼蒂克了，把只有通过血与火的斗争才能解决的社会矛盾简单化、诗意化、理想化了。因此，他的失败是必然的，没被"溺死"是他的侥幸。我们要说，韦丛芜是20世纪30年代中国乡村建设运动的拓荒者之一，是一位虔诚的爱国者，也是一位事与愿违的牺牲者。

我们还要说，尽管韦丛芜还不是一个真正的鲁迅思想的继承者和实践者，但他始终敬仰恩师鲁迅先生。他一生都没忘记1930年鲁迅先生对他说的"以后要专译陀思妥耶夫斯基小说，最好把全集译完"的嘱咐。他不管在什么艰难困苦的条件下，从不辍笔，直至垂暮之年终于完成了五百万字的《陀思妥耶夫斯基全集》这一浩大的翻译工程。

当他在读鲁迅先生全集时，发现先生曾对他进行过批评时，他写下了《忆鲁迅先生》一诗，其中两句："五十年来一觉醒，先生有怨我心惊。"这诗中饱含着他多少难言之隐、难言之痛、难言之思和难言之悔啊！

复信下面一段讲他与蒋光慈的来往。1925年夏，蒋光慈痴迷革命文学，自动离开张家口冯玉祥苏俄顾问的翻译岗位，来到北平等待中共北方局党委批准他回上海专心写作的通知。此间，蒋光慈去北大一院对面新开路5号看望住在那里的老乡韦素园、台静农、李霁野。李霁野在另一封信中说，蒋光慈向他们"谈之十月革命后苏联情况，并说他要到上海去写作"，"不久他即去沪"。蒋光慈与他们见面不久，没有等到北方局的通知，便擅自离开翻译工作南下，为此受到党组织的批评。

李霁野另一次见到蒋光慈是在上海。信中说："（19）26年夏我回乡省亲，又过沪见过。"在另一封信中说："在上海时，他约我到一个饭馆吃饭,他开玩笑:'我们管它叫无产阶级饭店'。"从蒋光慈的言谈中,李霁野看出他有"左倾幼稚病"。

复信中说了韦素园的党团组织问题。说韦素园是社会主义青年团员,不是共产党员。韦素园认识瞿秋白,受瞿秋白的影响,特别喜爱文学。信中还讲了当年到苏俄留学,一道去的有曹靖华、蒋光慈。

吴腾凰在去信当中,曾问到李先生是否认识安徽金寨县早期共产党人、革命烈士詹谷堂的问题,他答复说"不认识"。詹谷堂(1883—1929),又名詹生堡,金寨县南溪镇人,是豫东南皖西革命根据地党和红军创始人之一。1914年应聘至固始县志诚小学任国文教员,1924年经学生蒋光慈介绍加入中国共产党。是年秋,在笔架山农校发展进步学生入党,建立党小组,组织农民协会,开展"均粮""抗债"斗争。1928年春中共河南商城南邑区委成立,詹被选为委员,负责组建南邑地区农民武装和起义领导工作。1929年初,中共商城临时县委成立,詹谷堂被选为县委委员,领导组织农民、学生、老师举行南溪火神庙起义。1929年5月6日,他率领明强小学师生和200多农民参加立夏节起义。接着,又参与红32师的组建和商城县临时办事处的成立工作,任办事处(临时革命政府)副主任。同年8月,在反敌"会剿"中被反动民团抓捕。敌人严刑拷问,他坚贞不屈,大义凛然,牺牲前在牢房的墙壁上用血指写了"共产党万岁!"五个大字,表现了他对党的赤胆忠心。

写信人生平、学术成就:

李霁野,1904年生于安徽省霍邱县叶集一个商人家庭。小学在叶集明强小学读书,1919年就读于阜阳第三师范学校,1927年肄业于燕京大学中文系。1924年因翻译《往星中》认识了鲁迅先生,次年加入未名社。1928年,未名社遭北洋军阀查封,曾被捕,获释后仍继续办未名社。1929年秋到北京孔德学院任教。1930年至1937年在天津河北女子师范学院任英语系主任，其间曾休假赴英国旅游一年。抗日战争时期，先后在北京辅仁大学和四川白沙女师院任教。1946年去台湾，曾任台湾省编译馆编纂和台湾大学教授。1949年到天津，先任南开大学外文系教员，后任系主任。1952年赴朝鲜慰问中国人民志愿军。1956年加入中国共产党。1957年参加中国文化代表团，访问意大利、瑞士和法国，写了《意大利访问记》。后任天津市文化局长，天津市政协副主席，天津市文联主席，被选为第二至第六届全国政协委员。1982年退休。1997年因病去世，享年93岁。

李霁野先生著译颇丰。著有小说集《影》《不幸的一群》，散文集《忙里偷闲》《回忆鲁迅先生》《给少男少女》《意大利访问记》《鲁迅先生与未名社》，杂文集《鲁迅精神》，诗集《海河集》《今昔集》《妙意曲》，专著《近代文学批评片段》，译著长篇小说《被侮辱与损害的》《简·爱》《在斯大林格勒战壕中》《爱的家庭》《虎皮武士》及吉辛的《四季随笔》等。

李霁野先生在鲁迅、周作人、瞿秋白、茅盾等翻译大师的积极影响下，一贯主张"直译为主，意译为辅"的原则，是一位典型的直译派。他的这种翻译方法，受到茅盾先生的赞扬。他在南开大学几十年，以他的学术思想、人格魅力影响团结了一大批著名翻译家，以他的翻译理论、翻译风格、学术实力和在国内翻译界的学术影响力，已形成了"南开翻译学派"，这一面鲜艳的旗帜正高高地飘扬在中国翻译界的星空。

李霁野先生留下这样一句名言：

人生确是无常的，不过人生的可爱处也多半就在这无常。

依照李霁野先生生前遗嘱，子女们将他安葬在故乡安徽霍邱叶集镇。

5　吴似鸿：滴泪忆光慈

来信主要内容：

1. 说吴腾凰邮寄给她的《蒋光慈传》没有收到，而绍兴书店又买不到（后来又收到了）。

2. 批评吴腾凰是男性中心主义旧思想，称她是"蒋妈妈"。

3. 讲自己身体有病，不能写评论文章。

4. 阿英曾给吴似鸿来信称蒋光慈的党籍早已恢复。

5. 述及近来写作情况。

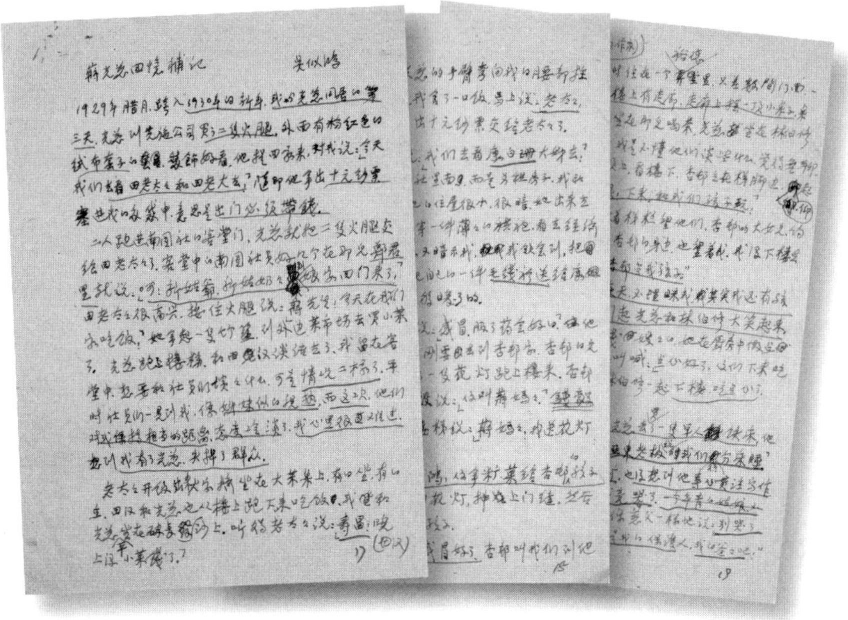

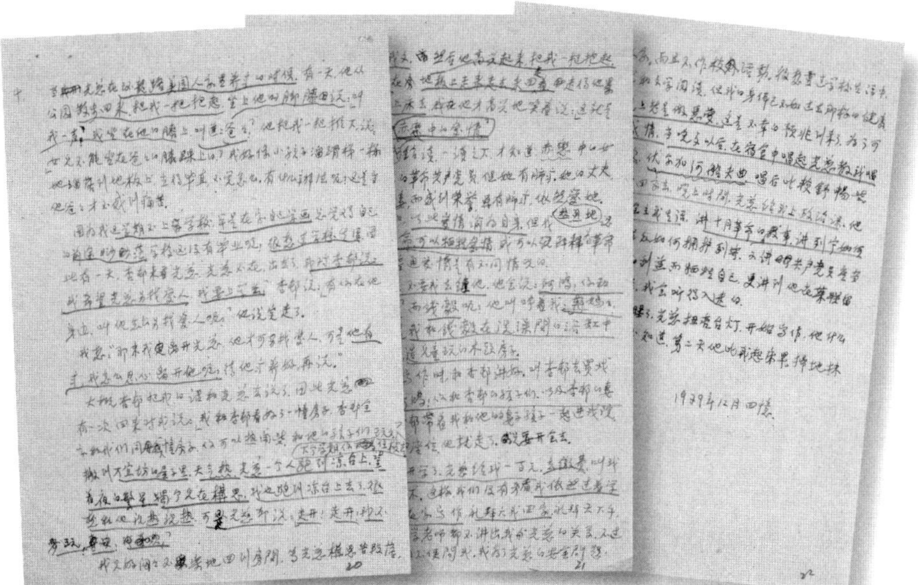

来信主要内容：

回忆与蒋光慈婚后生活的点点滴滴。

信件原文：

吴腾凰同志：

　　九月四日来信收悉，传书还没有到，也许不久就会来的，不知为什么，这里的新华书店不批发此书？要我们远道来采购，也许安徽出版社推销不够努力？

　　你依然称我"蒋妈妈"，我还是不同意，你自己不觉得，这是男性中心社会传统思想把女子符（附）属于男子的一种称呼，在社会主义的国家中，男女平等，女子有独立人格，可是几千年来的旧习惯，不能完全改掉，即使如你现代的轻（青）年作家，也会无意之中流露在文字上、语言上，我们这种女性，自五四运动以后，解放思想、解放个性起，已打下了基础，一看你对我的称呼，虽然上面还有"尊敬"二字，我却感到不舒服，好像把我属于蒋光慈的，当然我不否认我与他的共同关系，但我还是我，所以以后请你称呼我吴妈妈也好，直呼名字也好，改口好吗？即使叫我吴大姐也好！

　　你叫我写传书的读后感，我想别的同志写适宜，我因五十一年来对于光慈的感（情）太多了，而且有的重复地写出，时间也很少，如今我的创作任务完成不了，心里很急，急也无用，总因年老体弱，且有冠心病，一天到晚地忙，也忙不出什么工作来，不过关于你写的《蒋光慈传》只读过一遍，有暇时再读第二遍，有什么话写出来，告诉你。现在我发现了阿英在六十年代给我的信，信中提到光慈的脱党情况，和光慈恢复党籍的话，但未说明那（哪）年那（哪）月，什么情况下恢复党籍，现在我把阿英的信抄录下来寄给你，以便你重版"传书"时的参考，作为补充部分。

　　我在前年写了一部自传稿，因身体欠佳，费淑芬同志给我从原稿中整理出来，准备不久在浙江人民出版社出书，如出来，当寄你一本，现在未出书前，《西湖》月刊从中间取了约五万字，从九月份起连载发表，题为《浪迹文坛艺海间》，是别人取的名，文中所写的是真人真事，不虚构，不管好坏，不管美丑，求真实。我想：也许你将来读了此文，不以为我是可尊敬的老人了，封建老脑筋会骂我洪水猛兽，学识广博的人，会说我浅薄，慈爱而善良的人，会说我可怜人，无论谁对我有什么评论，我都会把它记录下来，如今你说我是"女杰"，我也做个参考，究竟我是否称得上"女杰"？

你去了广东海南岛，年轻力壮的人才能走得远，我如今去一趟杭州，还得有人护送，否则不要想出门。

今年身体尚好，比去年好些，但写作成绩差了，只写了数篇短散文和自传的尾巴，计划写二篇小说，到目前一篇还没有完成，已经九月了，赶快写才对，还有些旧稿要修改，争取出版。

祝你文安！向你的爱人王同志问好！

吴似鸿

1982 年 9 月 16 日

附：蒋光慈回忆补记

吴似鸿

1929 年腊月，跨入 1930 年的新年，我与光慈同居的第三天，光慈到先施公司买了二只火腿，外面有粉红色的绒布套子的，装饰好看，他提回家来，对我说："今天我们去看田老太太和田老大去？"随即他拿出十元钞票塞进我的衣袋中，意思是出门必须带钱。

二人跑进南国社的客堂门，光慈就把二只火腿交给田老太太了。客堂中的南国社员好几个在那儿，郑君里就说："呵！新姑爷、新姑奶奶到娘家回门来了！"田老太太很高兴，接住火腿说："蒋先生！今天在我们家吃饭！"她拿起一只竹篮，到外边菜市场去买小菜了。光慈跑上楼梯，和田汉谈话去了，我留在客堂中，想要和社员们谈谈什么，可是情况二样了，平时社员们一见到我，像姊妹似的亲热，而这次，他们对我保持相当的距离，态度冷淡了，我心里很难过，想到我有了光慈，失掉了群众。

老太太开饭出来，大家挤坐在大菜桌上，有的坐，有的立，田汉和光慈也从楼上跑下来吃饭，我和光慈平坐在破皮沙发上。听得老太太说："寿昌（田汉）！晚上没小菜钱了。"田汉不作声，拿不出钱来，光慈的手臂弯向我的腰部挂了一下，暗示我把钱拿出来，我含了一口饭，马上说："老太太，我有钱。"随即从衣袋中拿出十元钞票交给老太太了。

餐毕，我们要走了，光慈说："我们去看康白珊大姊去？"这时康大姊不住在南国社里面，而是另租房子。我和光慈跑到康姊那儿，她的住屋很小，很暗，她出来立在门口，向我们打招呼，穿一件薄薄的旗袍，看去经济困难，衣服没穿暖；光慈又暗示我，我领会到，把衣服送给康姊，于是我把自己的一件毛线衫送给康姊穿，我的衣服已经够暖了。

回到家里，光慈病倒。他说："感冒，服了药会好的。"他叫我托杏邨（阿英）去买药，我刚要去到杏邨家，杏邨的儿子，约四五岁的光景，提了一只花灯跑上楼来，杏邨站在楼梯脚下，教儿子钱毅说："你叫蒋妈妈。"钱毅一边举着花灯，一边上楼梯说："蒋妈妈！我送花灯来了。"

这时光慈卧在床上说："阿鸿，你拿糖果给杏邨的孩子吃。"我接取了钱毅的花灯，插门缝上，然后拿了些糖果给杏邨的孩子。

光慈服了几帖中国药，感冒好了，杏邨叫我们到他家里喝茶。因为我们同时住在一个裕德里，只差数间门面，一走就走到，他住的屋子，楼上有走廊，走廊上摆一顶小桌子，桌上摆茶杯，林伯修（左联的作家）已坐在那儿喝茶，光慈坐在林伯修的旁边的小桌边，二人谈天了，我是不懂他们谈些什么，觉得无聊，就立在楼梯顶上，看楼下，杏邨立在梯脚边，仰起着头，喊我道："密司吴！下来，和我们孩子玩！"

我跨下几档梯阶，扶着梯栏望他们，杏邨的大女儿，十岁，和儿子钱毅立在杏邨的身边，也望着我，我没下楼去和孩子们玩，心里却想着：

"杏邨当我孩子。"

光慈老是和林伯修谈天，不理睬我，其实我还有孩子气的，打了一下光慈，引起光慈和林伯修大笑起来。

杏邨的妻子，我叫她钱嫂嫂的，她在厨房中做点心，杏邨在楼下高声地叫喊："点心好了，你们下来吃点心！"于是我和光慈、林伯修一起下楼，吃点心了。

我与光慈同居不到半月，光慈去买了一只单人铁床，他自己背上楼来，笑着说："亚东老板说的，我们得分床睡。"当时我不知道光慈有肺病，也没想到他专心贯注写作，对于爱情自然只好淡薄，我竟哭了，光慈像慈父一样地说："别哭了，我抱抱你。"后来我想："他是我的保护人，我的爸爸吧！"才不哭了。

当光慈在环龙路美国人家里养病的时候，有一天，他从公园散步回来，把我一把抱起，坐上他的脚膝说："叫我一声！"我坐在他的膝上，叫道："爸爸！"他把我一把推下，说："女儿不能坐在爸爸的膝踝上的。"我好像小孩子溜滑梯一样地溜落到地板上，立得毕直，不觉怎，有什么办法呢？还是当他爸爸才不感到痛苦。

因为我这学期不上学校，单是在家自己学画，总觉得自己的前途渺茫，学校还没有毕业呢！很想过学校生活，因此有一天，杏邨来看光慈，光慈不在，出去了，我对杏邨说："我希望光慈另找爱人，我要上学去！"杏邨说："有你在他身边，叫他怎么另找爱人呢？"他说完走了。

我想："那末我离开光慈，他才可另找爱人，可是他有病，我怎么忍心离开他呢？待他病养好，再说。"

大概杏邨把我的话和光慈去说了，因此光慈有一次回来对我说："我和杏邨看好了一幢房子，杏邨全家和我们同租一幢房子，你可以热闹些，和他的孩子们玩玩。下个学期，你住校去。"

搬到万宜坊的屋子里，天气热，光慈一个人跑到凉台上，望着夜的繁星，独个儿在构思，我也跑到凉台上去了，很想和他亲热亲热，可是光慈却说："走开！走开！我不要玩！"

我只好闷闷不乐地回到房间，等光慈构思告一段落回到房间，教我读俄文，然后他高兴起来，把我一把抱起，托在他的两手臂上，在地板上走来走去来回走着，走得他累了，把我一抛，抛上床去，他才高兴地笑着说："这就是柯伦泰夫人所著的'赤恋中的爱情'。"

他把《赤恋》介绍给我读，一读之下，才知道，《赤恋》中的女主人，是一个爱群众的革命共产党员，但她有肺病。她的丈夫，以她革命的女性为妻，而感到荣誉，虽有肺病，依然热烈地爱她。虽然光慈没有说出口，以此爱情谕为自身，但我认为他的意思：为了革命，可以牺牲爱情，或可以解释为革命的爱情与一般的普通爱情是有不同情况的。

光慈要写作时，不要我去缠他，他会说："阿鸿！你和杏邨的孩子去玩！"而钱毅呢？他叫呼着我："蒋妈妈，和我来玩嘛！"于是我和钱毅在洗澡间的浴缸中摆人家、搭积木、造儿童玩的木头房子。

有时，当光慈要写作时，和杏邨讲好，叫杏邨去买戏票，然后对我说："阿鸿！你和杏邨的孩子们以及杏邨的妻子看戏去！另钱带去买糖果给杏邨孩子们吃。"于是杏邨带着我和他的妻子孩子一起进戏院，把我们坐好观众的座位，他就走了，说要开会去。

1930 年的下学期开学了，光慈给我一百元，去缴费，叫我进美专，住校学美术。这样，我们没有矛盾，我依然过着学校生活，他独个儿在家写作，礼拜六我回家，礼拜天下午，我又去学校，我对同学、老师都不讲出我与光慈的关系，不过有的人已经知道，他们不便问我，我为了光慈的安全问题，住址不告诉人家。而且不做校外活动。很想重过学校生活中，多学习进修美术和文学阅读，但我的身体已不如过去那样的健康，读了书忘记，晚上老是做恶梦，这是不幸的预兆到来了，为了可以发泄我的感情，当晚餐以后，在宿舍中唱起光慈教我唱的《国际歌》，《伏尔加河船夫曲》，唱后比较舒畅些。

礼拜六下午，我回家去，晚上时间，光慈给我上政治课，他讲苏联的社会主义生活，讲十月革命的故事，讲列宁如何爱护群众，群众如何拥护列宁，又讲共产党员当如何为群众的利益而牺牲自己，更讲到他在苏联留学时的学生生活，我会听得入迷的。

他讲完，我要睡了，光慈扭亮台灯，开始写作，他什么时候入睡，我不知道，第二天他比我起床早，扫地抹桌都是他。

1979 年 12 月回忆

信件解读：

吴似鸿曾作为蒋光慈的夫人，陪他度过生命的最后两年。吴腾凰为撰写《蒋光慈传》曾先后两次去绍兴乡下拜访吴似鸿，多次信访她，得到蒋光慈的许多资料，为写作奠定了好的基础。由于吴似鸿写的信函多，不能一一展示，这里只选两封反映蒋光慈和吴似鸿个性的信，作一简析，以飨读者。

1979 年 12 月吴似鸿给吴腾凰寄来一份《蒋光慈回忆补记》。

补记开头就介绍蒋光慈与吴似鸿同居后的第三天，他们夫妇二人去介绍人田汉家"回门"的事。蒋光慈在先施公司买了两只包装漂亮的火腿，又塞给吴似鸿十元钞票。到了田汉家，那里坐着几位南国社的社员。郑君里见他们进来，说："呵，新姑爷新姑奶奶到'娘家'回门来了！"田汉的母亲田老奶奶说："蒋先生，今天在我们家吃饭！"

吃饭时，大家围在大饭桌上，有的站着，有的坐着，蒋光慈和吴似鸿坐在破沙发上。吴似鸿他们忽然听到田老太对田汉说："寿昌，晚上没有小菜钱了。"蒋光慈用手臂杵了吴似鸿的腰部，吴似鸿心领神会，立即说："老太太，我有钱！"说着就将十元钞票交给老太太了。

接着叙述蒋光慈和吴似鸿去看望南国社康白珊。这是一位丈夫牺牲、自己坐牢、被田汉保释出狱的好大姐，蒋光慈见她衣服单薄，不能御寒，便让吴似鸿脱下身上的毛线衣送给她。

第三段，陈述吴似鸿、蒋光慈与阿英一家老少和睦、欢快的友情，以及和林伯修的革命情谊。

第四段，回忆她与蒋光慈和谐的爱情生活。蒋光慈与吴似鸿同居后，二人爱得死去活来，可蒋光慈的老朋友亚东书局老板汪孟邹先生知道蒋光慈有肺病，怕他与吴似鸿性生活过于频繁，会使他的病情加重，劝他们"分床睡"。另一方面，这样也有利于蒋光慈有更多的时间进行写作。可吴似鸿不同意，又哭又闹，蒋光慈只好投降。两个人有哭有笑，有拥抱有嬉闹，在欢快和矛盾中生活。蒋光慈当时正在赶写他的长篇小说《咆哮了的土地》，夜以继日地构思、写作，不能与吴似鸿嬉闹，使她感到寂寞、苦恼。蒋光慈向她宣传十月革命，讲共产党员"如何为群众的利益而牺牲自己"，教她俄语，唱《国际歌》《伏尔加河船夫曲》，使她"听得入迷"。吴似鸿不但孩子气十足，还不会做家务，所以什么"扫地抹桌"等家务全是蒋光慈干。可见，他们的婚后生活是欢乐和谐的，这是事实，绝不是网络上和社会上传说的"蒋光慈不爱吴似鸿"什么的。蒋光慈生病住院和逝世后的安葬，两次迁坟和最后将遗骸移到龙华烈士陵园都是吴似鸿上下奔波的，这就是"爱情价更高"的事实。如果说"不和谐"，那只能讲一个为革命写作，一个年轻不懂生活，把"爱情"轻视了。

1982年3月16日吴似鸿给吴腾凰一封信，说吴腾凰给她寄的《蒋光慈传》还没有收到，又说绍兴书店没有批发这本书。由于吴腾凰在信中称呼她"蒋妈妈"，她不愿意接受。说："你对我的称呼，虽然上面还有'尊敬'二字，我却感到不舒服，好像把我附属于蒋光慈的，当然，我不否认我与他的共同关系，但我还是我，所以以后请你称呼我吴妈妈也好，直呼名字也好，改口好吗？即使叫我吴大姐也好！"从这里我们可以看出这位当年绍兴女权协会会长对妇女"独立人格"的信念是多么坚定，对"五四"自由精神的捍卫是多么一如既往。

第二段讲阿英先生在20世纪60年代初曾给她复过一封信，称蒋光慈的党籍早已恢复了。经我们多方调查，蒋光慈的党籍从来没有恢复，这里阿英同志记忆有误，或者为尊者讳而说蒋光慈的党籍"早已恢复"。

第三段谈她的新作《浪迹文坛艺海间》。她说，书将由浙江人民出版社出版。书中所写的全是真人真事，不虚构，不管好坏，不管美丑，求真实。又说，吴腾凰将来读到这本书，不以为我是可尊敬的老人，封建老脑筋会骂我洪水猛兽；学识广博的人，会说我浅薄，慈爱而善良的人会说我可怜人。无论谁对我有什么评论，我都把它记录下来。如今你说我是"女杰"，我也做个参考，究竟我是否称得上"女杰"？从这里我们可以看出，吴似鸿年迈多病，又居住在农村的破屋里，仍然乐观豁达，不仅具有青年人的朝气和猛进的精神，还有老人"有容乃大"的宽广的胸怀，实在难能可贵。

第四段，诉说自己年迈力衰，不能远行了，但还要坚持写作，不但写散文，还要写小说。

写信人生平、学术成就：

吴似鸿，现代女作家。原名阿罗，笔名湘秋、SH、吴峰、苏虹。1907年3月4日生。浙江绍兴县州山乡陈家湾人。幼时读过私塾，小学入浙江绍兴县立女子师范。1927年参加大革命运动，被选为校学生自治会会长、绍兴妇女协会会长。大革命失败后，当过小学教员。1928年考入上海新华艺术大学进修西洋画，参加南国社，演过《卡门》《生之意志》等，发表过《吉卜赛女日记》《还乡记》《毛姑娘》《新女性》等作品，受到文坛瞩目。1930年初，与蒋光慈同居。1933年，出版小说《少女日记》，帮助沈兹九编辑《申报》副刊、《妇女》园地，并继续以卖文为生。1932年参加左翼美术家协会，与一八艺社诸人来往密切。1933年任《妇女生活》月刊助理编辑。其后做过中学教员，参加妇女运动和抗日宣传工作。为中华文学艺术家联合会会员。1946年参加中华文学艺术界联合会重庆分会。解放后，曾任中学美术教师。1951年参加西南文联。1953年参加浙江文联。1954年后，本人不愿待在机关，要求回故乡养病，同时体验生活。1955 年"胡风反革命集团"案审查过她；"文革"中在农村被当作"军统特务""历史反革命""文艺黑线人物"被反复批斗，九死一生。她长期在农村生活，靠浙江省文联以编外人员发放生活津贴。主要作品有：《流浪少女的日记》《北上劳军日记》《蒋光慈回忆录》《中国左翼美术家联盟历史经过略谈》，小说集《苦藤集》，传记《浪迹文坛艺海间》《我与蒋光慈》等。吴似鸿的短篇小说《丁先生》，曾受到鲁迅、田汉等人的好评。"文革"后曾任绍兴州山乡政协委员、绍兴县政协委员、绍兴县文联委员、浙江省文联委员、浙江省鲁迅研究会会员。她的许多回忆文章，填补了20 世纪 30 年代现代文学史上不少空白，受到研究者的关注。

　　1990 年在浙江绍兴柯桥病逝，享年 83 岁。

　　吴似鸿，在人世间漂泊一生，命运可悲可叹。在文艺界，她生性不羁，酷爱自由，终"不肯收起小野猫的逆毛"。在"文革"中，她不畏批斗，为自己画了一张"面目狰狞"的画像，说自己绝不去自杀，相信党，相信真理，相信自己清白。她虽然继蒋光慈之后，又有过三次婚姻，但在她晚年的房间里一直挂着她亲笔为蒋光慈画的像，她对人说，真爱我的人是蒋光慈，我真爱的人也是蒋光慈。可悲的是，性格决定命运，她终被主流遗弃，终老于乡野，被大家叹为"野妹妹"。而与她当年同一个战壕的战友，多数人都步入政治，可她甘愿"采菊东篱下"，与乡亲们同甘共苦。在乡间，她被人称为"撒婆"，这是绍兴乡间的土语，不仅说她有点儿呆，有点儿傻，更是说她有点儿"疯"。吴似鸿一生具有反抗精神，桀骜不驯，不与世俗同流合污，我行我素，因而为世俗所不容。吴似鸿是位奇特的女性，她可爱可敬而又难于相处；她性格直爽，但又不能容人，不会换位思考；她敢于反抗，但不懂得社情和为人处世的策略，是一位勇于抗争的女人，但不是一位有勇有谋的女性。她是一只鸿雁，却是一只孤苦无援的掉队的鸿雁，所以其命运是凄楚的！好在她留下几本著作，让后人看到一位苦斗一生的"五四"新女性。她是一位值得纪念的女作家。

6 吴组缃：我曾多次聆听恽代英演讲

来信主要内容：

回忆自己1921年秋在宣城第八中学读书时，常去宣城四师听恽代英讲演，受益颇多。1922年转入芜湖省立五中，校长刘希平品德高尚、思想进步，后校长被安徽军阀马联甲换掉，自己又随刘希平到南京、上海继续读书。今年（1980年）到上海、南京、芜湖讲学，顺便回故乡泾县茂林一趟，见到不少熟悉的乡亲，还和叔父吴葆萼谈了很长时间。

信件原文:

腾凰同志:

你的信已经收到多时，因为你问我的许多问题，我一个也答不上来，只能交白卷，所以就撇下未曾奉复，今天再翻阅你的信，觉得还是应该跟你说明几句。我在一九二一年十四岁时到宣城第八中学上学，当时第四师范也在宣城。四师教务主任是恽代英，我曾有许多次到四师去听他讲演，讲的内容都是爱国抗日的题目和五四运动鼓吹科学与民主的道理。四师的校长是章伯钧，也是思想进步的人，他们合作得很好。比起八中校长朱似愚，显得大不相同。我在八中只读了半年，一九二二年转入芜湖第五中学。校长刘希平，品德高、思想好，我在此读了两年书，受到最好的教育。一九二四年皖督马联甲撤换了刘希平，我们许多同学离开五中，跟刘希平到南京进了他办的私立新民中学。新民只办了半年。我以后就到上海读书。

我今年到上海、南京和芜湖去讲课，曾回茂林去了一次。故乡已有四十多年未回去过，认识的人还有不少。在葆荨家里坐谈甚久始别。顺告。

专此匆复，藉祝

近安!

吴组缃 书

八〇年十月廿六日

信件解读:

　　北京大学教授吴组缃先生在 1963 年秋曾应邀到合肥师范学院讲中国古典小说。吴腾凰当时在那里读书,听了先生的讲演。多年后他还记得吴组缃先生说自己曾经在安徽省芜湖市省立第五中学读过书,当时学校的校长是教育家刘希平。吴腾凰在研究革命作家蒋光慈生平事迹时,知道蒋光慈在五四运动时期在省立五中读过书,校长也是刘希平,他想两位既然是校友,吴组缃先生应该对蒋光慈有所了解,于是便写信向吴组缃先生请教。吴组缃先生于 1980 年 10 月 26 日给吴腾凰回复了这封信。

　　复信开头讲,吴腾凰的来信他已收到,因为所提关于蒋光慈的问题,他一个也答不出来,只能交白卷,所以"未曾奉复",但后来吴组缃先生再读来信,觉得还应该写封信,说个明白。

　　接着他说自己在 1921 年 14 岁时由老家泾县到宣城第八中学读书,那时第四师范也在宣城。四师的教导主任是革命烈士恽代英,他曾多次到四师去听恽代英讲演。讲的内容都是爱国抗日的题目和五四运动鼓吹科学与民主的道理。四师的校长是章伯钧,也是一位思想进步的人,与他所在的八中明显不同。

　　吴组缃先生的这段回忆很有历史价值。恽代英是中国青年运动的领袖,1895 年生于湖北武昌,原籍江苏武进,1920 年创办利群书社,传播新思想、新文化和马克思主义。1920 年秋,受爱国民主人士宣城第四师范学校校长章伯钧的邀请出任校教务主任。在章伯钧的支持下,他经常利用讲演活动,向青年宣传抗日爱国思想,宣传民主和科学,宣传马克思主义,使宣城这座古城空气为之一新。他的这些宣传活动,引起反动当局不满,1921 年 5 月被迫离开了宣城。1921 年加入中国共产党,历任中国共产主义青年团中央执行委员、《中国青年》主编、黄埔军校政治主任教官、上海大学教授、中共中央宣传部秘书长、中共六届二中全会中央委员等。1930 年 5 月在上海被反动当局逮捕，后被叛徒顾顺章指认，于 1931 年 4 月 29 日被杀害于南京，年仅 36 岁。他就义前留下一首感人肺腑的诗篇：

> 浪迹江湖忆日游，故人生死各千秋。
> 已摈忧患寻常事，留得豪情作楚囚。

　　1922 年章伯钧以安徽省公费生赴德国留学，在柏林大学哲学系攻读黑格尔和马克思主义哲学，与朱德同住一室，后经朱德介绍于 1923 年加入中国共产党，回国后，任中山大学教授。1926 年参加北伐，任第九军党代表。1927 年 8 月参加南昌起义，被任命为起义军总指挥部副主任。1947 年任中国农工党主席。新中国成立后，任农工民主党主席、交通部部长、《光明日报》社社长。1957 年 6 月 8 日成为中国第一号资产阶级"右派分子"。1969 年 5 月逝世于北京。1980 年《人民日报》称其是"著名的爱国民主战士和政治活动家"。

　　紧接着，吴组缃先生又说，他 1922 年转入芜湖安徽省立第五中学，当时校长是进步教育家刘希平先生，刘校长品德高尚，思想先进，他在这里读了两年，受到很好的教育。1924 年，刘校长被安徽军阀、皖南镇守使马联甲解职，吴组缃和许多同学追随刘校长，进了他在南京创办的私立新民中学。在那里他只读了半年就转到上海读书去了。

　　吴组缃先生夸赞的校长刘希平，可是一位著名的教育家。刘希平（1873—1924），安徽六安县人，其父曾中举人，幼读私塾，颖悟过人。1906 年，求学日本，毕业于东京弘文学院和明治大学，获法学学士学位。此间，结识孙中山先生，加入同盟会，宣传革命。1911 年回国，拒任安徽省政府高等检查厅厅长之职，在安徽江淮大学自任教授。1917 年，芜湖皖江中学更名为芜湖省苏立中学，校长潘光祖聘请他教授国文和修身课。1919 年五四运动中，支持学生爱国行动，参与全市罢课、罢工、罢市和示威游行活动。秋，他出任该校校长。他两次邀请恽代英到校讲演"反帝反封建斗争"和"青年运动道路"等问题。早期共产党人高语罕、肖楚女等人也都曾到这里，一种新的希望和新的革命力量在这块土地上凝聚爆发，芜湖成为安徽新文化运动的策源地，省立五中被誉为安徽的"北大"。1921年安徽发生六二学潮，安庆进步知识分子和学生为反对军阀侵吞教育军费，争取经费独立，发动大规模斗争，遭到军阀镇压，两人死亡，五十多人受伤，又称六二惨案，消息传来，刘希平挺身而出，发起组织安徽六二惨案后援会，安徽各地进步师生立即起而响应，示威游行，罢工、罢课、罢市声援，终于取得了斗争的胜利。刘希平直接与省政务厅厅长面对面斗争，迫使厅长挂冠辞职。1923年，刘希平遭反动军阀马联甲通缉，被迫离开芜湖。1924年春到南京，他秉持初衷，筹办新民中学，自任校长。白手办学，谈何容易，自己典当私产，多方筹集资金，终因积劳成疾，于是年8月17日病逝于芜湖。临终前依然不忘教育，说："方寸乱矣，奈校事何！"

1932年刘希平校长被安葬在芜湖省立五中后面的赫山之巅。墓侧建纪念亭，名为"爱晚亭"，取"哀婉"之音。亭西边柱子上有一副对联："朝霞菲微枯草泣，秋风摇落故人稀。"充满怅惘深情、怀念之意。

复信最末一段，顺便告诉吴腾凰说他1980年回家乡的事。他利用到南京、上海、芜湖讲学的机会回到泾县茂林故乡，他已经有40多年没有回去了，认识的人还有不少。在他侄儿、原安徽师范大学外语系主任吴葆萼家谈了很长时间。吴组缃的家乡泾县茂林镇是皖南事变发生地，新四军7000多位将士血染东山，那里是块红色的土地。吴组缃先生回到那里，肯定有无限的感慨。他与侄儿吴葆萼"坐谈甚久"，吴葆萼可是位历经沧桑的革命老人啊！

吴葆萼先生，1900年生于安徽泾县茂林镇。1914年赴芜湖读中学，后转入省立第五中学，五四运动中与蒋光慈等一起积极参加游行示威等爱国活动，1920年与蒋光慈一起赴上海入上海外国语学社学习，参加中国社会主义青年团。1921年春，党组织派他同刘少奇、任弼时、肖劲光、曹靖华、蒋光慈等赴苏俄莫斯科远东共产主义劳动大学学习，1922年因病回国。北伐战争开始后，他去中共芜湖市委工作。1927年"四一二"反革命政变后，从事教育工作。1940年任茂林广益中学教师，积极参加抗日救亡运动。1941年皖南事变后，他积极设法帮助新四军干部夏征农、方联百等人脱离险境，安全回归部队，他本人也因此被国民党逮捕。在狱中受尽折磨摧残，但他坚贞不屈，视死如归，后经营救获释。1948年去芜湖任教，并在地下党领导下秘密进行革命活动，迎接解放大军渡江。解放初期，他积极筹办芜湖师范学校，后在安徽师范学院任外语系主任。同时担任皖南行政公署监察委员会委员，被选为安徽省第一届各界人民代表会议代表、政协第四届委员会委员。曾任中国民主同盟芜湖市委员会副主任委员。离休后，回到故乡茂林。1981年3月病逝，享年81岁。

吴腾凰为调查蒋光慈在芜湖、上海和莫斯科学习的情况，曾先后三次去芜湖和茂林对吴葆萼先生进行访问，从他那里获得了不少有价值的资料。关于在皖南事变中吴葆萼冒着生命危险营救新四军政治部统战部副部长兼民运部部长夏征农及战友方联百的事，除了听老人本人讲述，吴腾凰还利用在上海参加鲁迅学术会议的机会，向时任上海市委副书记的夏征农同志求证。夏征农说："吴葆萼是我的救命恩人，不是他，我早就不在人间了，他是我的救命恩人！"据了解，夏征农对吴葆萼的救命之恩，一直铭记在心，长期对吴葆萼的工作、生活予以关照。

吴组缃先生这封复信中提供的资料，对研究宣城、芜湖革命史，对研究章伯钧、恽代英、刘希平等人都是十分珍贵的。

写信人生平、学术成就：

　　吴组缃（1908—1994），字仲华，现代著名作家、教授。曾用名吴祖襄、寄谷、野松。1908 年生于安徽省泾县茂林村。1921 年离家到宣城安徽省立第八中学读书。当时正值五四运动之际，省内学潮高涨，学风进步，经常听恽代英等人的讲演，开始接受新文化思想的影响。次年转入芜湖安徽省立五中，主编学生办的刊物《赭山》，并开始在芜湖《皖江日报》副刊发表诗文。1924 年，学校遭军阀压迫改组，他到南京读书。后因军阀混战，学校停办，他于 1924 年回家自修。1925 年到上海求学。北伐战争后，对中国半封建半殖民地社会有所认识。1929 年入清华大学中文系读书，同时开始写作以农村破产为题材的小说、散文，为读者与评论家所重视。茅盾先生赞他为文学"生力军"，并预言他"是一位前途无限的大作家"。有评论家指出，他是描写皖南农村的"第一人"，是典型的"乡土文学"作家。先后出版了《西柳集》和《饭余集》，其中包括他的代表作《一千八百担》《天下太平》《樊家铺》等。1935 年受冯玉祥将军之聘，到泰山任冯玉祥的国文教师。抗日战争期间，在冯将军处参加抗日工作，并协助将军修改《我的生活》。后到中央大学国文系任教，曾担任重庆文艺界抗敌协会理事。这期间发表过短篇小说《某日》《铁闷子》，长篇小说《山洪》。1946 年至 1947 年随冯玉祥访美，此后曾任金陵女子文理学院教授、清华大学教授和中文系主任。1952 年调北京大学任教，听从周恩来总理的劝告，潜心从事古典文学研究，尤以明清小说为研究方向，并历任中国文联与中国作协理事，《红楼梦》研究会会长。"文革"中被打成"牛鬼蛇神"，遭受严重迫害。1956 年加入中国共产党，1979 年加入中国民主同盟，被选为民盟中央委员。1981 年赴美讲学，出现"吴组缃热"。

　　吴组缃先生主要作品有：小说集《西柳集》，散文集《饭余集》，长篇小说《鸭咀涝》，另有《吴组缃小说散文集》，古典小说评论集《说稗集》，文艺评论集《苑外集》《宋元文学史稿》（与沈天佑合著）等。

　　吴组缃先生被称为智者。在他的学生眼中："吴先生非常敏锐，很有智慧，聊起天来滔滔不绝，神采飞扬，妙语连珠。"他同时又被称为勇者。孔子说过："吾道一以贯之。"吴先生的"尺度"也始终如一。"他从不会因人而变，因时而变。"北大中文系教授孙玉石评价："他要一个导师应有的尊严。他尊重自己的尺度。"他一生坚持自己的学术观点，不受风向干扰，坦诚直率，言为心声，真诚待人，老幼不欺。1994年1月11日，老人走完了他的人生之路，享年91岁。离世前，他为自己的墓碑拟铭语：

　　　　竟解中华百年之恨，
　　　　得蒙人民一世之恩。

7 王瑶：研究作家一定要知人论世

来信主要内容：

王瑶先生说他虽是《中国现代文学研究论丛》主编，但实际并未参与担当编辑工作，只好将吴腾凰与李志编的《蒋光慈年表》转给《丛刊》负责同志审阅处理，乞谅。

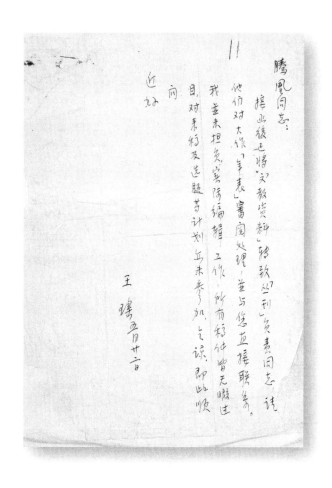

信件原文：

腾凰同志：

　　接函后已将《文教资料》转致《丛刊》负责同志，请他们对大作《年表》审阅处理，并与您直接联系。我并未担任实际编辑工作，所有稿件皆无暇过目，对来稿及选题等计划亦未参加。乞谅。即此顺问

　　近好

王瑶
五月廿二日

信件解读：

　　吴腾凰、李志合编的《蒋光慈年表》在南京师大的《文教简报资料》1981年第2期发表后，吴腾凰想请北京大学教授、《中国现代文学研究论丛》主编王瑶教授看看，可否在《论丛》上发表，借以扩大影响，于是便将《资料》呈寄去了。王瑶先生接到信和资料后，于是年五月二十二日回了信，说他已将《文教资料》转给《丛刊》负责人，请他们"审阅处理"，并说明他本人"并未担任实际编辑工作"，甚至连"选题计划"都未参加，希吴腾凰谅解。信写得既客观又不乏热情，尽显大师风范。

　　1982年夏，中国现代文学研究会年会在海口举行。会议开始前一天下午，王瑶先生请他的一位研究生通知吴腾凰到他的房间一叙。王瑶先生说："你的《蒋光慈传》我看了，写得不错，这是蒋光慈身后第一本传记。写作家研究的文章，要注重与史的联系，考察作家的生活与作品的关系，知人论世是鲁迅先生坚持的方法，将作家和作品与他产生的时代联系起来思考、研究，这样才称'实事求是'。你的《蒋光慈传》在这方面下了功夫，但还不够，应该把蒋光慈的作品与作品产生的时代进一步写清楚。"这番谈话对吴腾凰影响颇深，对后来他写其他几位作家传记及与同仁合作的《蒋光慈评传》《美的殉道者——吕荧》等都起到了重要指导作用。

　　王瑶在他的《中国新文学史稿》中对蒋光慈这样评价道：

　　蒋光慈也是提倡革命文学很早的一个人，在后期《新青年》上，他写过《无产阶级革命与文化》；在一九二五年《觉悟》新年号上，写过《现代中国社会与革命文学》；一九二六年在《创造月刊》二期上又有《十月革命与俄罗斯文学》(即《死去了的情绪》)，而且还有诗集《新梦》，小说《少年漂泊者》和《鸭绿江上》等创作。他是从十月革命后的俄国回来的，自然觉醒得更早一些。但不只早期那些文章的影响不太大，他对"革命文学"的理论和态度，也是可以和创造社诸人同样去理解的；例如他在《死去了的情绪》一文中说：

革命这件东西，倘若你欢迎它，你就有创作的活力；否则，你是一定要被它送到坟墓中去的。在现在的时代，有什么东西能比革命还活泼、光彩些？有什么东西能比革命还有趣些，还罗曼谛克些？倘若文学家的心灵不与革命混合起来，而且与革命处于相反的地位，这结果，他取不出来艺术的创造力，干枯了自己的诗的源流，当然是要灭亡的。

从这段文字中，可以看出王瑶先生评价蒋光慈是提倡革命文学很早的一个人。在海南现代文学学术会议期间，他还向吴腾凰阐述这一观点。吴腾凰当他的面，表示自己同意他的看法，还说应该是最早，《新青年》的论文，《新梦》诗集就是铁证。王瑶先生吸了一口旱烟，没有再说什么。

写信人生平、学术成就：

王瑶，字昭琛，中国文学史家、教育家、教授。1914 年出生于山西省平遥县道备村。早年在本县小学读书，1928 年去太原读初中，1931 年到天津南开中学学习。1934 年考进清华大学中文系，开始学写文章；1936 年主编《清华周刊》第四十五卷。其间，参加反对"华北自治"学生运动并成为骨干，加入中国共产党。1942 年入昆明西南联大，师从朱自清先生致力于中古文学史学习，著有影响力巨大的《中古文学史论》。1946 年回到北京，任清华大学讲师、副教授。1952 年到北京大学中文系任副教授、教授。1953 年，他著《中国新文学史稿》，填补了中国文学史研究的一项空白，成为中国新文学史研究学科的奠基人。1958 年，"反右派"斗争中被当作学术上的"白旗"受到批判，但他仍坚持自己的观点，继续学术研究。1966年"文革"开始，他被打成"反动学术权威""漏网右派"。1973年回校，后被选为中国现代文学研究会会长，鲁迅研究会副会长等职，并主编《中国现代文学研究丛刊》。1978年，招收"文革"后首届硕士研究生。1989年11月，抱病参加在苏州举行的现代文学研究会理事会。12月13日，突然病逝于上海华东医院，终年75岁。

王瑶先生学贯古今，视野开阔，具有深厚的古典文学和现代文学修养，是一位在中古文学史、现代文学史和鲁迅研究三个领域都作出了卓越贡献的学者。他的主要著作有《中古文学思想史》《中古文人生活》《中古文学风貌》《中国新文学史稿》等。王瑶先生是中国现代文学史学的拓荒者，为培育和发展中国现当代文学事业付出了毕生心血，是中国现代文学史上的一座丰碑。

8 许杰：他的作品文学史价值大于艺术价值

来信主要内容：

　　谈革命作家蒋光慈的作品为什么当时影响那么大，后来就不那么热了的问题。因为蒋光慈"有他的进步的世界观和人生观，他那作品写作的精神，同那个时代的青年的思想相呼应"，所以在他作品的感召下，许多青年投入革命队伍。因此，蒋光慈的作品就在"文学史上产生了具有时代影响的一定的价值"。至于鲁迅、茅盾的作品何以比蒋光慈影响深远的问题，那是他们的作品在艺术技巧与造诣达到的高度与深度不一样，鲁迅、茅盾作品的艺术技巧、造诣的深度、高度远非蒋光慈作品所能比得上的。

信件原文：

腾凰同志：

　　你的来信，他们已给我转到医院来了。《文学报》召开的座谈会，我未能参加；其后，他们又来医院探访，我只在病房说了一些看法，大意就是他们所整理出来的东西，没有什么新的东西。接到来信，使我感动。你说有些说法，你都同意，我也非常感谢。对于蒋光慈作品的看法，记得我当时说的是他的作品在文学史上有一定的价值，但作品的本身，经过一定的时间的考验，就不一定同样有价值。这个意思是根据我上面所说文艺作品本身的内在规律引伸（申）出来的。这就是说，一个好的成功的作品，不但要有生活，有作家正确的人生观世界观，而且还要有作家所具有的高度艺术技巧。我谈到蒋光慈的作品之所以经不起时间的考验，意思只是说明他的艺术技巧比较的弱一些或不够一些就是。至于他的作品在当时影响之大，如你所说，确实有许多青年，读了《少年漂泊者》走上革命的道路的。这也就是我所说在文学史上有价值的例证。你的来信，说是"在那个无产阶级革命初期的岁月里，为什么那么多青年热爱它，受它的影响而奔向光明？"我想，这也是不难理解的吧。正因为蒋光慈有他的进步的世界观和人生观，他那作品写作的精神，同那个时代青年的思想相呼应。因此，在当时，就鼓励或指导进步青年走上革命的道路。因此，他的作品也就在文学史上产生了具有时代影响的一定的价值。也正如你所说，鲁迅、茅盾的作品何以比蒋光慈作品给人的影响更为深远、永久呢？用我的看法来回答，就是鲁迅他们的艺术技巧与造诣，它所达到的高度与深度，则是蒋光慈所远远不能比得上了。这点意见，不知你以为对否，请指正。

　专此复，致

敬礼！

许杰

八二．九．廿一

（这信是在病榻旁写的，草率，乞谅。）

信件解读：

　上海《文学报》发表了记者对华东师范大学教授、上海作家协会顾问许杰专访的文章，文章讲到蒋光慈的作品，说"他的作品在文学史上有一定的价值，但作品的本身，经过一定的时间的考验，就不一定同样有价值"。吴腾凰读后，觉得许杰先生讲的是实情，但在当时，蒋光慈的作品如同一团火，引起无数彷徨青年的追捧，捧着他的《少年漂泊者》投奔革命的知识青年很多，这是为什么？为什么鲁迅、茅盾的作品的生命力那么强大，而蒋光慈的作品生命力却逊色许多呢？在困惑中，吴腾凰写了一封感慨的信，向许杰先生求教。许杰先生于 1982 年 9 月 21 日在病榻旁给吴腾凰写了一封复信，为其解惑，令人感动，使人深思。

　许杰先生首先谈了作品在文学史上的价值问题，他说："我讲蒋光慈的作品在文学史上有一定的价值，是根据文艺作品本身的内在规律引伸（申）出来的。这就是说，一个好的成功的作品，不但要有生活，有作家正确的人生观世界观，而且还要有作家所具有的高度艺术技巧。我谈到蒋光慈的作品之所以经不起时间的考验，意思只是说明他的艺术技巧比较弱一些或不够一些就是。"

　接着，许先生谈了蒋光慈《少年漂泊者》的社会效应，他说："至于他的作品在当时影响之大，如你所说，确实有许多青年，读了《少年漂泊者》走上革命的道路。这也就是我所说在文学史上有价值的例证。"至于为什么那么多青年热爱他的作品，"我想，这也是不难理解的。""正因为蒋光慈有他的进步的世界观和人生观，他那作品写作的精神，同那个年代青年的思想相呼应。因此，在当时，就鼓励或指导进步青年走上革命的道路，因此，他的作品也就在文学史上产生了具有时代影响的一定的价值。"

最后一个问题，许先生谈到鲁迅、茅盾作品影响深远的问题。他说："就是鲁迅他们的艺术技巧与造诣，它所达到的高度和深度，则是蒋光慈所远远不能比得上了。"

许杰先生这封复信堪称经典。他从蒋光慈与鲁迅、茅盾的作品对比中，让我们明白了文学艺术作品的影响力、生命力全在于作品本身，而作品本身的铸造，又全在于作家艺术家个人。一部好的文学艺术作品，首先要求作家、艺术家要具有正确的人生观、价值观、哲学理念和与时俱进的先进思想，再一个就是遵循艺术规律去驾驭艺术技巧创造新的艺术作品。如果仅有正确的人生观、价值观、哲学理念，却不掌握艺术规律和艺术技巧，那创作出的作品不是标语口号就是图解政治，可以轰轰烈烈一时，人一走茶就凉，生命力脆弱或逐渐消失。如果仅有艺术技巧，而无时代精神，那也是空中楼阁，被人唾弃。只有既具有时代精神又有鲜明艺术特色的作品，才有强大的生命力和感染力，在古今中外文学艺术的世界里，无数事实都证明了这一点。

许杰先生在这里既正确地评价了蒋光慈作品的时代价值、历史地位，又指出其艺术性浅薄的问题，也说了鲁迅、茅盾他们的作品艺术性的高超和反映生活的深度都远远高于一般作家，所以生命力迥然不同。这些给从事文学创作和文学评论的人们诸多思考，诸多反思。

写信人生平、学术成就：

许杰（1901—1993），原名许世杰，字士仁，笔名张子山，浙江省天台人。中国当代著名文学家、教育家、一级教授。载入剑桥《世界名人辞典》。15 岁进县立中学，1921 年入省立第五师范读书，组织文艺社，开始发表文学作品，主张文艺"为人生"，迈出他的文学创作和改造社会的第一步。毕业后，先在台州小学教书，后又成立"星星社"，提倡以教育改革推动社会改革。1924 年至 1926 年在宁波、上海等地任教时，在《民国日报》《小说月报》上发表作品，其中 1924 年发表在《小说月报》第 15 卷第 8 号上的中篇小说《惨雾》，被茅盾誉为"那时候一篇杰出的作品"，"结构很整密"，"全篇的气魄是壮雄的"。加上《赌徒吉顺》等佳作，使他成为当时"成绩最多的描写农民生活的作家"。1925 年被吸收为文学研究会成员。1927 年加入中国共产党。"四一二"反革命政变中被捕，后被保释潜回上海，编辑《互济》杂志，宣传无产阶级革命文艺理论。1928 年受党派遣去浙江宁海中学任教，参与农民运动。农民暴动失败，他避难到马来半岛吉隆坡，与党失去联系。在那里，担任华侨《群益日报》总编辑，宣传中国新文学运动，培养一批文学青年。由于写了多篇揭露殖民主义罪恶的社论，被当局传讯，遂于 1929 年 11 月辞职回国。此后，执教于上海建国中学、中山大学、安徽大学、暨南大学等校，1939 年 8 月以后，漂泊在广西、福建、上海等地，教书与文学创作，积极投身爱国民主运动。新中国成立后，先任复旦大学教授，翌年调华东师范大学任中文系主任、教授。先后被选为上海市人大代表、市政协常委、市民盟副主委、上海作家协会副主席。1957 年被打成"右派"分子，"文革"中被打成"反动学术权威"。他以"台州式的硬气"相对，"曈曈日影转，隐隐听鸡鸣"，永不屈服。十一届三中全会后，冤案被彻底纠正，重新走上讲台，拿起笔，发散光和热。1993 年病逝，享年 93 岁。

许杰一生从事教育、文学创作和研究，成绩斐然。主要著作有：《〈野草〉诠释》《鲁迅小说讲话》《现代小说过眼录》《许杰短篇小说选集》《许杰散文选集》《文艺、批评与人生》《冬至集文》《蚁蛭集》等。他的回忆录《坎坷道路上的足迹》，在《新文学史料》上连载，在学术界影响颇大。许杰先生晚年担任上海作家协会顾问、上海写作学会会长、民盟上海市委顾问和国际笔会上海中心会员，其间，为祖国的统一大业和中外文化交流做了大量卓有成效的工作。

9 丁景唐：一张旧报纸胜过神记忆

来信主要内容：

说自己的儿子丁言模在滁州工作，多受吴腾凰关照，他表示感谢。指出吴腾凰同志在南京师范大学《文教资料简报》上发表的《蒋光慈年表》中将《红旗日报》错成《赤旗报》应该订正。蒋光慈被开除党籍是"左"倾路线的错误处分。夏衍说蒋光慈没有被开除党籍，是他回忆有误，记错了。

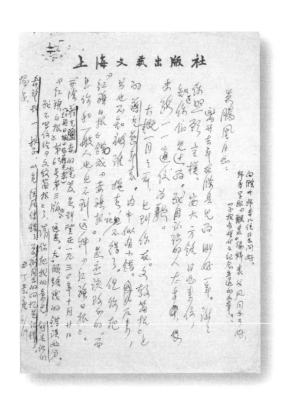

信件原文：

吴腾凰同志：

离开去年在滁县见面，刚好一年，谢谢你照顾言模。安大方铭同志来信，知道你们见过面，我因认识的人太多，未能一一通信为歉。

大概一月之前，见到你在《文教简报》上的《蒋光慈年表》。内中似有小错。后来书也不知被谁拖走，记不得了。但你把《红旗日报》错成《赤旗报》，是应该改正的。而且你和一般人也见不到这种《红旗日报》。开除蒋光赤（《红旗日版》作蒋光赤）的党籍是刊登在一九三〇年十月廿日《红旗日报》第 63 号第三版上。这是"左"倾路线的错误处分。

我不写信给《文教简报》了，请你把我的意见，转告他们，希望刊一校正，以免往后传错了。夏衍同志的回忆是记错的了。

向滁州师专几位同志问好。

师专学报《酿泉》编辑袁戈风同志可好，学报有些什么纪念鲁迅的文章？

握手！

丁景唐

6/19

信件解读：

丁景唐是中国现代文学研究家，尤其是左翼文学方面的专家。在当代研究现代文学的学者大都认识他，向他讨教过。吴腾凰在研究蒋光慈期间曾多次当面向丁先生请教。他们两人的通信次数较多，现拣出1981年6月19日丁景唐给吴腾凰的一封来信，与读者分享。

来信第一段讲了四件事。首先讲他1980年6月曾到安徽滁州看望儿子丁言模的事。丁言模在知青下放运动中，下放到安徽滁州地区，后抽调到滁州建安公司当一名工人。丁景唐夫妇曾多次到滁州小住。第二件事讲吴腾凰对丁言模的关照。丁言模热爱文史，与吴的志趣相投，二人交往颇多。第三件事讲安徽大学教授方铭曾对他讲过吴腾凰研究蒋光慈的事。第四件事说因与研究现代文学的人交往繁忙，没有与熟悉的人经常一一通信，实在感到抱歉。

来信的中心议题是指出吴腾凰、李志《蒋光慈年表》中的一个错误和夏衍回忆的错误。

吴腾凰、李志在南京师大《文教资料简报》1981年第2期发表了《蒋光慈年表》，将发表蒋光慈被开除党籍的报道的报纸《红旗日报》写成《赤旗报》。《赤旗报》是日本的报纸，《红旗日报》是中国共产党的机关报。

在同一期的《文教资料简报》上，还发表了哈晓斯的《夏衍同志谈蒋光慈》。夏衍说："蒋光慈没有开除党籍……记得当时只给他的党内警告处分。"丁先生认为《红旗日报》上的报道就是历史的铁证，夏老年迈力衰记忆力不好，肯定是记错了。时间没隔多久，夏衍就在《人民日报》上发文，说自己的确记忆有误，蒋光慈确实是被开除党籍了。

丁景唐先生研究文学史，对史料考证极其认真。他在这封信中，对吴腾凰将《红旗日报》误成《赤旗报》、对夏衍同志关于蒋光慈被开除党籍的回忆的错误，都一一指正出来，并让《文教资料》予以订正，免得"往后传错了"。这种对历史资料一丝不苟认真负责的精神，实乃大家风范。

在来信的右边空白处，丁先生又补了一段向滁州师专（今滁州学院）几位同志问好的文字。丁景唐先生在滁州探儿期间，曾应邀到滁州师专中文系为师生作了一次"关于鲁迅先生"的报告，并到师专学报《酿泉》编辑部看望了编辑袁戈风同志。他还对袁戈风同志说："鲁迅先生是一座富有的矿山，要一代代人去开采，学报要发表一些有新意有质量的论文。"所以，丁先生在信中向接待他的几位同志问好，并询问"学报"发表了"什么纪念鲁迅的文章"。

写信人生平、学术成就：

丁景唐，中国现代文学研究家、出版家。曾用名丁英等。1920年出生于吉林省。1930年秋，自镇海（今宁波）乡下赴沪，从此定居上海。中学时代爱好文艺，尤其热爱创造社和中国左翼的书刊。1938年初，参加党领导的上海市学术界救亡协会的活动，同年11月加入中国共产党。先后任上海青年学会东吴大学支部书记。1940年主编上海基督教会学联刊物《联声》。1945年秋，协助编辑《文坛月报》。在党的领导下，与袁鹰等组织上海文艺青年联谊会，办文艺讲座。主编机关刊物《文艺学习》。1947年由于反动派的压迫，曾避居乡间，后到香港、广州，在香港的《华裔报》《周末报》发表文章。1948年夏回上海，在沪江大学中文系任教，不久调至宋庆龄主持的中国福利基金会工作。新中国成立后，于1950年1月，调中共中央华东局暨上海市委宣传部工作。此后，历任中共上海市委宣传部的科长、文艺处、宣传处、新闻出版处的副处长、处长。从1961年5月起，任上海市出版局副局长至1966年。1962年加入中国作家协会，任上海作协理事，第二、三、四届中国文学艺术工作者代表大会代表，鲁迅研究会理事，中国民间文艺协会理事及上海分会副主席。1979年任上海文艺出版社社长兼总编辑和党组书记。

2017年12月11日，丁景唐先生去世，享年97岁。

新中国成立后，丁景唐一直在上海市宣传部门和出版社任领导，在他的建议和主持下，1958—1963年，上海文艺出版社先后影印了30多种20世纪20年代末至30年代初的文学期刊，诸如"左联"的《前哨·文学导报》《萌芽月刊》《拓荒者》《太阳月刊》《文化批评》等。这些珍贵的现代文学史料整理出版，引起国内研究者的注意，郭沫若曾以中日友协的名义将上海文艺出版社影印的这些刊物，作为礼品送给日本朋友。改革开放后，他亲自主持上海文艺出版社的工作，又亲临一线，迅速恢复出版《中国现代文艺资料丛刊》，影印《鲁迅杂感选集》、鲁迅主编的《语丝系》全套、赵家璧主编的《中国新文学大系》（1917—1927）十卷本。1983年他又主持编纂《中国新文学大系》（1917—1927）这一重大出版工程。他觉得，文坛前辈一个个谢世，大量资料毁坏散失，而研究工作进展将失去坚实的基础，作为出版社的一位领导，不能因自己的失职而愧对前人和后辈。为了编好《中国新文学大系》，他带领同仁决心编出有历史文献性质特色的《中国新文学大系》。这套20卷本皇皇巨著的出版，立即引起社会强烈反响，认为它集中地反映了中国新文艺发展的历史和概况，既便于国内读者统览各个时期的优秀文艺作品，又便于国际间的文化交流。

丁景唐先生青年时代就开始文艺创作和编辑工作，曾经编辑《蜜蜂》《小说月报》《译作文丛》《文坛月报》等。他从1940年4月16日在《联声》上发表第一篇文章《春天的忧郁》，到2017年1月17日在《新民晚报》上发表最后一篇《富有生命力的一本新书》，几十年在各种报刊杂志上发表过难以计数的文章。他的主要著作有《星底梦》《妇女与文学》《怎样收集民歌》《南北方民谣选》《怎样开展工人文艺活动》《学习鲁迅和瞿秋白的札记》《瞿秋白著译系年表》《学习鲁

迅作品札记》《诗人殷夫的生平及其作品》《左联五烈士研究资料编目》，
还有《鲁迅和瞿秋白的革命友谊》《略论瞿秋白在中国现代文学史上
的贡献》等多篇重要论文。2004 年丁先生的六十年文集《犹恋风流纸
墨香》出版，给社会献上了一朵奇香的腊梅。

　　丁景唐先生一生与文字结缘，把一生献给了人民文艺事业。他家
保存有不少闲章，其中就有用不同字体镌刻的"纸墨寿于金石"文字，
说明他对革命文艺前辈业绩的深刻认识。他主编的《中国新文学大系》
（1937—1949）获 1992 年第六届中国图书奖一等奖。丁先生的书橱玻
璃门上贴有一幅自书的陆游诗句："老来多新知，英彦终可喜"。由此
可见，他多么喜欢与热爱研究现代文学的青年学子们交往呀！ 1980 年
11 月，茅盾先生写诗赠给他："左联文台两领导，瞿霜鲁迅名千秋。
文章烟海待研证，捷足何人踞上游。"这首诗是对丁景唐先生多年从事
学术研究极大的肯定和鼓励。

　　丁景唐先生一生待史认真，待人以诚，堪为学者楷模。

　　　　　　　　（参考丁言昭的《父亲·导师·偶像——怀念父亲丁景唐》）

10 李何林：代购《鲁迅研究资料》

来信主要内容：

讲北京鲁迅研究会编辑出版的《鲁迅研究资料》第 5 辑载有蒋光慈致鲁迅的一封书信的手迹，可以寄款到鲁迅研究室直接购买。说自己年老多病，不能办邮购这些事。又说，自己从 20 世纪 60 年代以后就不再教授现代文学了，对蒋光慈没有什么研究。

信件原文：

吴腾凰同志：

　　蒋光慈致周作人信（1927）刊《鲁迅研究资料》5辑，因复印机坏了，现不能复制。你可买一本5辑，上面即有。

　　5辑定价为1.56元，邮挂费约需三毛。请汇款给"北京西四、鲁迅研究室"购买。不要汇我办，我年老多病不能办这些事。以后有事，请直函我室办公室。

　　上述《……资料》已出6期。其他各期均无与光慈有关的文章。我从60年代以后即不教现代文学，更对光慈无研究。

　　因病不能多写。

　　祝好！

　　　　　　　　　　　　　　　　　　　　　　　　李何林
　　　　　　　　　　　　　　　　　　　　　　　　2月17日

信件解读：

吴腾凰从友人处得知北京鲁迅博物馆编辑出版的《鲁迅研究资料》第五辑上发表了蒋光慈《致周作人的信》手迹，令他十分惊喜。他知道，现在几乎找不到蒋光慈的手稿了。原存在亚东书局的几部手稿，在"十年浩劫"中全部被焚烧，如今研究蒋光慈的学者，又有谁见过他的手迹呢？吴腾凰立即写信给时任鲁迅博物馆馆长的李何林先生，求证此消息准确与否并请代为复印此信。李何林先生于1981年2月17日给他复信。

复信首先告诉他，这个消息是准确的。他说："蒋光慈致周作人信（1927）刊《鲁迅研究资料》5辑，因复印机坏了，现在不能复制。"希望吴腾凰邮购一本。

接着李先生还告诉他"5辑定价为1.56元，邮挂费约需三毛"。又交代了邮购地址。

最后说，已出版的其他几期"均无与光慈有关的文章"，还说自己从60年代以后即不教现代文学，更对光慈无研究。

李先生这封复信言简意赅，令吴腾凰感动不已，觉得老知识分子以诚待人的品德值得学习。

后来吴腾凰得知蒋光慈致周作人信的原件已被周作人后人从鲁迅博物馆取走，感到莫大的遗憾。

写信人生平、学术成就：

李何林，鲁迅研究家、教授。原名李竹年、李昨非。1904年生于安徽霍邱县。1920年至1924年在安徽省第三师范读书，1924年至1926年在南京国立东南大学生物系学习。1926秋到武汉参加北伐军，任 11 军 25 师政治部宣传科长。1927 年加入中国共产党,参加著名的"八一"南昌起义,打到广东,失败后回乡,任县城高小校长。1928 年夏因参加家乡暴动,受到反动政府的通缉,逃往北京,避居未名社,做该社的校对发行工作,开始中国现代文学和鲁迅研究。后到北京大学图书馆做英文书编目工作。不久到天津女子师范学院任教,后在焦作工学院、济南高中、中法大学、华中大学、台湾省编译馆、台湾大学工作,曾任华北大学国文系主任。新中国成立后,1949 年加入中国作家协会,曾任教育部秘书处处长兼行政处长,北京师范大学教授,天津南开大学中文系主任。被选为第四、五届全国人民代表大会代表,中国民主同盟中央委员。1976 年调任鲁迅博物馆馆长。

1988 年因病去世,终年 84 岁。

李何林先生主要著作有:《鲁迅论》《近二十年中国文艺思潮论》《中国新文学史研究》《关于中国现代文学》《鲁迅先生的生平和杂文》《鲁迅〈野草〉注解》《中国文艺论战》等。主编《鲁迅手稿全集》《鲁迅年谱》,组织编写《鲁迅大词典》等。

李何林先生学术研究认真,一生坚守自己的学术观点,一生以仁为本,他说:"除了想想个人的生活外,还不要太自私,要多为人民着想,多为国家着想,多为人民和国家做些事情,绝不做鲁迅先生批评的那种像白蚁一样一路吃过去,留下的是一溜粪的人。"他将鲁迅先生的名言"随时为大家想想,谋点利益就好"当作自己终生奉行的座右铭。

11 廖沫沙：田汉是蒋光慈夫妻的介绍人

来信主要内容：

讲述本人与蒋光慈相识等情况，介绍与蒋熟识的几位老同志，希吴腾凰前去访问。

信件原文：

腾凰同志：

我现在住院就医，你的信虽转来多日，不能不迟延作复。很抱歉。

所问蒋光慈同志的情况，我知道得很少，可说一无所知。我只是一九二七年至一九二八年在上海田汉师家里见到过光慈同志几面，那时他叫蒋光赤；以后在一些刊物上读到他写的诗，知道他是从苏联回来的；最后听田汉师说，是他把吴似鸿介绍给蒋光慈同志的。吴似鸿当时参加田汉师创办的南国剧社演出话剧，曾名噪一时，可能是光慈同志爱慕她，乃由田作介绍人，缔结此一良缘。

但是我虽多次见到蒋光慈同志，却因为我年轻辈晚，始终没有同他直接交谈或交往。只知道他是位红色诗人而已。至于他的生平事迹，则一无所知。到三十年代后期，传言他已病逝；五十年代初在北京田汉师家遇见吴似鸿女士，那时她已半老，现在恐年逾七十了。回想当年在上海的往事，已是半个多世纪，流光如矢，往事如尘，一片云烟，无从想起。田汉师已惨死十年有余，藏书和手迹被抄查散失，三十年代的文书札记，历经变乱，更不可能留存。但我推想当年在上海左翼文化活动的人物如阳翰笙、夏衍两位老人，或许与蒋光慈同志有过交往，可能记得一些。我现在住在医院，无法代你去找他们。是不是请你直接写信（经过文联）去向他们探听一下？

此复致

敬礼！

廖沫沙

一九八一年四月十六日

信件解读：

　　吴腾凰去浙江绍兴访问蒋光慈的未亡人吴似鸿时，她曾告诉说，她1928 年至 1929 年在南国社期间，曾与廖沫沙有过交往，廖也认识蒋光慈，可以向他了解一下。吴腾凰后来就写了一封信给廖沫沙先生，廖先生于 1981 年 4 月 16 日给他回了信。

　　信的开头一段，说自己正在"住院就医"，不能按时回复，表示"很抱歉"。接着说蒋光慈的情况知道的很少，只是在上海田汉家里见过光慈先生。以后读他的诗，知道他是从苏联回来的，还是听田汉说是他做媒将吴似鸿介绍给蒋光慈的。廖先生说吴似鸿在南国社演话剧，"名噪一时"，蒋光慈爱慕她，才"缔结良缘"。下面一段称，他虽然与蒋光慈多次见面，"却因为我年轻辈晚"，不可能与他直接交谈或交往，所以"则一无所知"。到了 20 世纪 30 年代后期，才听到传言说他已病逝。到了 20 世纪 50 年代初，在北京田汉家曾遇到吴似鸿，"那时她已半老"。廖先生感慨万端，说"回想当年在上海时的往事，已是"半个多世纪"，"流光如矢，往事如尘，一片云烟，无从想起"。他忆起惨死的大师田汉，说"藏书和手迹被查抄散尽，二十世纪三十年代的文书札记历经变乱不可能存留，要查找蒋光慈的情况，恐怕更难了"。最后他对吴腾凰说，当年在上海活动的左翼文化人，阳翰笙、夏衍与蒋光慈有过交往，他们"可能记得一些"，请你直接写信（通过文联）"向他们探听一下"。

　　廖先生这封回信，证明了党为了使田汉和其领导的南国社"转变方向"，派遣蒋光慈与阿英深入南国社做田汉的思想工作这一历史事实。廖先生在病中认真写了三页纸的长信，怎么能不让吴腾凰十分感激呢！

写信人生平、学术成就：

廖沫沙（1907—1991），现代著名杂文家。原名廖家权，曾用笔名埜（野）容、达伍、怀湘等，解放后用过笔名繁星、文益谦。1907年生于江苏一个军人家庭，原籍湖南长沙。1922年入长沙城内私塾和小学，从长沙第一师范附小毕业后，入长沙师范学校学习。北伐战争期间，参加学生运动，任湖南省学生联合会干事，参加中国共产党地下活动。1927年师范毕业后，到上海田汉主办的艺术大学旁听，其间撰文《人间何世》，批评林语堂创办的宣扬"以自我为中心，以闲适为格调"的《人间世》。林语堂著文反击，彼此掀起一场笔战，廖沫沙由此得到进步文化界的了解和支持。在《南国月刊》发表了《燕子矶的鬼》等戏剧、小说作品。1930年参加中国共产党。"一·二八"抗战后，在上海一个区党委作地下工作，其间，曾三次被捕入狱。1934年加入"左联"。抗战爆发后，于1938年1月回长沙，随田汉编辑《抗战日报》，同年到武汉参加郭沫若所领导的国民革命军总政治部第三厅工作，不久，和周立波去湖南沅陵恢复《抗战日报》。1939年在桂林主持《救亡日报》编辑工作。1941年皖南事变后，去香港创办《华商报》，任编辑主任。太平洋战争爆发后，复回桂林。1942年冬到重庆，接受周恩来的指示。到《新华日报》社任编辑主任，直到抗战胜利。后去香港任《华商报》副总编和主笔，同时担任中共香港工作委员会委员。1949年6月到北京，先后任北京市委宣传部副部长、教育部长、市政协副主席、全国政协委员等职务。1962年加入中国作家协会。

廖先生自幼喜爱文学，1941年前后模仿鲁迅先生《故事新编》的形式，为邹韬奋主编的《大众生活》写过多篇历史故事，1949年集为《鹿马传》。1949年之后，他不断地在《新观察》《前线》《人民日报》《北京日报》《中国青年报》等报刊上写作杂文，《人民日报》曾为他和夏衍、孟超等开辟《长短录》专栏。北京市委机关刊物《前线》为他和邓拓、吴晗开辟杂文专栏——《三家村札记》，吴晗出"吴"字，邓拓出"南"字（笔名"马南邨"），廖沫沙出"星"字（笔名"繁星"），统一署名"吴南星"。三个人轮流撰稿。吴南星这些杂文紧密联系现实，敏锐地提出问题，为人喜闻乐见。"文革"期间，廖沫沙和邓拓、吴晗三人被错定为"三家村反党集团"，遭到残酷迫害。从 1966 年五六月起，连续遭受批斗，1968 年初到 1975 年他在狱中被整整关了 8 年，后又被送到江西林场劳动 3 年。当他听到邓拓与吴晗含冤去世的消息，他不惧淫威，写诗悼念。在关押期间，他在狱中用烟盒作纸、火柴当笔写诗，后结集出版，名《余烬集》。

廖先生主要著作有：《廖沫沙杂文集》《鹿马传》《纸上谈兵录》《三家村札记》（与邓拓、吴晗合著）、《瓮中杂俎》《余烬集》《廖沫沙全集》（五卷）。

廖沫沙先生不仅是一位革命家，而且还是著名的杂文作家。他一生与"书"打交道，廖老曾说"书是老师，是朋友。一个刻苦奋进、顽强求知的年轻人，如果与书结成血肉般的联系，就会变得聪明、博学，有道德、有修养。随着知识的积累，视野的开阔，越学越想学，各方面的知识相互补充，不可穷尽"。

廖老一生历经四次牢狱之苦，但仍享年 84 岁。他自我介绍说："我的养生之道的第一点就是凡事不着急，遇事想得开，有点阿 Q 精神。"在十年"文革"中，廖老常"自嘲"解闷："我本是一个小人物，林彪、'四人帮'那么一搞，竟使我'举世闻名'了。"一次，在他与吴晗被批斗后回去的路上，他静默中作了一首《嘲吴晗并自嘲》的诗："书生自喜投文网，高士于今爱折腰。扭臂栽头喷气舞，满场争看斗风骚。"

廖沫沙先生将一生读书的经验，总结成两句话："读书破万卷，自学必成才。"这条读书的经验之谈，对青年一代具有极大的启示和鼓舞。

12 黄药眠：谁是《蒋光慈选集》的第一个编辑？

来信主要内容：

回忆本人与蒋光慈在创造社时期的初识和编辑《蒋光慈文集》的情况。委托吴腾凰代他给一青年复信，解答蒋光慈留学苏俄的时间与回国时间。

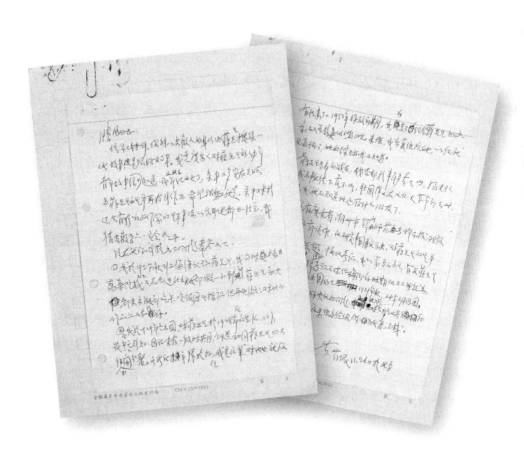

信件原文：

腾凰同志：

　　信早已转到，你能以安徽人的身份为蒋先生搜集一些故事，这是很好的事。我是广东人，对蒋先生的幼年、青年故事知道很少。而且现在年纪也大了，杂事又多，实在无暇为蒋先生的生平再有所作为，希望你努力就是。京中对于过去有影响的作家的生平事迹以及著述都甚注意，我猜安徽省亦一定会如此。

　　现在就你所提出的问题奉答如下：

　　1. 我于1927年秋到上海认识蒋先生，我当时才离开高等院校不久，只在创造社出版部做一小伙计，蒋先生每天都来出版部吃午、晚饭，因此相识但并无深交。对他的作品亦不甚理解。

　　2. 我于1929年冬出国，对蒋先生于1928年后的生活、工作几乎全无所知。因后来有一段时期，创造社同蒋先生的太阳社闹分裂。虽然后来重归于好，但我是后辈，对他也就没有往来了。1950年解放初期，我曾写了纪念蒋先生的文章，不久曾接吴似鸿同志来信，我曾复信给她，以后就无通信了，她的踪迹我不知道。

　　蒋先生当年的战友，钱杏邨于半年多前去世，杨邨人早已成为叛徒下落不明，杜国庠也在"文化大革命"初去世，此外我就不知道他还有什么旧友了。

　　又，最近有广东省潮州市韩山师范专科学校，78级中文班的郭俊雄，他研究中国新文学史，对蒋先生的生平特别感到兴趣，据他考证，我以前写的小文，有关蒋先生何时出国何时归国的考证不对，但确切的时期他又不能说出，据他估计，他的出国约在1921年秋，1924年元月回国。我现今没有能力解决他的问题，也无时间去帮他考证，只好将他的地址及来信交给你，盼为代复，至感。

　　此复

黄药眠
11.26 日于北京

信件解读：

　　黄药眠先生在新中国成立初期的 1950 年，花了两周多的时间，为自己青年时代的文友、革命作家蒋光慈编写《蒋光慈选集》，写了一篇客观公正地评价蒋光慈作品的序文，在《蒋光慈选集》末尾，还用四处搜集来的资料写了"作者小传"，编了《创作年表》。他颇为动情地写到自己对蒋光慈的初印象：

　　在我脑子里时时会联想到他那北方人的高高的身材，微微突出的下颚，温和的笑态，和笑时露出来的洁白牙齿，以至于他那洪亮而且具有抑扬顿挫的谈话的声音。时间过得真快。光慈逝世不觉已十九年多了。现在我们已步入了全新的时代，光慈生前所追求的理想，所奋斗的目标已经达到。在这个时候，我作为作者的一个朋友，回想当年过的苦难的日子，提起笔来写他的选集序文，真不能不发生一种追怀的情绪！

　　吴腾凰读了黄药眠先生编的《蒋光慈选集》，觉得有关蒋光慈的问题一定要向黄先生求教，于是便给在北京师范大学任教的黄先生写了一封信，黄药眠先生于 1979 年 11 月 26 日从北京给他写了这封复函。
　　黄药眠先生在复函中说，他与蒋光慈是 1927 年秋相识的，他当时只是创造社出版部的一个"小伙计"，与他相识，但并没有什么深交。

接着他又说，1929年他出国了，对于1928年发生的"文学论战"和太阳社与创造社分裂的情况，他不十分了解。讲到蒋光慈与战友的事情，他说，钱杏邨（阿英）半年前已经去世，杨邨人早已成了叛徒，下落不明。杜国庠也去世了，蒋光慈还有什么其他旧友他也不知道了。信的最后讲广州韩山师范专科学校中文系有个学生对蒋光慈的生平特别有兴趣，向他询问蒋光慈出国和回国的时间，他因为对此问题不了解，无法解答，希望吴腾凰帮助代为答复。

　　关于杨邨人，在这里我们想着重讲一下。杨邨人1901年出生于广东潮安县一个工商业兼地主家庭。青少年时代受五四运动影响，加入家乡的爱国同志会，办平民学校，写文章抨击旧制度和旧思想，成为一个思想激进的青年。1922年，他就读于武昌高等师范学校，并于1925年加入中国共产党，1926年毕业后，由党组织介绍回家乡广东，先后任广东省立第一中学和第二中学教导主任，并秘密指导青年学生的革命运动。1927年"四一二"反革命政变爆发，杨邨人受国民党通缉，逃亡到武汉，由党组织安排担任全国总工会宣传部编辑科干事，与钱杏邨、孟超在一起谈论革命和文学，当时蒋光慈也在武汉，他们共同谋划出版革命文学刊物和开办书店的事。后来汪精卫在武汉背叛革命，他们先后奔赴上海。1927年12月，由杨邨人命名的与蒋光慈、钱杏邨、孟超合股开办的春野书店在上海创办了。1928年1月四人筹办的《太阳》文艺月刊创刊，由是成立了太阳社。从此开始到1932年，杨邨人为左翼文艺运动做了大量的工作。他介绍潮汕籍洪灵菲、戴平万、林伯修（杜国庠）加入太阳社，介绍陈波儿考入上海艺术大学，加入艺术剧社。1929年，上海艺术剧社成立，这是共产党领导的第一个话剧团体，他是该团体的发起人之一，是该团组织部负责人并担任教务工作。1931年1月，左翼戏剧家联盟成立，他出任该联盟党团书记。1932年2月，杨邨人主动要求到湘鄂西苏区工作。9月，根据地失守，他逃往武汉。1933年2月，杨邨人在《读书杂志》上发表了《离开政党生活的战壕》，宣布脱离中国共产党。紧接着，又在《现代》发表《揭起小资产阶级革命文学之旗》，声称"我们是小资产阶级的作家，我们也就来作拥护着目前小资产阶级的小市民和农民的群众的利益而斗争"。

对于杨邨人"脱党"的原因，我们要从当时的历史环境去考察。当时党内推行的"左"倾路线，使杨邨人的信念动摇，并对革命前途产生了悲欢失望情绪。先前的蒋光慈被李立三的"盲动主义"开除出党，在苏区，王明的"左"倾路线又让两千多名战友被捕杀，这一切让他心寒。再加上革命战争的残酷，整日东奔西跑，他觉得自己成不了一个战士。他在这种思想的支配下，便声明脱离中国共产党。对这件事，有的论者称其为"背叛革命背叛党"，有的称之为"中途变节"。但从他当时和后来的历史表现来看，他并没有背叛革命走向反革命道路。纵观杨邨人一生的创作，从启蒙文学到革命文学再到人的文学，一直是沿着文学的轨道前行的，他的成绩虽然称不上大，但毕竟在革命文学和人的文学上留下了"雪泥鸿爪"。至于"脱党"和与鲁迅先生论战，我们应该把它放在当时特定的政治和文学的背景当中去考察，给予其客观、公正的评判。还是鲁迅先生讲得准确，称杨邨人是"革命场中的一位小贩"，而不是叛徒。他的革命是"半截子"革命，是一位有始无终的革命者，而不是革命的叛徒。

杨邨人 1949 年以后，分别在四川理县中学、南充高级中学、川北大学（四川师范学院）任教，1955 年肃反运动中自杀身亡。

关于蒋光慈出国留学和回国的时间。经我们查阅有关资料，蒋光慈是 1921 年 5 月中下旬离开上海经日本转道苏俄的，1924 年 6 月从莫斯科回国到上海的。

写信人生平、学术成就：

黄药眠，现代作家、文艺理论家、美学家、教育家。1903年生人，广东省梅县城厢人。1921年入广东高等师范英语系，1925年毕业后在一中学任教。1926年入中山大学文学院的分图书馆做职员。1927年秋在上海创造社出版部当助理编辑，同时在《创造周报》《流沙》等报刊上发表文章，并在暨南大学附中兼课。1928年夏，加入中国共产党。这期间，著有诗集《黄花岗上》和翻译作品。1929年冬，在莫斯科共产国际工作。1933年回到上海，担任共青团中央局宣传部长。1934年秋被捕，被判刑十年。1937年由党保释出狱后到延安。后又由武汉到桂林，同范长江等一起办国新社，当新闻记者。抗战胜利后，在香港从事爱国民主运动，主编《光明报》。这期间著有《论约瑟夫的外套》《走私主义的哲学》、小说集《暗影》《再见》、长诗《桂林的撤退》、散文集《抒情小品》等。1949年到北京，参加全国第一次文代会和全国政治协商会议，任北师大教授，曾任全国文联副秘书长、民盟中央宣传部长、全国高校文艺理论学会副会长。1957年代表民盟中央起草了《我们对高校领导体制的意见》，论述中肯，是年被打成"右派"，受到非公正待遇，在"文革"中，坚持工作，著短论集《面向生活的海滩》。1978年平反，恢复自由。

1987年因病去世，终年84岁。

黄药眠，是政治家、文艺家，是一位多面手。他一生著作甚多。诗歌《晚风》《我死之夜》《黄浦江的中秋》《握手》《五月的歌》《黄药眠抒情诗集》；散文论集《战斗者的诗人》《黄药眠文艺论文集》；小说《一个妇人的日记》《淡紫色之夜》《黄药眠自选集》；纪实文学《动荡——我所经历的半个世纪》；时事评论集《到和平之路》；翻译作品《春》（诗）英诗选、《月之初升》（话剧集）爱尔兰格雷戈夫人著、《工人杰麦》（长篇小说）美国辛克莱著、《辩证唯物主义与历史唯物主义》意大利拉波拉著、《永逝的菲比》（短篇小说）美国西德莱赛著、《沙多霞》（诗集）苏联江布尔等著。另有《黄药眠美学文艺学论集》《黄药眠口述自传》等。

黄药眠先生一生历经风雨，永不言败，追求真理，追求光明。在崎岖的道路上认真进行社会实践，留下了许多掷地有声的名言警句。诸如：

书，是经由别人咀嚼过的现实所形成的思想。读书，必须经过自己咀嚼，取其精华，弃糟粕。

我向现实面对面思考，而不是借古人的头脑来思考。

在冰封雪岭上也开出雪莲来了吗，你看他是否比荡漾在水中的睡莲更娇艳？

虽无彪炳英雄业，却有忠诚赤子心。

黄药眠，抗日战争时期，在桂林被桂林文化界称为黄大师；新中国成立后，被民盟称为民盟的宣传家；在北京师范大学被评为一级教授，是当之无愧的当代文化名人。

13　李宗邺：难忘芜湖学潮

来信主要内容：

解答吴腾凰向他提问的关于蒋光慈生平的八个问题。高语罕著《百花亭畔》很难找到；能否从沈阳去南京探亲难以确定；芜湖打商会只发生一次；鸡毛信散发是学徒所为，与老板无关；救国十人团不称抗日救国十人团，因怕引起外交事端；中国知识界知道十月革命是在李大钊宣传庶民的胜利之后；叙说高语罕历史；蒋光慈1921年入外国语学社之后才开始明确信仰共产主义。

信件原文:

腾凰同志:

大札敬悉, 只以天热病重, 不能作复, 至为歉疚!

一、《百花亭畔》一书, 无法获得矣。高夫人春节病故南京, 所遗孤女, 已不知去向, 至老五中与安师大图书, 在浩劫武斗中, 焚去殆尽, 此乃该校老同学胡叶两教授函告者, 因此毋劳再问。

二、我今秋能否去宁, 尚未可知, 乃承蒙挂念, 甚感, 甚感!

三、"五四"芜湖学生打商会, 只有一次, 我未参加, 不日即共同抵制仇货, 夸大此事, 根于蒋光赤之《少年漂泊者》小说及翟宗文之"五四"回忆录, 不足为信史。

四、芜湖商店学徒, 很多是刘希平先生创办商业夜校之学生, 高语罕与我均系教员, 抵制仇货的鸡毛信, 系学徒所为, 与老板无关。

五、救国十人团, 是"五四"时各学校商店工厂普及组织, 全国皆然, 不久均归入学生联合会及各界联合会, 无称抗日者, 当时军阀媚日, 故日货皆称仇货, 怕引起外交麻烦。

六、就我所知, 知识界闻知十月革命事, 在新青年李大钊之庶民的胜利以前, 可知除孙中山在伦敦图书馆会见列宁以外, 国内怕很少人知道。

七、高语罕历史, 我知道也很少, 仅知他是正阳关人, 父亲是有名的私塾先生, 语罕清季留学日本, 与刘希平、高一涵、陈独秀均系好友, 回国在安庆韩耆伯先生创办之青年军任教, 二次革命失败亡命上海, 在《神州日报》连载青年军讲义疏笺, 其时陈独秀撰孤云小传, 李警众编录云楼诗稿, 均系发扬韩耆伯的革命思想, 一九一五年到芜湖五中, 与刘希平同任国文教员。我是一九一六年入五中, 蒋侠僧是一九一七年免考入五中。一九一八年, 我与蒋侠僧、吴保尊、祖茂林、胡苏明、钱杏邨、李克农等, 办自由之花小报, 宣传无政府主义, 语罕很支持, "五四"

秋，高被军阀走狗校长潘光祖辞退，一九二〇年高至上海，彼时陈独秀迁新青年杂志于上海。一九二〇年秋，我与胡苏明、钱杏邨（阿英）同入英语专校，常与高到渔阳里陈独秀住所，大约高于此时即信仰共产主义。一九二一年、一九二二年高即在党的工校教书，一九二三年与章伯钧同领官费到德国入哥廷根大学。一九二四年高在德题照七绝一首，并题分赠南京孤鸿（彼时我的笔名）、莫斯科光赤诗曰：

> 百尺楼高势欲飞，
> 爱看明月夜披衣。
> 回头卅年间事，
> 一样春寒不忍归。

我即回赠题照原韵：

> 大野孤鸿早欲飞，
> 奈何与子赋无衣？
> 众生如未都成佛，
> 誓不先从地狱归。

高约一九二四年冬回国，后在黄埔任教官，一九二六年中山舰事变，被蒋介石赶出军校，即到上海，北伐时在汉口，听说后来与陈独秀搞托派，抗战时在江津，著《百花亭畔》，纪念亡友韩耆伯，靠高夫人行医为生。一九四六年病故于南京，有一子名高可久，与陈乔年祖茂林牺牲于上海。自一九二六年以后，我即来与高先生会面，乃听五中师友零碎之说是否真实，不得而知。

八、光慈在五中受高先生思想影响，主要是新文学运动，到一九二一年在上海第三国际预备外语学校共同学习时，始明确的信仰共产主义。

我所能回答的，如此而已。

此颂撰安！

李宗邺

八月二十八

信件解读：

李宗邺先生是革命作家蒋光慈的同乡和引荐他进入安徽省立第五中学的少年时期的乡友，又是他在芜湖五四运动中的亲密战友。吴腾凰为了调查蒋光慈在芜湖学习和参加"五四"时期的活动情况，曾与李宗邺先生通过十多封信。李宗邺先生先后给吴腾凰复函十余封，每一封都根据吴的提问题目，一一予以答复。这些难得的当事人提供的资料，为吴腾凰撰写《蒋光慈传》奠定了基础。现从十余封复信中摘出一封，与读者分享。

1981年8月28日李宗邺先生病后，为吴腾凰用毛笔写了一封长达9页的长信，答复了8个问题。

一、说民主革命家、早期共产党人蒋光慈的恩师高语罕1933年出版的《百花亭畔》已难寻到了。这本书对辛亥革命烈士韩耆伯和陈独秀早期革命活动的研究有重要参考价值。

二、李宗邺的一个儿子在南京工作，他原打算从沈阳到南京看儿孙，现在还定不下来。

三、对五四运动中芜湖学生"打商会"一事，对社会上的宣传材料提出"不足为信史"的看法。

四、"打商会"前散发的"鸡毛信"，是商校夜校学生所为，与"老板无关"。

五、"救国十人团"是"五四"时期各学校商店、工厂的一个普及组织，时间不长，就演变成学生联合会及各界联合会，没有称什么"抗日"救国十人团，这是从当时外交策略考虑。

六、中国知识界知道俄国"十月革命"这一历史事件的时间问题。李宗邺认为在《新青年》发表《庶民的胜利》之前中国知识界"很少有人知道"，除孙中山先生在伦敦会见列宁以外。

七、介绍早期共产党人高语罕生平，着重介绍他与蒋光慈等在高语罕支持下创办《自由之花》，宣传无政府主义等。还介绍高语罕在德国寄来的照片及为照片题七绝和他回赠的诗作。

八、说蒋光慈原本信仰无政府主义，到上海外国语学校后才开始信仰共产主义。

这封信对了解芜湖五四运动，了解高语罕的历史、安徽早期革命史，了解蒋光慈的思想发展无疑都是十分珍贵的参考资料。

李宗邺先生复信中讲的韩耆伯，是辛亥革命中安徽光复的一位策划者、组织者、革命诗人。原名韩衍，字耆伯，号孤云，江苏丹徒人。他原是北洋督练处文案，因密书弹劾袁世凯而逃难至安庆。他目睹革命党人在安庆前仆后继的斗争，便毅然参加了由陈独秀领导的反清秘密团体"岳王会"，成为安庆方面的领导者。此时他辞去官职，与高语罕、孙养癯（女画家孙多慈之父）、朱蕴山等创办《安徽通俗报》，著诗文鼓吹革命，声名鹊起。后又创办《安徽船日报》。1912年1月，皖省军政府正式成立，韩耆伯组织保卫省城治安的武装"青年军"，自任总军监，负责军中政令及文化教育。他掌握这支部队，拥军自重，天马行空，独树一帜。当时南北议和正在操作之中，他坚决反对南北和谈，并想联合鄂省宣布独立，建民国共和之大业。皖军总司令发电指责，他非但不听命令，还把他的《敬告皖省父老文》广为印发，因而引来杀身之祸。

1912 年 4 月中旬的一天夜里，韩耆伯赴督署议事后，回家途中遭到暗杀身亡。

高语罕为《耆伯遗存》作长序文，高度评价韩耆伯为革命牺牲的大无畏精神和文学天才。

关于革命家高语罕，现有王军先生的《高语罕传》由中共党史出版社出版问世，叙述准确详尽，这里不再赘语。

写信人生平、学术成就：

李宗邺，1896 年生于安徽省金寨县白塔畈。谱名恒著，字若梅，曾用名孤鸿。1916 年入安庆六邑中学读书，因参加学生运动被开除。是年入芜湖安徽省立第五中学读书，"五四"时期，被选为芜湖各界联合会主席，1920 年代表该会和芜湖学生联合会赴上海参加全国各界联合会成立大会。1921 年任省立五中教员，创办芜湖学社，创办《芜湖》半月刊。1923 年考入东南大学历史系，1925 年毕业后，应聘到上海中华法政大学任教授，1926 年在国民革命军第十军政治部任职，后任国民党中央军校政治教官。1941 年回到安徽六安家乡，任立煌县立自办中学校长，1949 年在上海参加民主运动。新中国成立后，为支援边疆建设，先后在黑龙江省北委师范学校、齐齐哈尔师范专科学校及沈阳师范学院任教员、讲师、副教授。1956 年调至辽宁大学任教授，直到退休。1991 年病逝，享年 95 岁。

其著作有：《中国历史要籍介绍》《史料学研究方法》、注释《中国民族诗选》《满江红爱国词百首》《彭玉麟梅花文学之研究》《孤鸿吟》《劫余诗稿》（未出版）等。

李宗邺先生是我国著名的历史文献学家，对中国史学史的创建，作出了重大贡献。

14 任钧："太阳社"东京支社

来信主要内容：

介绍太阳社东京支社几位成员情况。

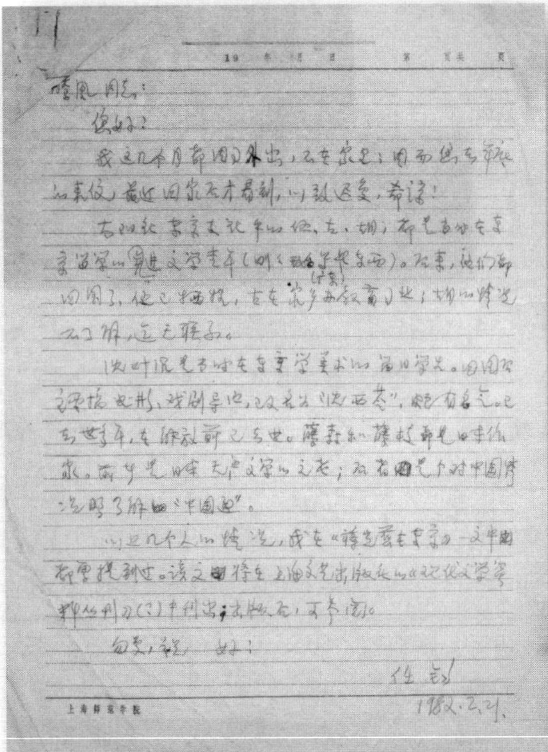

信件原文：

腾凰同志：

　　您好：

　　我这几个月都因事外出，不在家里；因而您去年底的来信，最近回家后才看到，以致迟复，希谅！

　　太阳社东京支社中的伍、古、胡，都是当时在东京留学的进步文学青年（刚刚开始写些东西）。后来，他们都回国了，伍已牺牲，古在家乡办教育事业；胡的情况不了解，迄无联系。

　　沈叶沉是当时在东京学美术的留日学生。回国后主要搞电影、戏剧导演，改名"沈西苓"，颇有名气。已去世多年，在解放前已去世。藤森和藤枝都是日本作家。前者是日本无产文学的元老；后者是个对中国情况颇了解的"中国通"。

　　以上几个人的情况，我在《蒋光慈在东京》一文中都曾提到过。该文将在上海文艺出版社的《现代文学资料丛刊》（？）中刊出；出版后，可参阅。

　　匆复，

　　祝好！

任钧

1982.2.21

信件解读：

　　任钧是蒋光慈的一位文学好友，不但是太阳社的成员，还曾经得到过他文学创作上的辅导和经济上的援助。吴腾凰通过太阳社成员、人民文学出版社顾问楼适夷先生获知任钧先生的地址后，便写信向任钧先生求教蒋光慈的有关情况。任钧先生每次都作认真答复，还写了《蒋光慈在东京》的回忆文章发表。吴腾凰在1981年秋，去上海任先生家做了一次专访，深深感受到先生对蒋光慈当年帮助自己的事永远难以忘怀的感恩之情。下面这封复信，是谈蒋光慈在东京与太阳社几位青年和日本友人交往情况的。

　　蒋光慈于1929年8月中旬去日本养病，在那里成立了太阳社东京支部（支社），对经常参加活动的人，蒋光慈在他的日记《异邦与故国》里都用他们的姓氏或化名代替。吴腾凰向任先生求问，他在复信和后来发表的回忆文章中都做了回答。他说"伍"（指伍劲峰），被日本当局逮捕、监禁后，又被驱逐回国。回国后参加革命活动，遭反动派拘捕，被判处徒刑，死于狱中。"古"指古公尧，被日本当局囚禁一年多后，驱逐回国，当了广东家乡某中学校长，后不知去向。"胡"指的是胡晓春，由于自己原先不认识他，对他的情况和下落"不了解"。

　　第二段开始说，蒋光慈太阳社东京支社还有位有联系的留日学生沈叶沉。他说："沈叶沉是当时在东京学美术的留学生。回国后主要搞电影、戏剧导演，改名'沈西苓'"，"解放前已去世"。接着介绍日本友人藤森成吉这位日本进步文艺界的老前辈，他说，他是"日本无产文学的元老"。藤枝丈夫由于早年曾在中国东北流浪过，"是个对中国情况颇了解的'中国通'"。信的最后讲，上述几个人的情况，他在《蒋光慈在东京》文章中曾提到过，文章将在上海文艺出版社出版的《现代文学资料丛书》（？）中刊出，"出版后，可参阅"。后来该文在1984年9月《中国现代文学资料》上刊出。

写信人生平、学术成就：

任钧，诗人、教授。原名卢新奇，后改名卢嘉文，笔名卢森堡、叶荫等。1909年出生于印度尼西亚的一个小岛上。籍贯是广东省梅县隆文镇文普村。早年在梅县东山中学读书时，加入共青团，与诗人冯宪章是同班同学，积极参加社会活动，同时对文艺产生了浓厚兴趣。对他影响最大的是当时创造社的文艺作品和蒋光慈等人的诗歌、小说。1927年"四一二"事变后，在梅县参加了党领导的武装暴动，暴动失败后，他避难上海，进复旦大学学习。由冯宪章介绍参加太阳社，开始与蒋光慈、钱杏邨（阿英）认识，并在《太阳月刊》《拓荒者》《海风周报》上发表作品。因他崇拜德国革命作家卢森堡，自己又姓卢，故以此为笔名。1929年夏赴日进早稻田大学文学部学习。经蒋光慈建议加入太阳社东京支社，积极参加活动，又参加"左联"东京分盟，与胡风、聂绀弩等成为盟友。1929年10月被日本警方逮捕，释放后被遣送回国。在上海参加了"左联"的成立大会。可是不久他在一次示威行动中不幸被捕，并判三年有期徒刑。1933年5月，丁玲被国民党逮捕，"左联"领导进行调整。胡风任宣传部长，任钧任组织部长，从此，他成为"左联"核心领导成员之一。鲁迅去世时的《挽歌》就是由他作词，冼星海谱曲的："太空里陨落了一颗巨星／黑暗中熄灭了一盏明灯／去了／永远地去了／你一代的文豪／像孩提没有了慈母／像夜行人失去了向导／千万人都在同声哀悼／从此我们只好拭干眼泪／踏着你光荣的足印向前跑……"

此间他与同乡蒲风发起成立"中国诗歌会"，编辑出版会刊《新诗歌》。他开始写政治讽刺诗，1936年汇编成《冷热集》，被称为"五四"以来第一本讽刺诗集，是中国新讽刺诗的奠基石。抗日战争时期，是他诗歌创作最旺盛的时期，他从上海来到武汉，又辗转到成都、重庆等地，为《救亡日报》写诗著文，宣传抗日救亡。1938年春参加了全国文艺界抗敌协会，出版机关刊物《笔阵》。在重庆时，出版《为胜利而歌》等三本诗集，《新女性》等两本独幕剧集。他写的《妇女进行曲》《车夫曲》由作曲家任光、沙梅谱曲，在全国各地广泛传唱，鼓舞全国军民抗战士气。新中国成立初期，他在上海音乐学院任教，1957年调至上海师范学院中文系工作。抗美援朝期间创作的《当祖国需要的时候》，由司徒汉作曲。这支歌鼓舞人民走上保家卫国、抗击侵略的战场，让人们至今难忘。《全国人民齐欢唱》获得文化部奖励。"十年浩劫"中任钧是重点批斗对象，但他相信真理，乐观面对。改革开放之后，他与著名漫画家詹同先生合作诗配画，两人合作的《三个幽灵谈心》《洗刷不干净》《一切向钱看》都产生了很好的社会效果。

2003年任钧先生病逝于上海，享年94岁。

任钧先生主要著作有：诗歌集《冷热集》《战歌》《后方小唱》《为胜利而歌》《战争颂》《发光的年代》《新中国万岁》《十人桥》；中篇小说《爱与仇》；诗集《新诗话》；剧本《中华儿女》《新女性》。译著有《艺术方法论》《藤森成吉集》《乡下姑娘》《爱的奴隶》《俄国文学思潮》《托尔斯泰最后日记》等。

任钧先生，是一位永远葆有童心的诗人，天赋的幽默诙谐秉性，使他对待生活和世界始终是乐观的。他对诗的理解是："真、善、美的诗篇，一定是由诗人用生命、和血、和泪去写出来的，绝不是用'笔'去'做'出来的。"他还认为"生活——这便是艺术的源泉，一切创造力的根基。没有生活，便没有文学艺术"。他一直以自己是中国现代文学的一块"铺路砖"而自豪，并以此自省。我们认为，事实上，任钧先生是中国现代诗歌史上不可缺少的一位大家。

15 杨纤如：蒋光慈上海艺大演讲

来信主要内容：

1. 在上海艺大与蒋光慈相识。
2. 河南固始同学叶毓情。
3. 志成小学建党问题。
4. 蒋光慈被开除出党原因。
5. 提供几位仍健在的了解蒋光慈的老同事的工作单位、住址。

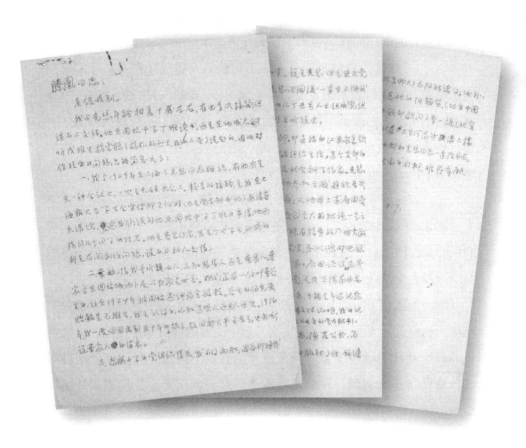

信件原文：

腾凰同志：

来信收到。

我与光慈年龄相差 10 岁左右，有过多次接触，但谈不上交往，他在固始中学丁班读书，还是在他成名后才听戊班生杨云鹤（杨松柏烈士，我的二哥）说起的，因此对你提出的问题，只能简复如下。

一、我于 1929 年在上海与光慈同志相识，有两次是在一种会议上，一次是在碰头会上。较多的接触，是我在上海艺大当学生会宣传部主任时（也是党支部书记）邀请蒋来讲演，上次我们谈到他在固始中学丁班的事情，他还提到几个同学的姓名。他是著名作家，我是个大学生，所谈的都是有关创作问题，说不上私人交情。

二、叶毓情，我曾听说此人，不知黎集人还是叶集人。叶家曾在固始城内卜居，与我家是世交。他们家有一位叫叶谷生的，约在 1924 年被固始劣绅陷害被杀。谷生的侄儿叶贻谷是己班生，我是认得的，不知这些人还在人世否。1976 年，我一度回到离别 50 年的故乡，故旧都大半不在了，也未听说叶家人的消息。

三、志成小学的党组织情况，我不得而知，因为那时我还是个小学生，1927 年我才参加党。说是光慈回乡建立党组织，有其可能性；但我所知光慈回国后一直在上海、武汉、信阳等地，顶多也是他影响下的几个进步人士组成党组织。詹谷堂、曾 × 华、葛鲁生等人我未听说过。

四、光慈在上海闸北街道支部、即通称的江苏省委领导的闸北第三支部，也称文化支部，过组织生活，这个支部的成员都是创造、太阳两社的作家及社会科学作家。光慈被开除有以下数因：1. 支部分配他参加示威游行多次不到，写标语发传单也没完成任务；2. 他因上述原因受到批评，闹情绪不出席组织生活，受到更大的批评，一气之下去了东京，未征得组织同意；3. 可能有稿费收入时未缴党费。开除后回国因肺病住在医院里，吴似鸿对他很冷淡，（有一说吴很少去探视），以致等等原因促使他过早地离开人世。我知道光慈被开除出党，是我在法南区委工作时听省委传达的。夏衍、阿英两老，可能是年迈记忆不清，或者有所避讳，也未可知。反正有文件证明，我的记忆大致可靠。还有他的小说《丽莎的哀怨》也受到党内批判。

五、与光慈一个支部生活过的同志，除夏公外，尚有楼适夷（楼建南，现在北京人民文学出版社）、任钧（卢森堡，大概在上海）、黄药眠（北京师大）、太阳社诸公。此外，许幸之（北京美术学院）及创造社的阳翰笙（北京中国文联副主席）、李初犁（北京中联部顾问）、李一氓（北京中联部副部长）、冯乃超（住北京三里河南沙沟六楼一门四号）、王学文（北京中央党校）也都和光慈同志一道活动过。

我只能提供这些不全面的材料，难符尊愿，乞谅！此复，即祝

撰祺！

杨纤如

81.8.7

信件解读：

中国人民大学著名教授杨纤如是革命作家蒋光慈的中学校友和文友，吴腾凰发函向他了解蒋光慈与他交往的情况，杨先生接信后于1981年8月7日给予复函。

复函开始介绍说，他与蒋光慈在河南省固始中学不是一个年级，知道蒋光慈是他二哥、革命烈士杨松柏向他说的。接着叙述了自己与蒋光慈相识的过程。前两次仅是见面，一次是在1929年的一次"会议"上，又一次是在"碰头会上"。真正接触是他担任上海艺大学生会宣传部主任（也是党支部书记）时，邀请蒋光慈来艺大讲演。他们二人回忆了在固始中学学习和"几个同学的姓名"。因为蒋是著名作家，自己是个大学生，地位差距太大，所以"谈的都是有关创作问题，说不上私人交往"。

第二个是关于叶毓情的情况。叶毓情是蒋光慈在河南固始中学和安徽第五中学的同学，后转学到开封河南省第二中学，他介绍蒋光慈加入河南青年学会，还介绍开封省立第一女子师范学校学生、青年学会会员宋若瑜与蒋通信，后来二人成为夫妻。吴腾凰想打听叶毓情的情况，杨先生说他不知道叶的情况。

第三个问题是固始县志成小学建党的事。有关当事人回忆，蒋光慈1924年从苏联回国后，曾在志成小学发展詹谷堂、曾静华、葛鲁生加入中国共产党。吴腾凰问杨先生是否了解此事，杨先生说："我不得而知，因为那时我还是个小学生，1927年我才参加党"，回乡"建立党组织，有其可能性……顶多也是他影响下的几个进步人士组成党组织"。对于蒋光慈1924年回乡建党的事，至今虽仍有争议，但事实俱存，只是回乡建党的细节还待进一步查证。

第四个问题是蒋光慈被开除党籍的问题。他说，"光慈在上海闸北街道支部，即通称的江苏省委领导的闸北第三支部，也称文化支部，过组织生活。这个支部的成员都是创造、太阳两社的作家及社会科学作家。"

对蒋光慈被开除党籍的原因，杨先生认为有三条，一是不参加"示威游行"；二是受到批评后一气之下去了东京；三是"有稿费收入时未缴党费"。蒋光慈早死的原因他认为是开除党籍后生病住院，夫人吴似鸿对其"冷淡"。蒋光慈开除党籍的消息，杨先生讲，"是我在法南区委工作时听省委传达的。"对夏衍先生的"绝对没有开除党籍，顶多记大过"，和阿英先生说"光慈早已恢复党籍"的说法，杨先生认为夏衍和阿英"可能是年迈记忆不清或者有所避讳，也未可知"。他又进一步强调，这件事"反正有文件证明，我的记忆大致可靠"。

最后，杨先生又介绍了几位与蒋光慈在一个支部"生活过"的同志和他们的住址。如楼适夷、任钧、黄药眠、许幸之、阳翰生、李初梨、李一氓、冯乃超、王学文。

我们调查得知，蒋光慈在1930年8月被开除党籍，主要原因是他反对李立三的极"左"路线。

写信人生平、学术成就：

杨纤如（1910—1991），现代作家、著名教授。原名杨云鹗，笔名袁长啸、杨冬、冬杨、眠流。1910年生于河南省固始县往流集。曾在上海艺术大学、北平大学艺术学院戏剧系学习。1927年加入中国共产党，三次被捕入狱。20世纪30年代初分别加入上海中国左翼作家联盟，北平北方左翼作家联盟。新中国成立前，曾在北平大中中学、华光女中、武昌美专、桂林汉民中学、广西兴安中学、独山铁路扶轮中学任教，在汉口《市民日报》副刊任编辑。新中国成立后，一直在中国人民大学马列主义教研室和中国文学教研室任教师、教授，自1950年北京文联成立即为会员，1982年加入中国作家协会。20世纪20年代末开始文学创作活动，发表报告文学多篇。20世纪30年代到40年代在多种报刊发表作品，出版中篇小说《巧云》《渺音》，短篇小说集《冰场上》。1949 年至 1957 年在《光明日报》《北京文艺》《新民报》《旅行家》等报刊上发表民间文学、剧评、散文数十篇。1978 年在《新文学史料》等刊物上发表回忆录。主要著作有：长篇小说《伞》《金刚图》（上、下册）；中篇小说《父子间》《巧云》《渺音》；短篇小说《冰场上》等。

　　杨纤如先生曾在电话中说：陈独秀的儿子陈乔年是他的领导，他的夫人史静仪是杨先生的夫人史汉仙的胞妹。也就是说，他与陈乔年烈士是连襟。史静仪 1968 年临终前，曾委托杨纤如帮忙寻找她与陈乔年所生的女儿陈长鸿。杨纤如 1989 年 2 月在《文艺报》上发表了《乔年烈士有女陈长鸿，天涯何处》，希望动用媒体力量，找到线索。文章发表后，引起媒体、烈士家乡和研究界的关注，直到 1994 年才从福建省找到陈长鸿。后来，陈长鸿回到安庆认祖归宗，到上海龙华烈士陵园拜祭父亲陈乔年墓碑。然而，此时离杨纤如先生离世已经三年了。尽管有遗憾，杨纤如先生终究实现了陈乔年夫人史静仪的遗愿。

16 田涛：蒋光慈把我引上了文学路

来信主要内容：

回忆青少年时期受蒋光慈文学作品影响，认识社会不合理，组织同学反抗旧社会，后又从事文学创作。接着谈到关于蒋光慈在冯玉祥将军处当俄文翻译一事，说自己不太清楚。最后讲到自己虽然老了，但仍会将余年献给"四化"建设。

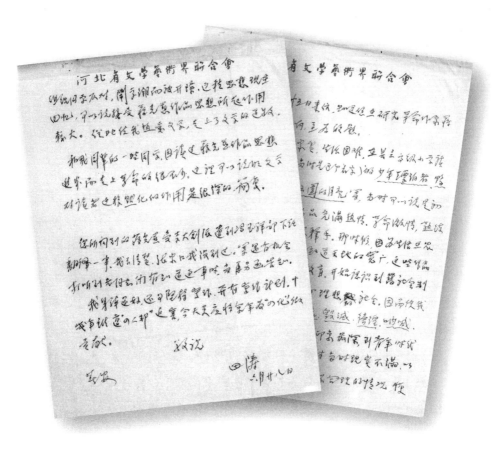

信件原文：

腾凰同志：

接到你六月二十五日来信，知道你在研究革命作家蒋光慈作品社会影响，至为欣慰。

我在读小学时家庭生活困难，在县里高级小学读书，看到蒋光赤（慈，当时是这个名字）的《少年漂泊者》《鸭绿江上》，以及《冲出云围的月亮》等，当时可以说是初次接触文学，这些作品充满热情、革命激情，熟练的语言，吸引着我读不释手，那时候因生活在农村，狭隘的小天地，不知道天地的宽广，这些作品给了我思想上的启蒙教育，开始认识到旧社会制度的不合理，憧憬着一个理想的社会，因而使我读了更多的文学作

品，《铁流》《毁灭》《彷徨》《呐喊》等。《少年漂泊者》给我的印象最深，到青年时代我也追慕着漂泊生活，对当时现实不满，以致在高校读书，看到学校里不合理的情况，便组织同学反对，闹学潮而被开除。这种思想现在回忆可以说接受蒋光慈作品思想所起作用较大，从此使我热爱文学，走上了文学的道路，和我同辈的一些同学，因读过蒋光慈作品的思想进步而走上革命的很不少，这里可以说明文学对读者的潜移默化的作用是很深的。简复。

您所问到的蒋光慈受李大钊派遣到冯玉祥部下任翻译一事，我不清楚，张家口我没到过，等遇有机会打听到老同志们，有知道这一事实，当再另函告知。

我身体还好，还可坚持写作，并有写作计划，十几年虽遭"四人帮"迫害，今天更应将余年为"四化"做贡献。

敬祝

著安

田涛

六月二十八日

信件解读：

吴腾凰从资料上发现著名作家田涛早年受革命作家蒋光慈《少年漂泊者》的影响，对他的人生和后来的创作起着巨大的推动作用，特写信请他说明具体情况。田先生于1980年6月28日为吴腾凰写了一封复信。

复信开头，说吴腾凰研究革命作家蒋光慈作品之社会影响，他感到"至为欣慰"。接着说，他在读小学时，家庭生活困难，在读高级小学时，看过蒋光慈的《少年漂泊者》《鸭绿江上》和《冲出云围的月亮》等，称这些作品充满热情、革命激情，吸引他读不释手。"这些作品给了我思想上的启蒙教育，开始认识到旧社会制度的不合理，憧憬着一个理想的社会。因而使我读了《铁流》《毁灭》《彷徨》《呐喊》等"。下面又进一步说道："《少年漂泊者》给我的印象最深，到青年时代我也追慕着漂泊生活，对当时现实不满，以致在高小读书看到学校里不合理的情况，便组织同学反对，闹学潮被开除。现在回忆，可以说接受蒋光慈作品思想所起作用较大。从此使我热爱文学，走上了文学的道路。和我同辈的一些同学，因读过蒋光慈作品思想进步而走上革命道路的很不少。"田先生对革命文学的社会作用，还总结道："这里可以说明文学对读者潜移默化的作用是很深的。"田先生现身说法，证明革命文学对那个时代迷茫的知识青年献身革命的促进作用。何止田先生和他的同学呢，你们看，当年的一大批革命精英，不都是捧着蒋光慈的《少年漂泊者》投身革命洪流中去的吗？！

对吴腾凤提出的关于蒋光慈到张家口冯玉祥部任俄国顾问翻译一事，他答道："我不清楚"，但愿意待他向知道的"老同志们"打听到之后，"当再另函告知"。

复信最后说："十几年虽遭'四人帮'迫害，今天更应将余年为'四化'做贡献。"

写信人生平、学术成就：

田涛先生，原名田德裕，笔名津秋。1916 年生于河北省望都县北合村。小学毕业后，考取北平市立师范学校，读了许多进步书籍，参加了地下党领导的笃志读书会，并开始文学创作。"九一八"事变后，参加了卧轨南下请愿团爱国行动及"一二·九"学生爱国运动。他的创作，曾得到沈从文的鼓励。1934 年，反映旧社会贫苦农民卖儿卖女偿还地主债息的小说《利息》，发表在天津《大公报》出版的《国文周报》上，之后便离开学校，从事文学创作。1936 年，在王统照主编的《文学》月刊上，发表了短篇小说《荒》，引起文学界的注意，被选入《二十人所选短篇佳作集》。以后又发表了短篇小说《谷》《离》等。这一时期大部分作品收入巴金主编的文学丛刊短篇集《荒》。抗战爆发后，离开北平，同平津流亡学生一起参加抗日工作，先后到达过冀、豫、鄂等地。1938 年在武汉参加了中华文艺界抗敌协会，并写了报告文学《黄河北岸》《战地剪集》《大别山荒僻的一角》等。皖南事变后，到重庆从事文学创作。在战区写的短篇由巴金编为短篇集《灾魂》。1946 年，曾任上海法学院文学教授。1950年在武汉中南文联任编辑部副部长、《长江文艺》副主编。1953年参加中国作家协会，先后任作协武汉分会、湖北文联专业作家。同时，在《长江文艺》《人民文学》《新港》等刊物上发表短篇小说、散文等，出版了短篇小说集《木船记》《在外祖父家》《工地主任》，中篇小说《金光灿烂》等。1964年调河北省文联任专业作家。曾任武汉市第三、四、五届人大代表，河北省第三、四届政协委员及第五、六届政协常委，河北省文联副主席、名誉主席、专业作家、文学创作一级。2022年因病去世，享年86岁。

田涛先生主要著作有长篇小说《沃土》《潮》《焰》，中篇小说《子午线》《流亡图》《灾难》，短篇小说集《荒》《西归》《田涛小说选》《田涛中篇小说选》，报告文学《黄河北岸》《大别山荒僻的一角》等。《沙盘纪事》获解放军征文荣誉奖。

田涛是以京派作家的身份被写入文学史的。从他60余年的文学创作来看，他确实有着与沈从文等京派作家相近的文学追求，表现出对乡村习俗、乡村底层的密切关注，以"乡下人"的视角去观察世界，对家庭的里里外外、大小事情、生老病死的习俗，鬼神观念，对善良、美好、忠孝礼义都表现得细致入微，淋漓尽致，令人信服和感叹。

田涛先生一生为人正直、光明磊落、艰苦朴素、淡泊名利，他的文学事业，始终与火热的时代生活和社会现实紧密联系在一起，他的一生是革命的一生，战斗的一生，不平凡的一生。

17 陈孝全：佚文《鲁迅先生》

来信主要内容：

　　蒋光慈的《鲁迅先生》这篇佚文，原来上海《文汇》要发表的，后因版面紧张而被抽下来了。去信索回，现邮寄给吴腾凰。

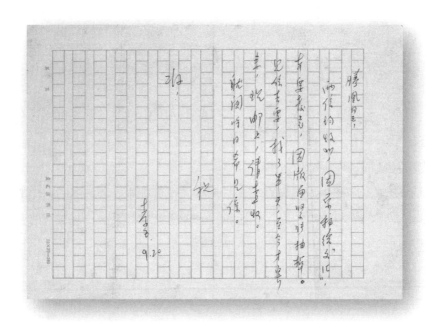

信件原文：

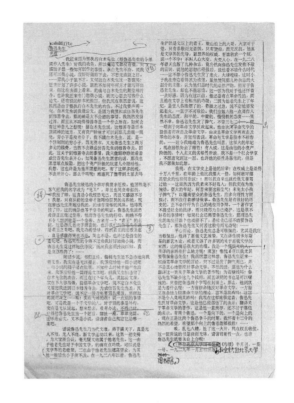

腾凰同志：

　　两信均收到，因原稿给《文汇》，本要发表，因版面紧张抽掉。见信去要，找了半天，至今才寄来，现邮上，请查收。

　　耽搁时日希见谅。

　　祝

好！

孝全
9.20

鲁迅先生

光慈

　　我近来因为要执行白木先生（即鲁迅先生的令弟周作人先生）对我的劝告，所以什么论文都没有做，只满脑子想一些如何创作的事情。承白先生不弃，说我还可以做小说，应好好做将下去，不愁无成就之日。……那我小子虽不才，又何敢白木先生这一番褒奖？近来计划了许多小说，虽然不知何年何月才能写将出来，但这在表面上看来，的确与白木先生的期望相符合。也许我近来专门想做小说，而无心思去写些什么论文，还有别的根本的原因，但我现在很愿意说，这原因是由于要执行白木先生的劝告。不过我要声明一句：白木先生说我做论文，是因为我要和成仿吾先生到修善寺去，那的确是太不公道的事情。我既然没留过洋，而且从不晓得修善寺是一个什么所在，如何会有这种非凡之想呢？据白木先生说，这修善寺是日本顶阔绰的地方，又有资产阶级才可以到那儿去观一观光，穷小子是没有分子，我不瞒白木先生说，是一个顶刮刮的穷小子，既无资本，又无鲁迅先生之两万多元的稿费，当然不会跟成仿吾先生到修善寺去。因此，这关于到修善寺去的事情，我只能眼睁睁地看着成仿吾先生去开心；如果鲁迅先生愿意的话，那我也愿意献点殷勤，把这个资产阶级的玩意儿介绍给他。我想，这也许是为他所愿意的吧。有了这样多的税，不去开开心，那么干吗呢？难道死了能带到土里去吗？

鲁迅先生较他的令弟对我要亲近些。他居然毫不客气把我的名字改为"光 X"，并且也同皇帝似的，将我挂了帅，这真是令我惶恐无已，而且又感恩不尽！我想，只有从前的皇帝才能赐给臣民的名和姓，现在鲁迅先生所施给我的，的确有皇帝的风味。他将我挂了帅，这的确是他等于皇帝的明证。鲁迅先生虽然没曾真正做过皇帝，然而鲁迅先生的行动，的确不得不令人想到他是一个皇帝。古来有一个"素王"的名词，这是指孔老夫子而言的，也许我们的鲁迅先生就是素王之类吧。我无功而受禄，得到素王的这般圣惠，真是感激得哭也不是，笑也不是。也许这是前生的造化吧。鲁迅先生的令弟不过劝我好好地做小说，而鲁迅先生竟这样地优待我，既改我名而挂我以帅，真是皇恩浩荡了！

闲话少说，书归正传。编辑先生迫不急待地向我要文章，我实在是无以报名。我答应给他一篇小说吧，但小说的稿子还在肚里，不知什么时候才能产生出来。我答应给他一篇理论文章吧，但我又生怕违背了白木先生的劝告，而且在这个年头儿，说起论文来，实在不大容易做：提倡革命文学吧，说不定白木先生又要把我送到日本修善寺去，为成仿吾先生当差；反对革命文学吧，说不定一般青年要骂我浑蛋，要群起鸣鼓而攻之……唉！实在为难的很！说一点别的事情吧，可是我是一个干文学的人，对于别的事是外行，实在是无从说起。想来想去，没有办法。

不得已时，只得把鲁迅先生当一个题目，瞎扯一泡，草草完篇。这既不是论文，又不是小说，请读者自己规定它是哪一类吧。

话说鲁迅先生乃当代文豪，弟子满天下，真是无人不知，无人不晓。新文学运动以来，这第一把交椅，为大家所公认，毫无疑义地属于他老先生。这一由于他老先生对于中国文学，的确有点功绩，可以说是文学界的老前辈；二也由于他老先生德高望众，为其他一些后生小子所不及。在一九二八年以前，鲁迅先生俨然是文坛上的素王，梁山泊上的大哥，大家对于他，只有恭敬而无诋毁，只有赞仰，而无反抗。他真是文学界的先导，思想界的权威，有谁敢放一个屁，说一个不字！不料人心大变，大变人心，在一九二八年春天出版了几种杂志，竟公然向鲁迅先生发些不敬的言词，说他的思想已经落后，说他看不清什么时代……这不禁令鲁迅先生发了老火，大肆咆哮。这时小子我在旁边看得甚为清楚，虽然赞同那几种杂志的大部分的主张，认为他们是时代的必然产物，但对于鲁迅老先生，却也不能忘情。这一因为我对于他还怀着一点好感，因为在这以前，他还是有点革命性的，而且他在文学上有相当的功绩；二因为他老先生上了年纪，是受人恭维惯了的，若操之过急，说不定他要发起老火，以至于不可收拾。我们应勉力抱一点周作人先生的态度，和平的、中庸的、慢慢教的态度……果然不幸，鲁迅老先生发了脾气，不管三七二十一，便一塔刮子向革命文学反攻起来。他由攻击革命文学的提倡者而攻击及革命文学，由攻击革命文学再攻击及革命的本身，并宣传着说，革命与文学是根本不相容的。……这令我暗暗为鲁迅先生叫苦：这样大的年纪，现在居然失去了理性！有人说，这是由他的小资产阶级的、个人主义的劣根性所致。我不是一个社会学家，不愿追究到这一层。也许他的根性是恶劣的，但是我不愿做如此想。

我呢，在文学史上是他的后辈！在权威上是差得十万八千里，在年龄上他比我要大一倍，如何敢对德高望众的他有何非议？！所以我自来也就没做文章骂过他，这固然因为我素来不好骂人，但我实在为他惋惜。偌大的年纪，何苦来要这般生气！未免太小孩子脾气了！以德高望众的鲁迅先生，应多向理性方面探讨，而不应任着感情做事。鲁迅先生是有很好的历史的，正不必斤斤为自己的地位而争辩。一个著作家不接受社会的批评，而只晓得为自己掩护，这是很不好看的事情呵！如果社会还需要鲁迅先生，那鲁迅先生的地位任谁个也动摇不了；若社会已经不需要鲁迅先生了，那鲁迅先生又何苦这般劳而无益呢？……

平心而论，鲁迅先生总是可敬佩的，尤其是我应当敬佩他。他译了《新俄文艺政策》，又在译鲁纳卡尔斯基的《新艺术论》，或者又译了许多别的关于新俄文学的东西，这的确是很大的功绩。我是一个懂俄文的人，所译的东西在什么地方呢？浑蛋！惭愧！所以我尤其要敬佩鲁迅先生！我很愿意这样想：鲁迅先生近来一切谩骂革命文学的言论，只不过是发了脾气而已，并不是真心地要反对革命文学。不然的话，那他为什么翻译这一类关于革命文学的著作呢？为着赚钱吗？鲁迅先生不缺少这几个钱用，而且译别的书也是可以赚钱的，只要把鲁迅两个字写在封面上。那么，他到底是为着什么呢？一方面拼命地反对革命文学，一方面又拼命地介绍革命文学的理论，岂不是发痴吗？这岂不是令人莫明其妙吗？我现在这样地假定着：鲁迅先生反对革命文学，这是他已经落伍了的表示；翻译关于革命文学的著作，这是他一息尚存，还不甘于落伍的表示。有两个鲁迅，一个是向下的，一个是向上的，现在正是这两个鲁迅争斗的时期。我怀着十二分的热烈的希望，希望那个向上的鲁迅能够战胜！……

唉，乱七八糟，扯了这一大片，现在权且收住。这一回所说的书是淡而无味，请诸君耐性一点，也许鲁迅先生就要亲自上台呢！

《海蜃》半月刊，一期一号。一九二九年一月五日出版。

小全抄自北京大学图书馆

信件解读：

1995 年夏，吴腾凰曾去上海华东师范大学拜访陈孝全先生。吴腾凰说："从现在见到的蒋光慈作品中，他指名道姓批评革命作家的文章很少。至于对鲁迅先生他直接批评的专篇文章我还没读到过。"陈孝全先生则慢声细语地说："我在北京大学图书馆查资料时，就发现过一篇蒋光慈指名道姓专门批评鲁迅先生的文章，文章写得很尖刻，说鲁迅不但攻击革命提倡者还攻击革命文学。文章发在《海蜃》半月刊上。这个刊物只出版一期，印数不多，现存恐怕很少了，我记得当时全文抄下来了。等我找出来，复印给你！"陈先生待人热情，还留吴腾凰在他家吃了一顿中饭。

9 月 20 日陈孝全给吴腾凰写了一封信，说：因为原稿给'文汇'，本要发表，因版面紧张被抽掉了。他去信索要，至今才寄还。陈先生写信请吴腾凰"见谅"，并附寄蒋光慈《鲁迅先生》的复印件。

蒋光慈的《鲁迅先生》这篇文章，是革命文学论争中写的，无疑是太阳社和创造社的一帮年轻人围攻鲁迅先生的其中一篇。蒋光慈为了反击鲁迅先生给自己"赐名"，称鲁迅是"皇帝""素王"，是批评不得的"先导"。甚至上纲上线，说他攻击革命、攻击革命文学，原因在于他的"个人主义的劣根性"。从历史的发展看来，蒋光慈的这篇出气文章，是完完全全错误的。

蒋光慈的《鲁迅先生》这篇文章，后来被吴腾凰、徐航完整地引进他们的《蒋光慈评传》，也被方铭、马德俊编入他们的《蒋光慈全集》。

写信人生平、学术成就：

陈孝全，华东师范大学教授、中国现代文学研究家。1932 年生，福建省福州人。1954 年毕业于福建师范学院中文系，1956 年毕业于华东师范大学中文系研究生院。多年来从事中国现代文学教学和研究，著作颇丰。主要著作有：《朱自清的艺术世界》《鲁迅散文欣赏》《老舍短篇小说欣赏》《朱自清作品欣赏》《赵树理短篇小说欣赏》《胡适、刘半农、沈尹默诗歌欣赏》《徐志摩作品欣赏》（后四种与他人合作）、《细读与随想》。主编《中国现代文学 200 题》《不应忘却的纪念》《探索者的足迹》《中外现代文学作品辞典》（后两种与他人合作）。还著有《风雨桃花》《雨淋铃》《缺月》《阿 Q 还乡》等中篇小说。

2021 年 5 月 3 日，陈孝全先生于福建省中医药大学附属医院逝世，享年 91 岁。

陈孝全先生思维敏捷、文笔清新，对中国现代作家作品分析透彻，有自己独特见解，为推广和普及中国现代作家作品做了大量贡献，为现代文学研究园地绽放了一朵朵奇葩。

18 李伟江：发现蒋光慈致吴似鸿的两封佚简

来信主要内容：

主要是说他 40 年前在查找蒋光慈资料时，曾发现在香港《大风》载有吴似鸿的《蒋光慈回忆录》，文中附有蒋光慈给吴似鸿的两封信。现抄寄给吴腾凰，说对他研究蒋光慈晚年会有用处的。另外解释了信中人的名字，还顺便解释了创造社的两位成员的笔名。

信件原文：

腾凰兄：

　　来函及照片，一月前已收到，谢谢！

　　前、昨连接丁景唐先生两信，说我回家 40 天没给他写过信，几乎要下"最后通牒"。我猜吾兄也会在骂"这个……不是东西！"对吗？一粲。我已给丁先生写了"认罪书"，说明原委，求他原囿。我想不在此重复了。总之，公事、私事压得我喘不过气来，房子装修又找不出急需的材料，故拖延至今才给××回信，罪该万死！

　　言归正传。好不容易才找出我 40 年前迷恋蒋光慈时的部分笔记，内有关于香港《大风》杂志的记载，现抄录吴似鸿《光慈回忆录》的发表情况及光慈晚年的两通佚简寄上，兄看后大概会高兴吧？写起《蒋光慈与吴似鸿》就会充实一些了。我记忆有误，说是三四封，实际上只有两封，当以实物为准。这两封信，对研究光慈的晚年无疑是很重要的，有些人际关系也很微妙。"昌瑞"是谁？我不知道。"钱"当是钱杏邨（阿英）。"汪"当是亚东老板汪孟邹。"杜"可能是杜守素（国庠）。看来就此二信可写成学术论文，兄有兴趣否？

　　《海蜃》上的文章，十多年前我在北大就已找到，这也是一篇佚文，可惜当时没有整理发表，现在重捡就麻烦多了。

　　寄来的照片，我想要回一些相底，请便中寄我：与郑超麟合照，与赵清阁合照（大），蒋光慈骨灰盒前，陈延年、五烈士墓前，龙华塔前，张恺帆碑林前。另，丁言模、孙云媛的照片，也请兄冲晒后寄去。又，蒋光慈上海故居及翻译所照片，望寄我一份。

　　"樱影"是创造社成员龚冰庐的笔名，"樱岛"是创造社出版部小伙计邱韵铎的笔名。忘记《文艺生活》上的是哪个？也请将那几页复印寄我。

　　回家不久，曾给你挂号寄去《郑超麟怀旧》、《社团辞典》及洪灵菲《大海》三本书，如已收到，请一并回信。

匆匆不尽，即颂时绥！

弟伟江上

1986.12.15，夜秋

又及二件：1. 双光眼镜适用否？兄该是潇洒得多了。

2. 祭蒋文章已发表否？弟未见也。

吴似鸿《光慈回忆录》发表情况

一、1940年9月5日香港《大风》半月刊第74期：前言、先哭一场、后来说述，第1—7节。

附蒋光慈旅居莫斯科时遗像一帧。

二、1940年9月20日香港《大风》半月刊第75期：第8—16节。

三、1940年10月5日香港《大风》半月刊第76期：第17—26节。

四、1940年10月20日香港《大风》半月刊第77期：第27—35节。

五、1940年11月5日香港《大风》半月刊第78期：第36—42节。附蒋光慈像一帧（吴似鸿画，叶灵凤藏）；蒋光慈致吴似鸿遗信二通。

六、1940年11月20日香港《大风》半月刊第79期：第43—48节；最后的话，补记，赘言。

信件解读：

在鲁迅先生逝世 50 周年上海召开的学术研讨会上，经丁景唐先生介绍，吴腾凰认识了中山大学教授李伟江先生。由于李先生是中国现代文学史料收集权威，吴腾凰在会后曾多次写信给李先生询问一些问题，受益匪浅。这里要解析的是 1986 年 12 月 15 日李先生的一封信。

信的第一段讲丁景唐先生给他去了两封信而不见回信，要骂他"不是东西了"。他说自己被"公事、私事压得喘不过气"，"罪该万死"。

接着讲蒋光慈在病中给吴似鸿写的信件抄件事。蒋光慈夫人吴似鸿曾对吴腾凰说，1931 年自己去杭州疗养期间，蒋光慈曾给她写过几封信，在香港发表文章时，还引用过。可惜的是，这么多年南跑北奔，信也弄丢了，报纸也找不到了。吴腾凰把这情况告诉李伟江先生，先生说自己多年前曾抄过吴似鸿发表在香港《大风》上的《光慈回忆录》，回广州后就将那里面蒋光慈的信抄给吴腾凰。这封复信，不但把蒋光慈给吴似鸿的两封信全文抄录，还把吴似鸿从 1940 年 9 月 5 日至 11 月 20 日连载的 6 次《蒋光慈回忆录》的索引抄件一并附上，并把蒋光慈信中的"钱""汪""杜"的简称作了注释。

关于发表蒋光慈攻击鲁迅文章的杂志《海匮》，说自己在北京大学虽然见到过，但"没有整理发表"，现在"重捡就麻烦了。"

接着说起在上海期间，他与吴腾凰、丁言模和郑超麟、赵清阁与蒋光慈骨灰盒留影的底片，让吴腾凰寄给他。

对吴腾凰问创造社几个人的笔名，李先生也一一作了解答，说"樱影"是龚冰庐的笔名，"樱岛"是邱韵铎的笔名。

最后，说他给吴腾凰寄去的郑超麟的《怀旧》《社团辞典》和洪灵菲的《大海》三本书，"如收到，请一并回信。"

信在"又及"处，又问吴腾凰在上海买的双光眼镜适用否，拜祭蒋光慈的文章发表没有。

写信人生平、学术成就：

李伟江（1936—2000），著名现代文学史收藏家、中山大学中文系教授，广东顺德人。曾任中华文学史料学会理事、广东现代作家研究会理事、广东鲁迅研究会顾问。长期从事中国现代文学研究与教学，重点研究鲁迅、创造社、"左联"、广东现代作家及史料。

李伟江主编与人合编有：《鲁迅在广州》《鲁迅生平史料汇编》（第四辑）、《创造社资料》（上、下册）、《大海》（洪灵菲选集）、《重新起来！》（冯铿文集）、《冯乃超文集》（上、下卷）、《冯乃超研究资料》《创造社十六家评说》《鲁迅粤港时期史实述考》等。

据我们所知，迄今为止，各种蒋光慈文选、文集乃至全集都没有选入这两封信，为了使研究者和一般读者了解革命作家蒋光慈晚年的凄楚心境和他与夫人吴似鸿的爱情，特将两封信附上。

蒋光慈致吴似鸿（佚简两封）

一

阿鸿：

前天接到你的信，可是今天才提笔复你，这是因为久未提笔，一时懒于提笔的原故。

你又扑入西子的怀抱了。虽然西子对于您是熟人，然而在此春光明媚之中，你又能享受西子的温柔，这不能不说是你的福气。

走遍不少地方的我，独对于相距咫尺的西子，未曾瞻过一次的芳颜。西子虽美，然而漂泊的诗人已无缘奈何！

我近来身体好得多了。饮食渐入轨道，陈妈本不会做菜，可是我近来指点她如何做法，她因之进步得多了。这是我向你最堪告慰的事情。

一时还不敢工作，俟病完全养好了再说。你近来饮食如何？身体好了一点吗？念念！请你注意！西子的芳唇虽然甜蜜，可是多吻了，那是会令你沉醉呢！

想象着穿着白衣的昌瑞，立于湖滨手攀着柳丝，面对着碧绿的湖波微笑着而沉思着，那该是多末一幅美丽的图画呵！阿鸿，这画图只有您看得见。

下次再写。祝你快乐！

你的哥哥
五月十二日

二

阿鸿：

我又在病床上躺了几天，这原因是：一、我吃了三顿广东包饭；二、我吃了发散药，而我的体质禁受不住。你看我该是多末倒运呵！

近两天又好些了。我改为纯粹吃素面。饭，一点荤油都不尝，这样我觉得很适服。也许吃得时间久些，会把我的胃病完全吃好了也不一定呢。现在我虽然觉得很体弱，但是人很新鲜。我吃的补品是牛奶，牛肉汁（买的）和鸡蛋。

你现在怎样了呢？在病中虽然无力写信给你，可是一颗心总是挂念着你的。

你说，我太冷淡了，唉！阿鸿！你也没有替我想想，像我现在的身世，由这身世而造成我的这种心境，怎么样会不冷淡呢？我的安慰是什么？谁个给我的热情？我的热情恐怕已用尽了，而我所得的报酬是些什么呢？朋友的情谊吗？爱人的抚慰吗？社会的同情吗？……唉！我怎么能不冷淡？我又怎么样会把热情兴奋起来？天哪！我只有痛哭而已！

已矣，阿鸿！多谢你对于我的希望，然而我是没有什么大希望了。在病中苦恼的时候，本拟完结这个痛苦的生命，然而不知为什么，还有一点什么微细的希望是什么呢？连我自己也弄不清楚。

若不是陈妈，那简直不知道如何度过这次的病。她现在成为我的唯一的亲近的人了，唉！……

钱没有来，我也很久没有去。现在我不为他所需要了，他为什么要花费时间来看我呢？惟有老汪还时常安慰我，指责我，像一个真正的朋友。

在你身体未好之前，我想，你不必急于回上海来。

杜处，上礼拜日才去了一次。

祝你早日康健！

你的哥哥
六月七日

注：此两信录自吴似鸿《光慈回忆录》第 42 节，原载 1940 年 11 月 5 日香港《大风》半月刊第 78 期。信中的"钱"指钱杏邨，"汪"指汪孟邹，"杜"指杜国庠。

19　裘沙：为吴似鸿拍照

来信主要内容：

谈洗印吴似鸿照片寄给吴腾凰出书使用。

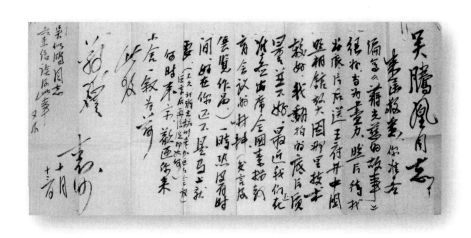

信件原文：

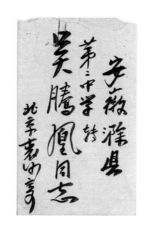

吴腾凰同志：

来函敬悉，你准备编写《蒋光慈的故事》很好，当为尽力，照片待找出底片后送王府井中国照相馆放大，因那里技术较好，我翻拍的底片质量并不好，最近我们正在准备出席全国素描教育会议的材料（发言及展览作品），一时恐没有时间，好在你还不是马上就要。（不久，我将去杭州参加这个会议，回京后再给洗印如何？）

何时来京，欢迎你来小舍一叙为表感谢之意！

此致

敬礼

吴似鸿同志曾来信谈及此事

又及

裘沙

十月十三日

信件解读：

1979 年 9 月吴腾凰写信给蒋光慈的未亡人吴似鸿，向她要一张她的近照，准备在《蒋光慈传》中使用。吴似鸿复信说，正巧前几天去杭州，遇到美术家裘沙先生，他为自己拍了照，但底片在他相机里，请你写信给裘先生，他一定会寄给你的。于是，吴腾凰便致函裘沙先生，先生在 10 月 13 日给吴腾凰复此信。

信中首先表示他尽力支持吴腾凰写蒋光慈，接着讲他把底片送到王府井中国照相馆放大，择日寄去。信末，欢迎吴腾凰"来小舍一叙"。

写信人生平、学术成就：

裘沙，浙江省嵊县崇仁镇人，原名裘伯浒，1930 年 4 月生。中国美术家协会会员、清华大学美术系教授。中国鲁迅研究会第一届理事，中国萧军研究会名誉副会长、纽西兰汉学会顾问。1951 年毕业于杭州国立艺术专科学校（今中国美术学院）。任《中国青年报》美术编辑、美术组组长，曾三次受到毛泽东主席和中央领导的接见。他倾尽全力研究鲁迅，精心创作鲁迅画像和鲁迅著作画册，画出与别人不同的鲁迅先生和鲁迅著作的插图，引起社会广泛关注，令文学界和美术界赞赏不已。他的主要代表作有素描组画《黄浦江边革命怒潮》《老贫农赞》《白求恩》《鲁迅之世界全集》《世界之鲁迅画传》等。还有论文《文化偏至论》，专著《新诠详注文化偏至论》。

2022 年 12 月 19 日，裘沙先生在北京逝世，享年 92 岁。

裘沙先生，被美国传记协会提名选入《25 年来有影响的 500 领导人》，并授予 25 年成就奖。

诗人艾青说："裘沙的可贵处在于坚持为现实服务，而且有很多创新。走这条顽强者的道路，好啊！"

作家萧军说："裘沙……还制作了深刻有力的鲁迅头像，我以为它是我所看到的鲁迅画像在神情和特征上最精湛的一幅。"

日本作家井上靖说："中国画家裘沙的画渗入肺腑。看过之后，我有了一种想再一次研究鲁迅文学的冲动，因为它打破了我迄今持有的对鲁迅的观念。"

翻译家戈宝权说："他（裘沙）所画的阿 Q，喜怒哀乐和说不出的内心活动，都活灵活现。绍兴，我去过多次，看他的画，好像跟着阿 Q 走进了未庄。"

20 陈雨门：宋若瑜未发表的诗

来信主要内容：

1. 蒋光慈（蒋侠僧）发在河南《青年》杂志上的诗文目录。
2. 记忆中宋若瑜诗作修改情况。

信件原文：

腾凰老讲：

　　惠函拜悉。古道热肠，涵演深远，在人欲横流的今天无任欣佩。嘱件由于时间过久，更因大病健忘日甚。经数夜追忆和令儿孙翻箱倒柜，仅能觅得①曹靖华主编的《青年》半月刊第一、第三、第四、第五期的目录。第四期诗栏有"蒋侠生：读李超传"。第四期散文有"蒋侠生：对于自杀的意见"。这些也许您已经有了。② 1981 年吴泰昌写的《艺文轶话》，载有蒋光赤的两篇关于名字的专题，当然您已读过。③猛然想到一件宋若瑜和她同班暴 × 芳笑谑的趣事。宋若瑜曾写了一首小诗：咏蝉，"知了！知了！非常神气。呸！一群毫无所知的东西！"暴 ×芳建议，在"非常神气"之后，不如加上，"爬的不低"。宋若瑜表示赞同，却又想"非常神气"似嫌多余，又不谐韵，删掉算了。如果尚可表现其当时的愤慨，和有参考的价值，堪称本未有辱雅命耶。

　　专复并致
夏祺

陈雨门椅枕顿首
1993.6.23

信件解读：

1993 年春，吴腾凰又踏上了去河南开封的征程，前去挖掘革命作家蒋光慈和夫人宋若瑜的爱情资料。在调查中听开封日报副刊部主任宋仕生说，市里有位老作家陈雨门先生对河南省文坛逸事了解甚多。吴腾凰便请宋若瑜的侄媳刘玲玉女士引路，登门拜访陈老先生。

吴腾凰他们走进陈雨门先生简陋的客厅，陈先生热情地接待他们。当两人看到姚雪垠先生亲笔书写的一首七律条幅挂在后墙上，陈先生说："这是前几年姚雪垠来看我，当场书写赠给我的。曹靖华到开封来看母校是我陪同的。"

陈雨门先生是位喜欢安静的人，他为了读书、写作不受干扰，主动放弃与儿女们在一起的天伦之乐，既不让老伴照顾，也不许儿女侍候，独自一人住在市教育系统家属楼的一间房子里。他面色黑瘦，但精神矍铄，讲话声音铿锵。得知来意后，就兴致盎然地谈起了 20 世纪 30 年代他和姚雪垠、李蕤办文学创物的情况，谈曹靖华、宋若瑜"五四"时期建立"青年学会"和创办《青年》期刊的历史。在谈到宋若瑜的情况时，他说自己到开封读书时，曹靖华早已离开那儿，宋若瑜已经去世了，所以知道的情况不多。他说，待他日后翻翻资料，再设法告诉他。最后，陈先生又告诉他，解放战争时期，诗人牛汉曾在开封搞地下工作，迎接大军解放，在此期间，他与牛汉有过多次接触。

讲着讲着就到中午了。陈先生说："吴先生从安徽远道而来，刘玲玉是我们开封女杰宋若瑜的亲人，就在我这里吃一顿素餐吧。我为了抓紧时间看书、写作，戒掉了烟、酒。每天素食为主，少有荤腥，这样生活简单了，省去一切麻烦，吃饱就足矣！如果二位愿意就留下，不愿意就走吧！"本来吴腾凰他们不想麻烦老人家的，但听他这样一讲，也就不好执意离开，便留下来和先生共进了一顿他自烧的素餐。

吴腾凰回到安徽滁州后，给陈雨门先生写了一封感谢信，特别对先生为自己立下的"老有所求，老有所献，老有所乐"的座右铭感触良深。陈先生接信后，于是年6月23日给吴腾凰写了一封回信。

陈雨门先生出生于书香之家，又习美术，所以书法功底深厚，字写得规范、美观。现将此信展示诸读者，共同雅赏。

信的开头，表示在"人欲横流的今天"吴腾凰还能四处搜集先贤的史料而"无任欣佩"。接着说，对吴腾凰要求的资料因年代久远，再加上自己大病健忘，经日夜追忆，又让儿孙翻箱倒柜，才觅得几条。

陈先生查到曹靖华"五四"时期在开封主编的《青年》半月刊第一、三、四、五期目录，其中第四期有蒋侠生的诗《读李超传》，第四期有散文《我对于自杀的意见》。经查证，《我对于自杀的意见》发表1920年四月四日《青年》第五期，这里陈先生抄错了。

开封是河南省的省会，地处中原腹地，地理位置十分重要。五四运动中，河南学界思想活跃。开封二中学生曹靖华、叶毓情（蒋光慈同学）以及开封省立第一女子师范学生宋若瑜为代表的进步青年，成立了"青年学会"，他们要冲破几千年束缚人们思想的牢笼，向封建势力宣战，宣传民主科学，追求革命真理。曹靖华、叶毓情早已读到了安徽第五中学蒋光慈等人创办的《自由之花》，对他们十分佩服，经常通信联系。当蒋光慈知道他们将要成立"青年学会"时，就以外省学生的资格要求参加，愿与他们一起携手前进。就这样，蒋光慈便成了河南省"青年学会"的会员，还积极为他们的刊物《青年》写稿。《青年》半月刊从1920年1月1日创刊至5月1日停刊，共出10期。蒋光慈（时名蒋侠生）的《读李超传》和《我对于自杀的意见》分别发表在《青年》第四、五期上。

中国人有句俗话："有缘千里来相会，无缘对面不相逢。"宋若瑜读了蒋光慈的诗文，听了曹靖华、叶毓情的介绍，便从心里喜欢了蒋光慈，便主动写信给他，邀约做异性朋友。蒋光慈正在梦想找一位"苏维亚"式的女英雄做爱人，两朵火花虽隔着滔滔大江，却相映成辉了。通过6年的"函恋"，二人终于在上海结成了革命夫妻。

回信讲的第二个问题是蒋光慈改名。吴泰昌的《艺文轶话》中有一节专门讲蒋光慈原名蒋光赤，因光赤名字太刺眼，于1927年"四一二"事变后更名蒋光慈。

其实，蒋光慈改名不在"四一二"之后，他在1925年夏给宋若瑜的信中就称自己是"蒋光慈"了。只不过在"四一二"之后，公开称"蒋光慈"。说他不用"光赤"改用"光慈"是为了避免"太刺眼"，也是有一定道理的，后来他又用过华西里、维素、魏克特等。

第三个问题是讲宋若瑜改诗句。宋若瑜曾写小诗《咏蝉》："知了！知了！非常神气，呸！一群毫无所知的东西！"暴×芳读后建议，在"非常神气"后面，不如加上"爬的不低"。宋若瑜表示赞同，却又想"非常神气"似嫌多余，又不押韵，删掉更好。陈先生认为此诗表达了宋若瑜这些"五四"青年对反动当局的愤慨之情。

我们从《纪念碑》中宋若瑜写给蒋光慈的信函中，可以看到宋若瑜的文笔清新，富有文学天赋，如若不是厄于短命，肯定会对新文学有不俗的贡献。

写信人生平、学术成就：

陈雨门，现代诗人、民间文学家。原名陈化鲤，字禹门，曾用笔名晚晴、陈时、小萍等。1910年生，河南睢县人。1927年赴省城开封，就读于私立嵩阳中学、东岳艺术师范学校。1930年还在求学时即开始新诗创作，是河南早期新诗运动的开拓者之一。早期作品多发表在《火信》《现代》《当代诗刊》《文学》等刊物上，第一本诗集是《瓣瓣落花》。1933年，先后同姚雪垠在《河南民报》主编《平野》周刊，与刘曼茜合编《茉莉》副页，与李蕤合编《山雨》月刊，还主编过《青春诗刊》。抗日战争前，在王统照主编的《文学》诗歌专刊上发表的长诗

《除夕》，曾博得诗坛的好评和读者的注意。他的诗作《秋晚》也曾收入闻一多编辑的《现代诗选》中，1936年，茅盾主编的《中国的一日》中也收录了他的《一日见闻记》。他被列入当代十诗人之一。抗战爆发后，逃亡到豫西南深山里，在李蕤主编的《前锋》副刊和范长江主编的《国际新闻》上发表了不少诗歌和抗日英雄记。解放前夕，遵照中共地下党的指示，与苏金伞、师陀、李蕤在开封创办《沙漠文艺》月刊，又办《博爱日报》。解放后先后在开封任时女中、河南省立开封中学任语文教师。20世纪50年代初，加入中国作家协会。历任中南区文职委员、河南省文联筹委、开封文联常委及创作部部长、河南省文史馆馆员、河南省民协灯谜委员会顾问等。20世纪50年代，在《大公报》副刊、《人民诗歌》《奔流》《星星》诗刊等发表大量诗歌，后编入《初耕》《喜讯》《三门峡短歌》专集，编有豫剧剧本《赵小兰》《麦收之前》《一件红棉袄》《新嫁妆》等，话剧剧本《两条道路》《前进》。还编有《反侵略小丛书》《通俗文艺小丛书》各10册。1958年被错划为右派，1979年得到改正，回开封第一中学任图书馆图书管理员。1980年后，致力于地方文史研究。1983年夏离休。1994年8月在开封市病逝，享年84岁。

陈雨门早期是诗人，晚年成了河南省文史专家和民间文学家，他一生著作等身。其主要著作有诗歌集《除夕》《春荒》《瓣瓣落花》《烟囱》《耕耘》《喜讯》《三门峡短歌》《陈雨门诗集》；民间文艺集《灯谜新编》《谜海》《灯谜和红楼梦》《中国诗谜诗》《诗谜精华》；文史类集《诗韵新编》《烬余集》《汴京琐记》《开封忆旧》《中州三百六十行初探》《河南语言探源》《中国娼妓史》等。他对河南省新诗的开拓和对民间文学的发掘已载入河南文学史册，他的贡献是别人不可替代的。

书信中的
美学家吕荧

吕荧小传

吕荧 (1915—1969)，当代文艺理论家、美学家、翻译家。原名何佶，曾用名吕云圃，笔名倪平、吕荧等。1915 年 11 月 25 日生于安徽省天长县新何庄。5 岁丧母，7 岁在家读私塾，1928 年去南京读小学，第二年进南京中学。中学期间，爱好文学，开始学习写作诗歌和散文，同时阅读鲁迅的作品和苏联的小说，1935 年中学毕业，考取北京大学历史系。"一二·九"学生运动中，他置身于抗日救亡运动的洪流中，发表爱国演说，参加中国共产党外围组织"民族解放先锋队"。在革命运动中，他研读马克思、恩格斯、列宁的著作，开始形成马克思主义的世界观和人生观，决心做一名文艺战士。此间，参加了进步文艺团体"浪花社"，创办《浪花》文艺期刊。1937 年"七七"事变后，去武汉参加中华全国文艺界抗敌协会，又与罗烽结伴赴延安，因道路阻隔，遂去山西临汾"民先"工作。1938 年因病到四川休养。1939 年去昆明西南联大复学，成绩优秀。1941 年毕业，开始社会生活。因为深恶反动政府的腐败，便选择了教员的职业，想利用业余时间创作。1942 年至 1945 年在四川教中学，与重庆文化界进步人士胡风、邵荃麟、冯雪峰、骆宾基等联系甚多。他与夫人潘俊德自筹资金，以"泥土社"名义出版论文集《人的花朵》，高度评价鲁迅、曹禺、艾青、田间等革命作家的作品。1946 年春去贵州大学历史系任副教授，与方敬等进步教授创办《时代周报》，宣传争民主、争和平、反内战、反独裁的革命思想。因受校方保守势力攻击，于 1947 年夏愤然离校，后辗转到台湾师范学院任教。1949 年 4 月，经香港去北京，迎接新中国的诞生。7 月，出席全国第一次文代会，后参加作协。1949 年 10 月去大连了解工人文艺运动，1950 年应邀去青岛山东大学担任中文系主任、教授，1952 年因遭受不公正的"批判"，自己又不愿作"违心"的检查，气愤之下拂袖而去。1952 年冬，经冯雪峰同志邀请到人民文学出版社任特约翻译，后担任《人民日报》文艺部顾问至 1956 年，并从事美学研究。1955 年 5 月 25 日，全国文联主席团和作协主席团举行联席扩大会议，讨论"胡风集团"问题，吕荧同志在会上发言，认为思想意识领域内的问题不等于政治问题，当场被赶下台，隔离审查一年之久，大脑神经受到严重摧残。1957年12月3日，《人民日报》发表了他的著名美学论文《美是什么》，毛泽东同志亲自校阅了"编者按"，为其公开平反，恢复声誉。"文革"中，他重遭迫害，又被投进劳改农场。临行时，还带着外文打字机和一包包蜡烛，准备就地从事写作。由于遭受着非人的折磨，于1969年3月5日，于冻饿中含冤逝世于清河农场。1979年5月，中央公安部为其平反，恢复政治名誉。

他一生主要著作有：《人的花朵》(1944年，重庆)、《火的云霞》(1949年，上海书报联合发行所)、《关于工人文艺》(1952年，新文艺出版社)、《艺术的理解》(1958年，作家出版社)、《美学书怀》(1959年，作家出版社)。主要译文有：卢那卡尔斯基的《普式庚论》(1943年，远方书店)、普希金的《叶甫盖尼·奥涅金》(1944年，重庆云围书屋)、卢卡契的《叙述与描写》(1947年，新新出版社)、《列宁论作家》(1952年，上海新文艺出版社)、《列宁与文学问题》(1953年，上海国际文化服务社)、莎士比亚的《仲夏夜之梦》(1954年，作家出版社)、普列汉诺夫的《论西欧文学》(1957年，人民文学出版社)等。

在20世纪五六十年代全国美学大讨论中，形成了四派有代表性的观点：以吕荧为代表的"美是一种意识形态的主观评价，是人的一种观念"的主观美；以蔡仪为代表的"美与主观评价无关，而与事物存在的客观属性和条件有关，美在物本身"的客观美；以朱光潜为代表的"美既与客观存在条件有关，又跟人的主观心意状态有关"的主客观统一美；以及之后的李泽厚为代表的"既强调美是客观，又必须具有社会性"的客观性与社会性统一的美。吕荧是主观美的代表人物。

吕荧同志用自己的行动实践了"有一分热，发一分光"这荧字笔名的本意。他一生愤世嫉俗，热爱无产阶级文学事业，身无媚骨，忠正不阿。正如他的老友、著名作家骆宾基所说："吕荧有他的几本译著在，这将永远流传于后世。在社会风气中，将起着洁化的作用。它们将永远散播着芬芳，因为译作者吕荧本人就是我们民族的花朵。"

　　吕荧的作品在身后出版的有《吕荧文艺与美学论集》《吕荧全集》（五卷）和译著普希金的《叶甫盖尼·奥涅金》等。

1 田间：《人的花朵》与我

来信主要内容：

对《人的花朵》中吕荧评说他的诗歌中关于"抛弃'知识分子'"方面还要努力的批评，觉得不如胡风的看法准确。还说，还是鲁迅先生讲得对，中国诗歌的一个要害问题，也是一个历史的"难题"。

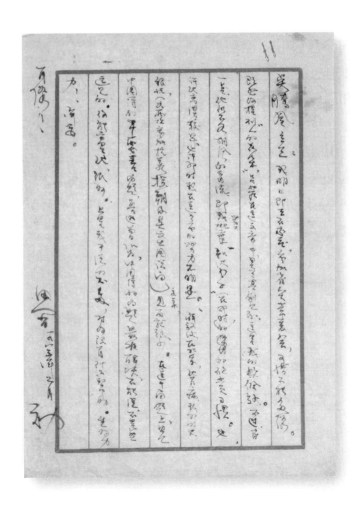

信件原文：

吴腾凰先生：

　　我明日即去石家庄，参加省人大常委会，可惜不能多谈。既然你提到《人的花朵》，吕荧在这文章中是有真创见的，这是我的钦佩处。不过，有一点，他仍不如胡风的看法，即我努力抛弃"知识分子"（在那时的）的欣赏习惯。也许他写得较早，也许那时我在这方面的努力不明显。解放后在北京，他有病，我那时也很忙，（如两次参加抗美援朝及其它出国访问）这样，见面就很少。在这个问题上，是中国诗的一个要害问题，鲁迅曾认为，中国诗的问题最难解决，不能说，不是无远见的。

　　你能写写他，很好，只是我可说的不多，对你没有什么帮助。望努力！

　　问安。

再谈！

田间

一九八五年二月初

信件解读：

美学家吕荧1940年8月在西南联大读书期间，对当时中国新诗坛上闪耀的红星艾青和田间给予了大力颂扬，写出了长篇诗评《人的花朵》，称他们是"隐在丛绿之后的一朵花"。称田间的诗，"完全与传统的诗的气氛不同，他的诗的感情的彩色不是柔和，而是强烈，不是和谐，而是富有远射力的急旋；而诗人在形式上，更跃过了一切旧形式的藩篱"，歌唱"斗争的火焰"，"春天的路"，"战斗"与"射击"。《人的花朵》出版问世后，在文艺界产生了广泛影响。

为了写作美学家吕荧传记，吴腾凰特地给诗人田间写了一封信，让他谈谈对吕荧先生《人的花朵》中关于田间诗评的看法。诗人田间于1985年2月初复信。

复信开头说，他明天就要去石家庄参加省人大常委会会议，没有时间详细谈《人的花朵》那篇诗评，只能简要作答复。

接着，他首先肯定了《人的花朵》那篇文章"是有其创见的"，是让他"钦佩"的。但对吕荧先生"抛弃知识分子"这方面的批评，认为不及胡风先生批评的准确。原因可能是吕荧文章写得早，当时自己在这方面的努力还不够。吕荧先生在文章中指出，田间"突击所集中的火与力，所绘写所歌唱的形象或感情，往往只是诗人自己的生活中感情感印最强烈的形象或感情；而并不是含有现实生活全相中最本质的最深刻的素质的形象或感情"，也就是说，诗人还没有真正把诗与"战斗任务直接地系结起来"。接着讲诗歌问题，大众化是一个要害问题，连鲁迅先生都认为最难解决。

鲁迅先生对新诗有多次在多种场合进行过评说。在《魏晋风度及文章与药及酒之关系》中说："即使是从前的人，那诗文完全超于政治的所谓'田园诗人''山林诗人'，是没有的。"在给台静农的信中也说："感情颓废没落是诗人的致命伤。"诗歌艺术方面，他在《诗歌之敌》里指出："诗歌不能凭仗了哲学和智力来认识"；在形式上，他主张"诗须有形式，要易记，易懂，易唱，动听，但格式不要太严。要有韵，但不必依旧诗韵，只要顺口就好。"鲁迅先生也认为这些都是新诗的难题。

接着讲到，解放以后他与吕荧先生见面少的原因，一是吕荧经常生病，二是他工作繁忙，两次参加抗美援朝及其出国活动。

写信人生平、学术成就：

田间，现代著名诗人，原名童天鉴。1916 年 5 月 14 日生于安徽省无为县开城镇山脚下的潘家岗。父亲早年读书，后以务农为本兼做木材生意，因见多识广又深受新学影响，十分重视子女教育，爱好买书藏书。田间幼时在私塾读书，七八岁时迁往开城镇附近王家大村私立小学读书。小学毕业后，到无锡辅仁中学读书，在那里受爱国进步思想熏陶，参加过抵制日货运动。初中二年级，提前考入芜湖省立第七中学读高中，春节寒假回乡，看到国民党反动派杀害共产党人和爱国进步人士，激起了他对反动当局的愤慨和对工农运动的同情。由于从小就热爱新文学作品，便开始写了一些具有反帝反封建色彩的新诗。1933 年，考入上海光华大学外语系学习英文。这时期，他结交了一批左翼文学青年，并成了中国诗歌会"战斗的小伙伴"，写出新诗《海之歌》，1934 年加入中国左翼作家联盟，受到鲁迅、茅盾、聂绀弩、胡风、王淑明等左翼文艺家的影响和指导，参加"左联"刊物《文学丛报》《新诗歌》的编辑工作，主编《每周诗歌》。这时期出版了他的表现中国人民苦难和斗争的《未明集》《中国牧歌》《中国·农村底故事》等诗集。1937 年春去日本，继续从事革命文艺活动，还趁机学习日语，阅读《拜伦诗选》《裴多菲诗选》等世界名著。1937 年 7 月，全国抗战爆发，他立即回国，在上海、武汉等地参加抗日救亡运动。这期间，写下了表现中国人奋起抗战的《给战斗者》诗篇。1938 年由武汉到晋东南参加八路军战地服务团，任战地记者，不久到延安。在延安和其他同志一起发动街头诗运动，写下了《毛泽东同志》《义勇军》等街头诗。被群众称为"时代的鼓手"，同年8月加入中国共产党，任晋察冀边区文协副主任。1942年任盂平县县委宣传部部长，1943年至1949年任冀晋区委《新群众》杂志社社长、雁北地委秘书长、张家口市委宣传部部长。此间写了党领导下人民翻身求解放的叙事诗《赶车传》和中篇小说《拍碗图》（后改名为《农村纪事》）、散文《盂平英雄故事》等。1949年，参加全国文艺工作者代表大会，任中国作协党组成员、创作部副部长、文学讲习所主任。抗美援朝期间曾两次到过朝鲜战场，1954年到东德、罗马尼亚、保加利亚等东欧国家访问。1957年冬下农村蹲点。1958年任河北省文联主席，《蜜蜂》杂志主编。1975年复出后，创作《长城行》，1978年被选为第五届全国人大代表，后任中国文联委员、河北省文联主席、《诗刊》编委。晚年任河北省人大常委。1985年8月30日在北京病逝，终年69岁。

诗人田间作为"时代的鼓手"，他一生诗歌作品很多，其主要作品有诗集《未明集》《中国牧歌》《呈在大风沙里奔走的岗卫们》《给战斗者》《戎冠秀》《赶车传》《抗战诗抄》《汽笛》《马头琴歌》《新国风赞》《非洲游记》《云南行》《青春中国》等，散文集《板门店纪事》《欧游札记》《火花集》等，小说《拍碗图》等。田间逝世后，由诗人艾青、臧克家、贺敬之、魏巍等组成的《田间诗文集》编委会，汇编六卷本《田间诗文集》，收作者短诗、长诗、诗论、小说、散文、回忆录、书简和著作年表，由花山文艺出版社出版。1992年人民文学出版社和香港三联书店编辑出版《中国现代作家选集·田间》，该书由冯至作序。

田间是时代造就的著名诗人。他的诗歌形式多样，包括信天游、新格律诗、自由体等。在新诗的民族化、大众化等方面都进行过探讨，他以质朴的描述和激昂的呼唤形成明快简朴的风格，受到广大群众的欢迎。他的诗论《海燕颂》《新国风赞》等，全面阐述了自己的诗观，对我国诗歌创作与诗歌理念研究都起过指导和推动作用。

他坚信诗人是战士，是时代的鼓号者，诗歌也是战斗的"枪"，诗人是时代和人民所需要的。

对于诗的内容和形式，他说："诗的形式，不仅是诗的皮肤，同时也是诗的血液，是诗和诗人的化身。思想情绪语气明确时，就会有形式上的明确性，思想情绪语言和群众打成一片时，才有可能使形式和群众打成一片。"

对诗的意境他是这样认为的："意境是诗的一个集中表现。意境来之不易，它在将某种生活、素材，去粗取精，并加以概括，删除其不必要的枝叶，使鲜花显露，如出枝头。作者一旦注意这个问题，他就要注意诗的思想和形象，追求深度，而不贪图所谓广度。"

他主张诗歌的语言要做到雅俗共赏。他说："我希望，把诗写的通俗一些吧，或者叫'雅俗共赏'吧，投入群众的心之河吧！"他一生追求民族化大众化，追求诗的语言通俗精练。

但平心而论，田间过分强调诗歌的时代责任和教化鼓舞作用，会影响诗歌的美感功能和智能、哲理方面的开掘。他长期致力于民族化大众化的提倡和实践，影响其高、精、尖作品的问世。正如臧克家为他写的赠诗所言：黄金赤足从来少，白璧无瑕千古稀。魔道分明谁划线，是非不许半毫分。

贺敬之说田间是"新时代的擂鼓者，新世界的战斗者，新诗歌艺术的探索者——正是从以上这几方面，田间的诗歌在我国新诗的发展上有着不可轻视的艺术革新（或曰创新）的特殊意义"。（《田间诗文集·前言》）

田间的部分诗作，被译为日、德、法、朝、罗等语言。

2 李希凡: 我编《文艺与美学论集》

来信主要内容:

　　原来要吴腾凰为李希凡编著的吕荧的《文艺与美学论集》写的《吕荧小传》，稿子不知怎么遗失了，他请求吴再重新抄寄两份，一份给编辑，一份给他备用。

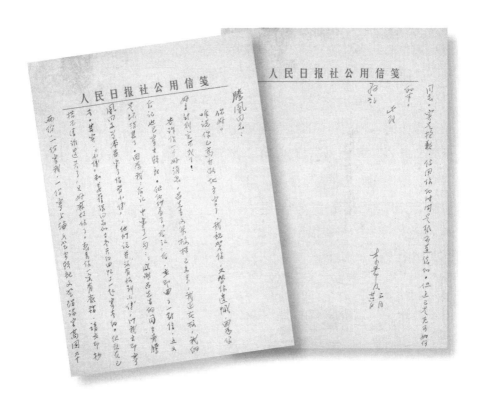

信件原文：

腾凰同志：

　　你好。

　　听说你已高升做地方官了，我祝贺你，又替你遗憾，因为你好多计划完不成了。

　　告诉你一个好消息，吕先生文集校样已出来，我正在校，我的后记也已寄出版社。但他们看了"后记"后，立即回了一封信，这又是坏消息了，因为我"后记"中写了一句"感谢吕先生的同乡吴腾凰同志为本书写了作者小传"，他们说并没有收到小传，叫我立即寄去。其实"小传"和姜葆琛同志的《冬天的回忆》一起寄去的。但现在已搞不清楚谁遗失了，只好麻烦你了。想来你一定有底稿，请立即抄两份，一份寄我，一份寄上海文艺出版社文艺理论室高国平同志。实是抱歉，占用你的时间是很不道德的，但这已是无可如何的事。

　　此致

敬礼

李希凡

三月廿六日

信件解读:

　　著名红学家李希凡是美学家吕荧先生山东大学的学生。吴腾凰为创作吕荧传记,曾先后多次写信和当面向李希凡先生了解吕荧的情况。李希凡热情诚恳,不但尽力帮助查找资料,还时时关心创作的进度。如此往来,吴腾凰与李希凡竟变成了好友。

　　为纪念自己的恩师,李希凡先生从1980年初,便着手搜集吕荧的著译作品,编辑吕荧的《文艺与美学论集》,于1983年夏完成。恰逢上海文艺出版社有一个系统出版当代美学家著作的计划,其中列有朱光潜、蔡仪美学论著的选题,李希凡获悉后,便建议将吕荧列入出版计划,上海文艺出版社欣然同意。李希凡先生约请吴腾凰为他编的《文艺与美学论集》写一篇千字《吕荧小传》,附在书后,并让他直接将《吕荧小传》寄给上海文艺出版社负责编辑《文艺与美学论集》的高国平同志。谁知吴腾凰寄去的《吕荧小传》竟然丢失了。李希凡得知这一情况后,便在1984年3月26日给吴腾凰写来这封信,让他将《吕荧小传》"即抄两份",一份寄给他,一份寄高国平同志。在来信的最后表示歉意,说:"实是抱歉,占用你的时间是很不道德的,但这已是无可如何的事。"

　　这里还要补充说一件事:吕荧先生胸怀大度。李希凡在中国人民大学读研究班期间,曾怀着内疚和不安的心情去吕荧住所探望。因为他当年在山东大学曾被指令批判吕荧和在《文艺报》发表过批判文章,所以李希凡在坐下后,表现十分拘谨。吕荧先生表示欢迎,还亲手为他削了个苹果让他吃,还主动讲:"希凡,不要再想过去的事了!"听了吕荧先生这句温暖的话,李希凡这才静下心来。

写信人生平、学术成就：

李希凡（1927—2018），著名红学家、文艺理论家。生于北京通州，祖籍浙江绍兴，原名李锡范，字畴九。1953 年毕业于山东大学中文系，1954 年又毕业于中国人民大学哲学研究班。1954 年加入中国作家协会，同年调入《人民日报》文艺部工作，历任编辑、评论组长、副主任、常务副主任，中国艺术研究院常务副院长、研究员。全国第二、八届政协委员，全国第四届人大代表，中共十三大、十四大代表。1949 年开始发表作品，1954 年加入中国作家协会。曾任全国艺术科学规划领导小组常务副组长、中国作协全国委员会委员、中国红学会副会长、中国文艺年鉴主编、红楼梦学刊主编等。

2018 年 10 月 29 日在家中病逝，享年 91 岁。

1954 年与蓝翎合作发表《关于〈红楼梦简论〉及其他》《评〈红楼梦研究〉》，向 30 多年来俞平伯关于《红楼梦》研究中的胡适派资产阶级唯心论展开第一次认真的批判，受到毛泽东称赞和肯定。从此在全国范围内展开了对《红楼梦》研究和以胡适为代表的资产阶级唯心论观点的一场大批判。因毛泽东主席称李希凡和蓝翎为两个"小人物"，一时间，他们二人由默默无闻的青年文艺爱好者而成为文坛瞩目的青年评论家。1954 年秋，李希凡给当时的文化部部长周扬写信，说自己即将从中国人民大学结业想去研究所工作，周扬转达毛泽东的意思表示反对，称"那不是战斗的岗位"，于是，从 1955 年至 1986 年他一直在《人民日报》文艺评论部以笔为旗帜，工作着，战斗着。

李希凡，一直坚持马克思主义和毛泽东思想。多年来，李希凡以社会分析阶级论为理论工具，不仅对各时期的重要文艺作品，比如《红旗谱》《青春之歌》《林海雪原》《创业史》《红岩》《苦菜花》《欧阳海之歌》等发表评论文章，还不余遗力地参加到历次的问题论争中去，比如，"阿Q"

问题，《琵琶记》与封建道德问题，戏曲的推陈出新问题，批判"鬼戏"、历史剧问题、哲学上批判杨献珍"合二为一"、史学上批判翦伯赞的"让步政策"……

李希凡主要著述有《红楼梦评论集》（与蓝翎合作）、《论中国古典小说艺术形象》《〈呐喊〉〈仿徨〉的思想与艺术》《弦外集》《论"人"和"现实"》《管见集》《寸心集》《题材·思想·艺术》《红楼梦艺术世界》《李希凡文学评论选》《文艺漫笔》《文艺漫笔续编》《燕泥集》《说情》《毛泽东文艺思想的贡献》《冬草》《文艺絮语》《沉沙集》，主编《红楼梦大辞典》《中华艺术通史》等。

大凡评论家都有自己独特的艺术立场和学术观点，李希凡先生也不例外。李希凡在山东大学读书时，就偏爱文艺理论和中国古典文学，对几部著名的中国古典小说都有过深入研究。大学二年级时就撰写了论文《典型人物的创造》。当时，中文系主任吕荧先生读了觉得写得不错，便推荐给华岗校长，华校长便推荐给《文史哲》，成为《文史哲》发表的第一篇学生文章。在有关《红楼梦》的文章发表之前，首先发表的是关于《水浒传》的评论《略谈水浒评价问题——评〈宋江考〉》，主要分歧在于：李希凡认为，不能用考证的方法来评价小说，不能用历史人物的宋江来衡量《水浒传》中的宋江。同后来评《红楼梦》一样，《宋江考》也与郭沫若、翦伯赞等大历史学家的学术观点相左。

在为曹操翻案的风潮中，李希凡并不因为为曹操翻案是毛泽东主席提出来的，就随声附和，而仍然坚持他的《三国演义》中曹操"奸雄"性格的创造是成功的观点。

在"文革"筹备初期，毛泽东的夫人江青找李希凡谈话，说吴晗写的《海瑞罢官》是对农村"三自一包"的影射，想让他写文章批判。李希凡认为《海瑞罢官》与"三自一包"扯不到一块，便用沉默表示不认可、不表态、装糊涂去应付。当然也就没接受写批判文章的任务。"文革"中因没听江青的话，遣送干校劳动那就是当然的事了。

李希凡评价文学艺术作品的标准，就是从生活出发，一切以生活的感受来评判作品的优劣。他只认作品，不问作品是谁写的，认为好则说好，认为不好就说不好，从来不会阿谀奉承。

李希凡一生始终激扬着一个学者的探索真理、追求真理的学术精神。他具有独立的学术立场，耿直的学术人格，以及坚韧的学术坚守，他为中国文学艺术史作出了重要贡献。

著名学者冯其庸先生说过，李希凡"用唯物主义研究取代唯心主义研究，这是方法论的变革。应该说，《红楼梦》研究成为新的面貌，就是从李希凡他们的文章开始的"。

李希凡在红学研究中取得的成果是学术界公认的。可李希凡生前从不喜欢人称他什么"红学家"，他谦称自己不过是个"红边"。

李希凡做学问不讲条件。李希凡长期住在北京建国门外人民日报宿舍里，房间不大，所谓书房也只有几平方米，连一张书桌也放不下。他在窗口下面拴了一块长方形的小木板，木板就是他的书桌，窗口上边装了一个小电棒。谁能想到，他的数百万字的作品，就是在那块小木板上一个字一个字写出来。真是"小人物"小书桌，照旧能写出大文章。

3 梅志：吕荧与胡风

来信主要内容：

介绍吕荧在胡风主编的《七月》《希望》上发表的文章以及吕荧的《人的花朵》、译著《欧根·奥涅金》与《叙述与描写》的出版情况。

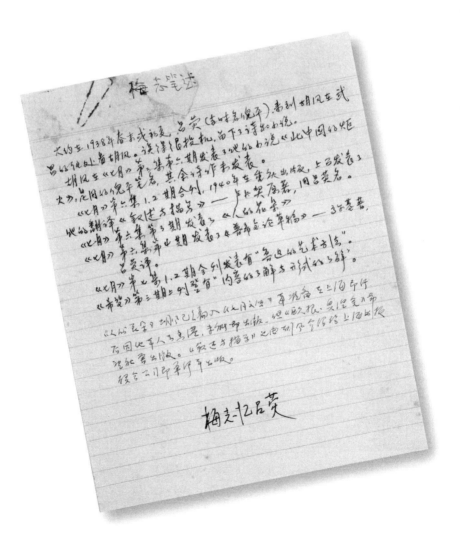

信件原文：

梅志笔述

大约在 1938 年春末或初夏，吕荧（当时名倪平），来到胡风在武昌的住处看胡风。谈得很投机，留下了诗和小说。

胡风在《七月》第三集第六期发表了他的小说《北中国的炬火》，是用的倪平笔名，其余诗作未发表。

《七月》第六集 1、2 期合刊，1940 年在重庆出版，上面发表了他的翻译《叙述与描写》——卢卡契原著，用吕荧名。

《七月》第六集第 3 期发表了《人的花朵》。

《七月》第六集第 4 期发表了《普希金论草稿》——高尔基著，吕荧译。

《七月》第七集 1、2 期合刊发表有《鲁迅的艺术方法》。

《希望》第三期上刊登有《内容的了解与形式的了解》。

《人的花朵》胡风已编入《七月文丛》准备在上海印行，后因他本人去香港，未能出版，但《欧根·奥涅金》希望社曾出版。《叙述与描写》也由胡风介绍给上海书报联合公司印单行本出版。

信件解读：

　　女作家梅志是文艺理论家胡风的夫人，吴腾凰为了创作美学家吕荧先生的传记，在1987年曾写信给梅志询问吕荧与胡风何时何地相识，吕荧在胡风办的《七月》刊物上发表过哪些作品。梅志在胡风逝世后痛苦的日子里，忍痛为吴腾凰写了这封回信，并寄来了她亲笔抄写的吕荧在《七月》《希望》发表文章的目录以及《人的花朵》《欧根·奥涅金》出版情况。

　　1988年冬，吴腾凰为了出版吕荧传——《美的殉道者——吕荧》，曾到梅志先生家拜访。老人家怀着深情说："胡风在世时不止一次地说，吕荧呆呀，傻呀！"这里指的是吕荧在1955年5月全国文联主席团和作协主席团联席扩大会议上，公然上台发言，说胡风是思想意识领域内的问题不等于政治问题，结果被轰下台，隔离审查。梅志接着说，关于吕荧和胡风什么时候认识的，上次我寄给你一份材料，说是"春末或夏初"不够确切，现在回忆一下，应该是1938年3月，吕荧从安徽老家来到武汉，他带了两篇稿子，找到我们的住所，见到胡风。胡风留下他的一篇《向着伟大作品的进行》，后来发表在《七月》第11期上。至于我写的那个目录不全，我手头资料缺乏，希望你到大图书馆查一查。

　　说着讲着梅志老将吴腾凰领进一个套间，倒了一杯茶，接着说，吕荧这个人很怪，每次到我家，几乎都不吃饭。无论我们怎么挽留他都不愿意。但他每次都爱看我们家墙上挂的那幅画。

　　记得1965年底胡风监外执行住在自己家里时，我和他谈起吕荧，他不胜感叹地说："现在请他来玩，来吃饭，还不是时候。"我们将离开北京去四川时，他望着墙上挂的他在四川土改时买的梁平竹编横幅，半天才说出："这上面画的金鱼，吕荧曾一再赞美过它，应该留给他才好。"虽然那只是一般艺人画的，并非名画，但那栩栩如生的金鱼，自由自在地在水草中游着，还真是可爱，并使我十分羡慕它的自由。是应该送给他，让他高兴高兴。但是，他能挂在哪儿呢？他还能再欣赏它们吗？……我只得嘱咐女儿将这幅竹画好好保存着。

我们告别了北京，告别了北京的亲友们，祈望着不久会回到北京，与亲友们再相见。

直到 1980 年我们才回到北京，见到了亲友们。但是，这里面没有吕荧，他已在 1969 年被"四人帮"迫害致死了！

梅志老人讲述的这段关于吕荧爱看那幅竹编画中金鱼在草中游弋的故事，真正触动了吴腾凰的心。正是这则故事，奠定了他的美学家吕荧传的主旋律，也使得书的封面夸父逐日的图像更具有哲学意义。可以说，是梅志老为吕荧传记定了琴弦的基调。

写信人生平、学术成就：

梅志（1914—2004），祖籍江苏武进，生于江西南昌，本名屠玘华，又名屠琪（或屠棘），是中国著名儿童文学作家和传记文学作家。现代革命文艺战士、著名文艺理论家、诗人、翻译家胡风的夫人。1933 年毕业于上海培明中学，1932 年加入"左联"，从事宣传工作。此间接触胡风，1933 年底二人结婚，婚后一边学习料理家务，一边帮助胡风校写文稿，是胡风事业上的好助手。无论在上海，还是后来辗转流离重庆、香港、桂林等地，她都陪伴在胡风身边，给胡风以极大的支持。1944 年在重庆加入中华全国抗敌文协，历任《七月》《希望》杂志编辑，重庆《希望》发行人、会计、校对，上海全国文协会员、上海作协创作组组员。

1955 年 5 月胡风被定为"反党集团"首脑，胡风与梅志被捕。1965年 11 月，梅志被定为"胡风反革命集团"骨干分子，免于刑事处分。但在胡风被判刑后，梅志被一道发配到四川。梅志在四川劳改茶场劳动改造期间，因胡风在异地劳改病重，上级将梅志调到他身边，照顾胡风，共患难。1979 年 1 月他们被释放出狱，重新回到离别 14 年的北京。她一直为胡风的平反而奔波劳碌，吃尽万苦头。1985 年 6 月，胡风先生因病去世。此后梅志写了《往事如烟》《伴囚记》《在高墙内》《胡风传》，记述了胡风和"胡风分子"们所遭受的苦难。还写了一篇纪念吕荧的长文《人的花朵——漫忆吕荧》。

梅志主要著作后来被编入《梅志文集》，共四卷。第一卷是《儿童文学》，第二卷《回忆录》，第三卷《胡风传》，第四卷《散文小说》。梅志为中国文艺事业的发展作出了巨大贡献，国务院为此自 1992 年 10 月起发给她政府特殊津贴。2001 年当选为第六届作协代表大会主席团成员。2004 年 10 月 8 日因病逝世，享年 90 岁。

梅志陪随胡风度过漫长的苦难岁月，不离不弃，相信真理，追求光明，无怨无悔。有人曾把这位貌美品高的女性，比作俄罗斯十二月党人的妻子，美丽、坚韧而豪放。

4　王德昭：在贵州大学

来信主要内容：

　　吕荧去贵大任教是本人介绍的，并一起办刊物；吕荧夫妇不合是吕荧个性使然；感情细腻而喜欢独居；对吕荧的译著，本人最喜爱的是他翻译的普希金的诗作和他的理论著作；推荐吴腾凰去找中国社科院近代史所的孙思白先生。

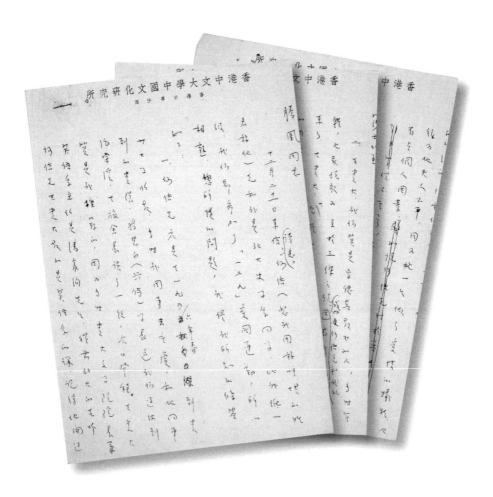

信件原文：

腾凰同志：

十二月二十一日来信读悉。何佶（恕我用称呼惯的姓名称他）兄和我是北大史学系同学，比我低一级，我们都参加了"一二·九"爱国运动，所以相熟，您所提的问题，我尽我所知的条答如下。

一、何佶兄应是在一九四六年春到贵州大学任教，当时我因事去重庆，和他同车到的贵阳，孙思白（兴侍）学长送我们过江到海棠溪，在旅舍长谈了一夜，次日登程。在贵大算是我推荐的，因为当时贵大文学院院长兼英语系主任是潘家洵先生，从前北大的老师，何佶先生在贵大教的是英语系的课，记得他开过莎士比亚。

二、在贵大，我们算是肯认真教书的人，当时年轻，也敢说敢为，至于三杰之说，或何佶兄和我外还有谁，却记不起来了。在贵大，在年轻的同事中，我没有别的很熟的朋友，我们办过一个半月刊，似乎叫《时事评论》，批评抗战后的乌烟瘴气。在国民党时期这刊物受过调查，听说也有朋友在"文化大革命"时期在国内因为这刊物惹过麻烦。何佶兄必曾参加过这刊物的活动，但发表的文字记得只是介绍新文艺的，没有政论。

三、离开贵大（我在一九四七年七月离开，他应该比我还早一点）主要的原因是复员了，从西南山地出去的交通方便了，可能有点个人因素，但不重要，例如您问他们夫妇间的感情问题，真正的因素是两人性情不合。何佶兄是一个感情细腻而心理上非常需要与他人隔离的单独生活的，我和我夫人……很为他夫人不平，因为她一生做了爱情的牺牲，也有点个人因素，但不重要，不是基本的。

四、他的著作，在我处的，因为一九四九年后台湾的环境特殊，连同不少其他朋友送给我的，都焚毁了，我因为对文学生疏，所以对朋友们的作品，读过便忘了，何佶兄的写作，我留的印象最深的，是他有关普希金的翻译和论著。

　　五、在贵大以前他的工作，有一位潘怡姐妹相熟的长辈，孙思白教授，现在中国社会科学院近代史所（北京王府井大街东厂胡同一号）任研究员，可以问他。

　　六、盼望早日读到您的大作。

　　（我住处当还能找到几张他昔日的照片，找到时寄上）

　　祝

撰祺

王德昭

十二月卅

信件解读：

吴腾凰为创作美学家吕荧先生的传记，于1981年12月21日发函向吕荧先生北京大学历史系同学、贵州大学、台湾师范大学同事王德昭先生求教，请他解答有关方面的问题。王德昭先生接信后，在12月30日复函就吴腾凰提出的问题，就他所知的几条一一作了解答。他主要讲了五个方面：一、吕荧是在1946年春天经他介绍到贵州大学任教的。二、他们几位办《时事评论》，批评抗战后社会的乌烟瘴气，被国民党调查过。吕荧曾参加过刊物的活动，但发表的文章只是介绍新文艺方面，没有政论。三、吕荧离开贵州大学的时间应该比他早一些，他本人是1947年7月离开的。吕荧与夫人潘俊德二人的感情是"性格不合"，潘俊德是一个"爱情牺牲"的女性。四、吕荧的著作，都因"环境特殊"而"焚毁了"，但吕荧的作品他留下"印象最深的是有关普希金的翻译和论著"。五、介绍给吴腾凰一位了解吕荧情况的孙思白教授，他的工作单位——中国社会科学院近代史所。

写信人生平、学术成就：

王德昭（1914—1982），笔名丁主，浙江省嘉兴石佛寺人。著名历史学家。幼年家庭贫寒，在私塾读古文，插班入小学五年级，毕业后去布店当学徒。1930年夏，考入浙江省立民众教育实验学校师范科。毕业后，由师友亲属资助，去北京入中法大学化学系肄业一年，然后考入北京大学历史系，以写作和翻译文章维持生活。1935年，参加"一二·九"运动，被当局拘捕。抗战爆发后，回嘉兴参加抗敌后援会的工作。接着辗转去云南昆明西南联合大学完成大学学业。后到抗日前线河南省叶县，在汤恩伯军中任总部机要秘书，兼任三一出版社社长，并主办《中华日报》。1942年春，应贵州大学之聘，任历史系教授。1947 年应台湾师范大学之聘，任史地学系教授，1955 年赴美国哈佛大学研究院深造，以一年时间获硕士学位。1957 年回台湾师范大学任教。1962 年应新加坡南洋大学之聘，任历史系教授、系主任，后任文学院院长及校务行政委员等。1966 年秋，应香港中文大学新亚书院聘请，任历史系教授，1972 年任香港中文大学历史系主任并兼中国文化研究所副主任、文学院院长，主编《香港中文大学学报》《香港中文大学中国文化研究所学报》。1977 年退休后，仍担任大学高级研究员、指导研究生攻读高级学位及撰写论文。1980 年夏，应南开大学之邀参加明清史讨论会。次年秋，再度来北京参加辛亥革命 70 周年纪念会和学术研讨会。王德昭治学勤奋，对中西近代史、中西交通史都有精神独到的研究。晚年曾多次到大陆访问和讲学，加深了两岸学人的交流互动，也为 20 世纪七八十年代初的大陆史学研究增添了活力和新的启示。

王德昭先生 1982 年去世，终年 68 岁。

主要著作有《明季之政治与社会》《清代科举制度研究》《中原归来》《戊戌政变》《各国在华领事裁判权》《国父革命思想研究》《文艺复兴》《怎样教历史》等。译著有《中国美术史导论》《西洋近代思想史》《从改革到革命》等。

王德昭，是 20 世纪中国重要的历史学家，毕生从事史学教学和研究工作。因其独特而丰富的人生阅历，他研究历史，特别是中国近代史，用家国天下共学术一体的人文情怀和史学研究融中西于一炉的融通精神的立场方法，是值得史家注意和引鉴的。1840 年之后，中国的铁门被西方列强打开，中国和西方逐步融合，但随着殖民势力的深入，西风狂吹，中国殖民地的地位越来越严重，这样，中国近代史就与西方侵华史融为一体了。王德昭率先突破个体研究，开创了一条将中西历史统一为一体，立足于家国天下立场的研究道路。我们以为他创新的这条研究之路，是符合从宏观仰视，微观着眼，立人文情怀的唯物辩证的历史观的，符合实事求是的哲学思想。

　　自王德昭先生逝世后，两岸学界对他的生平、为人、学术成果等方面进行了不同程度的追述、回顾与反思。遗憾的是，由于他颠沛流离的生平经历，以及不同时期呈现出不同的研究旨趣，自己留下的回忆反思性文字较少，导致迄今为止对王德昭先生尚缺乏全局性的学术评价，对他的史学研究空间有待后来者开拓，研究深度亦有待挖掘。

5 孙思白：我所知道的吕荧

来信主要内容：

1. 吕荧积极参加北京"一二·九"学生运动；
2. 吕荧把自己好的工作岗位让给了孙思白；
3. 吕荧经自己推荐去山东大学任教；
4. 吕荧离开山大的原因；
5. 吕荧在反胡风运动和"文革"中遭受迫害。

信件原文：

吴腾凰同志：

上年 10 月间收到你的信，已经四个月了。由于各种事情的堆积，今天才能回信，实在是抱歉！

吕荧同志的过去，我知道一些，但对你提的问题，作确切的回答，又是困难的。只能就我所接触到的一些印象，提供给你参考。

他 1935 年秋入北大历史系，论年级比我低一班。但后来在西南联大毕业时（1941 年夏），我们又成了同一级。（我复学比他晚一年）

他很聪明，又很用功。学业成绩优秀。这是到联大同班后，我才清楚的。

1935—1937 年，我们同在北京两年。那时我们同系不同班，也不住一个宿舍。认得他是因为"一二·九"运动的关系。这期间，他比较活跃，集会中，常爱发表讲话，语言清晰，思想是倾向于进步行列的。（我估计他可能参加"民先"了），1940 年再在联大相遇后，同班，同宿舍，他这时更多的是专心致志的读书。学生中群众活动（"群社"的），他不怎么参加了，但思想倾向上仍然是属于左派，是支持进步活动的。

他的英、俄语都比较好。大约在这时，他已开始投身于文艺活动了。

1941 年秋毕业后，系主任姚崇吾推荐他去"联大附中"任历史教员（附中算是最好的职业），他因为知道我曾有意这个职位，主动声明让我去，我对姚某有些负气，放弃了这个职业。我虽没去成，却十分感念他对我的情谊。他到昆明车家壁中学去任教了。在此期间，他译出了《欧根·澳涅金》这部诗集，一次遇到他，见他劳累的几乎病了。

1942—1944 年，我在重庆干地下工作。表面上的职业当教员，并办了个出版社，出版邵荃麟主编的《文艺杂志》，他这时和潘俊德（联大群社女同学，我的高中同学）结婚了。他有时在涪陵，有时在酆都适存女中教书，来重庆时常住在我的出版社里。他这时已与重庆文艺界进步作家联系很多了。

1944 年（还是 1945 年？）秋，他应聘到贵州大学去教书了，约他去的是王德昭兄（我们北大同班，现任香港中文大学教授）。我送他们过江上了汽车，自此，我们分手，直到解放后。

1950 年秋，我在山东大学历史系任教兼任校长办公室副主任。我听说他在出席第一次全国文联代表大会后转到大连去休养（听说他从台湾回来），经王统照教授邀约他来山大任教，也经我通讯劝驾，当年秋，他一人携带两小女（即潘怡、潘悦）来到青岛，不久即被山大任命为中文系主任（原为王统照，王调任山东文化局长），这时，他与夫人小潘已经离婚（潘在天津）。这时山大校长华岗、军代表罗竹风，两位领导人对吕荧都很重视。他讲授"文艺学"也很受学生欢迎。

忘记是到了 1951 年还是 1952 年，甚或是 1953 年（记不清了），有位青年助教对他的"文艺学"中的指导思想提出了"异议"，由于这个问题而造成了与领导上的"僵局"，他一怒而离开山大到上海去了。

这个问题，记得当时文艺报上曾有所反映，可查看。（提意见人和吕荧的答复都刊出过）

我记得这时山大的领导人（包括华岗在内），是希望他能作一点自我批评的表态，即可"过关"，并不想"大哄"，但他坚不同意，末后，几乎算是不告而去了。（隔年后，他一度回去过暑假，华岗仍然挽留他，他没同意）。在这个问题上，可以看出他的个性特点。（他的倔强与"自信"，与当时政治上要求知识分子改造，发生矛盾，他难于适应）

1954 年冬，批胡风运动中，我在北京见过他。1955 年就出了"批胡风"的问题。这时，他在北京，我在山东，详情不清楚。后来人民日报又发表了他的论美学文章，加了编者"按语"，知道他的问题澄清了。（现在，当然更不成什么问题了）

再以后，就是"文化大革命"了。他的去世与去世前的若干点滴消息，都是"文化大革命"后才听说的。没再见到他。听说他早已有些精神错乱了。

　　我能了解的就是这样一个轮廓。对你写他的传，不一定有多大用处。我作为他的老同学，对他最后的遭遇，是惋惜和悲痛的。（他的晚年缺点是过于"自信"，但为人是正直的）

敬礼

孙思白

1982.1.10

信件解读：

为了搜集美学家吕荧先生的生平资料，吴腾凰于1981年10月发函询问孙思白先生。孙先生在1982年1月10日给予复函。孙思白先生信的内容主要是：

一、吕荧与孙思白是大学同学。在北大历史系孙思白比吕荧高一年级，后来到西南联大，吕荧比孙思白早去一年，所以他们成了"同班同宿舍"的真正同学了。

二、吕荧大学期间思想倾向属于左派。在北大"一二·九"运动中，吕荧比较活跃，集会中发言积极，倾向于进步行列，估计可能参加"民先"组织。在西南联大，虽不怎么参加"群社"活动，但支持该社的活动。

三、让位给孙思白。1941年秋吕荧、孙思白同时于西南联大历史系毕业。系主任姚崇吾推荐吕荧去"联大附中"任历史教员，这是一个最好的职业。但吕荧知道孙思白想去那里任教员，便声明让位于他，吕荧到昆明车家壁中学任教。虽然孙没去，但孙思白先生终生都"感念"吕荧先生对自己的这份情谊。

四、吕荧在1922—1924年在涪陵酆都适存女子中学教书，常去重庆住在孙思白的出版社，与重庆文艺界作家们有不少联系。

五、在山东大学，吕荧与孙思白是同事。1944年秋吕荧去贵州大学教书，是孙思白送他过江上汽车的。1950年秋吕荧应邀到山东大学中文系任教，其中也有孙思白"通讯劝驾"的功劳，实际是他推荐的。

六、吕荧先生离开山东大学的前前后后。吕荧先生对自己受到无端批判产生了抵触情绪，而一怒离开山东大学到了上海，而山大领导人华岗劝他只要作一点自我批评的表态，即可过关，而他"坚决不同意"。隔了一年后，他曾回来过暑假，华岗校长再次挽留他，他没有同意。由此可以看出，吕荧先生的"倔强"与"自信"，与当时政治上要求知识分子改造发生矛盾，他也难于适应。

七、评价吕荧先生。对吕荧最后的遭遇，孙先生深表惋惜和悲痛。称他晚年的缺点是过于"自信"，但为人是正直的。在与潘俊德婚姻问题上，他当面向吴腾凰说，吕荧是一个可敬而不可爱的人，潘俊德是爱情的牺牲品。

写信人生平、学术成就：

孙思白（1913—2002）山东省济南历城人，原名孙兴诗，字思白，化名孙放，笔名劳荪、叶是一等。1922年入本村小学，1925年入西顿邱私立逊志高级小学，1928年失学在家自学英语、数理化。1929年春入济南私立正谊中学，为该校高才生。1931年秋至1934年在北京弘达初中特班、高中特班、北方中学高中部学习，1934年秋考入北京大学历史系。次年，"一二·九"运动爆发，参加"民族解放先锋队"，任北平队部总交通。平津沦陷后，回山东参加抗战，在山东聊城第六专区政治部及第十一军团政治部系统工作，并曾任范筑先将军机要秘书。1938年加入中国共产党。1940年南下，辗转到昆明西南联大复学，加入校内进步社团"群社"与秘密组织"社研"，投入大后方民主运动。毕业后，与社友协商同赴重庆红岩八路军办事处领取指示。他先后在云南省呈贡、沪西和重庆等地从事教育研究、以出版为职业并成为长期地下工作者。1945年抗战胜利后，他先在青岛临时大学谋得教师职务，1946年复转入战后复校的山东大学任中国历史讲师。他与胶东解放区及青岛市委取得联系，领受任务，直到青岛解放。解放后，参与山东大学接管工作，先后任青岛市教育工作委员、山东大学校务委员会秘书、校工会副主席兼宣传部长、校长办公室副主任。1950年任历史系副教授，1956年任山东大学历史系副主任。1964年至1966年任济南市人民代表。1956年调高教部与历史学家李新等共同主编中国现代史教材，倾四年之力，撰成《新民主主义革命时期通史》（四卷本）。其间，与李新、彭明、蔡尚思、陈旭麓等四位被学界称为"八角亭派"。《新民主主义革命时期通史》获国家教委颁发的高等学校优秀教材一等奖。"十年动乱"中，"八角亭学派"被诬为"三反学派"，一切工作中断。二次"解放"后的1971年春又奉命临时调至北京历史博物馆，事毕回山东大学。1973年春，他被调到近代史研究所，晋职为研究员，兼民国史研究室主任，与主编李新主持一部民国史及三套资料工作。此后，被推为中国现代史学会副会长。同时，任山东大学、南京大学、苏州大学、江苏学院兼职教授。并被聘任中国大百科全书中国史编委与民国史副主编，大百科全书中国妇女运动史编委、中国民国史丛书顾问、中国革命史丛书编委及中国现代史学会顾问。1991年孙思白改办离休手续，时年78岁。当时除在本单位退居二线以备咨询外，还到有关大学讲学。

　　孙思白一生笔耕不辍，学术成果丰硕。参与承担《民国人物传》的审改、定稿工作，参与《中华民国史》第一编部分的撰写，并主编《中华民国史》第二编第三卷工作。主要著作有《新民主主义革命时期通史》《民国人物传》《红楼风雨》《"一二·九"运动回忆录》《清算胡适政治思想》，另外发表现代史方面的论文60余篇，还有一些诗作，都收入《孙思白史论集》。孙先生的史笔如同20世纪跳动的脉搏，让读者感受时代的变迁。他编著的《民国人物传》第一、二集受到日、美学者和国内学者的好评，被称为"小小里程碑"。他的《谈〈民国史〉编写问题——寄语台湾同行诸君》，曾在海峡对岸的台湾史学界引起强烈的反响。

6 何满子：吕荧简历

来信主要内容：

根据个人记忆和手边资料，概述吕荧先生一生经历。

信件原文：

腾凰同志：

　　离滁后多因他事，外出两次，中间亦因他事，致吕荧事耽误至今。现将他的简历据一些朋友的记忆，汇集为附件，寄供参考。不知对你有用否？

　　专此　即祝

进步

何满子

十一月廿三日

　　吕荧，原名何佶，安徽天长人。20 世纪 30 年代就学北京大学，是学校有名的运动健将，"浪花"文艺社主要成员。这期间，他曾从上海德国侨民 S.Wartell 学习德文。抗战开始后，从事大学翻译及理论工作，1941 年，在昆明云南大学中文系任教。1943—1944 年译出《欧根·奥尼金》，1946 年以"泥土社"（非解放后上海之泥土社）名义，自费出版《人的花朵》，1947 年，在台湾师范学院任中文系教授。1948 年到香港，1949 年回到解放后的祖国。1950 年，在天津作停留（讲学、写作）后，到青岛任山东大学中文系主任。1952 年春在上海居留期，著《工人文艺创作》，编译《列宁论作家》。（在此以前，译卢卡契《论述与描写》，由新新文艺社出版，为我国翻译卢卡契作品的第一人）1955 年夏，因作协批判胡风，吕荧在会上发言，持与《人民日报》编者按相反观点，认为思想问题不等于政治问题，被轰下台，立即被作为"胡风分子"隔离审查一年，审查结果，认为"吕荧没有参加胡风的反革命集团阴谋活动"。经中央十人小组批准，于 1956 年 5 月 25 日解除审查。

（以后参加美学讨论，出版了《美学书怀》。）

吕荧于 20 世纪 60 年代初（1963 年？）因患精神分裂症，曾来上海精神病院治疗。

据北京友人谈："文革"期间，他以"影响治安的胡风分子"罪名被捕，于 1969 年三月五日病逝于北京清河农场。1979 年平反，骨灰无下落。

夫人：潘俊德，早分居

女儿：潘怡、潘悦

潘怡地址为天津曲阜道志同里十一号

信件解读：

何满子先生是美学家吕荧青年时代的好学友。要了解吕荧先生的情况，何满子先生是最好的调查对象。1986 年秋，《儒林外史》作者吴敬梓研讨会在安徽滁州召开，何满子先生应邀出席。吴腾凰是大会的工作人员，两人见面后，吴腾凰向何先生介绍他想写吕荧传记，何先生认为吕荧这位美学家值得立传。由于会议开得紧张，他们两人没有时间交谈。何先生对吴腾凰说，待他回到上海，将写一份回忆材料寄给吴腾凰。是年 11 月 27 日，吴腾凰便收到了何先生寄给他的一封信，并附一份对吕荧的回忆材料。

来信写于 1986 年 11 月 23 日。主要说明离开滁州后，因杂事和两次外出，未能及时写信，接着说，现将吕荧的简况汇集为附件，寄去供参考。

汇集的资料主要谈及以下几件事：

一是二人同师学习外语。1936 年何满子在上海向德国侨民 S.Wartell 学习法文。夏，吕荧从北平来上海也向这位先生学习德文，因此二人便成了"同学"。

二是吕荧拒绝出任复旦大学中文系主任一职。吕荧因在山东大学受到不公正批判，拂袖而去了上海。何满子介绍他去复旦大学教书并任中文系主任。吕荧考虑原系主任贾植芳是自己的朋友，这样做不合适，便婉言拒绝了。何满子又介绍他去上海新新文艺出版社搞翻译工作。在那里他编译了《列宁论作家》，译了卢卡契《叙述与描写》（为我国翻译卢卡契作品第一人），还写了《工人文艺创作》。

三是吕荧"胡风分子"问题。1955 年夏，中国作协批判胡风，吕荧在会上发言，持与《人民日报》编者按相反观点，认为思想问题不等于政治问题，被轰下台，立即被当作"胡风分子"隔离审查一年。审查结果认为"吕荧没有参加胡风反革命集团阴谋活动"。经中央十人小组批准，于 1956 年 5 月 25 日解除审查。

四是去上海养病问题。1963 年初，吕荧因患精神分裂症，曾去上海精神病医院治疗。

五是吕荧"文革"中遭受迫害、冻饿身亡及平反问题。"文革"期间，吕荧被公安机关以"影响治安的胡风分子"罪名逮捕，于1969年3月5日病逝于北京清河劳改农场。1979年公安部予以平反，骨灰无下落。据我们调查，吕荧死后，埋在清河农场乱坟岗上。后因农场改制，一切不见了踪影。

资料最后，说吕荧与夫人潘俊德早已分居，两个女儿潘怡、潘悦现在天津工作，还写了潘怡的家庭住址。

写信人生平、学术成就：

何满子（1919—2009），古典文学研究家、著名杂文家。原名孙承勋，浙江富阳人。出身于当地大家族，书香门第，自幼即呈现聪明过人的才智。从小熟读四书五经，受姐姐的影响投奔革命圣地延安，后离开延安，被国民党扣留，转入战干团，又脱团流浪。曾任《上海自由论坛晚报》总编、南京《大刚报》记者、天津《益世报》驻南京特派员、大众书店编辑。新中国成立后，任上海震旦大学中文系教授，1955年因胡风反革命案被逮捕，后来专案组查无实据，被释放回归自由。1957年被错划为右派，全家被发配到宁夏贺兰山下，1964年被调回上海，"文革"中，被遣送到富阳老家种地，直到1978年回上海。先后任上海古典文学出版社编辑、上海古籍出版社编审。

2009年何满子先生病逝于上海瑞金医院，享年90岁。

何满子先生早期从事美学与文艺理论研究，后期治中国古代小说，兼治思想史、民俗学等。已出版的专著有《艺术形式论》《论〈儒林外史〉》《汲古说林》《中古文人风采》《中国酒文化》《中国爱情小说中的两性关系》，另有杂文集《五杂侃》《人间风月碎片》《图片三国》等，一生计有作品60余部，杂文集30余部。

　　何满子先生的笔名起得不大吉利。"一声何满子,双泪落君前。"他是选用这个词牌作笔名,有点异于常人。这个笔名,真的使他流年不利,从1955年沦为胡风分子遭逮捕,1957年被打成右派,发配宁夏,"文革"又被遣送到老家。何满子在灾难中的精神支柱始终是鲁迅。他曾说:"对我影响最大的第一人是鲁迅,我们是在鲁迅的哺育下长大的。"他认为"鲁迅是民族精神的首席代表和中国文化的第一伟人"。

　　何满子的人品文品高尚,深受文教界赞佩。华东师范大学研究员翁思再说:"何老在古典文化、艺术上有很深的造诣,对于传统文化有深厚的感情。对于他认定的事情很固执,喜欢追根究底,他从不阿世,敢于仗义执言且文风犀利,是一个很可爱的文化老人。"

　　著名传记文学作家李辉说他"身上有鲁迅、胡风那种尖锐和泼辣,对事情不保留自己的想法。比如,他作为胡风事件的当事者不原谅舒芜。我们可以不赞成他,但不能简单地说他偏激"。

7 痖弦：论散文

来信主要内容：

安徽省滁州市拟举办欧阳修醉翁亭散文节，邀请痖弦先生出席，他来函称自己忙无法出席，特寄上他的三篇有关散文的文章。

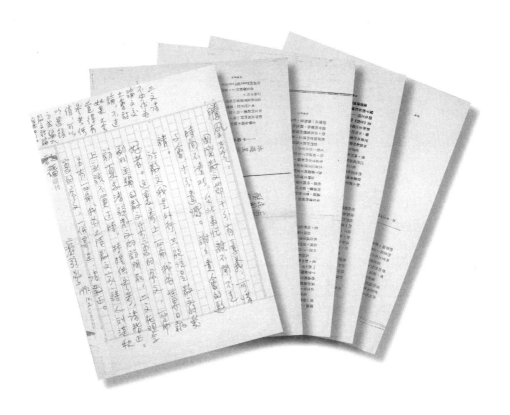

信件原文：

腾凰先生：

　　国际散文节十分有意义，可惜时间不凑巧，台北事忙离不开，不克与会，十分遗憾。谢谢贵会的邀请。

　　于散文我是外行，只能说是散文的爱好者。这里寄上一篇我为《世界日报》副刊主编的散文集写的序文，一篇访夏志清谈散文的访问记，二文在观念上应该不算过时，特提供参考，请指正。另有一篇我为大陆散文家、诗人刘湛秋写的序文，一并寄呈，请教正。

　　三文请不必作为论文交大会讨论，不过如果大会觉得有参考价值，可以选录方式编入散文讨论集中。

　　祝福

痖弦敬上

1992.10.2

附：痖弦先生《泳过星河——中国散文的历史流向》

痖弦编《一条流动的星河》（散文集）序

民国七十九年六月初版·北台

联经出版事业公司

泳过星河
——中国散文的历史流向
痖　弦

文学有两大类别，一为韵文，一为散文。前者的内容有抒情诗、叙事诗、剧诗（以戏剧形式写的诗）等。后者的内容则十分广泛，举凡论说、记述、抒情、描写的文字，均属散文的范围；而小说、散文剧（以散文为工具写成的戏剧），亦可列为广义的散文。

有人把日记、书简、传记也纳入散文的领域，甚至把文学批评和历史统归散文来管辖，这自然是更广义的解释。如果根据这样的区隔，我们说凡是韵文以外的，都是散文的疆土，亦无不可。

在文学创作上，我们所称的散文，一般来说，是指抒情散文，这种文体即西洋文学中所谓的 Essay 或 Familiar essay。在西方文坛，散文这个文体虽然早已具备了特定的内容和样貌，但其形成的历史并不太久，大约十六世纪才略具雏型，发展到今天，似乎还没有形成一个独立的文类，也少有专业从事散文创作的作家。

在中国文学的长河里，散文则一直拥有主流的地位，与诗有相对的独立范畴。中国远古文字，最初是奇偶交杂使用，后来又有骈文出现；骈文的特色虽注重声韵的考究和词采的雕饰，但在本质上仍是说明性大于表现性，不能说它是诗，而是散文。中国古典散文经过散文和骈文相互对峙、相互消长的演化，摆脱了比较狭窄的美文主义的局限，而开辟了更广阔的创作道路。唐宋八大家所掀起的新散文运动，对后世的影响很大；明代有所谓"前七子""后七子"，清代有"桐城""阳湖"两派，虽然在技巧上各有短长，但是，对中国散文风格多样性的开拓，都有很大的贡献。

五四新文学运动以后，最大的改变，是把沿用数千年的文言文彻底推翻，改以日常的口语——白话为写作工具，晚清黄遵宪等人所提倡的"我手写我口"，在新文学作家的作品里，得到最好的实践，白话文学表现在散文创作上特别出色，一时作家辈出，佳作如林，在白话文的各种文类里，散文为大家所普遍肯定。

白话文运动时期的散文作家群，虽然口口声声要"把线装书丢到茅厕坑里去"，但是，细察他们的作品，仍然可以寻出中国传统散文、小品对他们的影响，如俞平伯的冲淡、朱自清的亲和、周作人的闲逸、周树人的辛辣、梁实秋的隽永、林语堂的幽默、徐志摩的蕴藉、丰子恺的浑朴、梁遇春的理趣、卞之琳的精致、陆蠡的绵密、废名的幽玄、何其芳的清灵，都可以从明清小品、随笔中找出他们的师承。到了四十年代，日常口语，西方欧化语、中国文学文言的成分渐渐交会，把现代散文的内容和形式提升到一个更高的层界。

台湾文坛近四十年的散文发展，可以说已经完全摆脱了中国新文学运动前三十年那种为了要摆脱文言文的束缚，而形成的矫枉过正，把四十年代就已经开始形成的口语、欧化语、文言三大语言流向，做了一个大融合、大汇流，再加上台湾本土方言（闽南语、客语）、各省方言的影响，使得台湾文坛的散文，语汇更丰富，风格更多样，不管是思想性和艺术性，都达到了高度的成熟。这些年来，在报纸副刊及文学杂志上，散文隐然成为最活跃的文类；在出版界，散文书籍不管在质（文坛评价）量（市场销售），都有优越的表现。

我们的散文发展并不是没有隐忧的。譬如说一直到现在，我们缺少散文理论与散文批评制度的建立，无法对散文创作产生文风匡正的作用。我们的散文界，表面看来生气蓬勃，但在整体的发展上，仍缺乏制约，显得芜乱。意象的经营，字句的创新是必要的，但过分的雕饰，难免给人重形轻质，堆砌造作的印象。精致是好的，但是，过分的精致，反倒变成一种颓废。在传统中国散文的演进上，曾经有过的骈散对立、骈强散弱的局面，现代散文的形式至上作风如不能加以修正和反思，这种局面说不定会重现于今日。

这些年来，我们读到太多的所谓"美文"，这些美文，无以名之，姑且称为"新丽体"，新丽体的特征是只见词句的炫丽、形式的奇异、技巧的卖弄，而看不出作家的个性、人格精神与生命理想。还有一种介乎纯文学与通俗文学之间的轻散文（像轻音乐那样），徒然拥有美丽的外衣，却没有实质的内容。如果我们把这样的新丽体、轻散文作为散文的最高标准，文风焉能不淫靡疲弊？

美国世界日报《世界副刊》几年来提倡散文文学不遗余力，并且拥有自己的散文作家群。这些作家多半来自以美国、加拿大为主的世界各地华人社会，他们的作品，着重在表现海外生活的经验，抒写华人、华裔天涯飘泊的情思，最显著的特点是平易晓畅，言之有物，在浑朴自然中直见作者的性情；这样的散文，跟一般浓丽曼艳的文章大相径庭，而创造了一种清新的风格。这些散文作者不一定全是文坛名家，而从散文的高标准来看，其中的一些文章形体也许不够华丽，意象有欠繁复，结构和章法更不作刻意经营；但我却觉得他们的作品或许较能接近散文的本质，而符合"人的文学"（周作人的文学观）的精神。我认为这些海外作家的散文，最重要的就是能表现作者强烈的个性和对生命的态度，对生活的观感，进而能显示出各自的哲学理念。好的散文先要能"动人"，然后才能"服人"，动人就是要有逼真的生活感，服人就是要有思想的说服力。有时一篇看似个人化的文章，虽属身边琐事，但在家常与平凡中更能贴近人性的底蕴。生动而完美地反映了个人，连带地也反映了时代。

在二十世纪的九十年代，中国人是比过去更世界化了！散居在世界各地的华人，他们已经成为影响中国本土文化和社会走向的另一种力量，要想了解他们的思想脉动，透过文学，特别是散文这样生活性的文体，应是一条最好的途径。

世界日报副刊于一九八八年九月开辟"亲暱时刻"散文专栏，由女作家田新彬、诗人林焕彰和笔者共同策划。在这个专栏中，除了单向的邀请世界各地的华人作家参与撰稿外，更广向的征求广大读者参加投稿，诱发更多人的写作意愿，希望大家把海外生活的特殊经验、不同的人生体会，写成散文小品，为华人生活绘制永恒的图谱。在此一专栏的编案中，新彬女士写道："幸福是一种希望，谁不曾拥有过？又有谁能够长久拥有？《亲暱时刻》是《世副》的一个新专栏。举凡夫妻之间、兄弟姐妹之间、朋友情侣之间、师生之间……在人生的旅途中，一个心灵相契合的时刻所产生的幸福、温馨的感觉，且一辈子都在记忆之中，值得珍惜与追忆的，都欢迎您以抒情的笔调来撰写。"

这个构想别致的专栏推出后，受到广大而热烈的欢迎，到一九八九年十二月为止，一共刊登了六十四篇散文。专栏结束后读者纷纷来信，希望能够出版单行本，以广流传，这便是本书辑印的缘起。如果因为本书的出现，能以它的朴质文风来平衡当今散文界过分唯美的偏颇，那更是编辑人最大的希望。

笔者不谙散文写作，但却爱读散文，多年来读散文所做的读书札记，堆叠起来高与人齐，称得上是散文的热爱者。本序中所提出的意见难免肤浅，但却代表一个读者对散文文学的热忱，也代表我对本辑撰稿作家的一份敬意。

最后提醒读者：在知识爆炸、出版品骤增的现代生活里，在出版业光怪陆离的促销下，希望大家不要错过这本朴实无华的小书。它没有刺激感官的嚣闹，只有二三知己促膝谈心的宣叙；它是对人生伦理的一份笃实，一份诚恳，一份执着。人生的点点滴滴，透过作家的笔端，汇成了一条流动的星河。

注：本文中关于中国散文、骈文发展的观点，参考自顾仲彝著《新文学教程》。

信件解读：

1992 年安徽滁州市政府拟举办欧阳修醉翁亭散文节，由吴腾凰任办公室主任。吴腾凰因此前在台湾《联合报》副刊发表过他写的美学家吕荧的纪念文章，与痖弦先生有过通信联系，又知其是著名的诗人，且对中国散文素有研究，故发函邀请他参加散文节活动，并希望提交论文。（此活动后来因故停办）

痖弦先生于 1992 年 10 月 2 日复函，说"台北事忙离不开，不克与会，十分遗憾"。

痖弦先生十分谦虚，在信中称自己"于散文我是外行，只能说是散文爱好者"。并说随信寄上一篇他为《世界日报》副刊主编的散文集写的序文，一篇访夏志清谈散文的访问记，另一篇是他为大陆散文家、诗人刘湛秋写的序文。他说，这三篇文章"请不必作为论文交大会讨论，不过如果大家觉得有参考价值，可以选录方式编入散文讨论集中"。由此可见，痖弦先生为人为文的严谨品格。

写信人生平、学术成就：

痖弦，本名王庆麟，河南省信阳人，1932 年生于南阳县杨庄营村一个农民家庭。6 岁入本地杨庄营小学，9 岁入南阳私立南都中学，16 岁入豫衡联合中学，1949 年 8 月，在湖南参加国民党军队，并随之去台湾。到台湾后进国民党政工干校的影剧系学习，1953 年 3 月毕业后分配到国民党海军工作。1961 年任晨光广播电台台长。在台剧《孙中山》中饰演孙中山，在海内外巡演 70 多场，受到观众赞扬，红极一时。1966 年 12 月以少校军衔退休。1969 年任台湾"中国青年写作协会"总干事。1974 年兼任华欣文化事业中心总编辑及《中华文艺》总编辑。1975 年任幼师文化公司期刊总编辑。1977 年 10 月起担任台湾《联合报》副刊主编。其间曾应邀参加爱荷华大学国际创作中心，并入威斯康辛大学学习。1998 年从《联合报》社退休，去加拿大温哥华"桥园"与家人团聚，颐养天年。

痖弦先生著有《痖弦诗抄》《深渊》《盐》《痖弦自选集》《痖弦诗集》，另有《中国新诗研究》《记哈密诗想》《聚散花序Ⅰ》《聚散花序Ⅱ》《于无声处》等。

痖弦先生 19 岁开始发表诗作，1965 年停笔，为"创世纪"诗派开创者之一，诗歌富有独创性与高度想象力，民谣写实与心理探索相结合的风格浑然天成，从之者众，影响深远。诗评家张汉良曾评价说："甜是他的语言，苦是他的精神，他是既矛盾又和谐的统一体。他透过美而独特的意象，把诗转化为一支温柔且具震撼力的恋歌。"

痖弦对神秘诗批评很厉害。他说："从徒然的修辞上的拗句伪装深刻，用闪烁的模棱两可的语意故示神秘，用词汇的偶然安排造成意外效果。只是一种空架的花拳绣腿，一种感性的偷工减料，一种诗意的堕落。""当诗人所写的诗连自己的同行都无法欣赏了解的时候，那应当检讨的是诗人本身，而非读者。"

痖弦提出"新民族诗型"。他主张追求形象第一，意境至上的理论；强调中国风与东方味。他的创作实践，即追求青年时代的梦想，呼应内心深处一种召唤，并尝试在时间的河流里逆流而上。关于诗的大众化，他提出了自己独特的见解，即诗人要懂自己的诗。他的名作《深渊》，被诗评家罗青给予"自'五四'运动以来，在诗坛上，能以一本诗集而享大名，且影响深入广泛，盛誉持久不衰，除了痖弦的《深渊》外，一时似乎尚无他例"的赞扬。

痖弦的乡情。痖弦晚年移居加拿大，从老家河南南阳运去一块其祖母和母亲生前用过的槌衣石，安放在温哥华的家门前。他把几十年漂泊的乡愁和余生对故乡全部的思念，默默寄托在这块槌衣石上。他嘱咐女儿，百年后，要把他的骨灰放在这块石头上一起入土，就如同和母亲、和家乡永远在一起。

　　加拿大华裔作家、毕业于河南大学的诗人宇秀受痖弦委托写了一首诗《槌衣石》，现在已被河南老乡朗诵录制成片在网上传播，反响巨大。

　　　　一说起这块石头，
　　　　2018 年的风开始倒叙
　　　　回忆瞬间游到了白河边
　　　　你就哭了
　　　　淯水汤汤，槌声嘭嘭
　　　　空空不见槌衣人
　　　　……

8 野曼：《高洁的茨菰花》发表前后

来信主要内容：

野曼与《吕荧传》作者吴腾凰讨论出版、发表事宜。

信件原文：

腾凰同志：

　　你好！

　　张宝玉同志带来了大著《吕荧传》，先睹为快，我读了两章，觉得你很动情，文字也流畅。我决定推荐给花城出版社。该社正在出版一套文学家传。估计该社会接受。张宝玉

答应包销60%，"花城"不会亏本，更好办些。《华夏诗报》也可以考虑选部分发表。你若有新作，也望寄来。

　　感谢你的热心支持。

　　祝

撰安！

野曼

87.9.17

信件解读：

　　吴腾凰与乘之（杨连成）合著的美学家吕荧传记初稿完成后，一位朋友说他认识广州《华夏诗报》总编诗人野曼先生，可以看看可否先在那里发表一些。吴腾凰便将书稿中的两个章节交他转交野曼先生。野曼先生接读后，便在 1987 年 9 月 17 日给吴腾凰写来这封热情洋溢的信。

　　来信说他读了《吕荧传》几节后，觉得吴腾凰、乘之两位写吕荧传记动了感情，文字也流畅，决定推荐给花城出版社，因为该社正在出版一套文学家传。后因种种原因，《吕荧传》更名为《美的殉道者——吕荧》，在北京燕山出版社出版发行了。

　　野曼先生还在来信中表示，他们的《华夏诗报》也可以考虑选部分章节发表。1988 年《华夏诗报》第 27 期以《高洁的茨菰花——著名诗评家吕荧临终前留下的几个镜头》为题在头版头条发了一节。该文在海内外产生了广泛影响，台湾《联合报》在当月就全文转发了这篇文章。

　　1995 年夏，吴腾凰还专门去广州野曼的寓所拜访了先生。在他宽敞明亮的客厅里，二人饮茶畅谈了文艺界的大好形势，也谈了诗界的一些不正之风。

写信人生平、学术成就：

　　野曼，中国著名诗人，共产党员，1921 年出生于广东省蕉岭县狮山乡一个书香门第。父亲是位著名画家，尤其擅长画兰，因而给野曼取名赖观兰（后改名赖阖）。在家庭的熏陶下，早慧的野曼从小喜好古典诗文，并喜欢普希金、惠特曼等外国诗人的诗，读初一时就在上海的《少年文艺》上发表作品。1938 年就读于梅县东山中学。因酷爱诗歌，便取《诗经》里"野有蔓草"之"野蔓"作为笔名，后又改为"野曼"，从此，野曼的一生与诗歌结下了不解之缘。1938年至1940年，主持《中国诗坛》岭东分社，后与诗人蒲风主编《中国诗坛岭东刊》，同时主编《孩子纵队》。1940年在桂林加入全国文协桂林分会。1941年至1942年在湖南北平民国学院中文系读书。之后，在粤北中山大学哲学系学习，1944年毕业。其间，参与合编《诗站》《中国诗坛岭东刊》，出版诗集《短笛》。因反动派迫害而在赣南流浪。1944年至1945年秋，在江西与谷斯范、雷石榆在收获出版社从事编辑工作，与友人主编《大地》。1946年初在广州主编《新世纪》文艺月刊，与人主编《自由世界》，与司马文森主编《文艺新闻》，但均被国民党查禁。1947年至1949年，在香港曾与友人办中小学及印刷厂，出版司马文森编辑的文学小丛书，受到香港政府追查。1949年秋参加粤赣湘边区纵队，同年10月，调回广州参加接管工作。1950年参加华南文联。后长期主持《广州日报》副刊"珠江"与《羊城晚报》副刊"花地"。1955年受胡风冤案株连被审查。1966年"文革"中，被批判斗争押送粤北山区黄陂劳动改造。1981年平反。1985年创办《华夏诗报》并任总编辑至2015年。曾任广东省作家协会理事、副主席，中国诗歌学会副会长，中国散文诗学会副会长，国际华文诗人笔会执行副主席等。曾先后参加中国作家团出席贝尔格莱德第三十届世界作家会议，南斯拉夫第二十四届诗歌节，泰国和日本第十、十六届世界诗人大会。

野曼，主要出版诗集《短笛》《爱的潜流》《迷你情思》《花的诱惑》《女性的光环》《浪漫的风》《风的流云》；散文集《妻爱》，诗论集《诗，美的使者》以及《野曼作品选萃》等。还有散文集《缪斯的爱》、诗论集《中国新诗正喧腾于一片辉煌的空间》等。其中诗与散文等已被选入80多种选本中，且被译成英、日、韩、德以及南斯拉夫和罗马尼亚等多种文字，在各国出版发行。

野曼的爱国情怀。野曼经历过抗日救亡战火的考验，他骨子里的爱国情怀是根深蒂固的，坚不可摧的。1996年8月，他到日本参加第16届世界诗人大会。会议期间安排一天旅游，他忽然发现旅游车开到靖国神社丛林外，便立即要求下车，愤而拒绝参观；同时下车的还有他的夫人林紫群和上海女诗人陆萍。

当晚，他在下榻的东京银座宾馆写下了《杀手们的墓》——"那死了多年的头号杀手／已悄悄的爬出了棺椁／他们浑身浸透／中国死难者淋漓的鲜血／手里还紧握着／从未睡眠的屠刀／墓里死了的又活了／墓外活着的却死了／他们彼此疯狂拥抱／眼燃烧着／帝国贪婪的火／夜夜失眠的导弹／正在墓门外等候。"

野曼对诗有独到见解。他在 1992 年 3 月 5 日笔书《我信奉"三唯"》：

唯真情，才动人心，唯实感，才有血肉，唯有我，才有灵魂，我信奉这"三唯"。

野曼曾写下他与诗的血肉关系：

我曾经写下了一个公式"诗＝生命"。还写下了"生命宣言"：诗，是神秘的喧哗，生命的追寻，生命价值的最高体现。而生命又是属于人民的，它为追求而献身，鞠躬尽瘁！

野曼对 20 世纪末中国诗坛出现的一些歪风邪气，仗义执言，大胆批评。如对诗界存在的一些对新诗艺术传统的认识误区，甚至是全盘否定新诗传统的怪论。他著文称："新诗的艺术传统，它既不同程度承接了我国古典诗歌艺术的血脉，又体现了自由诗的特点。它在艺术上的操守，包括形和音两个方面。所谓形，即诗的体式建构，如自由体、新格律体、十四行诗、楼梯体、散文诗、民歌体，等等，它和古典诗歌一样，都是多元的格局。所谓音，也是诗歌的音乐美，音乐性形态，主要是节奏和韵律。"（见《文艺报》2003 年 8 月 26 日）

吴腾凰在广州野曼的客厅里，两人谈到目前流行的顺口溜"大诗人写诗小诗人看，小诗人写诗没人看"，两人都笑了。野曼说："诗言志，诗抒情，诗要美。"吴腾凰说："中国是诗的国度，现在写诗的人不读古诗，不对生活观察、体验、动心，就在那里无病呻吟，无怨哀号。"野曼说："那样写出来的东西不是诗，不是诗有什么可读的，那是糟蹋诗的名声呀！古代的唐诗宋词，现代的艾青、贺敬之的诗，多么有诗味呀！"

9 方敬：关于《时代周报》

来信主要内容：

　　介绍吕荧在贵州大学教学和创办《时代周报》的前前后后；讲吕荧与夫人关系不和；介绍吕荧译著等。

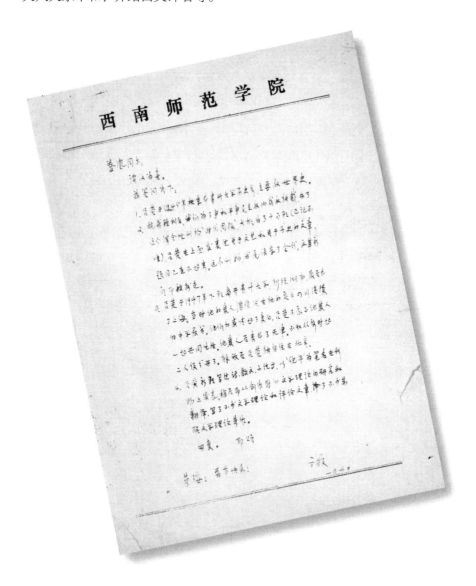

信件原文：

腾凰同志：

读信为喜。

兹答问如下：

1. 吕荧于 1954 年秋季到贵州大学历史系，主要教世界史。

2. 抗战胜利后，我们为了争和平争民主反内战反独裁，办了这个综合性刊物《时代周报》，大概出了十多期（已记不准），吕荧在上面发表过关于文艺和关于历史的文章，题目已查不起来。这个刊物，我原保存了全份，"文化大革命"初期即被抄走。

3. 吕荧于 1947 年下初离开贵州大学，路经湖南，最后到了上海。当时他的爱人潘俊德在她的家乡四川涪陵的中学教书。他们的感情起了变化，吕荧不愿与他爱人一起共同生活。他爱人后来到了天津。不知从何时起二人就分开了。解放后吕荧独自住在北京。

4. 吕荧初期写过诗、散文、小说等，以"倪平"为笔名在刊物上发表。稍后即从创作转向文学理论的研究和翻译，写了不少文学理论和评论文章，译了不少苏联文学理论著作。

匆复。

即颂

著绥！春节快乐！

方敬

一月廿日

信件解读：

　　为写作美学家吕荧传记，吴腾凰写信向 20 世纪 40 年代与吕荧同在贵州大学任教的方敬先生调查吕荧的情况。时任西南师范学院副院长的方敬先生，于 1985 年 1 月 20 日给吴腾凰回复，介绍了吕荧四个方面的情况。第一，说吕荧是 1945 年秋到贵州大学历史系的，主要教世界史。第二，他与吕荧等人合编《时代周报》，旨在争和平争民主反内战反独裁，刊物出了 10 多期。吕荧在上面发表过关于文艺和关于历史方面的文章。第三，讲吕荧于 1947 年下学期离开贵州大学，经湖南到上海。吕荧爱人潘俊德在四川涪陵的中学教书，二人感情发生变化，吕荧不愿与他爱人一起共同生活。第四，称吕荧年轻时写过诗、散文、小说等，以"倪平"为笔名在刊物上发表，后转向文学理论研究和翻译，写了不少文学理论和评论文章，译了不少苏联文学理论著作。

　　关于《时代周报》，根据新发现的一些资料，我们在这里补充如下。《时代周报》是在中共影响下，由当时在贵州大学和清华中学任课的潘家洵、王德昭、方敬、何佶（吕荧）、林蒲、熊其仁和唐宝心 7 位教师创办。它像一枝带刺的"玫瑰"，引起国民党当局的恐惧和仇视。这份小报 4 开 4 版，每周一期，第 4 版为文艺版，刊登新诗和散文。方敬负责编第 4 版，何佶即吕荧辅佐。该报 1946 年 4 月出版创刊号。1946 年 7 月 15 日闻一多在昆明被特务暗杀，《时代周报》七人闻此噩耗，义愤填膺。7 月下旬刊出"纪念闻一多特辑"，除社论、专论外，方敬写了悼念诗，何佶写了悼念散文。这一期报纸，因刺痛了国民党反动当局，后被扼杀了。

写信人生平、学术成就：

　　方敬（1914—1996），现代诗人，散文家，文学翻译家。四川省万县人。1927年至1929年在万县、重庆读初中，后升入上海中国公学预科读书。1933年考入北京大学外语系。毕业后，先在四川罗江国立第六中学、昆明南菁中学教英语、语文，后到贵阳国立贵州大学、重庆国立女子师范学院、相辉学院外文系任教，并从事外国文学研究和翻译，写作诗歌和散文。1938年10月加入中国共产党，加入中华全国文艺界抗敌协会，在重庆、桂林等地从事抗敌文艺活动，与何其芳、卞之琳合编《工作》半月刊。1945年在贵州大学任教，曾主编《大刚报》文艺副刊《阵地》，并与潘家洵、吕荧合编《时代周报》。1947年受迫害，转徙重庆，在重庆女子师范学院、重庆大学任教授。1949年新中国成立后，他一直在西南师范学院工作。历任外语系主任、教务长、副院长等职。1954年加入中国作家协会。任《西南文艺》《红岩》编委，四川省文联和作协副主席、重庆市文联和作协主席，多届重庆市人大代表。1996年去世，享年82岁。

　　方敬主要作品有诗集《雨景》《声音》《行吟的歌》《受难者的短曲》《拾穗记》等，散文集《风尘集》《保护色》《生之胜利》《记忆与忘却》《花环集》等，翻译著作有俄国托尔斯泰的《家庭幸福》《伊凡·伊里奇之死》，英国狄更斯的《圣诞欢歌》，另外还有一些短篇小说、诗歌、散文及其翻译作品，散见于各报刊。他的部分诗歌作品被外国译介和被编入海外多种中国新诗选本。海外汉学界对他的作品时有嘉评。

10 彭燕郊：《彭燕郊诗选》评

来信主要内容：

彭燕郊寄来关越先生诗评、《彭燕郊诗选》及彭燕郊译诗。

信件原文：

腾凰同志存

彭燕郊

90.6 月

"以它的利爪，紧紧地抓住大地"

——读《彭燕郊诗选》第一、二辑

关　越

翻开《彭燕郊诗选》，还只读了第一、二辑，我就被震动了。本来，我对扉页上的那幅木刻不甚理解，但读完第一、二辑，觉得有点明白了。那是一个愤怒者执着地扑在大地上，那头发向天空飘举着，是全身的力喷发出来的火焰，那粗壮的手臂和爪子般的手指，是大树的树干和树根。那正是诗人在《风前大树》那首悲愤的诗中所宣泄的"以它的利爪／紧紧地抓住大地"。

1. 聂绀弩说："对于彭燕郊，发生了'第一次爱'的大力量是战争。"《彭燕郊诗选》第一、二辑写作于 1938—1945 年，即抗日战争时期。

野蛮的日本侵略者挥着屠刀杀来了，是奋起抗战，救国图存，还是甘当亡国奴，束手待毙？两种选择严峻地摆在每一个中国人的面前。17 岁的彭燕郊作出了自己的选择。他走出家庭，走出学校，参加了新四军，在闽西山区和赣南原中央苏区留下了行军的足迹。在山乡，在田头，在农家的灶头旁，留下了动员群众参加抗战和支援前线的声音。年轻诗人不是深入战士之中去感知他们，认识他们，而是他自己就是这个战斗群体中的一个。思想是抗日战士的思想，情操是抗日战士的情操。彭燕郊被称为"战争之子"，从主观世界来说，主要的应该是在这一方面。"从喷泉里出来的都是水，从血管里出来的都是血"。彭燕郊的抗战诗这样沉雄有力，原因在此。

国民党消极抗日，积极反共，而且害怕发动群众。当群众没有觉悟，没有被发动起来、武装起来的时候，他们是没有力量的，是敌人烧杀掳抢的对象。在这样的恐吓之下，连群山也"像一队慌乱的避难者之群／在死亡的威胁下挤聚在一起"。然而，诗人确信这象征中国人民的群山，"其中所包孕的自然之深邃的／晦暗的神秘／是无穷的、不可测的——／那用荆棘的锋利的针刺护卫的／那用绒软的藓苔覆盖的／潜在的永恒的力"。这力，靠共产党和她所领导的队伍去唤起，去组织。

抗日的感情，战士的感情。诗人以这样的感情的眼去观察，万物都染上了抗日的色彩，体现着战士的情操。王国维说："以我观物，故物皆着我之色彩。"所以在《雪天》中，披上雪的外衣的山、树、村落和田野，"全酷似那／奔走在伤兵医院里的／年轻的／有着红的双唇／与青的眸子的／那些穿白衣的女郎／……／全酷似那／飘扬在示威游行的队伍前的／呼唤人民起来战斗／标写着人民的期望的／闪白的横幅"。然而，诗人并不停留于政治上的呐喊。作为一个艺术家，他还用主体的"镊子"从客体的深处拔出它们的精神，用传神的画笔固定它们的神态："那么纯净／那么清洁的／耀眼的光华／那么可亲的／柔软而无声地飘落过来的体态。"这是写雪，还是写白衣女郎，还是写闪白的横幅？不，不是写其中之一，而是三者都写。于是，不断地闪烁出来一系列美的镜头，到这里构成了一幅玲珑剔透的立体画。抗战的人、抗战的事物、抗战的国家是美的，战士在欣赏着。

《冬日》《雪天》《岁寒》是被战争这个共同主题统率着的一个有机联系的组诗。三首诗塑造了三个"冬"的形象。《冬日》的"冬"，是荒凉的；《雪天》的"冬"，是明丽的；《岁寒》的"冬"，是残忍的。战士有悲有喜，在雪地里行军打仗，对气候是敏感的。"战斗使我们对季节有簇新的观感了"，仍然是主观的情绪涂染着客观的事物。所以，在我们面前呈现出三幅色彩不同的冬的图画。寒冬既象征着战士们的坚贞，同时又是战士们必须经受的自然界对于人的残忍。诗是深沉的。可是，我们看到从深沉中爆发出所向无敌的力量，战斗的新四军，"我们这破烂的一群 / 这 充满着伤风、感冒 / 和继续不停的咳嗽的一群呵……"鄙视着他们，"那些可怜的动物 / 那些从属于他人荫庇下的爬虫们"，勇敢地"在雪上疾走，企图踏着雪上的 / 硃砂似的同样的血迹 / 去追索仇敌的血"。

李贺写了"黑云压城城欲摧……提携玉龙为君死"的名句。在《彭燕郊诗选》里，不难找到同样的悲壮。所不同的是，前者似乎胜负未卜，后者则充满必胜的信念，悲壮中闪烁着乐观主义精神——胜利一定属于我们。

彭燕郊是鲁迅的崇拜者，他最喜欢读的是《野草》，从《野草》中吸取深沉的力量和象征的手法。第一辑中的《春雷》和第二辑中的《绿色出现》等篇，都是《野草》影响下的力作。读《春雷》，使人振奋，紧张，甚至牵动每一根神经。短促的、排比着的诗句，像一连串滚动的雷声向读者横劈过来，而且一声声劈在紧张的心弦上，把读者带入激动与昂扬的氛围。春雷不是单纯的自然现象，它是"生命的热血"，它是"生命急促的呼吸"。它既猛烈，又亲切。它热烈地召唤大地，让"……探首于大气之中的蛰虫 / 群队 / 换上了轻捷的新装 / 络绎于 / 欲雨的云下——/ 抛掷着 / 阔大的脚步呵"。中国人民起来了！春雷是唤起全国人民的抗日战争。而且，我们还在《营火》中看到，那象征战争的火焰是"未来所派遣的使者"，"未来含笑着迈步前来"，于是"乐园的门 / 为我们开启了！"诗人深信战争是我们跨进乐园的门。如果译成一般语言，应该是：抗日战争将为我们建立一个新中国奠定基础。

但是，1941 年 1 月 4 日至 14 日，在抗战的中国发生了震惊中外的皖南事变。诗人写下了《风前大树》和《葬礼》这样的诗篇。当时的彭燕郊不过 20 岁，人们惊诧于这个年轻人哪来的这样深沉、这样激昂的悲愤。它和"千古奇冤，江南一叶；同室操戈，相煎何急！"所表达的感情是一致的。这是全国人民的悲愤与抗议！彭燕郊是一位在战争中诞生的早熟的诗人！

2. 第一、二辑中第二个重要的主题，是表现破产的农村和苦难的农民。彭燕郊没有和一些肤浅的文人一样，好像从天上看着中国，盲目地欣赏中国的人口众多和地大物博。他是以自己的"利爪"，"紧紧地抓住大地"的诗人，扎根在大地母亲的怀里，熟悉母亲脸上的每一条皱纹和每一道泪痕。三座大山压迫下的中国农民的苦难，仿佛一齐涌到诗人的心上。从这颗心流露出来的感情，深沉的程度是罕见的。我在读《殡仪》《小牛犊》《村庄》《窗》这些诗的时候，觉得自己的感情被压抑得就要爆炸了。这样的农村，这样的人间，难道不要改造吗？这些诗使人思变，使人奋起。文学为人生，就是这个意思吧！

在《山国》里，诗人向我们展示了一幅"贫穷"君临一切的森冷得可怕的图景："一级级梯田，丛生着乱莽 / 如同古庙里生满青苔的石阶 / 森冷得可怕 / 而'贫穷'就从那儿拾级而登 / 从无以复加的绝顶，俯瞰向 / 匍匐在它脚下的山村 / 投掷出刺心的冷笑和倨傲的睥睨 / 使山国里的老弱病残们 / 更加仓皇地跪拜在它面前。"农民在"贫穷"压迫下的一生，只不过是"……完成了一场噩梦，和一场无结果的挣扎"。诗人在《殡仪》中剔出"农民的精魂"，向我们展示了农民"连死也不能完了的悲哀"。这首诗的最后两行："此后的生活 / 就不用愁了……"，可说是字字血泪，是抒情主人公为农民洒下的血泪，因为一瓮银子的诺言，只不过是梦中听来的鬼话！至于《小牛犊》，诗人悲悯农民的命运，已经不是什么深沉，而是令人可怕了。象征农民的小牛犊，长大了，完成了繁重的工作，衰老了，最后的归宿是饕餮者流筵席上的一道佳肴！诗人向我们展示了一个吃人的社会。

第二辑中写农村的诗，只有《扒薯仔》和《牸牛的生产》两篇洋溢着欢乐的气氛。它们和第一辑中的《稻草仓》《珍珠米收获》一样，被提纯的、朴素的语言构成明丽的画面。但是，在生气盎然的后面，我们也是可以看到农民的眼泪和辛酸的。"用几根草叶为自己应得的一份拈阄了……"，"把过年剩下的老酒给大家温出一盅来……"。欢乐和喜庆的背面是已经把人弄得麻木了的"贫穷"，人们是在黄连树下偶尔得到一丝爽快的凉风。诗人这种复杂的、寓深沉于明快的表现手法，在这里获得极大的成功，它给读者以广阔的再创作的天地。从技巧上说，《掳鱼排》那幅简洁的风情画也属于这一类。一个掳鱼人放好鱼篓，安排好鱼鹰，驾着掳鱼排到达了涨水的江心。"他的女人，手里抱着婴儿／站在泥泞的江岸上／很久地、很久地注视着他……"。这三行诗看来很平淡，似乎什么也没有发生。它们的涵义在哪里？涵义当然是有的，但它简直生发于乌有。文字与涵义之间存在着差距。这种差距就是诗的所在，就是诗的意境所在，用句"时髦的"话说，就是"纯粹的诗"的所在。它在读者心里掀起波澜：呵，这样遥远，这样渺小，这样苍茫！手里抱着婴儿的女人凝视着涨水的江心，目光中含着的是幸福还是忧虑？读者可以根据自己的生活经验去畅想……诗人在这三行普普通通的、口语化的诗里，把自己隐藏了，让读者见仁见智地完成他的创作。

也许，《炊烟》《一队小鸡》《水》《河》《树》这几篇可以称之为田园诗，而且这里有极其美丽的形象和图画，如"一队小鸡，／在青色的草地上窜来窜去，／这样的轻快，灵活，／多么像山坡上／从生满绿苔的岩石前面／滚过来的一堆松球呵！"真是神形逼肖。又如："游泳吧，游泳吧，／在涨满春水的天空，金色的云朵，／就像潜行在水底的仙女们／漂浮在水面的金色的长发。"多么奇妙、妥帖的比喻，给人以美的享受。

然而，这些诗和传统的田园诗比较起来，精神上相去很远。它不是一味的悠闲、清雅，而是美好后面隐藏着丑恶，欢乐后面隐藏着忧患，而且从激赏中展示出博大的胸襟。这里，仍然有深沉在起作用。抗日战争时期的中国，是一块战斗的、苦难的土地，诗人用自己的"利爪"紧紧地抓住它，他的诗就不能不深沉，不能不反映这块土地上的现实。这一点在《炊烟》中表现十分清楚。在传统的田园诗里，诗人只看到炊烟的美，把它当作农村图画中最有生气、最有韵味的一个组成部分。宋人蔡襄的诗："孤舟横笛向何处？／竹外炊烟一两家。"笼着炊烟的村落简直成了诗人向往的仙境。在彭燕郊的《炊烟》里，炊烟也是美的："淡白的炊烟流进淡白的暮霭／单薄的竹屋静静地隐没在黄昏的薄暗里。"但是，诗人马上掉转笔头，还给我们一幅衰败的农村景象，炊烟成了农妇的眼泪："想象那才砍下来的生柴／怎样在灶膛里烧得吱吱发响／想象那冒着湿烟做饭的主妇／怎样不停地用围裙揩着眼泪……"

早期的彭燕郊曾受叶赛宁的影响。但是叶赛宁写农村，对宗法制农村的田园生活表现无限留恋，而彭燕郊写农村，则在呼喊改造农村，两者的致力点是不相同的。

3. 第一、二辑中第三个重要的主题是探索人生。这个主题没有专门成为哪几首诗的主旋律，但在一系列的诗中强烈地闪现出来，而且光彩夺目。"平凡了的奇迹，公然的神秘呵／谁把你造成的？谁使你这样能干的？／分不开段落地 你 奔 跑 着／在沉着的、耐心的工作里"。《磨》里的这几行诗，就是青年诗人对于人生的执着追求和歌颂。人生，像一座磨，是平凡的奇迹，是公然的神秘，沉着地、耐心地、分不开段落地工作着，"埋头在片刻不停的运动里"。如果我们读了奥斯特洛夫斯基关于生命只有一次的那段名言，我们会觉得这几行诗恰恰是对它的补充和注释。如果我们把奥斯特洛夫斯基的名言概括为"壮丽的人生"，那么，对"壮丽的人生"的补充和注释，作者在这里是强调脚踏实地的韧性工作。是的，这就是鲁迅所提倡的"韧性"。

诗人在《绿色出现》中写道，"绿色出现！／——他出现在冬的最后／他出现在春的开始／我不会忘记绿色的／因为我永远在最后里开始"。绿色被赋予人生的意义，甚至社会的意义。人生或者社会只有战胜了象征恶势力的冬，才能够获得欢乐的春天。而且，这种战胜与获得，是在"片刻不停的运动里"——"永远在最后里开始！"

这种韧性的战斗精神还闪现在较早的作品《黎明》中："夜，我的对手／在它的最后的时刻里给我以诅咒／想要把我孤立／……而我永远用背向着他／我，是夜的傲慢的敌人。"

说到这里，正好为前面说过的话补充一句：我们看到这样的人生追求，就不难理解《风前大树》《葬礼》和《路毙》中的无限悲愤了。正如《葬礼》中所歌颂的，即使含冤地死，也要成为血祭上的牺牲，也要"闪耀起／不死的光荣……"至少，也要像路毙的士兵那样，用自己的血肉之躯，用自己的"解放的渴望"，用自己的"没有完成的梦"，明年春天，"将在他乡的水田里／绽放出无数／最初的／洁白的稻花来……"

这种韧性的战斗精神，或者说这种对于人生的探索和歌颂，它已经和博大的胸襟结合在一起了。难怪诗人在《水》里宣布，要把甘美的水，"收藏着它而且携带着它吧，／什么时候我渴想着而注视着青空，／什么时候我听见土地焦急的话语／低声然而用力地喊：'我干渴！'"

彭燕郊抗战时期的这些优秀的诗，尽管有的篇章（如《山国》）在语言艺术上还不很成熟，但它们的精神是成熟的，诉说了民族的苦难，歌唱了民族的战斗和欢乐，是民族革命文学中绽开的一支鲜葩。其所以如此，诗人在《树》中有一段自白："树，牛羊，庄稼／以及这原野上的一切／以及我和我的诗／都是兄弟／都是这土地的产品中的一个。"

信件解读：

美学家吕荧先生与诗人彭燕郊在抗日战争的 1942—1944 年期间，在重庆都围绕在胡风主办的《七月》杂志，彼此互相佩服。彭称吕荧是"诗评论家"，吕称彭燕郊是"现实主义诗人"，他们两人成了亲密的文友。吴腾凰为了进一步了解吕荧，向他了解情况，彭燕郊于 1990 年 6 月寄来了《彭燕郊小传》和发表在《湘潭大学学报》上的关越评论《彭燕郊诗选》的文章以及他本人发表在 1989 年 7 月号《诗刊》上的《德彪西〈月光〉语译》。1992 年夏，吴腾凰又专程去长沙，住在长沙博物馆拜访彭燕郊先生。彭先生说："吕荧是一位真正的文艺理论家，美学家，为人正直，不懂得弯腰低头，难容于世，少见的好人。吕荧勤奋好学，天资聪明，可惜死得太早了，不然，他的成就一定会更大。"

写信人生平、学术成就：

彭燕郊，1920 年 9 月出生于福建省莆田县黄石镇一个地主兼商人的家庭，原名陈德矩。"七月派"代表诗人。1938 年参加新四军，在新四军政治部战地服务团做宣传和民运工作。后调新四军政治部敌军工作部，在部队文艺界前辈聂绀弩、黄源、东平、柏山、诗人辛劳等帮助下，学习写作。1939 年开始在新四军机关刊物《抗敌》及大后方一些文艺刊物上陆续发表作品。如处女作《战斗的江南季节》就发表在胡风主编的《七月》杂志上。1940 年在桂林、重庆等地，从事文学创作活动，任中华全国文艺界抗敌协会桂林分会理事，编辑《力报》《半月新诗》，1943 年编辑《诗》杂志。1945 年为《广西日报》编辑副刊《现代文艺》《山水》。1947 年，因参加民主运动被国民党逮捕，囚禁将近一年。

1949 年到北京参加中华全国文学艺术界工作者代表大会，任《光明日报》副刊编辑，为中国作家协会、中国民间文学研究会会员。1950 年到湖南大学任教。1951 年参加土改运动，组织收集民歌，学习民间舞蹈，出版"地花鼓"演唱集《五更阳雀啼》。1953 年调湖南师范学院任教，出版编选的民歌集《湖南歌谣选》，1954 年出版文艺评论集《文艺学习手记》。1955 年 7 月因"胡风反革命集团"案被捕，关押 21 个月，被定为"胡风分子"，开除公职，下放到长沙市街道工厂劳动至 1978 年。自 1958 年后，长期生活在工厂里，受尽苦难，家数次被抄，资料损失殆尽。1978 年恢复中国作家协会会员身份，在北京《诗刊》发表《画仙人掌》。1979 年 3 月被聘到湘潭大学任中文系教授，同年 10 月获平反。随后至北京出席全国第四次文代会。1980 年起，任第一、二届全省高校教师职称评审委员会文科组组长、省民协副主席、湖南现代文学研究会会长等。创办并主编《楚风》杂志，主持编撰"湖南民间文学丛书"。1987 年从湘潭大学退休。

2008 年 3 月 31 日病逝，享年 88 岁。

彭燕郊，主要著作有诗集《彭燕郊诗选》《高原行脚》《当代湖南作家作品选·彭燕郊卷》《夜行》《野史无文》，诗论集《和亮亮谈诗》《犀牛丛书》《现代散文诗译丛》等丛书和大型诗歌译丛《世界诗坛》《现代世界诗坛》。

彭燕郊是老一代中国诗人中艺术创造力最旺盛、艺术开拓性最强劲的一位诗人，他专注于艺术创造，追求"诗意的人生，人生的诗意"，被评论家称为"中国新诗的南岳"。诗界把他誉为"一朵永不熄灭的诗歌火焰、精神火焰"。

11 蹇先艾：我与吕荧在贵大

来信主要内容：

讲与吕荧先生在贵州大学交往不多，建议吴腾凰找方敬了解为好。

信件原文：

腾凰同志：

　　十二月二十四日来信收到。抗战时期，我曾与何佶（吕荧）同在贵州大学教书，但他在历史系，我在中文系，又未住在一个宿舍，会面时不多。他与潘家洵、方敬同志住在一起，朝夕相聚，还合办过《时代周报》。潘已年逾八旬，卧病北京。方敬同志现任重庆北碚西南师范学院副院长。您可以写信问他，他一定能告诉您吕荧当时在贵大和办刊物的一些情况。匆复。

　　　　此致
敬礼

蹇先艾

十二月三十一日

信件解读：

　　著名乡土作家蹇先艾与美学家吕荧在 1946—1947 年期间，同在贵州大学任教。吴腾凰为了调查吕荧先生在贵州大学的工作生活情况，于 1985 年 12 月 24 日致函给蹇先生，向他请教。蹇先艾先生于 12 月 31 日写了这封复函。

　　复函说，抗日战争时期，他曾与何佶（吕荧原名）同在贵州大学教书。吕荧在历史系，他在中文系，两人不住在一个宿舍，彼此见面不多，所以对他的情况不太了解。接着蹇先生向吴腾凰介绍与吕荧同住在一起的潘家洵和方敬同志，说他们朝夕相处，又合办过《时代周报》，向他们了解，他们会讲出一些情况。不过，潘家洵已年过八十，卧病北京，方敬现在担任重庆北碚西南师范学院副院长，可以向他请教。

　　潘家洵是一位资深的翻译家，1896 年生于苏州，1920 年毕业于北京大学西语系。先后任教于北京大学、浙江农学院、西南联大、贵州大学，任中国科学院文学研究所研究员。通晓英、法、俄文，对西方戏剧颇有兴趣，曾加入新潮社及文学研究会。20 世纪 20 年代即开始发表翻译易卜生、王尔德和萧伯纳的戏剧，对中国话剧的振兴和社会解放运动产生过积极影响。他翻译的易卜生的 15 部剧本，语言流畅，颇受观众喜爱。20 世纪 60 年代以后，因视力衰退，很少再有译作。虽然吕荧先生在北京人民文学出版社工作期间，也还与潘先生有交往，但吴腾凰考虑到先生长年卧病不起，也就没有去打扰了。他按照蹇先艾先生的指示，给方敬先生写信求教，方先生及时回信，并提供了一些很有价值的资料，填补了吕荧在贵州大学的历史空白。

写信人生平、学术成就：

蹇先艾，现代著名作家。贵州省遵义人。1960 年生于四川越西县。笔名罗辉、赵休宁、陈艾利、蔼生等。出生于清末名门。自曾祖父开始，累代皆有功名。祖父官至道员，加赏布政使衔。父亲系举人，曾任越西县知事。辛亥革命时随父母返回遵义。1919 年冬，至北京读书，先后就读北京师范学校附属小学、北京师范大学附中。1931 年毕业于北平大学法学院经济系，获法学学士学位。时值五四运动之后，《新青年》《每周评论》等新文化刊物相继发刊，他在孤寂生活中，以读书写作为乐，逐渐走上文学创作道路。1932 年与师大附中同学朱大枏、李健吾创办文学团体"曦社"，办《爝火》文学刊物。1926 年加入文学研究会，在《晨报副刊》《小说月报》和《文学》等报刊发表作品。任北平松坡图书馆编纂主任时，兼授弘文学院《文学概念》和女子中学《国文课》。此间创作的表达"心曲的哀愁"的作品，受到鲁迅、郑振铎、王统照等老一辈作家的器重与鼓励，鲁迅认为他是当时乡土作者中重要的一位。1936 年在鲁迅等人发起的《中国文艺工作者宣言》上签名。抗日战争时期，他由北平携眷返黔。与谢六逸、齐同等人组织每周文艺社，出版《每周文艺》，成立中华文艺界抗敌协会贵州分会并任理事，还主编《贵州日报》副刊《新垒》，翻译了《美国短篇小说集》。1942 年到 1951 年，先后任遵义师范学校校长、贵州大学、贵州师范学院中文系教授。1953 年加入中国民主同盟，1983 年加入中国共产党，历任贵州省文化局局长、民盟中央委员、民盟贵州省委副主任委员、中国文联委员、贵州省文联主席、政协贵州省副主席、中国作家协会顾问，贵州省地方志编纂委员会副主任等职。

1994 年 10 月 26 日病逝于贵阳，享年 88 岁。

蹇先艾著作等身，主要作品有短篇小说集《朝雾》《一位英雄》《酒家》《还乡集》《踌躇集》《乡间的悲剧》《盐的故事》《幸福》《倔强的女人》，散文集《城下集》《离散集》《乡谈集》《新芽集》《苗岭集》，约350万字，新诗近70首。

　　蹇先艾先生对于新文学的贡献是多方面的。早在就读于北京师范大学附中时，他就与同班同学朱大柟（楠）、李健吾共同发起成立了"五四"以后中国最早的青年文学社团之一的"曦社"，并创办了文学刊物《爝火》。对蹇先艾的散文，最早进行评论的是后来成为著名戏剧家、评论家的李健吾，他认为"在我们今日富有地方色彩的作家里面"，蹇先艾"是最值得称道的一位"。

　　蹇先艾的文学创作很早就产生过国际影响。早在1929年，他的小说《初秋之夜》就已被苏联小说界译成俄文，选进了以鲁迅小说为首的《当代中国短篇小说集》，由莫斯科青年近卫军出版社出版。

　　蹇先艾是贵州乡土文学之星。半个世纪以来，他以他的笔写出贵州这片土地上痛苦、奋斗的华章。在他笔下涌现出的众多人物，挑夫、马夫、滑竿匠、失业青年、盐巴客、乞丐、草药贩子、家庭主妇、农妇、小职员、女艺人、教员……对他们的痛苦生活与不幸遭际，他不仅作了忠实的记录还努力塑造了活生生的典型艺术形象，建构了作家独特的贵州特有的乡土艺术世界。对他笔下的人物，寄予了无限的同情，表现出他的良知及其人道主义的关怀。1928年到1937年间，他借助童年对贵州的了解，在孤独和丧亲的痛苦中，写出了《盐巴客》《贵州道上》《水葬》等乡土小说。鲁迅对《水葬》有一段著名点评："但如《水葬》，却对我们展示了'老远的贵州'的乡间习俗的冷酷，和出于这冷酷中的母性之爱的伟大，——贵州很远，但大家的情境是一样的。"这一准确明白的点评扩大了蹇先艾的知名度。作为一位有代表性的"乡土文学"作家，他无疑受到鲁迅先生的影响。后来他由"反封建"的主题，转向"抗战"主题，但与别的作家不同的是将人物、背景、语言都融入贵州这块独特的大地。他的一些乡土文学作品，至今仍然有着强烈的艺术魅力。后来由于受极"左"思潮影响，他的不少作品生命力大大减弱，原因是图解意识形态造成的。还有他根据当时的政治要求，改写自己过去的作品，这更是可悲可叹的作为。这些教训，是后来者应该汲取的。

12　尹宗伦：新年代文学社

来信主要内容：

述说自己与吕荧的交往之事和"新年代文学社"的发起组织以及《文艺之风》的出版经过。

信件原文：

吴腾凰、杨连成同志：

为执行联合国的一个项目，刚从国外回来，看到你们的信。

我与吕荧是通信认识的，一直没有见过面。"新年代文学社"成立后，发起人之一张其栋介绍了一些分散在各地的文友，何云圃，即吕荧是其中之一。我记不清张是如何认识吕荧的，也许是通过江村。吕荧当时在贵阳花溪贵州大学任教。

1945年冬，我们一些爱好文艺的朋友在重庆璧山中学（抗日战争期间流亡到重庆的朋友竹可羽、张其栋在该校任教）聚会，议论当时"大后方"（国民党统治区）文艺活动的一些情况，提到要有自己的战斗阵地，发起组织"新年代文学社"，并油印了《成立宣言》，寄给了散在各地的文友。《成立宣言》发出后得到许多文友的积极响应，因为通信地址设在重庆复旦大学我处，信都寄到我那里，我以文学社名义和各地文友联系，在通信中自然要讨论到一些文艺问题。为了交流讨论情况，乃试办一油印"文艺信"，除摘录来往信件外，每期刊出几篇文艺短评。在重庆出过四期，复旦大学迁回上海后，1947年曾以"文艺之风"铅印出版过二期。

"新年代文学社"主张文艺作品应以革命的现实主义反映生活中的战斗。认为"生活是创作的源泉"，"在在有生活，处处有战斗"，在"大后方"要以文艺为武器与文艺活动中的反动势力作斗争，并批判实际上有利于反动统治的文艺活动中的错误倾向……这些主张主要是受当时冯雪峰、胡风等的文艺理论的影响。

何云圃的来信中大概是谈文学中的现实主义，谈现实主义文艺作品的时代定义和作用，基本同意和支持"新年代文学社"的宣言，让我感到与一般文友信中不同的是更带有理论探讨的意味。语气比较平和。好像还谈到他有病。我们通过四五封信，我到上海后还通过一信。他的毛笔字写得很好，用毛笔字写在信纸上的信就如整齐的文稿，标点符号也清清楚楚。可惜，经过相当曲折，特别是"文化大革命"以后，这些信稿，以及"文艺信"等都无存了。

张其栋笔名"小白"，解放后在无锡日报工作过。听说他在反右运动中遭过难。我没有联系不知他的情况，我试着打听一下看，如有所知，当告。

多少年了，一下子回忆不清楚。主要是我刚回来，忙于总结工作，没有时间去整理一些旧物，以追索记忆。以后想到什么，会再去信。

请代向何云圃家属致意！

致以

敬礼

尹宗伦

9 月 22 日

信件解析：

吴腾凰、杨连成为创作美学家吕荧先生的传记，二人联名写信给尹宗伦先生，了解他与吕荧先生的关系和有关情况。1985年9月22日尹宗伦先生给他们复信。复信说他与吕荧（何云圃）先生未曾见过面，只是在1945年冬在重庆璧山中学期间，与几位朋友创办"新年代文学社"，油印"成立宣言"，"寄给分散在各地的文友"，讨论一些文艺问题。又办了"文艺信"。"文艺信"除摘录来往信件外，每期刊出几篇文艺短评。在重庆出过四期，复旦大学迁回上海后，1947年曾以"文艺之风"铅印出版过两期。在创办"新年代文学社"时期，吕荧给他写过四五封信。吕荧表示对"新年代文学社"的"宣言"基本同意和支持，内容是谈文学中的现实主义，说现实主义文艺作品的时代意义和作用。他的信中的内容使尹宗伦感到"与一般文友信中不同的是更富有理论探讨的意味"。

尹宗伦说吕荧的来信是毛笔书写，字写得很好，整齐如文稿，连标点也清清楚楚。

吕荧先生在国民党反动派政权即将覆灭的时候，支持青年学子办进步刊物，鼓吹新文学，揭露反动腐朽的社会，可见他的思想之进步，他是用行动去瓦解、摧毁旧政权，使之早日消亡，让人民早日得到解放。

写信人生平、学术成就：

尹宗伦，浙江嵊县人，1947年毕业于复旦大学化学系，食品工业专家，中国食品科技国际交流创始人。新中国成立后，历任上海益民食品厂副厂长，轻工业部科研所工程师、副所长，轻工业部科学研究院副院长、食品发酵工业科学研究所所长、食品工业技术开发中心主任、高级工程师，中国食品科学技术学会副理事长等。1950 年加入中国共产党。

尹宗伦，一生淡泊名利，执着于事业追求，为中国食品科技对外交流作出巨大贡献。2010 年，当选为国际食品科技联盟科学院士。面对光环，他说："这是 CIFST 的荣誉，我感受它的光辉！"他是我国第四位获此殊荣的专家，他仍觉得自己所做的事情微不足道。

13 吕家乡：批判吕荧的我

来信主要内容：

回忆吕荧先生在山东大学遭受无端批判，愤而拂袖而去的事情。

信件原文：

腾凰同志：

　　您好！来信收到。您有意为吕荧师写传，我作为他的学生，是竭诚支持的。日前李希凡同志已来信提及此事。

　　我和吕老师接触不少，但对他的生平所知甚少。这方面的情况，请您向下列两人打听。

　　一、孙思白，他和吕老师是同学。现在编《民国史》，地址大约是中国社会科学院近代史研究所。

　　二、骆宾基，请向中国作协问他的地址。

　　吕老师于 1950 年初到山大中文系（由王统照推荐来的，原来王是中文系主任，上级要调他到山东省文教厅工作，乃荐吕自代），任系主任，讲授"文艺学""俄罗斯和苏联文学史"等课。

　　1950 年冬，因为中文系里一部分人对他的文艺思想采取了简单粗暴的批判态度，吕老师思想不通，1951 年春愤而离校。请您查一查1951 年初的《文艺报》，有李希凡、杨建中（即蓝翎）、吕山查（我当时的笔名）的批评文章，那都是在党团组织的动员教育下写出的。发难的第一篇文章的作者叫张岐（应为祺，笔者注），此人在"清队"中自杀，当时是中文系资料员，当然此文是某上级授意而写，具体内幕我现在还搞不清楚，华岗同志（当时是校长兼党委书记），当时的态度是较稳健的，但是激进派另有后台。你要写传，大概不能不弄清这一段公案，那就有必要到山大来一趟，仔细打听打听。

　　吕老师因为我写了批评他的文章，很生气，离校后多年无联系。1955 年反胡风时，因为我是"胡风分子吕荧"的"忠实信徒"，也被批斗数月，1957 年又被错划为右派。

　　1963 年，我当时正在山师附中教书，忽接吕师一信，并附寄来我当年听他讲文艺学的笔记本。因为我那时是入另册的人物，接到后立即交给党支部，支部说"你们这种情况，还是不要通信为好"。因此，我也未敢回信。吕老师的来信和我的笔记本当然也就没有下落了。

1953年前后，吕老师又回山大教了一段课，具体时间不详。

其他琐事，容后奉告。

潘怡同志的详细地址望告。吕老师的夫人还健在吗？亦望告知。

此致

敬礼！

吕家乡

10.6

信件解读：

教授、诗评家吕家乡先生是美学家吕荧在山东大学教授的一个学生。吴腾凰为写吕荧传记，于1984年写信向他了解吕荧在山东大学受挫折的具体情况，他在是年10月6日复信。1985年春，吴腾凰与史挥戈又一同访问了他，得到了一些详情。

吕家乡先生在复信中，主要讲了四个方面的问题。

第一个问题讲他作为吕荧先生的学生对吴腾凰拟写吕师传记，他表示"竭力支持"，并说他的同学李希凡曾给他来信说到此事。接着讲自己虽与吕师接触不少，但对"他的生平所知甚少"。他推荐让吴腾凰去找历史学家孙思白和著名作家骆宾基两人，并告诉联系地址。

第二个问题讲吕荧先生来山东大学任教的缘由。吕荧先生是在1950年初（应该是秋天）应山东大学中文系主任王统照邀请来的（应该是由孙思白先生推荐，中文系主任、老作家王统照和校长华岗研究同意，华岗亲笔写信邀请）。由于王统照调到山东省教育厅工作，拟由吕荧代替他的中文系主任职务。吕荧来校后，除了当中文系主任，还兼教《文艺学》和《俄罗斯和苏联文学史》等课。

第三个问题讲吕荧因遭受不公正批判而愤然不辞而别的原因。

1950年冬，因为中文系里一部分人对吕荧先生的文艺思想采取了简单粗暴的批判态度，吕先生思想不通，1951年春愤然离校。当时党团组织动员李希凡、杨建中（即蓝翎）、吕山查（吕家乡笔名）写批判文章，文章发表在《文艺报》上。华岗校长当时的态度比较稳健，但是激进派另有后台。

吕家乡先生的回忆基本上是正确的。具体情况是：新中国成立初期，华东大学与山东大学合并，原华东大学中文系的一部分人革命性强，政治嗅觉敏锐，有人对吕荧先生文艺学的讲授内容有意见。中文系资料员张祺根据一些学生反映的情况，写了一篇《离开毛主席的文艺思想是无法进行文艺教学的》，接着又发表了李希凡、蓝翎、吕家乡等学生的读者来信，批评吕荧先生在文艺理论教学中脱离实际和教条主义倾向。这时，全国正在进行高等学校教师思想改造运动，山东大学中文系抓住吕荧先生这个靶子，要在学校大礼堂召开文艺学课教学座谈会，对吕荧先生的教学提意见。华岗校长听到汇报后，向当时中文系的相关负责人提出三点：（1）会场布置标明"文艺理论教学座谈会"为会议名称。（2）会议由文学院院长主持。（3）发言时防止乱戴政治帽子。结果会议开成了批判会。

性格耿直倔强的吕荧先生对张祺和学生发表在《文艺报》上的文章，认为不符合事实，是断章取义，捕风捉影，难以接受这种无端的指责。他给《文艺报》发去一信，作了说明，并列出了已向教育部报去的文艺学课的讲授大纲。但他的说明没有得到理解和认可。于是，他于1952年春不辞而别，离开了山东大学。1952年2月开学后，学生们才知道吕先生不回来了。

第三个问题讲吕荧的细心和宽广的胸怀。复信说："吕老师因为我写了批评他的文章，很生气，离校后多年无联系。"后来在反胡风集团的运动中，吕荧被定为胡风分子，吕家乡又因是吕荧的"忠实信徒"，受到数次批判斗争，1957年又被错打成右派分子。可有一天，他突然收到吕老师的一封信，信中还附寄了自己听吕老师讲授《文艺学》的课堂笔记，真是让他感慨万端。可当时身为右派，属于反革命之列。这类人物，随时随地都要向组织交代自己的言行，让组织了解自己，不让自己在反革命的道路上愈走愈远。吕家乡为了对组织忠诚，就把吕荧先生的信和那本课堂笔记本交给了党支部。支部领导人出于一片善意，让他不要与吕先生通信，这样对他的改造有好处。吕家乡为了自己的前途，也就没有给吕荧先生回信。至于那封信和那个笔记本，"当然也就没有下落了。"吕家乡先生告诉我们，吕荧先生对学生的宽恕，对学生学习的关心，都显示先生的细心和博大的胸怀，这些高贵品质值得我们学习。

复信的第四个问题，是要吴腾凰将吕师大女儿潘怡的"详细地址"告诉他，并问吕师夫人是否健在？吴腾凰后来写信告诉他，吕荧的两个女儿潘怡和潘悦都在天津工作，吕夫人潘俊德已经去世了。

至于复信中说的吕荧先生曾在1953年又回山东大学"教了一段课"，

具体时间他不清楚的这件事，后经我们了解，那是华岗校长爱才心切，再加上认为中文系师生对吕荧先生批判不当，便多次写信给吕荧，劝他重返山东大学。1953年暑假，吕荧先生到青岛休息，在华岗校长的劝说下，他才又回到中文系讲授俄罗斯文学和苏联文学，不再担任任何职务。教了不长一段时间，就又去北京人民出版社了。

吕家乡先生认为美学家吕荧在山东大学不接受批判"拂袖而去"以及后来在北京登台为胡风辩护的独特表现，都基于自己是一个"自由职业者"。他说："我猜想，吕先生可能始终是把自己作为自由职业者来看待的，自己凭本事挣钱、吃饭，合意则干，不合意就离开。当时他是由老同学孙思白'聘请'而不是由组织'调动'到山大的，所以，他不辞而别就能够理解了。实际上，吕先生平时基本没有组织纪律观念，也不懂无产阶级专政是咋回事。他（后来）在北京，既没有正式工作，又没有家庭，平常也不需要参加单位的活动、政治学习，一直处于自由散漫的状态。我认为，这就是参加批判胡风大会、为胡风辩护时的状态。估计他当时觉得自己的表现很平常，很自然，绝对想不到其中的严重政治意义。因此，我们无须把吕荧看作大智大勇的英雄，他倒是很像安徒生童话里那个揭穿皇帝新衣的小孩。"（见《新文学史料》2022年第2期 李世涛《山大的先生们》）

我们认为，吕家乡先生作为吕荧先生的得意门生，对他恩师的认识和理解是比较准确的。吕荧先生从走出家门开始，一直是在追求自由、追求真理的道路上坎坷行进的，他始终遵循着史学家陈寅恪先生的"独立之精神，自由之思想"的格言为人做事，始终不渝。他从旧社会走来，没有接受知识分子改造，无拘无束，没有组织纪律观念，被那场运动淘汰是必然的。

吴腾凰与杨连成合著的《美的殉道者——吕荧》一书的书名，就是吕家乡先生帮助命名的。

写信人生平、学术成就：

吕家乡，诗评家、教授。曾用名吕家香、吕山查、笔名孟嘉等。1933年生于江苏省沛县。1952年毕业于山东大学中文系。毕业后，分配到山东医学院工农速成中学。1955年反胡风集团运动中，因"胡风分子"吕荧的牵连，而遭到冲击。1957年被打成右派分子，坐了三年教养所，又做了17年"摘帽右派"，1979年才得到改正。1980年调进山东师范大学中文系从事现代诗歌研究和教学，获教授职称。任山东省郭沫若研究会副会长，20世纪90年代退休。

吕家乡先生主要著作有《新潮·诗人·诗艺》《品与思》《唐人咏怀句精品赏析》（合作）、《现代三家诗精品赏析》（合作）、《中外文学鉴赏》（合作）、《一朵喇叭花》《温暖与悲凉》等。

吕家乡先生对诗有自己独特的见解。

诗歌"移情"的创作方法。他认为散文如同大米变成米饭仍知其本，诗歌如同大米变成酒变了本质。作诗要将作者本身的"真情实感"转化成"诗情美感"。首先作者要有丰富的心理情感内容，其次是要在对事物起初联想的基础之上，对感情进一步深化。灵感是诗的受孕，同时要通过对人生阅历的浓缩和积累，增强自己的材料记忆和情感记忆。

读诗的关键是品诗。他认为诗歌所表现的是审美人格，诗所表现的是内心的境界，这个世界是细细吟咏而来的，所以诗最让你在一个地方慢慢体会，细细体会。读一首诗要有耐心，要心平气静，并要沉住气，不然你无法进入到诗的境界里面去。

书信中学者、作家的言说

1　王冶秋：我所知道的韦素园

来信主要内容：

回忆韦素园的生平情况。

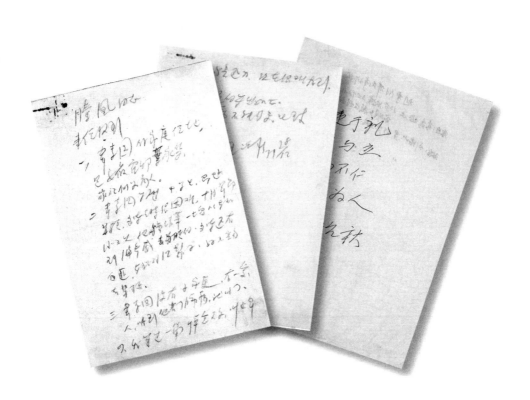

信件原文：

腾凰同志：

来信收到。

一、韦素园的家庭住址，是安徽霍邱叶家集，家里似为商人。

二、韦素园学历，中学生，即赴苏联、当时走时很困难，十月革命后不久，他与曹靖华一块从东北到海参崴去苏联的，当时还有白匪，东北的红胡子，好不容易去苏联。

三、韦素园没有小家庭，有一爱人，听到他害了肺病，就吹了。

四、我写过一篇悼念文章，叫《韦素园与鲁迅》，现在很难找到。

我知道的奉告如上。

因病不能多写。

此致

敬礼

王冶秋

1979 年 12 月 28 日

立违于礼

未可与立

仁而不仁

何以为人

王冶秋

信件解读：

吴腾凰从韦素园侄儿、新华社记者韦顺处获悉新中国文物事业开拓者奠基人王冶秋先生在 20 世纪二三十年代曾与韦素园交往密切，可能了解韦素园的一些事情，吴腾凰便写信给在国家文物局工作的王冶秋先生，向他求教。王冶秋先生于 1979 年 12 月 28 日给予复信。

第一个问题讲王冶秋先生说韦素园家住在霍邱县叶集，家里"似为商人"。先生说对了，叶集是霍邱县最大的一个集镇，是木、竹、编织器皿的集散地，他家经营着大街上的一家小商店。

第二个问题讲韦素园留学苏俄，差一点丧命，这段历史先生讲得十分准确。1921 年春末夏初，韦素园与刘少奇、曹靖华、蒋光慈等受上海共产主义小组派遣赴苏俄留学，在海参崴受到白匪和"红胡子"的盘查，差一点丢掉性命。

第三个问题讲韦素园曾有一次爱情，因"他害了肺病，就吹了"。这里讲得不够全面，实际情况是：1922 年冬，韦素园从苏俄回国后，到安庆他大哥处度假，结识了一位同乡女友 G，她从安徽第一女子师范学校毕业后，升入北京女子高等师范，毕业后回校任教务长。一段时间，两人经常见面谈心。后来 G 女士公费赴美留学，又给韦素园写信，韦素园收信后非常兴奋，但回信又很庄重。1926 年底，G 又写信来，并附情诗十首以示定情，这时韦素园吐血发病，他自料病将不起，深恐辜负了对方的爱情，影响她的幸福，便毅然斩断这缕情丝，并命弟弟韦丛芜给 G 女士写信，一方面说他重病无望，一方面婉劝她另选爱人。但信去了很久很久，一天韦素园收到 G 的一张明信片："我很失望。"这段爱情也就结束了，但爱情之火是难以熄灭的，韦素园在 1929 年 11 月 28 日写的一则小文中，仍流露出"几年的时光过去了，我仍然默默的在想"。韦素园去世的消息，韦丛芜又写信告诉 G。G 又"万里飞鸿"向韦素园的在天之灵倾泻了她的一片痴情。韦丛芜读了 G 的来信，即写下了一首哀诗。

咯血盈盆气若丝，昏灯昏室漏迟迟。

可怜万里飞书至，字字痴情句句诗。

第四个问题讲他曾"写过一篇悼念文字，叫《韦素园与鲁迅》，现在很难找到"。先生这篇悼念文章写于1956年，时为鲁迅先生逝世二十周年，文章的题目是《鲁迅和韦素园》。这篇文章已收进姜德明编辑出版的《王冶秋选集》中。

王冶秋先生写这封信时，正在家中养病，实在令吴腾凰感动。

写信人生平、学术成就：

王冶秋先生，新中国文物事业的拓荒者、奠基人。原名王之纮，字冶秋。曾用名野秋、高山，笔名野囚、秋、老外、外山等。1909 年生于奉天昌图府八面城，原籍安徽霍邱县城。1912 年至 1919 年在秋浦县读书，1920 年在来安县上高小。1922 年夏考入南京美术专科学校附中。1923 年参与了"闹学潮"，改赴北平志成中学，参加李大钊领导的国民党"左"派，加入反帝大同盟。1925 年在北京西山中学加入共青团，1927 年春在安徽霍邱加入中国共产党。1928 年参加霍邱暴动，失败后逃往北平，加入景山党支部。1930 年 8 月参加"八一"示威，被反动当局逮捕。1930 年至 1932 年在北平、山西大同、太原当教师兼做党的地下工作。1932 年与高履芳结婚。1934 年又被捕入狱，获释后，又到山西运城师范教书。1936 年至 1937 年，在山东烟台中学当教员，"七七"抗战发生，回到安徽霍邱从事抗日救亡运动。后又去四川自流井曙光中学教书。1940 年至 1946 年，在四川重庆任冯玉祥的国文教员和秘书，为党做军事情报工作。1946 年秋，到北平任蒋介石十一战区司令长官部少将参议，为党做军事情报工作。9 月 29 日特务来逮捕他时，逃出北平，进入解放区。1947 年 10 月至 12 月，在解放区河北淹县救济总署，办理北平地下电台破坏的善后事宜。1948 年任解放区的北方大学和华北大学研究部研究员。1948 年底至 1949 年春，在河北良乡筹备北平文物接管工作，任北平军事管制委员会的文物部副部长。后任文化部文物局副局长、局长、国务院国家文物局局长、顾问，三、四、五届人民代表大会代表和三、四、五届人大常委。

1987 年 10 月 5 日在北京逝世，享年 78 岁。

王冶秋先生，在 20 世纪 60 年代任文化部部长、文物局局长，主持研究和选定了第一批全国重点文物保护单位，筹建中国历史博物馆和中国革命博物馆，创办文物出版社，注重文物博物馆和人才培养，为建设新中国文物保护工作的完整科学体系，奠定了坚实基础。

王冶秋不但是中国文物界的元老，还是一位作家。他的主要作品有《青城山上》《民元前的鲁迅先生》《大地新游》《狱中琐记及其他》《琉璃厂史话》，以及散见于报纸杂志上的许多作品，现已有《王冶秋选集》问世。

这里还有一段王冶秋与夫人高履芳之间有趣的爱情故事，也在这里与读者分享一下。

1927 年 4 月，张作霖剿杀了共产党北平负责人李大钊等 20 个共产党人，激起了王冶秋的无比愤怒，他根据北方局领导的指示，组织"西山侦缉队"并担任队长，不料有人叛变，王冶秋遭到围捕，他凭借熟悉地理环境和学生身份连夜翻山越岭，逃脱虎口入城，后在台静农的帮助下至天津登上一条开往上海的日本船，独自辗转回到老家安徽霍邱。在那里又开始发动群众，开展革命斗争，事后，台静农根据王冶秋逃脱追捕的惊险经历，写成了短篇小说《昨夜》，发表在未名社刊物《莽原》上，文中那个 19 岁的革命青年"秋"就是王冶秋。文艺作品的力量是无穷的。知识分子家庭出身的女学生高履芳当时正在天津女师读书，活泼可爱，追求新思想，她对阅读新文学期刊如痴如醉，特别对于未名社出版的《莽原》杂志更为喜爱。当她从《莽原》上读到台静农的短篇小说《昨夜》，对小说中那位 19

岁的"秋"产生了浓厚的兴趣。秋机智勇敢，不怕牺牲的精神感染了她，使她难以忘怀。她打听到小说作者台静农的住地，便约上了好友一道去拜访台静农。台静农带着高履芳和她的好友到西山去见在那儿养病的韦素园。台静农和韦素园讲了小说《昨夜》的主人公就是他们的好朋友王冶秋，并介绍说王冶秋是位爱好文学的革命者，能吃苦耐劳，聪明伶俐，不怕牺牲，是他们同乡的小老弟。高履芳听后，对"秋"更加崇拜和热爱，她说："若有机会见见这位英雄，那多好呢？"

台静农说："王冶秋前几天才从安徽老家返回北平，我找个机会让你见见他。"

几天后，台静农找到王冶秋，说天津女师有个女学生，想见见他，王冶秋毫不迟疑地说："我没有意见，革命就要青年人！"

在台静农的安排下，在北平一个公园里，王冶秋与高履芳相会了。高履芳见王冶秋高高的个子，一双明亮的大眼睛，与自己想象的"勇猛革命者"的"秋"完全一样，表示十分佩服。王冶秋见高履芳身材修长，眉清目秀，谈吐非凡，也从心底产生了爱慕之情。英雄见美人，一见钟情。经过一段时间的交往，两人觉得志趣相投，互相倾慕，便于1931年在北平正式订婚，1932年7月在北平公园的"来今雨轩"完婚，大媒就是台静农先生。

这对伉俪，风风雨雨几十年，相濡以沫，携手为国家的文物事业披荆斩棘，筚路蓝缕，作出了巨大的贡献。王冶秋是国家文物局局长，高履芳是国家文物出版社社长，被人们赞誉为"文物双星"。高履芳1912年出生于河北衡水县。1949年加入中国共产党，1950年着手创办《文物参考资料》（后改为《文物》月刊），1995年去世，终年83岁。

20世纪90年代初，吴腾凰进京到王宅去拜访高履芳时，曾向老人问道："传说你与冶秋老走到一起，是因为台静农的小说《秋》牵的线，是真实的吗？"

高履芳老人两手一拍，笑着说："一点也不假，就是那篇《秋》我俩才相识相爱的！"

王冶秋先生，在给吴腾凰的复信中，还在另一张白纸上，写了四行题词，并签了自己的名字。他希望自己的这位同乡晚辈，无论是做人还是为文，都要遵守古训，崇尚礼仪和仁爱，不做危害国家、民族和人民的事情，多做于国家、民族和人民有益的事情，他的题词是这样的：

> 立违于礼
>
> 未可与立
>
> 仁而不仁
>
> 何以为人

2 史树青：桃花扇是折扇

来信主要内容：

　　1.关于史挥戈、吴腾凰合著《李香君传》所言李香君随侯方域去了商丘，并生子，魂归那里的事，这是推翻了多年的演绎传说，是一篇翻案文章。

　　2.《桃花扇》中的桃花扇，学者蒋星煜认为是团扇，他认为应是折扇。

　　3.收藏家张伯驹说他见过桃花扇，史树青先生认为值得怀疑。

信件原文：

腾凰先生：

十月九日来函并大著二种，均已收到。您坚持看书学习，《蒋光慈评传》，我只可拜读，惟李香君随侯朝宗事，确是新的发现。孔尚任以表忠为旨，故有《桃

花扇》之作，您书在台出版，可为翻案文章，值得重视。桃花扇当以折扇为是，明清之际用扇，留于今日者多为折扇，未见团扇留遗（宋、元人多团扇，明朝通行折扇）蒋星煜先生见过明末团扇吗？值得怀疑。张伯驹先（生）之话，也值得怀疑。

我已年过八十，今年十月正式退休，如羁人获释，游（子）之还乡。对当年旧稿，将作整理，或可有出版价值，未有一定。

平日看书，是老习惯，但近来眼有白内障之疾，将于北京医院治愈后，读近日未读之书。总之，读书学习，是我终生之愿，也是一般知识分子学无止境之愿望也。

专此，申谢。并祝

撰安

史树青

2020.11.12

信件解读：

　　1985 年夏，吴腾凰以地区文化局负责文物工作副局长的身份去山东省泰安市参加文化部、文物局在那里举办的培训中心学习，文物鉴定专家史树青先生应邀到培训中心讲课，由此，他们便成了师生关系。吴腾凰喜欢历史，经常在课下向史树青先生请教问题，史先生又乐于教人，这样他们便成了亦师亦友。在北京实习期间，史先生还专门带领吴腾凰看了滁县地区历史名人戚继光、薛时雨的手迹，并帮助拍照。培训班结业后，二人书信往来颇多，史先生还将他的新作和书法作品寄赠给吴腾凰。这里展示的便是史树青先生 2002 年 11 月 12 日写给吴腾凰的一封复信。

　　吴腾凰在 10 月 9 日将自己出版的《蒋光慈传》和与史挥戈合作的《李香君传》寄给史树青先生批评指正。先生因是研究文史的专家，对革命作家蒋光慈不太了解，所以他说"《蒋光慈传》我只可拜读"。对《李香君传》，他首先肯定孔尚任是"以表忠为旨"而写作《桃花扇》的。吴腾凰在去信时讲了一个问题，就是桃花扇的扇形问题。戏剧研究家蒋星煜先生坚持说桃花扇是团扇，收藏家张伯驹说他亲眼目睹过桃花扇，是折扇。史先生说："桃花扇当以折扇为是，明清之际用扇，留于今日者多为折扇，未见团扇留遗。（宋元人多团扇，明清通行折扇。）蒋星煜先生见过明末团扇吗？值得怀疑。张伯驹先生之话，也值得怀疑。"我们经过多年的考查研究，证明史先生的说法是对的，桃花扇的确是折扇。至于张伯驹讲他曾亲眼目睹过那把桃花扇，因张与侯方域家有姻亲关系，的确是可能的。

　　至于那把桃花扇，侯方域在南京作为定情物送给李香君之后，一直在李香君手里，香君死后便给了侯方域的女儿（侯方域元配常氏所生）。侯方域死后 3 年，14 岁的门婿陈宗石（陈贞慧四子）从宜兴来商丘侯府投亲，常氏夫人不仅接收了他，还入赘于侯府东园，侯小姐将桃花扇带到陈家。张伯驹是河南项城一户官宦之家的子弟，青少年时代曾在商丘古城读过书，是袁世凯的表侄。袁世凯与陈宗石有姻娅关系，袁世凯的二祖母，即清末重臣袁甲三的夫人，就是陈宗石的五世孙女。因此，袁世凯小时也曾在陈家住过一段时间。据史料记载，袁甲三的儿子曾经将桃花扇展示给同僚们观赏。由此看来，这把桃花扇曾经在袁家流传过，那么张伯驹作为袁家的至亲，他说他曾经看到过桃花扇，当是合乎情理的。

　　史先生在信中说吴腾凰与史挥戈合著的《李香君传》"可为翻案文章，值得重视"，后又在电话中对吴腾凰说："你们俩翻了几百年存疑的一个大案，填补了一个空白。"史树青先生这几句肯定的话，其背景是这样的。关于李香君的下落，长期以来都认为她死在南京栖霞山，而且有坟墓为证。可经过我们的反复实地考察，走访知情人和地方史研究专家，证明李香君在清初即随丈夫侯方域一道回到河南省商丘侯府，还生下一个男孩。李香君于清顺治九年至十一年间去世，坟墓在商丘之南侯氏庄园——今李姬园村东旁。

写信人生平、学术成就：

　　史树青（1922—2007），河北省乐亭人。当代著名学者、史学家、文物鉴定家。1945 年毕业于北平辅仁大学中文系、同校文科研究所史学组研究生。工书法，精鉴赏，尤以考古鉴定驰名中外。自幼年开始就在北京琉璃厂购买文物，展示给老师、同学鉴赏，受到大家鼓励。1941 年高中毕业后，老师曾赠言曰："书画常教老眼花，鉴藏年少独名家。"大学和读研究生期间，受到陈垣、沈兼士、启功诸名师指导，书画怡情更浓。1947 年，被学校推荐至中央博物院北平历史博物馆工作，新中国成立后，参与筹建中国历史博物馆，负责文物收藏品征集、保管工作，并担任明清陈列组副组长，一直工作到 2002 年退休。从业 60 多年，经他鉴定的文物达百万件，为国寻宝无数，被人称为鉴定国宝的"国宝"。他与启功、杨仁恺、徐邦达并称为我国四大文物鉴定专家。曾任中国历史博物馆研究员、国家文物鉴定委员会副主任委员、南开大学历史系兼职教授、北京大学考古系研究生导师、中国收藏家协会会长、《收藏家》杂志主编、中国博物馆学会名誉理事、中国中日关系史学会理事、全国政协第七、八届委员、全国政协教育文化委员会委员。享受国务院颁发的政府特殊津贴。1996年被聘为北京市文史研究馆员。

2007年在北京病逝，享年86岁。

史树青先生著作有《长沙仰天湖出土楚简研究》《祖国悠久历史文化的瑰宝》《应县木塔辽代宝藏》（合著）、《楼兰文书残纸》《中国大百科全书·文物》（合著）、《中华文物精华大全》（合著）、《小莽苍斋藏清代学者书法选》（主编）、《书画鉴真》《鉴古一得》等。

史树青先生自1995年以来，曾参加河南郑州二里岗商周战国遗址发掘、河北易县燕夏都战国遗址发掘、山西侯马遗址调查及浙江河姆渡遗址调查等。1980年调查、鉴定江苏连云港孔望山石刻群，提出是我国最早的佛教石刻，早于敦煌石窟、云岗石窟200年。1982年经国务院批准，孔望山石窟成为我国重点文物保护单位。

1958年参加中国科学院新疆少数民族社会调查，曾至乌鲁木齐、喀什、和阗、民丰、伊犁、塔城等地调查少数民族历史，编写简史、简志，参加哈萨克族简史、简志的编写工作。

1972年根据国务院周恩来总理指示，举办我国出土文物展览赴各国展出，由王冶秋同志负责，成立了出国文物展览工作室，并由国务院任命夏鼐为业务组长，宿白、史树青为副组长，自1973年起分别参加文物出国展览代表团，赴法国巴黎、加拿大多伦多、日本东京等地展出，博得好评。

自1984年应外交部之聘，由该部行政司司长吕璋琪带队，赴美国、印度、巴基斯坦、缅甸、泰国，鉴定驻外使馆所藏文物，作为国家文物保护工作和外交部清点财产的工作之一，完成了任务。

史树青先生考古鉴定文物最著名的是1965年参加郭沫若、于省吾、商承祚等大师行列，在湖北荆州释读破解越王勾践的"天下第一剑"，他是这支队伍中最年轻的一位。

他还捡漏《成吉思汗半身像》和《成吉思皇帝圣旨金牌》。这两件文物，都是稀世珍宝，成吉思或成吉思汗的文物流传下来的很少，《成吉思汗半身像》是元代的作品，定为一级文物，这是现存最早的成吉思汗画像。《成吉思皇帝圣旨金牌》是国内仅存的成吉思文物。

史树青先生一生对后辈提携多多，弟子不少，但大部分都走出书斋便下海经商了。对这种现象他不无遗憾，但又十分理解。他说："做文物工作需要有专业知识，还要有眼力，抱着发财的思想，急功近利，肯定要上当的。"

随着年龄渐长，史树青先生脾气越来越倔强。2006年4月的一天上午，他从北京大钟寺文物市场上花了1800元买了一把"越王勾践自作用剑"，心情十分激动。他一心想到国家，决定捐献给国家博物馆。可他万万没有想到，竟被以伪劣品退了回来。史老想到楚国有一位叫卞和的人，在楚山得到一块含有珍贵玉质的石头，便拿去献给楚厉王。厉王命令玉匠鉴别，玉匠一看就说："这是一块石头。"厉王大怒，以为卞和有意欺骗他，就下令砍去了卞和的左脚。等到厉王死去，武王登位，卞和又把那块石头献给武王。武王又让玉匠鉴别，玉匠又说："这是一块石头。"武王也以为卞和故意欺骗自己，又下令砍去他的右脚。后来武王死去，文王登位，于是，卞和便抱着那块石头，在楚山脚下一连痛哭了三天三夜，眼泪流尽，血都哭了出来。文王听到这件事后，派人前去查询，问他说："天下被砍去脚的人很多，为什么独有你哭得如此悲伤呢？"卞和回答说："我并非为失去双脚悲伤，而是痛心有人把宝玉看成石头，把坚贞之士当作骗子，这才是悲伤的原因啊！"文王听到汇报，便叫玉匠整治那块璞玉，果然得到一块价值连城的美玉，随即将其命名为"和氏之璧"。这就是家喻户晓的"和氏璧"的故事。史先生忆古思今，感愤不已，写下了一首诗：

越王勾践破吴剑，鸟篆两行字错金。

得自冷摊欲献宝，卞和到老是忠心。

这首诗是史树青献"越王剑"而不被认可遭退回后的悲情写照，也是先生留在世间的绝笔。

3 杨宪益：我的祖籍在安徽

来信主要内容：

　　说自己的简历，过去有不少报纸都报道过；说自己只是个老翻译工作者，言下之意是他不值得写入淮河流域名人传里。

吴腾凰同志，谢、写的来信。关于我的简历，过去有不少刊物报纸都报导过，似乎也不必再介绍。我首先只是个老翻译工作者，并不是个作家，雜地有些书如现代文學家辞典上也介绍过我。我祖籍安薇四縣（过去泗洲现在大概是泗洪縣属蘇北）生在天津，现在住過，似乎不能算是安薇作家。我看还不要把我包括进去吧。祝你们工作顺利。

杨宪益
六月五日

信件原文：

吴腾凰同志：

　　谢谢您的来信。关于我的简历，过去有不少刊物、报纸都报道过，似乎也不必再介绍。我首先只是个老翻译工作者，并不是作家，虽然有些书如现代文学家辞典上也介绍过我。我祖籍安徽泗县（过去泗州，现在大概是泗洪县属苏北），生在天津，安徽没有住过，似乎不能算是安徽作家。我看就不要把我包括进去吧。祝你们工作顺利。

杨宪益

六月五日

信件解读：

吴腾凰想研究淮河流域的名人，特致函向著名翻译家杨宪益先生了解他的生平。杨先生于1985年6月5日给他写了这封回信。他说，自己的简历，"过去有不少刊物、报纸都报道过"，自己"只是个老翻译工作者。"言下之意就是他不是作家不值得写入名人传里。

他接着写道："我祖籍安徽泗县（过去的泗州，现在大概是泗洪县属苏北），生在天津，安徽没有住过，似乎不能算是安徽作家，就不要把我包括进去吧。"由于杨先生生在天津，没有在家乡居住过，对祖籍的行政区划和管辖归属也就弄不清楚了。据我们考察，杨宪益的父辈住在安徽省盱眙县鲍集镇梁集村。明清时期泗州即盱眙属于凤阳府，康熙年间安徽省设省后，泗州属安徽省管辖，盱眙也就成为安徽省下属的一个县了。1955年，盱眙县划为江苏省淮阴地区的泗洪县管辖。1985年，江苏省政府又把泗洪县的鲍集镇划为盱眙县。由此可见，杨宪益的祖籍原属安徽省，今属江苏省淮安市盱眙县管辖了。

杨宪益祖籍盱眙县鲍集镇是个钟灵毓秀、人杰地灵的好地方。鲍集的名称就是为纪念春秋时期齐国大夫鲍叔牙而命名的乡村集镇。杨宪益家从清末到北洋时期连续四代都在朝廷和政府做官，有漕运总督、北洋大臣、民国"左相"，有中国第一代银行行长。杨宪益的两个妹妹，杨苡是著名翻译家，杨敏如是中国古代文学研究家。

写信人生平、学术成就：

杨宪益，著名文学翻译家、教授。1934年天津英国教会学校新学书院毕业后，到英国牛津大学莫顿学院研究古希腊罗马文学、中古法国文学及英国文学，获学士及硕士学位。抗日战争初期，与向达、吕叔湘等友人在伦敦华侨中做救亡工作，出版中文报纸。1940 年回国到重庆，在重庆大学任副教授。1941 年至 1942 年任贵阳师范学院英语系主任。1942 年至 1943 年任成都光华大学英文教授。从 1943 年开始，在重庆北碚及南京任国立编译馆编纂。南京解放时，做编译馆接管工作组组长，后任南京市政协常委、副秘书长，南京市民革分部常委，南京市人民代表。1953 年调外文出版社任翻译部专家。"文革"开始后，被扣上莫须有的罪名关进监狱。1976 年 10 月后，组织上给他彻底平反。1980 年参加中国笔会中心。后任社会科学院外国文学研究所研究员、学术委员，外文出版局《中国文学》社副主编，中国作家协会理事、中国文联委员、全国外国文学学会理事，民革中央委员，北京市政协委员。

2009 年 11 月 23 日，因病去世，享年 95 岁。

杨宪益先生是著名翻译家，也是才华横溢的诗人。他的译作很多，译文精湛，一般译家是难以望其项背的。其解放前主要翻译有《资治通鉴》、郭沫若的《屈原》、鲁迅的《野草》、阳翰笙的《天国春秋》《离骚》《陶渊明集》《老残游记》。1947 年至 1948 年间中华书局出版的有关中西交通史方面考证论文集《零墨新笺》，以及《英国近代诗钞》等。解放后外译中方面有荷马史诗《奥德修记》《阿里斯多芬喜剧二种》，罗马诗人魏吉尔的《牧歌》，法国中古史诗《卢郎谣》，肖伯纳的《恺撒和克丽奥帕脱纳》《卖花女》等，这些书都在 1955 年至 1960 年间出版。中译外方面，与夫人戴乃迭合作，译有《楚辞》《魏晋南北朝小说选》《唐代传奇选》《宋明评话小说选》《史记选》《关汉卿杂剧》，洪升《长生殿传奇》《儒林外史》等。现代作品的译作有《鲁迅选集（全 4 册）》、鲁迅的《中国小说史略》，从 1963 年着手翻译我国古典文学名著一百二十回本的《红楼梦》。1982 年，杨先生发起并主持了"熊猫丛书"的出版工作，开辟了系统向海外介绍中国文学的一个窗口。作为当时唯一的一个专门对外翻译文学作品的机构，《熊猫丛书》面向 150 多个国家和地区发行，既译有中国古典文学作品，也有鲁迅、巴金、沈从文、孙犁等现代名家名篇，同时也使得中国当代作家由此走向海外。如张洁的《爱，是不能忘记的》、古华的《芙蓉镇》以及王安忆、张抗抗、铁凝、迟子建等女作家的《女作家作品选》系列，都曾多次再版。

杨宪益与夫人戴乃迭为促进各国人民了解中国，增进友谊和团结，作出了巨大贡献。

戴乃迭，原名 Gladys B. Tayler，婚后更名为 Gladys Yang，1919 年生于北京一个英国传教士家庭。7 岁时返回英国，在教会中学接受教育。1937 年考入牛津大学，与杨宪益是法国文学课的同学。因她热爱中国文化，后来便改学中国文学，成了牛津大学获得中国文学学位的第一人。从喜爱古老的中国到对中国文化的着迷，再爱上才华出众、调皮幽默，身上洋溢着中国传统文化魅力的杨宪益。她曾有一句戏言："我爱的不是杨宪益，而是中国的传统文化。"1940 年，他们二人在重庆举办了婚礼。杨宪益娶了英籍妻子戴乃迭，二人日常生活中不断"切磋"，杨先生的英语更加精湛，几近出神入化。戴乃迭则会"抱怨"说：因为两人在一起常说英文，使得她的中文水平"变差了"。中西文化的交融互感，使他们的差异转化成了巨大的优势，并由此开启了最佳的组合模式：由杨先生译出初稿，再由戴女士修改润色。这样的翻译模式堪称珠联璧合，日月同辉，相得益彰。广为称道的《红楼梦》全译本、《儒林外史》全译本以及《鲁迅选集》（4 卷）等"名译"就是这样产生并传播到全世界的。

1999 年 11 月 18 日戴乃迭在北京仙逝。

杨宪益应意大利友人之邀，用英文写他的自传：*White Tiger*（中文版名《漏船载酒忆当年》，回忆了自己 70 余年的坎坷经历。戴乃迭曾用英文断断续续地写过一部分自传，因身体健康不佳未完成，后以《我觉得我有两个祖国……》为题发表在《文汇读书周报》上。

戴乃迭的去世，对杨宪益打击很大，他写过一首缅怀诗：

> 早年比翼赴幽冥，不料中途失健翎。
>
> 结发糟糠贫贱惯，陷身囹圄死生轻。
>
> 青春做伴多做鬼，白首同归我负卿。
>
> 天若有情天亦老，从来银汉隔双星。

　　正如杨宪益、戴乃迭生前的好友钟振奋在《淡泊谦和杨宪益》里所言："近60年的人生岁月，生活中举案齐眉、形影不离了，在中文外译事业上更是互相砥砺，比翼双飞。失伴的痛苦让晚年的杨先生难以释怀，他从此放下了译笔。他的精神也大不如前，更多的时候是待在家里，喝喝闷酒、会会朋友，出门的次数也变得越来越少了。"

　　杨宪益先生一生酷爱喝酒，有酒仙之称。他每每饮酒，面色即刻变红，但绝不醉倒，只是追求一种李白的"仙境"，欧阳修的"乐界"。他为人处世颇有魏晋风范，画家黄苗子称他是"现代刘伶"，曾给他画过一幅画题为"酒仙"的漫画，画中的杨先生抱着一个酒坛子自乐，活脱一个醉翁的形象，正应了他诗中的一句话"有烟有酒吾愿足"。每年元旦他都会和戴乃迭一起到单位参加"新年会餐"，肯定会带去几瓶白酒与同事们共享饮酒之乐。有人问到他的长寿秘诀，他总会笑着答道："抽烟，喝酒，不运动。"

　　他是翻译家还是一位诗人，作诗是他才气与性情的展现。他曾经有一本诗集《银翘集》于1995年由一家出版社出版，内收130多首旧体诗，既有直面人生、针砭时弊之作，也有抒情达意、怀念旧友之作，更有不少诙谐幽默的打油诗，让人玩味无穷。他说，诗集的名字之所以名《银翘集》，是有一次与黄苗子写诗唱和时曾写"久无金屋藏娇念，幸有银翘解毒丸"，"银翘是草药，功效是清热，我的打油诗既然多半是火气发作时写的，用银翘来败败火，似还合适。"现举两首打油诗，让读者一见杨先生旷达、洒脱的处世风格和淮北人坦荡如砥的个性。

少小欠风流，而今糟老头。

学成半瓶醋，诗打一缸油。

恃欲言无忌，贪杯孰与俦。

蹉跎惭白发，辛苦作黄牛。

　　　　　——《题丁聪为我漫画肖像》

忽见书摊炒《废都》，贾子才调古今无。

人心不足蛇吞象，财欲难填鬼画符。

猛发新闻壮声势，自删辞句弄玄虚。

何如文字全删除，改绘春宫秘戏图。

　　　　　——《读〈废都〉随感》

4 李汉秋：还原吴敬梓

来信主要内容：

回忆自己与吴腾凰两人交往是因为吴敬梓的缘故。接着讲自己多次在著作中引用吴腾凰的研究成果。最后讲两人应在"以文立言"方面继续努力，为人类进步事业"参天地之造化"。

信件原文：

腾凰兄如晤：

由吴敬梓搭桥，咱俩有缘相识，多年神交，启益良多。

你与黎邦农等搜集整理的《吴敬梓的传说》一书保存了父老乡亲世代相传的吴敬梓性格形象，拙著《吴敬梓诗传》卷三选录该书中的"积玉桥上试考官"以显"蹇而嫉举八股"的传主情怀；又选录"晒肚皮"的故事以显传主的"愤而慕魏晋风度"。见《世说新语·排调》记有魏晋名士郝隆（或作郗隆）的类似行为。吴敬梓或真有此举，那是仿效魏晋风度；或只是乡亲以此视吴敬梓，认为他与魏晋风度同调：无论哪种，都可以佐证我在1981年写的《吴敬梓与魏晋风度》所大胆提出的观点。

安徽老乡蒋光慈是"左联"时期著名的革命作家、太阳社的主要代表。您与徐航合著《蒋光慈评传》的同时，又与令妹史挥戈合著《蒋光慈与读书》，我对其中的"甘露庵里背《儒林外史》"一节最感兴趣，把它摘引入我新著的《李汉秋讲儒林外史》的最后一章"影响"，将由上海的东方出版集团出版。

咱俩都垂垂老矣，所幸都服膺古人"三不朽"之说，不愿虚度此生。吴敬梓有言："千户之侯，百工之技，天不与梓也，而独文梓焉"，他致力并实现了以文立言。我们不负前修，也努力"立言"传世，以此"立命"。古人云"参天地之造化"，现在可以创新性转化为：将生命融入人类进步事业的历史前进洪流中。

勉之哉！　　　顺颂
人笔两健！

李汉秋

庚子芒种于北京中华民族园西畔

信件解读：

　　著名人文科学学者李汉秋先生，以《儒林外史》研究而扬名海外。吴腾凰长期在《儒林外史》作者吴敬梓故乡工作，因而对吴敬梓和《儒林外史》有所研究，也曾写过一些评介文章，还和友人合出了一本《吴敬梓的传说》。由于共同的爱好，他和李汉秋先生便多次在吴敬梓学术研讨会上有了多次接触和学术交流，于是结成了文友。

　　李汉秋先生于2020年6月5日（农历四月十四日）芒种这个农村大忙的日子里，在北京因新冠病毒封区尚未解禁的特殊时期，给吴腾凰写来一封信。这封信讲他在自己的著作中多次引用吴腾凰作品中的文字，还讲他们都已年迈，还应努力立言，为人类进步事业多做一些奉献的愿望。

　　信的第一段，李汉秋先生回忆自己与吴腾凰的交往是因"吴敬梓搭桥"而建立起来的，又说在彼此的交往中"启益良多"。接着谈了"启益良多"的具体事实。他说，吴腾凰与黎邦农等搜集整理的《吴敬梓的传说》，"保存了父老乡亲世代相传的吴敬梓性格形象"，十分珍贵。他在《吴敬梓诗传》中选录了《吴敬梓的传说》中的《积玉桥上试考官》，借以显示吴敬梓藐视"科举八股"的情怀。还选录了《晒肚皮》，借以展现吴敬梓"愤而慕魏晋风度"的品格。他认为，民间传说不一定是历史真实，但从中都可以看到吴敬梓与魏晋风度同曲同调。李汉秋先生在《〈儒林外史〉研究》一书中首次提出"吴敬梓与魏晋风度"的论点，称吴敬梓在平时生活与为人处世中，十分仰慕阮籍、嵇康等魏晋名士，还在许多诗文中赞扬他们，更在《儒林外史》中塑造了形象鲜明的杜少卿，憧憬"天不收，地不管"，"逍遥自在"的生活，表达作者身处封建时代对民主精神的强烈呼唤。

　　下一段，说自己看了吴腾凰与徐航合著的《蒋光慈评传》和与史挥戈教授合著的《蒋光慈与读书》，对其中关于蒋光慈背诵《儒林外史》的故事颇感兴趣，他在自己的新著《李汉秋讲儒林外史》的最后一章"影响"中予以摘引。蒋光慈在其革命文学写作中运用的讽刺艺术手法，似乎都与《儒林外史》不无关系。

信的末段，李汉秋先生引用《左传》中"三不朽"来与吴腾凰共勉。"太上有立德，其次有立功，其次有立言，虽久不废，此之谓不朽。"李汉秋先生 1939 年生，吴腾凰 1938 年生，两人都年过 80 岁了，都可以称为垂垂老人了。李汉秋先生希望吴腾凰与他都服膺"三不朽"，不要虚度年华，像吴敬梓一样，以"千户之侯，百工之技，天不与梓也，而独文梓焉"的"反抗绝望"的精神，"参天地之造化"，"将生命融入人类进步事业的历史前进洪流中。"李汉秋先生倡导的是文化人的品格，是传统知识分子的高尚情怀。

写信人生平、学术成就：

李汉秋，著名人文科学学者、教授、编审。1939 年 4 月生，福建省福州市人。1960 年毕业于北京大学中文系。大学毕业后在中国社会科学院文学研究所、安徽大学、南京大学等处从事中国古代文学研究和教学工作。1989 年，奉调入中国农工民主党中央任宣传部部长，在那里工作到法定退休年龄。退而不休，继续坚持中国古典文学研究和为中华传统文化的继承和发扬而上下奔波不停。

李汉秋先生步入研究世界后，独钟中国传统文化，倾尽心力于中国古典文学领域，在半个世纪的研究中，他先后出版有关研究《儒林外史》的专著 20 多种，有关关汉卿的四种。获奖中有四个"首届"。"古典小说戏曲多层次教学"获首届全国高等学校国家级优秀教学成果奖；《儒林外史会校会评本》获首届安徽省社会科学优秀成果一等奖（后扩充为《儒林外史汇校汇评本》）；《儒林外史黄小田评本》获首届全国古籍优秀图书二等奖。近年又出版《吴敬梓诗传》《李汉秋讲儒林外史》等。国学大师张岱年先生评价李汉秋的研究成就说："《外史》《红楼》深解味，汉卿实甫真知音。"

李汉秋先生从古典文学领域又涉足中华伦理道德领域，在全国政协会上为弘扬中华文化大胆建言立论，如首先为仁义礼智信恢复名誉，使其为社会大众所认同。从 2003 年起，李汉秋又开始为推动传统节日列入国家法定节日而积极建言。中央领导接受了他的提案，对《全国年节及纪念日放假办法》进行了修改，取消了原来"五一"长假，将春节以外的清明节、端午节以及中秋节纳入国家法定节日。李汉秋先生目前仍为中国传统节日奔走呼号，如中国的情人节、母亲节、父亲节、中华师表节。人们称赞他是中国传统节日的"推手"。

李汉秋先生认为教育要从娃娃抓起，他在全国政协会上首次提出编纂《新三字经》。他认为，《三字经》从南宋便开始广泛流传，是一本优秀的德育书，但它有着明显的时代色彩，现在的孩子很难完全领会和接受其中的内容，所以他建议编纂一本《新三字经》，把《三字经》的精华保留下来，并且加入当今的科学知识。1994 年 8 月 7 日，《光明日报》刊登了《新三字经》，立即受到社会广泛关注，在海内外引起反响，如今已经成为启蒙教育首选的读物。

李汉秋为中华传统文化的继承和发扬付出的心力，受到社会认可，他被推选为首届中国民协节庆委员会主任、中华母亲节促进会会长、中华父亲节促进会会长。

李汉秋先生认为《儒林外史》是一部文化小说。从某种意义说，它是旧时代知识分子的百科全书，也是新时代知识分子的历史参照。《儒林外史》的深刻性不仅表现在对制度文化方面的批判，而且更深入到精神文化的层面。吴敬梓没有将他的重心放在故事情节上，而是用力在人性的深度解剖上，对生命意趣的探索追求上。以"士"的人心态度为基础，去探索生命的精神。吴敬梓"努力进行文化反思，扬弃民族文化——心理结构中积淀很深的腐朽因素，整合民族文化中有价值的因素。从这个意义上说，它不啻是一部文化小说"。

李汉秋先生之前的研究者多认为《儒林外史》是以儒家思想观点来写

的一部小说。李汉秋先生通过对小说中人物的分析，认为吴敬梓处在封建社会末期，中国已形成以儒家为核心的儒道佛三位一体的文化共同体，他在文化反思和探索中，已经融入了道家的某些情趣。

鲁迅先生说："迨吴敬梓《儒林外史》……说部中乃始有足称讽刺之书"，极力推崇吴敬梓的讽刺艺术。李汉秋先生从喜剧美学的高度来觇视《儒林外史》的讽刺手法和它的喜剧色彩，并梳理出中国讽刺小说的源流。

众所周知，资料是研究的基础。李汉秋先生多年致力于《儒林外史汇校汇评本》《儒林外史研究资料》和《吴敬梓吴烺诗文合集》三本书的写作，在搜集、发现的过程中，他获得了许多新的资料，在此基础上，他重新评述了吴敬梓的生平和著作，撰写了《儒林外史》研究史，为研究界提供了许多新的看点，拓宽了研究的新思路。

伟大也要有人懂。为了使《儒林外史》这部古典名著扩大受众面，增加影响力，李汉秋先生不仅号召专家、学者们多做深入浅出的阐释和导读工作，还身先士卒地深入到广大群众中去普及、宣讲，多次到安徽全椒吴敬梓的家乡与那里的干部群众共享古典艺术之乐，人们称他是"半个全椒人"。

著名古典文学研究家吴小如先生称赞李汉秋："拓稗官畛域，是文木功臣。"《中华孝文化》杂志，发表论文表彰李汉秋是"中华文化的弘扬人"。

中华民族有着强大的文化创造力，没有中华文化的繁荣和昌盛，就谈不上中华民族的伟大复兴。中共十八届五中全会提出创新、协调、绿色、开放、共享五大发展理念，这既是中国发展理论的重大贡献，也是对中华文明优秀传统最好的继承与创新。李汉秋先生作为一位知识精英，勇敢地冲在第一线，为弘扬中华传统文化高歌猛进，身体力行，实在是知识分子的楷模。

5 许钦文：关于乡土文学

来信主要内容：

讲解乡土文学的概念及特色、民族性和从生活中选取创作题材。

信件原文：

腾凰同志：

　　九月廿七日大函奉读。《故乡》是我的处女作。当我开始写这些短篇时，并没有研究过乡土文学的意义，甚至连这名称也没有听到过。就是现在，也不能说明确切的意义。只觉得这是比较幼稚的，因为文学的理论不熟悉，世故不深，政治上的事情也还缺少经验，只好常把家乡的事情用作题材。这固然是熟悉的，也是比较富有感情的。因此，比较幼稚的缺点，同时另一方面成了优点。"五四"时期的文学是提倡现实主义的，当时的乡土文学多半是现实主义的。现在要整理"五四"的文学，包括当时的乡土文学，这一点很有关系。乡土文学富有地方色彩和民族性，也都可以算作优点。创作要从生活中采取题材，乡土文学符合这个条件。从书本上采取题材是要不得的。

　　我左眼开过刀，因黄斑有问题，仍然看不清楚。右眼也已失明，已经八十六足岁，心、胃俱病，不能开刀，加以动脉管硬化，行动为难。住医院已两年半，虽然勉强出来，仍然不好下楼。以后信件，请直寄杭州保俶路42号（原51号）。

　　祝
笔健！

许钦文

10.11.

信件解读：

　　吴腾凰在研读中国现代文学作品时，对乡土文学作品产生了浓厚的兴趣，于是便向乡土文学的代表性作家许钦文先生发出一封信，请教他写小说《这一次的离故乡》时的思想背景和心态。许先生在 1983 年 10 月 11日给他写了这封复信。

　　许钦文先生在信中着重谈了他写作《故乡》小说集里几篇作品前"并没有研究过乡土文学的意义，甚至连这个名称也没有听到过，就是现在，也不能说明确切的意义"。许先生讲的确实是大实话。我们知道，关于"乡土文学"的阐述最早来源于鲁迅。他在《中国新文学大系·小说二集·导言》中说："凡在北京用笔写出他的胸臆来的人们，无论他自称为用主观或客观，其实往往是乡土文学，从北京这方面说，则是侨寓文学的作者。"鲁迅勾画了当时乡土小说的创作面貌。当时的乡土文学的作家们寄寓在都市，沐浴着现代都市的文明，经受着"五四"革命风雨的洗礼，城乡氛围的巨大反差，触动了他们的文学神经。1936 年，茅盾先生进一步指出最主要的特征不在于对乡土风情的单纯描绘，还应当"有普遍性的与我们共同的对于命运的挣扎"。许钦文等一批作家，他们受到鲁迅先生"改造国民性"思想的启迪，带着对童年和故乡的记忆，用隐含着乡愁的笔墨，将"乡间的死生，泥土的气息，移到纸上"。显现了鲜明而又奇特的地方色彩。许钦文作为一个初学写作者，不知道他的作品属于乡土文学是真实的。只有站在高处的鲁迅和茅盾这样的大师，高瞻远瞩，才能把这一文学流派从理论上概括出来。接着许先生认为他那时期的作品虽然是"比较幼稚"的，同时也还有"优点"，因为"当时的乡土文学也多半是现实主义的"。许先生对乡土文学归之于现实主义的范畴，是很确切的。"乡土文学"这一流派的创作，取材不离乡土。根植于半封建半殖民地的乡野，带着旧中国乡村大地特有的亲切与苦涩，仿佛丛丛野菊，别具高格，怒放于霜秋。"乡土文学"作品强烈的现实主义力量，首先在于作者着眼于农村民间，通过普通贫苦农民不幸命运的生动细致描绘,揭示导致农村社会更加殖民地化,因而全面崩溃的种种痼疾,透露了农民伟大的反抗斗争必将到来的先声。许先生还对"乡土文学"开创的创作道路予以说明,他说:"乡土文学富有地方色彩和民族性,也都可以算作优点。创作要从生活中采取题材,乡土文学符合这个条件。从书本上采取题材是要不得的。"许先生的总结可谓切中肯綮。从现当代作家中,我们看到鲁迅先生的《狂人日记》,沈从文的《湘行散记》《边城》,蒋光慈的《田野的风》,刘绍棠的《蒲柳人家》等作品为什么那么富有生命力,一个重要原因就是它们来源于生活土壤,遵循了现实主义的创作原则。

复信的最后一段,许先生诉说自己晚年百病缠身,"心胃俱病""动脉管硬化,行动为难。"许先生在写过这封信后的一年时间,就与世长辞了。

写信人生平、学术成就:

许钦文原名许绳尧,笔名钦文、蜀宾、湖山客。生于1897年7月14日,浙江绍兴东浦村人。祖父以酿酒为业,父亲是秀才,在家开私塾,课余种地、作画、练书法、刻图章。母亲姓田,酿酒家女。辛亥革命后,许钦文进村中徐锡麟烈士创办的热诚小学,后考入免费的浙江省立第五师范,毕业后留母校附小教书。在五四运动的影响下,漂泊到北京工读,在北京大学旁听鲁迅先生讲课,听李大钊演讲,得到反封建启示。因其父年老家境日益困难,不得不给一家杂志社做抄写、校对、发行的工作。为了生活开始写小说,在《晨报》副刊陆续发表,在鲁迅先生指导下,集成短篇集《故乡》,作为《乌合丛书》之二出版。在北京工读时,还出版了《毛线袜及其它》《鼻涕阿二》等四种。鲁迅把他的小说称为"乡土文学"。1927年远赴杭州任教。1928年后,出版了《幻象的残象》《若有其事》《仿佛如此》《西湖云月》《一坛酒》等十余部作品。因作品多是揭露白色恐怖,1943年被捕入狱,经鲁迅先生营救，于次年出狱。不久赴厦门工作。新中国成立后，在浙江师范学院任教。1950 年底加入中国民主促进会。他从事小学到大学的语文教学 30 多年，有着丰富的教学经验。1955 年调任浙江省文化局副局长、中国民主促进会中央执行委员兼浙江省分会副主任委员、浙江省政协常委兼副秘书长等职。1956 年入中国作家协会，曾任浙江省作协副主席。解放后重印《故乡》，编印了《许钦文小说选集》，另外注释讲解鲁迅著作的书有《鲁迅小说助读》《呐喊分析》《彷徨分析》《鲁迅先生的幼年时代》《鲁迅杂文选释》《语文课中鲁迅作品的教学》。1979 年出版《〈鲁迅日记〉中的我》。"文革"后，任浙江省文联副主席。

1984 年 11 月 10 日因病逝世，享年 87 岁。

许钦文先生把自己毕生的精力，都献给了革命文艺事业和人民教育事业。正如黄源先生在《悼词》中所说："许钦文同志是文艺界、教育界令人尊敬的老先生、老前辈，他作风正派、工作认真、谦逊谨慎、生活简朴、平易近人；他刻苦治学、锲而不舍、热爱工作；他以鲁迅学生自勉、严于律己、为人师表。"

6 李何林：评价中国现代文学的原则

来信主要内容：

建议吴腾凰写信给徐子芳同志，请他复印王冶秋传略供研究使用。

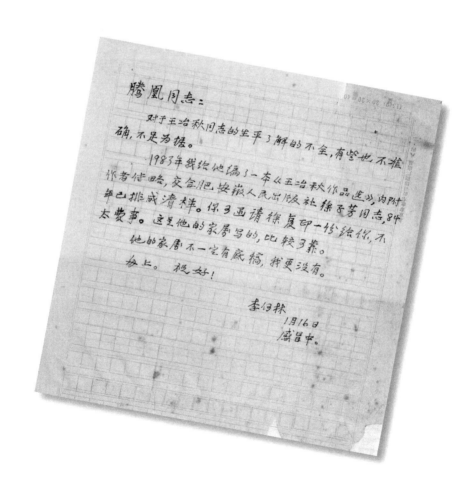

信件原文：

腾凰同志：

　　对于王冶秋同志的生平了解的不全，有些也不准确，不足为据。

　　1983 年我给他编了一本《王冶秋作品选》，内附作者传略，交合肥安徽人民出版社徐子芳同志，1984 年已排成清样。你可函请徐复印一份给你，不太费事。这是他的家属写的，比较可靠。

　　他的家属不一定有底稿，我更没有。

　　匆上。祝好！

李何林

1 月 16 日感冒中。

信件解读：

国家文物局局长王冶秋与鲁迅博物馆馆长李何林两人是安徽霍邱县同乡，又一同参加过家乡的革命暴动，两人应该是相互了解的。吴腾凰在搜集王冶秋生平事迹时，于1984年冬写信向李何林先生求教。李先生随即给他寄了一份"王冶秋简介"。过了不久，李先生又在1985年1月16日在患"感冒中"写来了这封信。

信的第一段，说原来寄去的王冶秋"简介"可能"不全""不准确"，应该"不足为据"。

第二段，说他在1983年为王冶秋编了一本《王冶秋作品选》，已交给安徽人民出版社负责人徐子芳同志了。《王冶秋作品选》中有一篇《王冶秋小传》，是王冶秋家属写的，应该是"比较可靠"的，让吴腾凰与徐子芳同志联系，请他帮助复印一份。

后来徐子芳让《王冶秋作品选》的责任编辑王谦之同志给吴腾凰寄了《王冶秋小传》和李何林先生为该书写的序言复印件。

李何林先生这种认真负责办事一丝不苟的精神，特别是在患病期间写信这件事让吴腾凰终生难忘。老一代学者为人忠诚，治学严谨的作风，永远值得后学学习。

李何林先生在《王冶秋作品选》的序言中，对现实主义作了精辟的概括：

文学的现实主义不是"自然主义"地所谓"客观"地反映生活的表面现象，而是真实地表现生活的本质，是古今中外现实主义作品的宝贵传统。它除了表现"典型环境中的典型性格外，还要求生活细节描写的真实。生活的本质真实是通过生活细节的真实来表现的。只有抽象的述写，不可能达到有血有肉的形象化的表现。自然细节描写如果毫无普遍性，不加选择地描写"真实到了记账的程度"（鲁迅的评语）是不好的。

　　李何林先生对中国现代文学的研究坚持了一生，他对中国现代文学的性质曾经做过经典性的总结。1984 年 5 月 15 日在安徽滁州召开的安徽省现代文学讨论会上讲演并在会议论文集上题词道：

　　中国现代文学是无产阶级领导的人民大众反帝反封建的文学。它的领导思想是马克思列宁主义和毛泽东思想，它的创作方法的主流是革命现实主义和革命浪漫主义。它的社会主义因素逐渐增长，但还不完全是社会主义文学；它是马克思主义领导的新民主主义的文学。

　　对于现代文学（从"五四"时代到 1949 年）思想论争的评述或作家作品的评价，如果超过以上原则去要求或者降低以上原则去赞扬，都是不适当的。这在二三十年代有过，在解放后有，在现代也还有。

　　我们认为，李何林先生对中国现代文学的性质、创作方法和评价原则的概括是十分精当的，是十分确切的，是从事现代文学教学和研究的人都应该遵循和把握的。

写信人生平、学术成就：

　　李何林，鲁迅研究家、教授。原名李竹年、李昨非。1904 年 1 月 31 日生于安徽省霍邱县城内的一个贫民家庭。1920 年至 1924 年在安徽第三师范读书，1924 年至 1926 年在南京国立东南大学生物系学习。1926 年到武汉参加北伐军，次年春北伐河南奉军，任 11 军 25 师政治部宣传科长。凯旋武汉后，东下讨蒋介石，驻军南浔铁路上。1927 年 6 月加入中国共产党，参加了著名的"八一"南昌起义，打到广东韩江流域，失败后回乡，任县城高小校长。1928 年夏，因参加家乡的革命暴动，受到安徽反动政府的通缉，逃往北京，避居未名社，从事该社的发行和校对工作。后到北京大学图书馆作英文书编目工作。不久到天津女子师范学院任教，继在焦作工学院、济南高中、中法大学、华东大学、安徽正阳关中学、台湾省编译馆、台湾大学、解放区华北大学教书，曾任华北大学国文系主任。新中国成立后，于 1949 年加入中国作家协会，曾任教育部秘书处长，北京师范大学教授，天津南开大学中文系主任。被选为第四、五届全国人大代表、中国民主同盟中央委员，担任鲁迅博物馆馆长、北京师范大学中国现代文学博士生导师。

1988 年在北京病逝，享年 84 岁。

李何林先生对中国现代文学史，鲁迅先生的生平、思想及其著作，都颇有研究。主要著作有《近二十年中国文艺思潮论》《中国新文学史研究》《关于中国现代文学》《鲁迅的生平及杂文》《鲁迅〈野草〉注释》。还编写过《中国文学论战》《鲁迅论》。领导和主编《鲁迅手稿全集》《鲁迅年谱》，还组织编纂了《鲁迅大词典》等。

李何林先生有句名言：

除了想想个人的生活外，还不要太自私，要多为人民着想，多为国家着想，多为人民和国家做些事情，决不做鲁迅先生批评的那种像白蚁一样：一路吃过去，留下的只是一溜粪的人。

李何林先生堂堂正正，一生清廉，私人信函从不用公家的信纸、信封和邮票，寄书也是亲自包装之后到邮局排队。

李何林先生的座右铭，是鲁迅先生的"随时为大家想想，谋点利益就好"。

李何林先生始终坚持自己的学术观点，不管是风和日丽，还是暴风骤雨，都不曾改变。如他至死都认为："鲁迅是中国文艺界的唯一导师。"

李何林先生的人格魅力为人们所敬仰：磊落博大的胸怀、坚持正义的勇气、耿直慷慨的性格、教书育人的倾心、严己宽人的品德、衣食住行的俭朴。1987 年 8 月 1 日，先生入院第四天，他自知沉疴不起，亲制悼词：
"六十多年来，为党为祖国培养了一大批中国现代文学和鲁迅研究人才……
发扬鲁迅精神，驳斥了鲁迅生前死后一些人对鲁迅的歪曲和诬蔑，保卫了
鲁迅思想。"并嘱："死后不开追悼会，不送花圈，不搞遗体告别仪式，
遗体可送至医院供研究用。"他坦然面对死亡，在病痛中开始编选第三本
《关于鲁迅及中国现代文学》。他笑着说"这是我的最后一本文集，整理好，
我就是去见马克思也不怕了"。

7 陈子善：历史研究要比较参证

来信主要内容：

要吴腾凰将鲁迅先生在《奔流编校后记》中提到的韦素园对郁达夫在翻译《托尔斯泰回忆杂记》中翻译不准确这件事补充进去。

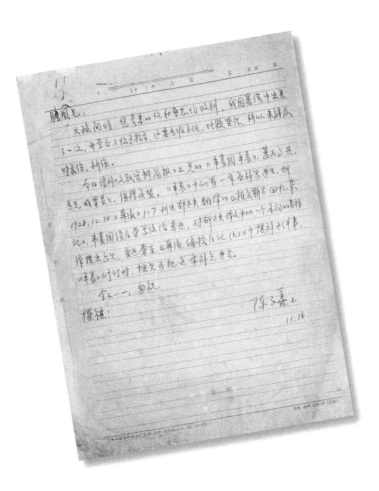

信件原文：

腾凰兄：

久疏问候，您寄来的信和杂志均收到。我因暑假中出差了一次，开学后又忙于教务，还要当班主任，比较紧张，所以未能及时复信，祈谅。

今日读到《文教资料简报》上兄的《韦素园年表》，甚为高兴，老兄成果累累，值得庆贺。《韦素园年表》中似有一条应补写进去，即1928.13.30《奔流》1∶7刊出郁达夫翻译的《托尔斯泰回忆杂记》，韦素园读后曾写信给鲁迅，对郁达夫译文中的一个名词的翻译提出意见，鲁迅曾在《奔流编校后记（九）》中提到这件事，《韦素园年表》修订时，拙见可把这条补充进去。

余不一一，匆祝

撰祺！

陈子善上

11.16

信件解读：

20 世纪 80 年代初，经丁景唐先生介绍，吴腾凰与华东师范大学研究员陈子善先生相识，1983 年秋，吴腾凰将南京师大《文教资料简报》上他发表的《韦素园年表》寄给陈先生，请他批评指正。陈先生于是年 11 月 16 日写了回信。

陈子善先生在信的首段说因"出差""开学""当班主任"，"未能及时复信，祈谅"。接着对吴腾凰的《韦素园年表》，表示"庆贺"。下面提出应该在《韦素园年表》修订时补进一条。他说："1928.12.30《奔流》1：7 刊出郁达夫翻译的《托尔斯泰回忆杂记》，韦素园读后曾写信给鲁迅，对郁达夫译文中的一个名词的翻译提出意见，鲁迅曾在《奔流编校后记（九）》中提到这件事。"

吴腾凰因研究中国现代作家的事多次与陈子善先生交往，得到他许多帮助，后来成了很好的文友。

写信人生平、学术成就：

陈子善，作家，文学理论家，生于 1948 年 12 月，上海人。青年时曾当下放知青在江西农村劳动。华东师大中文系研究员、博士生导师，华东师大中国现代文学资料与研究中心主任。长期从事中国现代文学史研究，致力于 20 世纪中国文学史料学的研究与教学。曾参加《鲁迅全集》的注释工作。后来在周作人、郁达夫、梁实秋、台静农、叶灵凤、张爱玲等现代重要作家作品的发掘、整理和研究上作出了重要贡献，尤其对张爱玲生平和创作的研究为海内外学界所关注。曾为香港中文大学、日本东京都立大学、英国剑桥大学和美国哈佛大学访问学者，并至德国、新加坡和意大利等国参加国际学术研讨会。现任中国现代文学研究会理事、中华文学史料学会近现代文学分会副会长、上海巴金文学研究会副会长。

陈子善先生研究领域广泛，包括：中国现代文学史、20 世纪中国文学史料学、台港暨海外华文文学、中国现当代文学与传媒、都市文学和文化（以上海为中心）。作品甚多，主要有：《遗落的明珠》《台静农散文集》《中国现代文学侧影》《回忆梁实秋》《回忆台静农》《周作人集外文》《黎烈文散文集精编》《私语张爱玲》《董桥文录》《闲话周作人》《捞针集——陈子善书话》（学术随笔集）、《林语堂书话》《文人集》《生命的记忆》《叶公超批评集》《刘半农书话》《龙坡论学集》《说不尽的张爱玲》等。

陈子善先生知识渊博，治学严谨，一丝不苟，追求真相。他的研究结论，是从多种资料中进行比较论证得出的，绝对不是看到一点就仓促下结论。他曾多次强调指出："我们做历史研究的不能只相信一样东西，要互相比较参证，才能得出一个比较接近历史真相的结论。如果只根据一样东西就下结论，那是很危险的。"

陈子善回顾几十年搜集整理现代文学史料的受人冷眼、热讽和艰辛的历程，说，我乐于做这样的事情——在我力所能及的范围内拾遗补缺，拾文学史之遗，补文献学之缺。他还以李何林、唐弢、丁景唐、瞿光熙等文献学家为榜样，时时激励自己，退而不休，依然在旧纸堆里寻找珠宝。

我们几十年也四处奔波搜集史料，虽然没有取得陈先生那么多的成绩，但也感到每每得到一件史料后，获得的欣慰让我们忘记了来路的劳苦。

8 陈漱渝：研究鲁迅必须跳出鲁迅

来信主要内容：

总结自己的经验，研究鲁迅必须跳出鲁迅。从鲁迅作品所涉及的人和事进行独立研究，才能对鲁迅本人作出客观公正的历史评价。

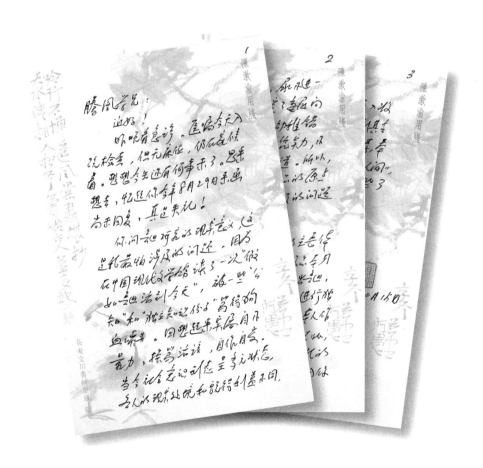

信件原文：

腾凰学兄：

近好！

昨晚看急诊，医嘱今天入院检查，但无床位，仍在家候着。想想今生还有何事未了。思来想去，忆起你今年 8 月 29 日来函尚未回复，真是失礼！

你问鲁迅研究的现实意义，这是我最怕涉及的问题。因为在中国现代文学馆谈了一次"假如鲁迅活到今天"，被一些"公知"和"独立知识分子"骂得狗血喷头。回想起来实属自不量力，挨骂活该，自作自受。当今社会意识形态呈多元状态，各人的现实处境和既得利益不同，对现实问题谈不拢，尿不进一个夜壶，实属正常。受了委屈向宣传部门喊冤，更是幼稚错误。文人论争理应全凭实力，不能寄希望于他人主持公道。所以，我以为还是回到鲁迅作品的原点进行研究为好，把所涉及的问题局限于学术领域。

这些年我研究鲁迅的主要体会，就是不能局限于鲁迅作品本身来研究鲁迅，而必须跳出鲁迅，对鲁迅作品涉及的人和事进行独立研究，这样才能对鲁迅本人作出客观公正的历史评价。为此，我写了一些短文，权当我的学术反思，但估计并未进入你的视野。

你的《吴兴娴传略》收到，方知挥戈是名副其实的红二代。投桃报李，奉上我的自传《我活在人间》，或可增强你对我的一些了解。

匆此 即祝

身笔两健

陈漱渝

2019 年 10 月 15 日

信件解读：

陈漱渝先生是我们的文友。陈先生是著名的鲁迅研究家，我们两位一个是从事现当代文学研究的教授，一个是研究现代文学的作家，三人以文会友。我们在教学和写作中经常向陈先生求教，受益匪浅。我俩尊称其为"陈老爷"。这里提供给诸位的是陈先生于 2019 年 10 月 15 日写给我们的一封复信，信中感慨甚多。

信的开头讲他因为生病未能及时复信，表示自己"真是失礼"。接着着重谈了他对鲁迅研究现实意义的认识。

陈先生说他最怕涉及"现实意义"这个问题。回想自己当年因为在中国现代文学馆做了一次"假如鲁迅活到今天"的讲演，被一些"公知"和"独立知识分子"骂得狗血喷头。事情是这样的——

2003 年 12 月 18 日陈漱渝先生受中国现代文学馆邀请，去做了题为《假如鲁迅活到今天——鲁迅的文化遗产与当代中国》的讲演。整个讲演分为四大部分：一是"假如鲁迅活着"，看到今天建设有中国特色社会主义所取得的辉煌业绩，一定会为之欢欣鼓舞；二是"假如鲁迅活着"，也会对当前贫富差距扩大的趋势表示忧虑和关注；三是"假如鲁迅活着"，对于两个文明建设进程中出现的"一手硬、一手软"现象肯定不以为然；四是"假如鲁迅活着"，对当前的文艺状况应该是欣慰之中有隐忧。作家韩石山在没有读完陈漱渝的讲稿的情况下，便迫不及待地于 2004 年 4 月 1 日在上海《文学报》上发表了《鲁迅活着会这样吗？》的文章。文章对陈漱渝先生讲演进行批驳，说陈先生是一个"无常识""昧良心"，只会说"大话""空话"的不可救药的"御用文人"。又说鲁迅先生如果活到 1957 年必然成为"右派"，如果活到"文革"时期，铁定会被打死；等等。陈先生觉得韩石山没有读完自己的讲演稿就批驳自己，便立即写了两篇文章予以答辩。一篇是《鲁迅活过来不会这样吗——教韩石山学"假设"》，另一篇是《我也来谈鲁迅界——驳韩石山〈鲁研界里无高手〉》。由于陈先生时激愤，竟然将鲁迅博物馆的几张空白信纸当成文章的打印件邮给了《山西文学》，铸成大错。作为《山西文学》主编的韩石山先生，看到后，认为陈先生对自己不屑一顾，还用"红头文件"来吓唬自己。韩石山先生立即发表《再不要发生这样的事》，咬定陈先生那一沓子空白信纸就是"拘捕令"。接着韩石山先生又在《西安晚报》发表《鲁迅活过来会这样吗？》，说陈先生除了"三个代表"学得好之外，"什么话都不敢再说了"。陈先生读了韩文后，一时冲动，给西安晚报副刊编辑写了一封信，说学术讨论"不能对任何一方进行政治性的羞辱及其他方面的人身攻击"。"在党报上公开将'三个代表'当调侃佐料，显然违反了宪法和党章，应予查处。"陈先生的这封信，被报社转了陕西省委宣传部和西安市委宣传部，又电传给了韩石山先生。韩先生当即给全国政协、国家文物局写信。因为陈漱渝是全国政协委员，鲁迅博物馆属国家文物局领导，他希望这两个单位对陈先生加强教育和管束，还写了一篇题为《剩纸耶，圣旨耶》的文章，要求陈漱渝先生的领导对他进行查处，"给广大国民一个公正说法及处理意见"。两人的文字之争演变成文字官司。韩石山先生的火气越来越大，接着又写了《想起一件类似的往事》等批驳文章，还出了一本《谁红跟谁急》，在书中使用他惯用的冷兵器，向陈先生大砍了几番，痛骂了几通。……

　　陈漱渝先生在信中对我们说，回首这一段论争，之所以"陷入泥坑难以自拔"，主要是因为"高估了自己，低估了对方"。他还感叹道："当今社会意识形态已呈多元化状态，各人的现实处境和既得利益不同，对现实问题谈不拢，尿不进一个夜壶，实属正常。"看来"文人争论理应凭实力，不能寄希望于他人主持公道"。陈先生自我总结说："还是回到鲁迅的原点进行研究为好，把所涉及的问题局限于学术领域。"

　　对于陈漱渝先生"限于学术领域"的建议，我们不敢苟同。我们相信这是陈先生一时义愤之下的表达，陈先生在演讲中"假如鲁迅还活着"的命题并没有错。鲁迅先生终其一生都在致力于改造国民性，启蒙大众，我们研究历史，就是要站在历史与现实的交汇点上，用"时代的眼光"对现实进行思索，提出"资政育人"的意见和建议，否则，研究历史就成了还原历史的纯学术。

陈先生在信的最后说："这些年来我研究鲁迅的主要体会，就是不能局限于鲁迅作品本身来研究鲁迅，而必须跳出鲁迅，对鲁迅作品涉及的人和事进行独立研究，这样才能对鲁迅本人作出客观公正的历史评价。"陈先生这一总结十分精当。他研究鲁迅数十年，努力还原一位真实的鲁迅，可信的鲁迅。怎么还原，方法多种多样，可最重要的首先确定鲁迅是那个时代那个社会里的一个人，一个作家，一个不同于一般的人，一个与众不同的作家。有什么不一般，有什么不同，那就看与他有过交往和没有过交往的人与他相处之间的彼此的思想行为了。陈先生在研究鲁迅时，同时关注与他同时代的宋庆龄、胡适、周作人、许寿裳、巴金、萧军、萧红、丁玲、蒋介石、毛泽东、廖沫沙、高长虹、林语堂、沈从文、陈西滢、张骞、台静农、闻一多、茅盾、胡风、蔡元培、萧三、唐弢、夏衍、梁启超、郭沫若、徐懋庸、章依萍等人，研究这些人与鲁迅的关系，并立体地全方位地多侧面多角度地进行比较和分析，让人们认识鲁迅。这样运用从微观到宏观，又从宏观回到微观的研究方法，得出鲁迅是民族魂的结论。

写信人生平、学术成就：

陈漱渝，鲁迅研究家。1941年出生于重庆，祖籍湖南长沙。1957年毕业于长沙第五中学，同年考入南开大学中文系。1962年分配至北京西城区第八女子中学（今北京一五八中学）任语文教师。在南开大学读书期间，就在《天津日报》等报刊发表小说、散文和文学评论，任教期间，则侧重于鲁迅生平史实的调查、挖掘和考证。1976年调至国家文物局鲁迅研究室工作。曾任副馆长兼鲁迅研究室主任、二级研究员。全国政协第九、十届委员及文史资料委员会委员、信息特邀员，中国作协第五、六届全委会委员、第七届名誉委员。《鲁迅全集》修订编委会副主任、中国鲁迅研究会、中华文学史料学会、中国丁玲研究会副会长、中国现代文化研究会学术委员。

2008 年正式退休。

陈漱渝先生著作等身，以鲁迅研究为最多。专著有《鲁迅与女师大学生运动》《鲁迅在北京》《鲁迅史实新探》《许广平的一生》《民族魂——鲁迅的一生》《中国民权保障同盟》《鲁迅史实求真录》等，另有《宋庆龄传》《风情·亲情·乡情——一个大陆人看台湾》《本色鲁迅》《五四文坛鳞爪》《甘瓜苦蒂集》《倦眼朦胧集》《披沙简金》《剪影话文坛》《胡适心头的人影》《我活在人间》等，合著有《许广平的故事》《胡适与周氏兄弟》《胡适与蒋介石》《鲁迅与中国现代女作家》。主编有《教材中的鲁迅》《民国那些人——鲁迅同时代人》《鲁迅诗作鉴赏》《世纪之交的文化选择——鲁迅藏书研究》等。还有二三百篇论文在报刊上发表。

陈漱渝先生到目前为止，已出版专著、论著和主编、合编计 100 多部。这些论著他始终秉持"以史为基础立论，力求史论交叉，立论不空"的信念。他的论著资料翔实可信，理论色彩鲜明，学术立场坚定，资政育人给力。他做事认真，做人正直，堪称鲁迅研究界和现代文学界的一面旗帜，一位仁人君子。

晚年多病，仍坚持写作，力争将自己的"烛光"照得更宽更广一些。

9 陈铁健：我的治史理念

来信主要内容：

谈本人治史的理念。史学的精义，在求真明理，公正客观，真实确切，秉笔直书，无所禁忌。

信件原文：

腾凰、挥戈如晤：

　　滁州一别不止十年，虽云久违却时在念中。滁州的人文环境，少浊气多清气，连天空、草地都像醉翁亭畔那样让人留恋和向往。

　　腾凰问起我的治史理念，自感还是老一套，无甚高见。自一九五五年到今天，六十五年过去，成绩了了，史观依然如旧，无曾改变。

　　历次整人运动，尤其"文化大革命"浩劫，固然可恶，却使人猛醒。某些光鲜的理论，往往是用美丽、圣洁的外衣装扮的歪理邪说。上当之后，只要反复思索，不断反诘，就会看穿真相，走向清醒和抗争。

　　史学的精义，在求实明理。史事重证据，倘无真凭实据，再高妙的理论也无济于事，而没有理论，历史照样可以留存。掩盖真相，篡改历史，哪怕出自一片好心，也不可取。妄人总想左右历史，往往是一厢情愿，一场空。

　　丑人之美，美己之丑，虚无历史，炮制伪史，又妄谈育人、资政、护国，势必滑向愚民、乱政、祸国邪路。

　　公正客观，真实确切，而非"胜利者的宣传"，应是历史学的第一标准。

　　秉笔直书，无所禁忌，而非附庸权势的奴婢，当是历史家的第一品格。

　　只写你喜欢的，不写你不喜欢的，那不是历史。执意这样做的人，最好去当私人秘书，而不要跻身于史学界。

　　简叙如上，敬祈指教为感。顺颂

秋安

　　　　　　　　　　　　　　　　　　　　　　庚子立秋

　　　　　　　　　　　　　　　　　　　　　　铁健拜白

信件解读：

　　历史学家陈铁健先生与吴腾凰先生是以文会友的好朋友。因两人都研究早期共产党领袖瞿秋白，在瞿秋白学术研讨会上一见如故，后来书信交往颇多。2002 年秋，陈铁健先生利用在南京开会的机会，顺便到滁州一游。吴腾凰与滁州政协文史委主任卜平女士给予接待。他们陪同他游览了琅琊山、醉翁亭、丰乐亭，陈铁健还为丰乐亭撰题了一副楹联，为原国民党教育部部长杭立武故居榴园题写了门楣，并为滁州市委党校作了西路军失败的原因的演讲，还接受了滁州学院聘为客座教授的聘书。陈铁健先生对在滁州几天的活动，表示十分满意。史挥戈教授，是瞿秋白研究会成员，长期以来，就对陈铁健先生在治史中勇于求真的精神十分钦佩，因而也有一些交往。为了加深理解陈铁健先生的治史方法和理念，吴腾凰、史挥戈二人特写信给陈先生请他谈谈他的治史理念。陈铁健先生于 2020 年秋写来了这封极其珍贵的大札。

　　大札开头一段，说他十多年前曾在滁州逗留几日，给他留下深刻而美好的记忆，称滁州人文环境优美，一切都让他陶醉和向往，时在念中。

　　接着陈铁健先生写了我们向他提出的治史理念的问题。他说，我自感还是老一套。说自己从 1955 年到今天，65 年匆匆过去，成绩了了，可史观依然如旧，无从改变。

　　接着他写道，经过是非不分的十年"文革"，自己通过反复思索，不断反诘，让他看穿真相，走向清醒和抗争。下面他写出了自己治史的理念。

　　首先他认为，史学的精义，在求实明理。史事重在证据，倘无真凭实据，再高妙的理论也无济于事。因而，他认为没有理论，历史照样可以留存，有的人妄图左右历史，到头来肯定是一场空。接着他说，如果有的人"丑人之美，美己之丑"去虚无历史，炮制伪史，那就会滑向愚弄民众，扰乱政治，祸国殃民，根本就谈不上用历史去育人，去资政，去护国。紧接着他又说，历史学的第一标准，就是公正客观，真实确切，而非"胜利者的宣传"。下面两段，他谈了作为一个真正的历史学家，应该追求的第一品格，就是"秉笔直书，无所禁忌"，不要做权势者的附庸和奴婢。如果一个史学家只写自己喜欢的，不写自己不喜欢的，那就不要跻身于史学界，干脆去当私人秘书，免得玷污史家的名称。

大札最后，陈铁健先生还十分谦虚地说"敬祈指教为感"。

写信人生平、学术成就：

陈铁健，字石之，祖籍浙江绍兴，1934 年 10 月生于黑龙江安达，1950 年中学毕业，考取高中后，适逢朝鲜战争爆发，他报名参军，被分配到准军事性的政治部门学习，毕业后分配至沈阳政治机关工作。1955 年考进吉林大学历史系，1962 年考入中国社会科学院近代史研究所，师从史学家李新先生攻读革命史。后一直在近代史研究所从事研究工作。曾任研究员、博士生导师，主要研究领域是中国近代史、中共党史。

主要著作有《瞿秋白传》《蒋介石与中国文化》（合著）、《绿竹水南集》《〈多余的话〉导读》《中国新民主革命通史》（12 卷，与李新主编）、《论西路军》《多余的话》《书香人多姿》《蒋介石：一个力行者的思想资源》（与人合作）、《治史唯真》等，还发表《重评〈多余的话〉》《论西路军》《代人受过的陈独秀》《北伐漫议》《西安事变简论》《AB 团肃反之"理法"依据与文化根源》等论文。

陈铁健先生在读研期间，政治风云变幻，山雨欲来，在李新、黎澍两位大师级导师的指导下，他"埋首书斋诸事不问"，一步步进入到了学术研究的庙堂，为后来深入研究打下了坚实的基础。当他看到戚本禹著文恶意攻击太平天国史研究家罗尔纲先生的李秀成自述研究的论著后，以打抱不平的心理，向《光明日报》投寄一篇长文驳斥戚文谬论，亮出被反对派称为"最恶毒"的稿件，再加上 1966 年所写《胡适吴晗通信评注》一案，"文化大命革"中被戴上"地主阶级的孝子贤孙"和"修正主义分子""保皇派""反对陈伯达"帽子，列入"清理阶级队伍"的黑名单。"文革"十年，他经历了无休止的各种动乱和派系斗争，学术工作无法正常开展，但他坚信，乌云总会过去，理智终将代替愚昧。此间，他利用一切可以利用的时间，尽量多读中外名著。1975年，在周恩来总理支持下，邓小平复出后，大刀阔斧整顿生产力和社会秩序，混乱的中国露出了一线生机。和当时的中国知识分子一样，他热情拥护邓小平恢复经济的努力，希望中国能由此走上正轨。但好景不长，"反击右倾翻案风"又甚嚣尘上，席卷神州大地，而他不识时务，竟然在一次"批邓反右"的会上，说自己对"批邓反右"不感兴趣，含蓄地表达对极"左"分子的反感和不满，险些又被打棍子。"四人帮"垮台后，他在《历史研究》参与撰写了一系列揭露批判极"左"错误在历史研究领域制造混乱的文章，其透彻的洞察力、锋利的文笔得到了发挥。他的那些文章，对《历史研究》冲破禁区，对史学界与理论界的拨乱反正起到了一定的作用。1978年4月，在许多人还对"文革"中神化伟人形象执迷不悟时，他在《人民日报》发表《神化杂谈》，对"文革"期间历史学界的一些奇谈怪论进行深刻的揭露，对太平天国和义和团运动的一些阴暗面作了史证和客观评价，要求还原历史本来面目，并指出当时的思想运动实际"也是一场马克思主义的启蒙运动"。这些话写于真理标准大讨论前一个月。由此可见，有关真理标准的大讨论确实是思想启蒙的必然结果。

瞿秋白在临牺牲前，给世人留下了一部《多余的话》，这部著作给他和家人留下了无穷的灾难。瞿秋白同志为中国革命作出了巨大贡献，最后为革命献出宝贵的生命，本来中共中央和伟人都对他的革命业绩和英勇牺牲作出了肯定和赞扬，可由于《多余的话》的出现，中共高层再不愿提及他。许多研究者也认为，《多余的话》格调低沉婉转，在文中表达瞿秋白的一种懊悔之情，懊悔自己当年参加了中共政治活动，懊悔革命中断了自己的文学生涯。但陈铁健通过大量事实证明，瞿秋白在英勇就义前对革命理念的坚持和对自我的严格解剖。他的《重评〈多余的话〉》在1979年第3期《历史研究》上横空出世，恰似一声春雷，顿时成为史学界和社会的热门话题，围绕该文的讨论文章多达数十篇。由此，他也走上了系统研究瞿秋白的道路。1979 年夏初，应中纪委邀请，他参加了瞿秋白就义问题的复查工作，并起草复查平反的报告。他因此获机会通览了公安部从 1954—1964 年 10 年间办理的瞿秋白全部审讯记录数十卷以及其他档案材料，访问了与瞿案有关人员，并到长汀察看了当年的囚室和刑场。这一切，为陈铁健研究瞿秋白奠定了坚实基础。1981 年开始，他又参加编辑瞿秋白文集、选集，对瞿秋白的思想、经历有了进一步的更深层次的认识。20 世纪 80 年代初期、中期，他先后发表了瞿秋白研究方面的论文数十篇，在此基础上，他写出了《瞿秋白传》。黎澍先生称赞说这样的传记"标志着对瞿秋白进入了全方位的研究，也创了为中共领袖人物立传的先例"。1995 年该书又易名为《从书生到领袖——瞿秋白》再版。陈铁健在近代史研究上勇往直前，努力扩大研究空间。他与导师李新先生主持编写《中国新民主革命通史》，这是迄今为止国内有关新民主主义革命史最浩大、最有影响的一部巨著。他同时还撰写了有关陈独秀、蒋介石、张学良、西路军、AB 团等方面的论著和论文，无一不是补历史研究之缺，纠历史研究之误。

近代史专家陈铁健先生继承中国优秀传统文化，修养中华传统文人的风骨，他既擅长书法绘画，又喜爱摆弄盆景花草，还热爱摄影艺术，更爱好旅游，他的足迹踏遍祖国的许多名山大川，对古村古镇更别有情趣。

陈铁健先生从 20 世纪 80 年代中期开始，担任中国近代史研究所硕士、博士生导师。他对弟子重启发而轻灌输，他让青年学子们在阅读古典经籍和理论著作上下苦功，要求他们在完整的国学基础和理论思维能力上勤学苦练，指点他们用新观点进行写作，支持那些突破旧说的论著，鼓励他们将新的研究成果公之于世。他的研究生有几位都成为史学界的新星。

陈铁健先生有许多治史箴言，值得我们学习和深思。

一、马克思主义唯物史观指导下的历史学的第一标准是真实。其首要任务是揭示历史的真实面目，肃清意识形态理论教条或派别斗争对历史的歪曲。尽可能地还原五光十色、千姿百态的历史面貌，不溢美，不隐恶，既应歌颂真善美，亦须指斥假丑恶，以唤醒民族的历史记忆，提高民族的理性思考，有利于认识今天和明天，不是一般的空泛的"总结规律"，不是影射现实或为现实政治需要辩护，更不是"隐恶扬善，笔下留情"曲解和伪造历史，欺骗后世子孙。

二、长期流行于世的"二元思维定式"……非好即坏，非善即恶，非美即丑，不是百分之百正确，就是百分之百错误……"二元思维定式"之害，……质而言之，崇尚真实，拒绝虚假，应当成为学术文化人尤其是叙史者的起码的追求，没有实事求是的科学精神，是难以做到持平之论的。

三、人生只有一次，短暂如流星划过夜空。重要的是感悟人生的意义，使自身活得饶有个性，富有特色，有滋有味，保有自我的光彩。没有自我的内在的精神境界，或曾有过而不能坚守，即使住进黄金屋又何益耶。

四、把伟人还原为平凡的人。历史学家论人叙事总须持平。爱而知其非，恶而知其是，不做片面偏颇之论。叙事，须由史料引出结论，而非先置结论再配史料，合者留，不合者去，以圆其说。论人，不因其为伟大而为其所慑。孟子云："说大人，则藐之。"藐之，并非不恭，而是把伟人还原为凡人，不是说高不可攀，匍匐在地，顶礼膜拜。如此，则颂圣史学不再。

陈铁健先生几十年来在历史研究的征程中，始终坚持一个原则，就是追求"真实"两个字，倾尽心力，去还原历史真相，让人们从历史的经验和教训中获得智慧和力量，从而推动社会文明踏入更高层次。但追求真实却不是一件容易的事，首先，历史的本来面目被风沙尘埃所掩盖或迷蒙，或被外力击得支离破碎，要想还原，就要像文物工作者那样，一丝不苟地去发掘去清理，用工匠精神去拼凑去粘接。要恢复历史原貌，研究者要翻阅无穷无尽的中外历史资料，要寻找当事人调查了解，要不远万里地进行实地考察，将所得资料去伪存真，整理出相互连接的合乎逻辑和合乎情理的网络，得出恢复历史本相的结论。有了这第一步，下一步就是向社会公布。公布更不是一件容易的事情，首要的是冲破禁区，这个禁区有两个：第一个是政治禁区，那就是当权者要历史研究为他们的政治服务，你不能直接或者间接的为政治服务，那就很难让历史真相公之于世。第二个是历史世界早已形成的学术观点，白的被说了一千遍，白的已经公认为是黑的，今天你突然说那是白的，必然会遭到四面楚歌，一片声讨，一片辱骂，让你身败名裂，跌入深渊。所以。要迈出这一步，历史学家要具有胆量和气魄，要有"敢为天下先"的大无畏的精神才行。正如陈铁健先生在给我们的信函中所言："秉笔直书，无所禁忌。"

我们以为，陈铁健先生，数十年在史学真实的道路上，披荆斩棘，为一个又一个历史人物、历史事件恢复原貌，成绩是显著的，功劳是巨大的。历史学家黎澍先生曾说过，历史界需要陈铁健这样的历史学家，可惜太少了！（大意）陈铁健先生"求实明理"的治史格言，应是史家遵循的学术原则，写出真史，给社会给人类留下一些真迹，至于明理，那是史家个人对历史的认识和理解，可以百家争鸣，但历史的真实却不可胡说、戏说，要做到这一点，特别对近现代史来说，却谈何容易！

10 江地：为《捻军史研究与调查》找读者

来信主要内容：

说当前社会腐败之风盛行，作为个人只能在自己职责范围内努力做到清白就可以了。让吴腾凰代他销售《捻军史研究与调查》《中国社会科学家传略》两书。最后勉励吴腾凰夫妇为官期间多为国为民做一点好事。

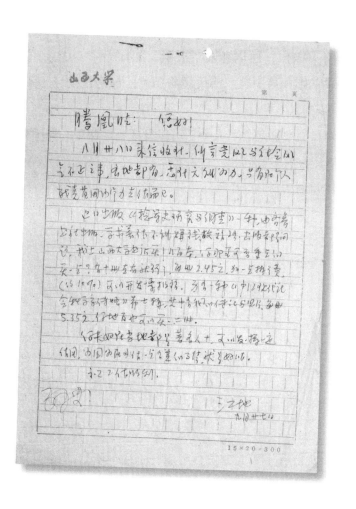

信件原文：

腾凰同志：

　　您好！

　　八月廿八日来信收到。所言党风与社会风气不正之事，各地都有，感到无能为力，只有在个人职责范围内尽力去作而已。

　　近日出版《捻军史研究与调查》一书，由齐鲁书社出版，学术著作不能赚钱，故无出路，出版都是问题，我让山西大学书店买了几百本，你那里可否重点购买一点？有十册左右就行了，每册2.45元，加一点挂号费（约10%），可以开发票报销。另有一种《中国现代社会科学家传略》第七辑，其中有我的传记与照片，每册5.35元，你地区也可以买一二册。

　　你夫妇在当地都是著名人士，可以发挥一定作用，为国为民多做一点有益的事情，就是好同志。

　　祝工作顺利。

敬安！

江地

九月廿七日

信件解读：

吴腾凰的故乡在安徽省蒙城县，那里是清末捻军起义的发祥地。他从小就听老一辈人唱捻军歌谣、讲捻军故事，指点捻军的遗址。1958年秋，他在《光明日报》读到山西大学江地先生发表的捻军史的文章，十分感兴趣。读后，他又觉得文章中指出的某些村镇的位置，与实际的位置不符合，他便写一封信给江地先生，说明先生文中一些不够准确的地方。谁知没过几天，江地先生的回信来了。信封是大大的，里面不仅装了一封感谢信，说吴腾凰能给他指出自己文章的错误，深表谢意，还装了一本红格稿纸和24枚8分面值的邮票。他让吴腾凰今后凡读到他文章中的错误，就用那稿纸写上，贴一张邮票寄给他。这让初识历史知识的高中学生真不知说什么好。一位大学教师对一个中学生指出自己论文中的错误持这种虚心的态度，真是难能可贵呀！

1959年夏，江地先生为了实地考察捻军起义，专程从山西太原到了蒙城县城，约吴腾凰陪同他一道调查了解。白天他们走街串巷，晚上在旅馆里江先生为吴腾凰讲中国近代史。就这样，他们俩成了忘年交，后来吴腾凰成了中国捻军学会的顾问和太平天国研究会的理事。

江地先生与吴腾凰书信来往较多，这里展示的是1986年9月27日的一封来信。信的开始谈到吴腾凰8月28日的去信中说目前党风和社会风气败坏严重的情况。先生说这种颓废之风"各地都有，感到无能为力，只有在个人职责范围内尽力去作而已"。接着讲他最新出版了一本《捻军史研究与调查》，因是学术著作，销路、出版"都是问题"，他让书店买了几百本，希望吴腾凰能代销一点。另外山西出版的《中国现代社会科学家传略》，其中有他的传记与照片，也让他"买一二册"。最末一段说，吴腾凰与夫人都是"当地著名人士，可以发挥一定作用，为国为民多做一点有益的事情。"

写信人生平、学术成就：

　　江地先生，著名捻军史专家。原名李广澎，曾用名李光朋、李唯琦、李浩之、李子豪等，以笔名行世。1921 年 9 月 19 日生，山西沁水县人。高小毕业后，只读了两年半初中，因抗日战争爆发而辍学。1938 年 3 月参加山西青年抗敌决死队，加入中国共产党，后去延安抗日军政大学学习，毕业后回沁水县中村任区委书记。1939 年"十二月事变"后，失去组织联系，被国民党逮捕，后经家人保释出狱。出狱后隐姓埋名在河南省宜阳、洛阳、郑州、灵宝、开封和西安等地任小学、中学教师、报者记者，东西漂泊、艰难度日。在此期间，曾在《秦风·工商日报》上发表长诗《除夕老人》，《民声日报》上发表短诗《东北问题》等。1947 年回到晋东南解放区入北方大学学习，1948 年到沁水中学任教，从此结束了十年的流浪生涯。1950 年调到太原山西工农速成中学教文史课。1956 年调入山西大学任教，由讲师、副教授至教授、硕士生导师。曾任《山西大学学报》主编、山西省历史学会副理事长、中国农民战争史研究会理事。山西省第五、六、七届人大常委会委员、山西省政协第四届常务委员会委员、九三学社中央候补委员等。

　　1997 年在太原病逝，享年 76 岁。

　　江地先生自学成才，从一个初中生成为大学教授、捻军史专家。他研究的主要领域是中国近代史，主要成就则在于捻军史方面。有关捻军史的著作主要有《捻军史初探》《初期捻军史论丛》《捻军史论丛》《捻军史研究与调查》《捻军人物传》，另有《近代中国史稿》（上、下册）（与人合作），《中国近代史知识手册》（与人合作），《中国近代史典》（主要撰稿人）、《阳泉煤矿简史》（主持人之一）、《江地回忆录》《清史与近代史论稿》等，还有论文数十篇发表在报刊上。

　　江地先生虽自嘲自己"是黄花鱼溜边，找一个别人不关注的空白而有所开拓"的人，但他在捻军史领域的开拓之功，却是令人钦佩的。先生在捻军史领域的建树及学术见解，主要有以下几个方面。

一、关于捻军史在中国近代史中的地位问题。过去史书中，仅把捻军作为太平天国的附庸，一提了之。江地先生则从捻军初期、形成期、后期，即从捻军起义的产生、发展到败灭余波的全过程，从捻军领袖人物到变节人物以及攻捻清将人物，都作全方位多角度的宏观、微观系统研究，得出捻军是一支有别于太平天国的独立的农民起义军的结论。

二、关于捻军起义的性质问题。江先生对捻军存在 18 年纵横 10 个省区的革命斗争的正义性和革命性，作了充分的论述。这支农民起义军在打击清王朝反动统治、反对帝国主义的侵略方面是建立了巨大功勋的，他们的领袖张乐行、张宗禹、任化邦等都是可歌可泣的农民起义英雄，是旧民主主义的奠基人，是永远值得纪念的。

三、关于捻军领袖的评价问题。"文革"中，对农民起义领袖采取否定的态度，特别对初期捻军领袖张乐行更是一棍子打倒，认为他有投降变节的行为。江先生从张乐行的历史功绩和历史污点等许多方面，历史地辩证地进行分析考察，认为张乐行是一个复杂的人物，他有功有过，过在前功在后，但从发展眼光看，从本质主流上看，应当给予公正评价。他说："对于历史人物的评价，我们要采取慎重的态度，不要轻率从事……马克思主义是一种老老实实、实事求是的学问，对历史人物的评价，也应是这样，他有多大功劳，就说多大功劳，他有多大问题，就说多大问题，既不夸大，也不缩小，实事求是，恢复历史的本来面目。我们认为，这才是科学的态度，这才是解决问题的态度。"江先生认为张乐行是一位有污点的农民起义英雄。

四、关于捻军史分期问题。江先生把 1853 年太平军北伐路过淮北之前的"捻"称为"捻党"时期，太平军北伐之后的"捻"称为"捻军"时期，又将 1863 年张乐行牺牲后的捻军称为"后期捻军"，牺牲前的"捻军"称为"前期捻军"。这样的划分，既符合历史事实又十分科学。

五、关于捻军历史与捻军文艺。捻军起义的历史研究，是史学范畴，捻军文艺是文艺范畴，二者性质完全不同，但江地先生认为二者范畴虽然不同，但它们之间有着密切关系，不可分割。江先生从捻军歌谣、戏曲、故事中，看到淮北人民群众对捻军英勇斗争的歌颂，对捻军领袖的赞扬。他说："捻军歌谣中有一首很有历史价值。歌唱道'咸丰二年半，家家都打齐头镰。穷了多少大财主，发了多少穷光蛋。'这首歌谣既说了捻军起义的时间，又说了捻军使用的武器，还说了起义的广泛性和起义的目的。"江先生对先前遗留的民间文学作品十分重视，对后来作家们创作的反映捻军起义的历史剧和电影都十分关心和支持。他认为这些作品对人们了解捻军、认识捻军起义有着宣传作用、借鉴作用。

六、注意捻军史的研究在国外的学术动态。江先生对于日本、美国、苏俄、法国、新加坡、英国、波兰、德国、澳大利亚等国学者的捻军研究成果，十分关注，这使他的研究经常处于主动地位和更高水平。他说，捻军研究的水平高低，基础在国内。

江地先生是一位没有什么学历的人，仅在抗日战争前夕，读过一年半初中便失学了，参加革命和流亡四方后，更没有机会深造。新中国成立后，他在中学教书期间，刻苦学习，后来成了大学教授、历史学家。他在做学问方面，总结出不少名言。现摘出几段，供青年学子参考。

1. 江地先生将王国维在"文学小言"中的一段话当作自己的座右铭，书于书桌上方：古今之成大事业大学问者，不可不历三种之阶段，"昨晚西风凋碧树，独上高楼，望尽天涯路"（晏同叔：蝶恋花），此第一阶段也。"衣带渐宽终不悔，为伊消得人憔悴"（柳永：蝶恋花），此第二阶段。"众里寻他千百度，蓦然回首，那人却在灯火阑珊处"（辛幼安：青玉案），此第三阶段也。未有未阅第一、第二阶段，而能躐跻第三阶段者。文字亦然。此有文学上之天才者，所以又需莫大之修养也。

2. 做研究工作，应该由博而约，再由约返博，这样一个互相交替的辩证发展过程。所谓博，就是在研究工作之前，应该有一个博览群书，广泛吸收各种知识的阶段，这就是打基础。在这个基础上，然后再集中到一种专业的一个部门里，这就是约。所谓约，就是在这一点上进行突破，做深入探讨，这个过程要长一些，以求取得一些成果，等到在这个部门里取得了成果，甚至已经把这个问题探讨完毕以后，然后你再慢慢地向外扩展，扩大研究领域，由狭窄的小胡同走上宽阔的柏油马路，这就是由约返博，但这一次的博，是向更高一级的阶段发展，你就可以在一种或几种专业领域里自由地驰骋了。

3. 教学工作与研究工作是互为影响，互相联系的。凡经过深入研究者，其教学质量亦高，并且有相当的学术水平。不做研究工作的人，只能附和别人的意见，难得有创见。教学与研究是矛盾的统一，虽有矛盾，但更重要的是它的统一。它们互为补充，相得益彰。我们不能把两者对立起来，而应该既搞好教学，也搞好研究。我对这两者是兴味浓烈，并无轻重轩轾之分，是同样以极大精力来把它们做好的。

4. 我认为，一个人在书斋中坐的时间太长，很容易脱离社会，脱离现实，变成反应迟钝，甚至麻木不仁的书呆子，如果有些活动作辅导，来配合，这对于一个进行社会科学研究的人来说，正好可以弥补这方面的不足，就是进行社会调查的好机会，是进行实践的好间隙，所以我对此并不认为是额外的负担；相反地，我对它乐此不疲，是高高兴兴地来做的。

5. 做学问，首先要有一颗赤诚之心，愿意为了人民的事业，奉献出自己微薄的能力，有一分热发一分光，鞠躬尽瘁，死而后已。其次是要有锲而不舍的治学精神，能够数十年如一日坐下来，勤勤恳恳，不计名利，不计成败，为科学事业而献身。第一条是政治上的要求，第二条是专业上的要求，只要有了这两条，其他困难和问题也就比较容易解决了。

江地先生是自学成才的典范，他不为名，不为利，愿一心一意在自己喜爱的事业上为人民奉献出自己微薄的力量。坚持数十年，终于取得了巨大的成就，为中国近代史研究增添了辉煌的一页——捻军史。

11　沈卫威：胡适先生的自由与守望

来信主要内容：

　　总结他写传记的做法，是与传主处在共同的在场，是平等的关系。既不仰视，也不会出售溢美之词，将其当作一个普通人，对其的阴影也不回避。这样的游戏规则，他始终坚守。

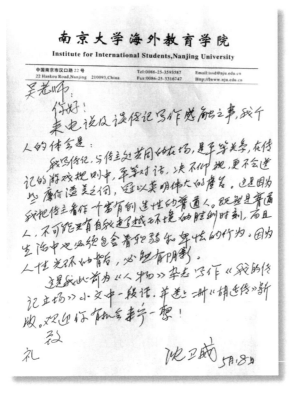

信件原文：

吴老师：

　　你好！

　　来电说及谈传记写作感触之事，我个人的体会是：

　　我写传记，与传主处共同的在场，是平等关系，在传记的游戏规则中，平等对话，决不仰视，更不会送些廉价溢美之词，冠以英明伟大的虚名。这是因为我把传主看作一个富有创造性的普通人。既然是普通人，不可能只有自我超越环境的胜利时刻，而且生活中也必须包含着软弱和卑怯的行为。因为人性光环的背后，必然有阴影。

　　这是我此前为《人物》杂志写作《我的传记立场》小文中的一段话。并送上二册《胡适传》新版。欢迎你有机会来宁一聚！

　　致

　礼

沈卫威
5 月 18 日

　　（注：此信是写给史挥戈的，沈老师一时忘记我们是异姓兄妹了。）

信件解读：

史挥戈认识沈老师，是因为吴腾凰兄长，吴腾凰与沈老师的导师、南京大学叶子铭和汤淑敏教授伉俪是多年文友，那时年轻的沈老师正在叶师门下潜心读书。一来二去的吴沈二人就成了忘年交。从吴兄口中，史挥戈听到了河南人沈卫威老师的重情重义、尊敬师长的故事，知道了他立志做好学问的认真执着，深受震撼，从内心油然升起敬佩之情。后来拜读了沈老师的几部著作，尤其喜爱他笔下的胡适，还有海外华文文学的内容。当时在济南，史挥戈是最早开设港台文学课程的现代文学老师之一，能找到的相关资料十分有限。为把课讲得精彩，吴兄千方百计帮助搜集一些当时大陆难得见到的资料。兄妹二人还趁着假期去北京查阅资料，千辛万苦地找到台湾新文学的拓荒者张我军的长子张光正先生；在安徽阜阳与台湾现代派诗人丁颖先生促膝长谈；在南京拜访了美丽端庄的汤淑敏教授，也认识了沈卫威老师。为了提高自己的专业水平，史挥戈想报考沈老师的博士生，却两度以专业课领先而英语未过的结果而铩羽。当时因为教学工作繁忙，加上当时正在积极撰写论文，写书，评教授，就把这件事情放下了，想想也挺遗憾的。

沈卫威老师有着不同于一般学者的人生经历。他自幼生长于豫西农村，受乡俗及家风影响，15岁曾学医，历时两年，随后成为一名乡村郎中，走村串巷，为人治病。19岁时改学文史，入河南大学中文系。因对现代文化人感兴趣，而开始了传记写作，边读书，边写作，坚持了10年有余。如今把读书、教书、写书，作为他人生的三维空间。10余年来，沈卫威的研究、写作方向为胡适、茅盾、东北流亡文学史、学衡派等。他由文化个体的传记入手，进而深入到文学史、思想史的层面。

沈老师的胡适、茅盾、东北流亡文学史和学衡派研究，均居国内学术界的前沿，美国及中国台湾、香港地区对这4项学术研究均有相应的评介和赞誉。尤其是胡适研究，已形成系列成果和自己独特的研究风格，在海内外具有相应的社会影响。他深知学术研究是一项艰苦而又漫长的工作，追求学术风格和追求自己的人生价值是一致的。多年来，他争分夺秒地向着学术研究的高峰攀登，立志作出更大的贡献。

关于人物传记究竟怎么写，沈老师有自己的鲜明观点。在接到史挥戈约信的电话后，沈老师待第一波疫情刚刚减轻，便去学校扫描发出了这封信，并预备把两册《胡适传》新版送给我们兄妹。

在信中，沈老师开门见山，将他为《人物》杂志写作《我的传记立场》文中的一段话引来表明观点："我写传记，与传主处共同的在场，是平等关系，在传记的游戏规则中，平等对话，决不仰视，更不会送些廉价溢美之词，冠以英明伟大的虚名。这是因为我把传主看作一个富有创造性的普通人。既然是普通人，不可能只有自我超越环境的胜利时刻，而且生活中也必须包含着软弱和卑怯的行为。因为人性光环的背后，必然有阴影。"沈老师特别强调的是传记作家与传主的平等关系，以及传主作为一个普通人必然会有的人性弱点。

我们知道，从《史记》开始，中国传记文学的发展已经绵延两千多年。在传统传记中，传记作家主体性不强，往往以仰视的目光对待传主，抱着美化传主、树碑立传的目的去写作，必然会带来为尊者讳、为贤者讳、为亲者讳，掩盖历史事实的现象。而现代传记观最大的转变就是传记作家与传主关系的改变，作家不再是一个记事者，而是与传主平等的人。传记作家的主体意识也由此觉醒，他们不再把传主当作偶像崇拜，而是用反思性批判目光对传主进行评价和阐释。抓住传主的精神实质与性格特征，在历史资料的基础上还原出真实可信的传主形象。

一部优秀的传记文学作品，传记作者与传主的关系应达到水乳交融的程度，在精神上应产生高度共鸣。传主成了传记家自我形象的投射，折射出传记家的影子。当代传记最大弊端是吹捧之风盛行，传主与传记家甚至互相吹捧，缺乏严肃的文学批评态度，失去文学批评家的本色，违背文学批评的价值判断，模糊了作家的本来面目。

沈卫威的《艰辛的人生——茅盾传》就是以平等的眼光来看待传主，

既充分肯定了茅盾先生对现代文学的贡献，也对其性格上的软弱与行动上的过失进行了实事求是的分析，不为贤者讳，指出脱党与对秦德君的绝情是茅盾一生中的两大阴影。他用心理分析的方式对传主进行了深入分析，使这部传记不但有外部世界的真实更具有内在真实，塑造出来的茅盾形象更加真实可信。又如对于茅盾给父亲递水果刀一事，沈卫威从心理分析学的角度出发，赞同助父自杀说，并认为这与形成茅盾的胆怯性格和他以后的脱党有密切关系。正是因为沈老师以平等的眼光看待传主，把传主当作普通人来看待，因此他笔下的茅盾先生形象更具人性。

再譬如沈卫威的《无地自由——胡适传》一书，总结了胡适100年来对中国社会、历史和国家的贡献，可概括为"提倡白话文、鼓吹思想解放、主张和平渐进的改革与容忍反对党"，这对应了语言、文化、个体、政治、国家、社会的多个方面。其中，提倡白话新文学是胡适对中国现代社会的最大贡献。与此同时，沈老师也写了胡适生活中的三大爱好：第一是喜欢收藏博士学位，第二是喜欢收藏火柴盒，第三是喜欢收藏怕老婆的故事。

沈老师由此对胡适做了这样的结论："他思想的力量，源于他对我们公众产生的影响。"这种公众影响力就是"雅俗共赏"，他获得30多个博士学位、收藏怕老婆的故事等等，背后都有一个个鲜活的故事，这不仅表现了胡适平易近人，展现出他世俗的另一面，也构成了一个生动立体的胡适形象。

自1988年以来，沈卫威完成并出版个人著作9部，其中4部在台湾印行。

沈卫威说："一部传记，不是一座人工雕饰、粉饰的纪念碑，应是以传主为中心的个体编年史，由一个人展示一个时代；应是一部具有独特个性的文学作品，可读又耐人寻味；应是一部灵魂的历史，展示出传主的喜怒哀乐、荣辱高下和心路历程。因此，作者就必须触及传主的心灵深处，家庭内部、朋友之间。传主与作者之间是平等的，我可以充满自信地说：我写的就是我！"

沈卫威教授具有"秉笔直书"的史德，不虚构渲染、不隐恶扬善，不拔高溢美，也不凭个人主观感情任意抬高或贬低传主，而是以平等的态度对待传主，同时又对人性的复杂性、多面性有深刻认知。他的传记文学，不但写出了传主人生中的高光时刻，也不回避其人性中阴暗的一面。也因此，他的传记写作能还原出真实、生动的传主形象，最大限度地接近历史真实。

写信人生平、学术成就：

沈卫威，汉族，从母姓又名郭宛，1962年2月7日生于河南省南阳市内乡县大桥乡，中共党员。1981年至1988年在河南大学读书（本科、硕士），1991年7月毕业于南京大学，获文学博士学位，1994年11月晋升为教授。曾任河南大学中文系教授，研究生处副处长。现任南京大学中文系教授、博士生导师。

出版著作：《胡适传》（1988）、《茅盾传》（1991）、《文化·心态·人格——认识胡适》（1991）、《东北流亡文学史论》（1992）、《传统与现代之间——寻找胡适》（1994）、《无地自由——胡适传》（1994）、《胡适：灵与肉之间》（1995）、《自由守望——胡适派文人引论》（1997）、《回眸"学衡派"——文化保守主义的现代命运》（1999）、《吴宓传》（2000）、《胡适周围》（2003）、《大学之大》（2007）、《"学衡派"谱系——历史与叙事》（2007）、《望南看北斗：高行健》（2011）、《大河之旁必有大城——现代思潮与人物》（2011）、《民国大学的文脉》（2014）。同时，在中国大陆、台湾、香港等地发表论文50余篇。

主要研究成果：《回眸学衡派——文化保守主义的现代命运》（北京：人民文学出版社，1999；台北：立绪出版公司，2000），这是国内第一部研究"学衡派"的专著。在"五四"新文化运动的大背景下，在文化激进主义、文化自由主义的夹击、比较中，揭示"学衡派"所代表的文化保守主义的历史命运和文化道统。《自由守望——胡适派文人引论》（上海：

上海文艺出版社，1997；台北：风云时代出版社，2000）深入研究胡适派文人在政治上与两党间的关系，以及在文学上与文化激进主义者和文化保守主义者的关系。《茅盾传》（台北：业强出版社，1991；南京：江苏文艺出版社，1999）真实、深刻地揭示茅盾艰辛的人生历程和文学业绩，以及文化激进主义的历史局限。《吴宓传》（北京：东方出版社，2000；台北：立绪出版公司，2000）真实、深刻而又形象地揭示吴宓作为浪漫诗人与新人文主义提倡者之间的矛盾、冲突和痛苦，展现文化保守主义的历史命运。《胡适传》（系列）（台北：风云时代出版社，1990；上海：上海文艺出版社，1994；台北：新潮社，1996；北京：中国华侨出版社，1999；台北：立绪出版公司，2000）通过胡适的个人心路历程，展现一个历史时代，揭示中国自由主义知识分子的价值观念和责任担当。《文化·心态·人格——认识胡适》（文集）（开封：河南大学出版社，1991）、《传统与现代之间——寻找胡适》（文集）（开封：河南大学出版社，1994）、《胡适周围》（文集）（北京：中国工人出版社，2003）、《东北流亡文学史论》（郑州：河南人民出版社，1992）、《吴宓与〈学衡〉》（年谱）（开封：河南大学出版社，2000）。

12 沈敏特：我的文化自觉

来信主要内容：

讲述他的文化理念、文化整体的三个层面以及什么是民族文化，最后讲述了历史文化转为共同文化的"启蒙"的艰难。

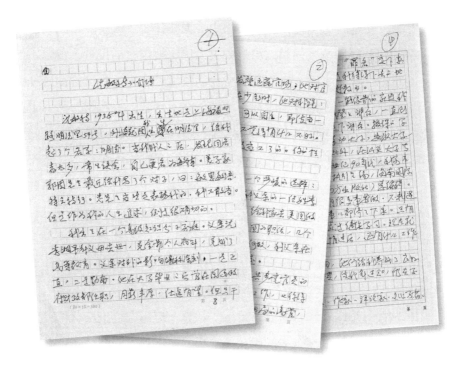

信件原文（系打印）：

腾凰、挥戈：

　　十分抱歉，未能及时完成二位托付的任务。有时间上的原因，正在天堂寨的一个山头上和一位学者合作，以对话的方式完成一部书稿。也有心理上的原因，我难以畅所欲言的描绘我的学习、研究、教学、写作的过程。客观上的阻力，众所周知；主观上的障碍是，对自己生命过程的梳理是颇费时日的。我仍在忙忙碌碌的应付着这事那事，还没有把回顾自身，给予总结，提到日程上来。

　　于是，在这封不可能太长的书简中，说些什么，成了一个问题。

　　我的职业经历不太简单，当过中央人民广播电台的记者、编辑，当过《新世纪》执行主编，接受政府委托创建过一个出版社（海南国际新闻出版中心，现改名南方出版社），担任法人代表、总编辑，而六十多年来，时间最长的工作是在几所高等学校任职，从助教到教授。其间还客串当过文化公司的总经理和总顾问。最后，我把组织关系放在了安徽省文学艺术联合会，作为职业的作家和评论家，也算是我领取退休金的单位。去年，82 岁我才从职场正式退下。不过，学术报告还时时进行，各种写作任务也未曾中断。什么时候只剩下养老，不知道，这由老天来安排。我的不变的，也是社会公认的身份是作家、评论家、教授和文化学者。

　　在这么一个职业和身份的背景下，我想，应当向你们交代的，也是最重要的是，我从事那么多的职业，秉承的文化观念的路数是什么？

　　这里有一个时间的节点，标志着我的文化思想的根本的自觉的变化。那就是 20 世纪的 80 年代。如果说，这之前我只是一个大学教师和文学评论家，80 年代及之后，我很自觉的担负起一位文化学者的任务。我深刻的认识，没有一个明确的文化自觉，文学作为一种文化现象是说不清，道不明的。这个转变的时代背景是 80 年代"文化大革命"之后的全民族的反思。

为了表达这样的文化自觉，我在《中国社会科学》发表了《爱情题材的历史性的突破》《民族文化心理大调整的报告》以及大量的文学评论、文化评论、时事评论、随笔、散文、杂文等。

说到杂文，我本来是写着玩玩的，从来都不是我的主业。不过最近上网，才发现还真有文化界的读者和同行认真评价了我的杂文。《杂文月刊》主编吴营洲先生写道："安徽的杂文作者，在我看来，写得最好的，当属沈敏特"，"沈敏特的杂文，锐利，深刻，宏观，大气。诸如他的《舆论是不能"制造"的》《高校以"本"划线，令人痛心的荒唐》等，任谁，单看标题，便会感到振聋发聩。""沈敏特是什么人物？沈敏特当是我国杂文界难得的一流的杂文作者，倘若非要硬性比附的话，沈敏特当是和我国杂文界的曾彦修、牧惠、蓝翎、章明、老烈、陈泽群、何满子、邵建华、沙叶新、邵燕祥、王春瑜、黄一龙等杂文作者一样，都是'前排就座'的。"大诗人邵燕祥先生为我的作品《提前15年给儿子的信》作序，他认为我的作品恰如我的名字——敏，即敏锐；特，即独特。著名评论家王达敏先生写了题为《现实的质疑者——沈敏特其人其作》对我作了全景式的评价，我感谢他的客观、热情、公允和公正。而所有这些评价，迫使我必须明确我的基本文化理念。

我认为：

文化的整体是人类为了生存和发展而创造的物质财富、精神财富的总和。

文化的创造的主体是人类。

文化创造的目标是人类的生存和发展。

文化创造的落脚点是物质财富和精神财富。

衡量文化优劣的标准：有利还是有害于人类的生存与发展。

文化是一个关乎人类创造性的系统工程，它的各个子系统相互融合、制约、促进。

文化整体的基本结构包含三个层面：

物质层面。

制度层面。

精神层面。又称"文化之魂"，最突出的是其中的价值观。相关的还有道德观、审美观等等。

在人类社会的进程中，这些基本层面必须基本平衡，基本协调。否则，难以持续，更难发展。应对的下策是动乱，上策则是改良、改革和革命。所以我完全拥护五位一体的改革（即经济、政治、社会、文化、生态的全面改革），并寄予真诚的对于落实的期待；更愿意为此付出一个公民的微薄的贡献。

要强调的是，这几个基本层面的进步不是等速的。常态是：物质层面最快，制度层面次之，而文化之魂最慢。慢到什么程度？慢到不以秒、分、刻、时、天、周、月、年为基本时间计量单位，而以世纪作为基本时间计量单位。一种价值观可以存活多少个世纪。在被批判之后，还会卷土重来，甚至变本加厉。法国有一个学派专门研究这个问题，被称为"长时段文化研究"。

所以，人类社会现代化的过程就是这三个基本层面的交错的行进。改革和革命的成功、挫折、胜利和失败都离不开这三个层面的协调或失衡。而最困难、最费时的是文化之魂的变革。西方发达国家从文艺复兴、启蒙运动而至今，持续进行的就是文化之魂的优化，称之为"启蒙"。

正是在这种整体文化的观照中，我们看到了文化改革的总体方向，更看到它的重心是文化之魂的改革，其具体的任务就是启蒙，落实到中国，就是鲁迅提出的终生的文化任务：改造国民性。由于这个任务的艰难而持久，就需要鲁迅提倡的"韧性的战斗"。我这一代知识分子完成不了这个任务，但要争取成为永续长链中的一个承上启下的一个环节。

在这达不到目标的努力中，我不怕"自吹自擂"的嘲笑和指责，公然声称，我有一个小小的贡献：进一步划清了民族文化的界线。

什么是中华民族的民族文化，怎样建设民族文化？

长期以来，我们习惯性的把产生在中国这片土地上的文化现象都称为中华民族文化。而我的回答是：不。纸面上记载下来的种种的文化现象并不都是民族文化，而只有渗透在中华大多数民众心中的价值观、人生观、道德观、审美观，并转化为他们的生活方式、行为方式、思维方式，凝聚而成为这个民族的实际的力量，推动着或是阻碍着民族的进步，这才是这个民族拥有的文化。

有些先进的思想，它仅仅是少数精英的先知先觉，并没有为民众所拥有，我认为这并不是民族文化。

譬如，孟子的"民贵君轻"是民主思想的萌芽，但几千年来，民何时"贵"过，君何时"轻"过。

又譬如，"天下为公"是伟大的理想，但几千年来都是家天下，清代的爱新觉罗家，明代的朱家，元代的孛儿只斤家，宋代的赵家，等等，都不姓"公"。

再譬如"和为贵"，当然是大家求之不得的好思想，但有记载以来，中国的大大小小的血流成河、尸横遍野的战争近四千次，一个三国时代，少了四分之三的人口，何来"和为贵"的文化精神？

所以，我在各种场合，反复交代，不要把发生在中国的文化现象，特别是那些先进的思想，一股脑儿的都打入"民族文化"。

任何民族都有个别精英能说出具有先进性的片言只语，但未能成为这个民族共有的观念，并转化为普及的生活方式、行为方式、思维方式，怎么能就是这个民族的文化呢！

那么，这部分先进的，只为少数精英拥有，而又未能融入民族大多数成员的文化现象是什么文化呢？我给它起了一个名字：历史文本文化。

这有什么意义呢？回答：不可小视！

因为它提出了一个重大的任务，利用各种手段，把历史文本文化转化为民族大多数共有共享共行的文化。这就是启蒙的一个组成部分，也是建设中华民族新文化的一个组成部分。

以上就是我对文化建设任务的基本认识。文化建设当然是一个庞大的系统，有硬件，有软件，而我坚定不移的认定，核心是文化之魂的改进和优化。重心是启蒙，启蒙的中国化即是鲁迅的改造国民性。

　　作为一个文化学者，我的所思、所行、所作，奉行的，仅此而已。进入新媒体时代，我当与时俱进，但万变不离其宗！

握手！

敏特写于 2019 年秋

沈敏特的自传

　　沈敏特 1936 年出生，出生地是上海福照路明德里 54 号。外婆就因我出生在明德里，给我起了个名字：明德。当我成人之后，发现同名者太多，常生误会，自己更名为敏特。美学家郭因先生最近给我写了个对子，曰：敏思敏语，特立特行。老先生当然是表扬我的，我不敢当。但是作为我的人生追求，倒是很确切的。

　　我出生在一个高级知识分子家庭。父亲沈季湘早年父母去世，完全靠个人奋斗，完成了高等教育。父亲对我的影响堪称深刻。一是正直，二是勤奋。他在大学毕业之后曾在国民政府财政部任职，月薪丰厚，仕途有望。但只干了两年，坚决辞职，并发誓远离官场；他对官场的腐败深恶痛绝。我在少年时，他对我说："你将来选择什么职业，可以自主，即使当一个自食其力的工人，我也不觉得有什么不好。但，我知道'你若当官'，是当不了的。你的性格适应不了官场。"

　　1948 年，我的家庭面临一个严峻的选择：留在上海，还是出国定居。我父亲的一位姓李的朋友，我叫他"李伯伯"，给我家去美国做了周密的安排，包括父亲在美国的职位，几个孩子要上的学校。但是，不知何故，我父亲在关键时刻作出了留下来的决定。

　　1949 年，上海解放了。父亲对于共产党官员的勤劳俭朴十分赞赏。而对自己的工作，也称得上"春风得意"。他原来是世界书局的高管，20 世纪 50 年代初，张元济先生推荐他担任了商务印书馆总经理的职务。精神抖擞，是他那时的基本状态。我呢，学业也很顺利，上的是最好的中学——华东师范大学附属中学。1953 年考大学，我的第一志愿是山东大学中文系，第二志愿是北京大学中文系，原因是山东大学有几位我很仰慕的教授。结果是实现了第一志愿。

　　1957 年，我以优异的成绩毕业了。我的毕业论文的指导老师是高兰教授，他对我的论文评价是："小伙子，我真没想到写得这么好！"但是，就在1957年，父亲戴上了"右派分子"的帽子，高兰教授也成了"右派分子"。

于是，我是以"右派分子的儿子"的身份进入职场。在分配工作时，可能我父亲的右派帽子还没戴上，便以优秀生的资格进入了中央人民广播电台，不久，父亲的"罪名"定下来了，我深知"要害部门"不是我待得下去的地方，于是主动辞职，转入高校教书。

所以，我没有靠山，唯一能依靠的就是我自己。1958年下半年开始我登上讲台。一直到2018年82岁的时候，我才走下讲台。授课的学校有合肥师范学院、安徽劳动大学、安徽大学、中国传媒大学南广学院。此外，在汕头大学等高校担任客座教授。20世纪90年代，我客串担任过《新世纪》杂志的执行主编，海南国际新闻出版中心（现改名南方出版社）总编辑。

当我走下讲台，还有很多事要做。不料遇上"疫情"，把所有的事儿都停了下来。只有一件事没有停下来，那就是继续学习。现在就当老天安排了，看看疫情过后，还有什么工作机遇。

我要感谢我的父母，他们给我养成了良好的生活习惯，工作习惯，使我年过80，仍在学习，仍去思考。

我的身份：教授、作家、评论家、文化学者。

信件解读：

  驰名中外的文化学者沈敏特先生是吴腾凰大学时期的中国现代文学老师，而吴腾凰又是这门课的课代表，因此两人的交往就比一般师生多了一些。一天下午，吴腾凰与几百名同学聚集在一个大的阶梯教室听沈老师讲课，一开始沈老师就用他那标准的普通话朗诵革命作家蒋光慈的长诗《写给母亲》，诗人那高昂激越的爱国主义热情，那献身无产阶级革命事业的刚强意志和伟大抱负，使吴腾凰心潮起伏，久久不能平静。下课之后，吴腾凰就直奔图书馆，借阅了《蒋光慈诗文选集》。他又利用寒假，冒着风雪，在江城芜湖市寻觅蒋光慈当年就读的安徽第五中学旧址，拜访蒋光慈"五四"时期的战友和同学，回来后写了《蒋光慈在安徽》。沈老师看后，作了一点修改，说："腾凰，这篇文章材料新鲜，很有价值。"后吴腾凰走向社会，经10余年努力，写成《蒋光慈传》，由安徽人民出版社出版发行，受到学术界的好评，还作为安徽省向国庆40周年的献礼作品，在北京展览。几十年来，风云变幻，但吴腾凰对沈敏特老师的教育之恩一直铭记在心。后来，他又介绍合作者史挥戈教授与沈老师相识。他们两人对沈老师赤热的爱国情怀、知识渊博的才华、超前的学术观点、诱人的教学方法十分仰慕，一来二往，于是二位也就都成了沈敏特老师的"老学生"了。

  这封信就是沈敏特先生2019年秋天给吴腾凰、史挥戈的一封复信。

  信的开端讲他没能及时复信的原因。一是他这段时间在安徽大别山天堂寨与一位学者忙于"以对话的方式"写一部书，二是心理上有阻力，不能畅所欲言地把自己生命过程中所感、所想提到日程上来。

  接着谈他60多年的人生经历。大学毕业后，走上社会，当过中央人民广播电台记者、编辑、主编。在几所高校任过讲师、教授，最后到安徽省文联当职业作家、评论家。2018年82岁，才正式办理退休手续。退而不休，作为作家、评论家、教授和文化学者，仍坚持读书学习，和不断地到各处讲学和写作，继续工作着。

　　下面，他述说了作为一个文化学者，从 20 世纪的 80 年代开始，他觉得自己应该担负起"文化自觉"的重任。于是便发表了《爱情题材的历史性的突破》《民族文化心理大调整的报告》以及大量的文学评论、时事评论、随笔、散文、杂文等。他的杂文，受到社会的关注。

　　先生着重讲述了他的文化理念。他认为，文化的整体是人类为了生存和发展而创造的物质财富、精神财富的总和。文化创造的主体是人类，文化创造的目标是人类的生存和发展，文化创造的落脚点是物质财富和精神财富。而衡量文化的优劣的标准是有利还是有害于人类的生存与发展。文化是一个系统工程，它的各个子系统相互融合，相互制约，相互促进。

　　文化整体基本结构包含三个层面，即物质层面、制度层面和精神层面。精神层面，即"文化之魂"。文化之魂，最突出的是价值观。相关的还有道德观、审美观等等。

　　在人类社会发展进程中，这些基本层面必须基本平衡，否则，难以持续和发展，怎么使它们平衡，怎么进行协调？下策是动乱，上策是改良、改革和革命。所以他完全拥护中央进行的五位一体的改革，即经济、政治、社会、文化、生态的全面改革，并期待自己寄予真诚的改革获得成功，并愿为此贡献微薄之力。

　　紧接着，沈先生强调指出，文化整体的三个层面的进步是不等速不同步的。常态是物质层面最快，制度层面次之，而精神层面——文化之魂最慢，慢到以世纪作为基本时间计量单位。一种价值观可以存活多少个世纪，在受到批判之后，还会卷土重来，甚至变本加厉。法国有一个学派专门研究这个问题，被人称为"长时段文化研究"。先生认为，三个层面交错行进中，改革和革命的成功与失败都离不开三个层面的协调和失衡。其中，最最重要的是文化之魂的变革。西方发达国家从文艺复兴、启蒙运动至今，持续进行的就是文化之魂的优化，称之为"启蒙"。基于此，先生以为文化改革的重心是文化之魂的改革，落实到中国，就是鲁迅先生提出的改造国民性。而改造国民性，又绝非一日之功，要有"韧性的战斗"精神。

　　进而，先生又为我们划清了民族文化的界限。先生说，不是产生在中国这片土地上的文化现象都能称为民族文化，那些在"纸面上记载下来的种种文化现象"也不能称之为民族文化，只有"渗透在中华大多数民众心中的价值观、人生观、道德观、审美观，并转化为他们的生活方式、行为方式、思维方式、凝聚而成为这个民族实际的力量，推动着或是阻碍着民族进步，这才是这个民族拥有的文化"。先生列举了历史上先贤们提出的"先知先觉"的理念，并没有被广大民众所拥有，因此就不能称之为我们的民族文化，如孟子的"民贵君轻"，孙中山先生的"天下为公"，还有什么"和为贵"等等。因为这些东西都未能融入民族大多数成员之中，因而只能称之为"历史文本文化"。但是，这些历史文本文化转化为民族大多数共有共享共行的文化，就是我们启蒙的一个组成部分，启蒙的一项重要任务。先生最后又突出强调，文化建设是一项庞大的系统工程，其核心是文化之魂的改进和优化，重心是启蒙，就是鲁迅先生的改造国民性。

信的最后，先生说作为一个文化学者，他的所思、所行、所作，奉行的就是文化之魂的改进和优化，就是继承和发扬鲁迅先生的改造国民性。

沈敏特先生经风雨见世面之后，不是痛苦、哀叹、后悔，而是用自己的理性和睿智去总结历史、直面人生，探索文化的基本理念，追问什么是现代人，什么是现代文化的哲理。穿着现代服装，吃着现代美味，讲着现代话语的人，不一定就是现代人。先生透过现今社会纷纭复杂的万象，发现和挖掘不平常的内涵，发出令"现代"人猛醒的绝唱，让人明白"阿Q"时代还远远没有过去。沈先生整天开动脑筋，研究中外古今历史，直面社会人生，向社会发文进言，参与公益事业，批判陈旧观念，倡导社会文明和精神文明，推进人类进步。这种"苟利国家生死以，岂因祸福避趋之"的大无畏的担当精神，显示了一位知识分子的情怀。

文化自信，是一个国家、一个民族、一个政党对自身文化价值的充分肯定，对自身文化生命力的坚定信念。只有对自己的文化有坚定的信心，才能获得坚持坚守的从容，鼓起奋发进取的勇气，焕发创新创造的活力。沈先生看到了民族复兴力量的源泉，看到了民族复兴的心声动力，对文化进行研究，获得了不起的发现。

沈先生在信中对文化概念的定义、文化整体的基本结构的三个层面及其相互关系的分析，以及什么是中华民族的民族文化和如何建设民族文化的概括和任务的提出，都是高屋建瓴、高瞻远瞩的独家见解，让人耳目一新，对我们理解、贯彻中央的文化自信的方针政策大有益处。

写信人生平、学术成就：

沈敏特先生，著作颇丰，影响深远。其主要著作有：评论集《春闹集》《江南味道》《爱情题材的历史性突破》，评论《爱情题材的历史性突破——论伤逝》中《爱情悲剧的根源》《民族心理结构大调整——论近期中国文学的一种趋势》《华尔街的这些事》《幸存下来，就要好好活下去》、家书《提前 15 年给儿子的信》《敏特语》《一本爱读也怕读的书》。主编《中国当代文学史》，另有近百篇杂文、文艺评论、时事评论文章，刊发在多种报刊上。

沈敏特教授，从来是言为心声，从不吃别人嚼过的馍，从不因袭别人的观点。凡听过他讲演的人，无不赞叹。他的每一个讲题，每一篇文章，都是"敏特制造"，所以文章中警句名言俯首皆是。现择几例，可见一斑。

我活你也活，我活好你也活好。

鲁迅说过，他绝不企求"不朽"，而希望自己的作品"速朽"。但愿自己作品中反映的不幸的现实，能快快的焚毁，不再影响未来的现实；"不朽"对他而言是一种不幸。

鲁迅一生的奋斗目标是"改造国民性"，他把国民性的种种弊病凝聚在一个人物典型中，这就是阿 Q。

教学是培养强者，而不是培养软蛋。

我们将把爱人，爱人的个体生命的原则，渗透到个体生命的成长和社会发展的每一个元素中去，保持与恐怖主义的绝对的区别和对立。

我的研究领域，渗透着我的一个基本观点：中国最迫切需要又最缺乏的。

人与动物的一大差别，就是生命含义的不同。对于人类来说，生命既是物质的生存，也是精神的生存。心在跳着，肺在呼吸着，我们说这个人活着，但这并不是完整的生命。一个活生生的生命，还必须有感情、有理智、有喜怒哀乐、有沉思默想，而这一切和创造性的物质与精神的追求连接在一起。所以，人是宇宙的精华，万物的灵长。所以，我们说，哀莫大于心死。所以，心死意味着生命的残缺。

我的文章是我生命的体现，它来自我的生命。我的文章是这样的，因为我的生命是这样的。

人生进步一大靠山是先进的思想资源的共享。

13　荒芜：诗歌还要合为人而作

来信主要内容：

　　来信说因事情忙未能及时回复，表示歉意，按吴腾凰的要求附寄"小传"一份。

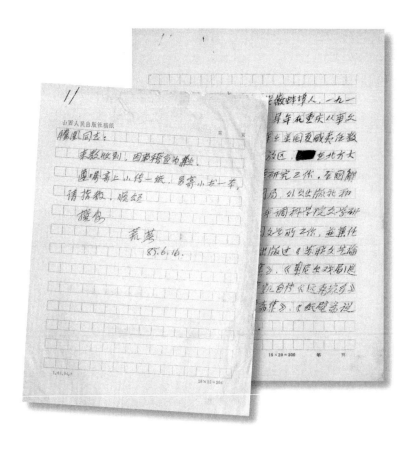

信件原文：

腾凰同志：

　　来教收到，因事稽复为歉。

　　遵嘱寄上小传一纸，另寄小书一本，请指教。

　　顺颂

撰安

荒芜

85.6.16.

　　附：荒芜小传

　　荒芜，原名李乃仁，安徽蚌埠人，一九一六年生，北京大学毕业。早年在重庆从事文学翻译工作。一九四五年在美国夏威夷任教一年，一九四八年进解放区，在北方大学和华北大学文艺部作研究工作。全国解放后，先后在国际新闻局、外文出版社和外文局任职，一九五六年调科学院文学研究所作研究工作。目前在外国文学所工作，并兼任《诗书画》报主编。出版过《苏联文艺论集》《马尔兹小说集》《奥尼尔戏剧选》，美国黑人诗人麦凯自传《远离家乡》等书，近著有《纸壁斋集》《纸壁斋说诗》《诗画集》等。

信件解读：

荒芜是现代作家兼翻译家，吴腾凰为了解从淮河岸畔走出去的作家，特向他发函，先生于 1985 年 6 月 16 日予以复函，并寄来了他的一份小传和他的一本新作《纸壁斋说诗》。

荒芜先生原名李乃仁，曾用名黄吾、叶芒、方吾、淮南文、林杼文等。1916 年 2 月 11 日生，安徽蚌埠人，1937 年毕业于北京大学，曾参加"一二·九"抗日救亡运动。1940 年至 1944 年在重庆期间，曾在苏联驻中国大使馆教过两年中文。1945 年去檀香山美国陆军学校华语训练班任中文教员半年，1946 年回上海，担任《文汇报》和法国通讯社编辑。1947 年到北平，任中国文学家协会北平分会候补监事。1948 年进入解放区，先后在北方大学文艺学院和华北大学第三部任研究员。1949 年调国际新闻局，任《争取人民民主，争取持久和平》中文版主编和资料研究室主任。1952 年调任外文出版社图书编辑部副主任。1956 年调科学院文学研究所做研究工作。1957 年划为"右派"，下放黑龙江农场劳动改造，1969 年，下放到河南省信阳罗山"五七干校"。

"文革"后，调外国文学所工作，并兼任《诗书画》报主编。曾任民盟中央联络委员、民盟北京市宣传委员、中央文史馆馆员。

荒芜先生 1995 年因病去世，享年 79 岁。

写信人生平、学术成就：

荒芜先生主要著作有诗集《纸壁斋集》《纸壁斋续集》，诗话集《纸壁斋说诗》。主编《我所认识的沈从文》《麻花堂集》《麻花堂外集》，九诗人合集《倾盖集》。主要译作有 1945 年后翻译的赛珍珠小说《新生》

《生命的旅途》《沉默的人》。1948 年译美国奥尼尔戏剧《悲悼》三部曲，《朗费罗诗选》（合译）。1949 年后译《苏联文艺论集》《高尔基论美国》，苏联小说《一个英雄的童年时代》《栗子树下》。1955 年译美国《马尔兹短篇小说选》《世道》，印度中篇小说《辞职》等。1979 年至 1982 年译《奥尼尔剧作选》《马尔兹中短篇小说集》、剧本《雨果先生》、马克·吐温《海外浪游记》《麦凯自传》《美国文艺论集》等。

荒芜先生一生历经磨难，饱读古今中外诗作，对诗有自己独特的见解。他在《纸壁斋说诗》的《〈纸壁斋集〉代序》一文中的一段话，对诗家大有教益：

白居易说："诗歌合为事而作。"我赞成，但我想还加上一条，合为人而作，我的诗百分之九十都是为人而作的，去年有位朋友去黄山写了黄山诗，有句云："阅尽兴亡无限事，可曾见过四人帮？"我觉得好，因为他把黄山山水和我们当前的人事连起来了。这就比单纯描画自然风景深刻有味得多，上月我也路过黄山，也写了几首黄山杂咏，我本着上述信念，力求把天与人、自然和现实结合起来。现举一首为例：

四纪冰川岩上浮，沧桑阅尽万千秋。
诗家爱读神仙传，吾辈长怀垄田忧。
念载三灾惊浩劫，九空十室悯黔娄。
重瞳"本纪"分明在，铁笔何人勒石头。

《观黄山青鸾峰腰冰川擦痕》

我的诗百分之九十都是为人而作的，以后还要作下去。我谈诗的文章，主要也是论人的，以后也还要谈下去，这里所谓"人"，当然包括我自己在内。

我们以为，文学是人学，当然文学的主体是人，而非其他。就是有的作品没有写人，但他的一切描绘、陈述、抒情和状物，也都是为人服务的。

荒芜先生的"合为人而作"这个文学观，无疑是十分正确的。

　　荒芜先生写诗，喜用新旧中外之典而又多注，在与俞平伯先生交流中，俞先生则提出不同意见，说："今日百花齐放，即如用典，圣陶以为密码，比喻极佳。我们是欲不用或少用。我近来作诗，用典极少，尤其避僻典。兄意要用新旧中外之典而多作注，目的同而方法异也。作注，多则妨诗，少则不达……"（转引自缓之《记汪蔚林先生二三事》，《传记文学》，2022 年第二期，75 页。）可见，俞平伯先生主张写诗尽量不用典。

14 郑择魁：朱湘不是新月派

来信主要内容：

说诗人朱湘只是与新月派有关系的人，而非新月派成员。

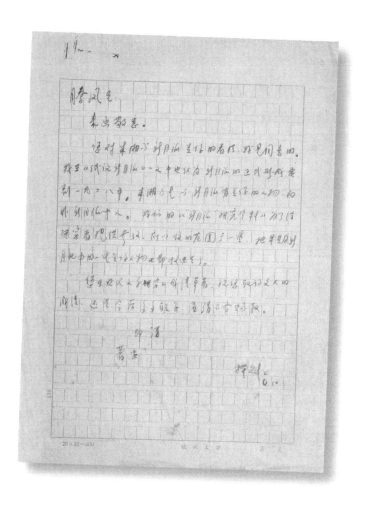

信件原文：

腾凰兄：

　　来函敬悉。

　　您对朱湘与新月派关系的看法，我是同意的。我在《试论新月派》一文中也认为新月派的正式形成要到一九二八年。朱湘乃是与新月派有关系的人物，而非新月派中人。我们的《"新月派"研究资料》为了给研究者提供参考，所以收的范围广一些，把早期新月派中的一些关系人物也都收进去了。

　　您在现代文学研究上成绩卓著，祝您取得更大的成绩，还望今后多多联系，并请不吝赐教。

　　即请

著安

择魁上

4.10

信件解读：

郑择魁先生与吴腾凰是在一次现代文学研讨会上相识的，他那宽大的面孔和一双浓眉大眼，再加上热情豪爽的性格，给吴腾凰留下了美好的印象。吴腾凰在研究诗人朱湘生平时，发现不少学者将朱湘划为"新月派"，觉得不符合事实，于是便写信给对"新月派"素有研究的郑择魁先生，向他求教这一疑惑，郑先生于1983年4月10日给他复信，解答这一问题。

吴腾凰在给郑先生的信中说，1926年4月16日朱湘在北京参与徐志摩、闻一多、饶孟侃、刘梦苇等人创办的《晨报副刊·诗镌》活动，并在该刊上发表了《新诗评》《我们的读书会》和诗作《采莲曲》等，努力提倡新诗格律化。后来由于对徐志摩的油滑和生活作风不满，于4月22日发表《朱湘启示》，宣布自己退出《晨报·诗镌》。因此，吴认为朱湘不能称为"新月派"的成员，顶多只能说是"文学研究会"成员，朱湘赞同闻一多、徐志摩等人倡导的诗教美学的观点，但是不到一个星期就宣布退出了。郑先生复信称，他同意吴腾凰的看法。接着他又补充道："新月派的正式形成要到1928年，朱湘乃是与新月派有关系的人物，而非新月派中人。"下面又谈了他们编的《新月派研究资料》，是为研究者提供参考，所以收的范围广一些，把早期新月社中的一些关系人物也都收进去了，也就是说，有关朱湘的资料是以"关系人物"收进去的。

信的最后，他对吴腾凰的现代文学研究成果表示肯定，并祝他"取得更大的成绩"，还希望以后多联系。

写信人生平、学术成就：

郑择魁，笔名郑哲，浙江天台人，1935 年生，共产党员，鲁迅研究家。1958 年毕业于浙江师范学院中文系，历任杭州大学中文系教师，中国社科院文学研究所进修教师，杭州大学中文系副教授、教授、系主任。为中国作家协会会员、中国现代文学研究会常务理事、浙江青年文学学会副会长。有学术专著《〈阿 Q 正传〉的思想和艺术》《鲁彦作品欣赏》《吴越文化与中国现代文学》（合著）、《喜剧和悲剧的交融》《试论"新月派"》《柔石的生平和创作》等，还有数十篇论文发表在全国著名报刊上，其作品多次获得浙江省社科成果奖。

郑择魁在鲁迅研究、左翼作家研究和"新月派"研究方面都取得突出成就，尤其是对柔石的研究，为革命文学的研究树立了一个里程碑。

长期以来，对柔石等革命文学作家的研究，一是缅怀纪念与生平考证，二是以阶级斗争的观念进行解读与阐释，让他们的作品完全笼罩在意识形态的牢笼里，失去作者的本意。郑择魁与盛钟健合著的《柔石的生平和创作》，全书分为上下两篇，上篇用平白精练的语言叙述了柔石的生平和思想发展，史实资料丰富翔实，下篇运用历史唯物主义和美学方法对柔石的文学创作进行分类评述。特别在作品分析方面，摆脱了原来单一用阶级斗争的观念的分析方法，拓展了研究的广度和深度，还原了柔石作品的本来面貌，加深了作品的文学价值和美学价值的开掘。他们的这本关于柔石研究的专著，不仅是柔石身后的第一部，更重要的是它开启了对革命文学作家作品研究的实事求是的先河，也在现代作家研究的道路上点亮了一盏明灯。

15 赵景深：朱湘真正的好友

来信主要内容：

朱湘是安徽太湖人，夫人刘霓君已逝，孙子细林曾写过朱湘的回忆录，但他未见到过。

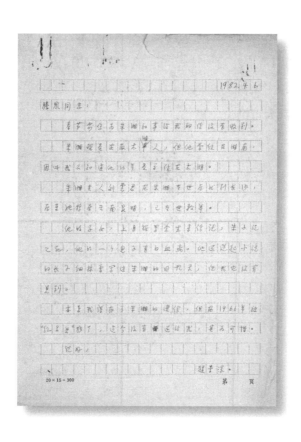

信件原文：

腾凰同志：

　　春节前您为朱湘的事给我的信没有收到。

　　朱湘确是安徽太湖人，但他常住在湖南，因此我不知道他幼年是否住在太湖。

　　朱湘夫人刘霓君在朱湘去世后就到长沙，后来她移居云南昆明，已去世数年。

　　他的子女，上月据罗念生来信说，朱小沅已死，他的一个儿子有白血病。他还说起小沅的长子细林曾写过朱湘的回忆录，但我也没有见到。

　　本来我保存了朱湘的遗信，但在 1966 年被"红卫兵"抄去，迄今没有还给我，甚为可惜。

　　祝好。

赵景深

1982.4.6

信件解读：

朱湘是"五四"以来中国新诗坛上的一位重要诗人，曾被称为"文艺的怪杰"，他早年曾参加文学研究会，对新诗的形成和发展作出许多积极探索，是一位值得研究的诗人。吴腾凰在翻阅现代文学资料时，发现赵景深先生与朱湘的关系非同一般，于是便致函赵先生，请教有关朱湘身后的几个问题。赵景深先生于1982年4月6日给予复函。

信开头讲"朱湘确是安徽太湖人，但他常住在湖南，因此我不知道他幼年是否住在太湖"。赵先生不太了解朱湘的家世和幼年生活学习情况，所以只知道大概的情况。吴腾凰接到这封信之后，便去朱湘的故乡安徽太湖县考察，获得了一些详情。

朱湘，1904年生于湖南省沅陵县。沅陵位于沅江之畔，故取名湘，字子沅。他的原籍在安徽太湖县。祖居弥陀寺百草林长岭村，父亲朱延熹（字益斋），曾做过江西学台，湖南道台等。朱湘母亲张氏是清末名臣张之洞的女儿。朱湘年幼时便失去父母。朱湘幼时在湖南读书，后随兄嫂去南京、上海读书。朱湘一生未曾回过老家太湖县，就是在安庆安徽大学任教期间也未跨入故宅一步。1932年12月4日朱湘从上海乘船西行，在李白投江的采石矶纵身投江。自沉之后，他的夫人刘霓君带着两个遗孤先到长沙，后移居云南昆明，如今夫人已去世数年，信里讲得十分正确。夫人刘霓君是湖南人，1923年3月与朱湘在南京结婚。1925年生儿子小沅，起名海士，字伯智，1926年生女儿小东，名雪，字燕支。朱湘去世后，刘霓君带着小沅和小东从上海回长沙，后漂泊到四川、贵州，闻一多被刺杀前曾邀请她们去昆明，待她们赶到昆明，闻一多已经遇难，她们无可奈何，只好就在昆明定居了。刘霓君于1974年4月14日病逝。小沅，最初由二伯母照顾，在南京贫儿院读书，抗战时期到了昆明。解放后参加工作。1958年被下放到一个煤矿劳动，后身患矽肺病去世。小东因腿部残疾，艰难地生活在昆明。

信第三段讲朱湘儿子小沅有一个儿子是白血病，还有一个儿子朱细林

"曾写过朱湘的回忆录，但我也没有见到"。这说明赵景深先生对朱湘的后人是十分了解的。具体情况是，小沅的一个儿子佑林患红斑性狼疮，一种白血病，于1979年去世。还有个儿子细林，在艰苦的环境中坚持自学，酷爱文学，喜欢泰戈尔、雪莱、波特莱尔等人的作品，有志继承祖父作诗人。他曾撰写七万多字的《诗人朱湘之死》，其中三万字曾在香港的杂志上刊载。

信最后讲他本来"保存了朱湘的遗信，但在1966年被'红卫兵'抄去，迄今没有还给我，甚为可惜"。"十年浩劫"中，丢失的何止朱湘的遗信，千万件文物都被"打、砸、抢"弄得灰飞烟灭了！

写信人生平、学术成就：

赵景深，现代作家，文学史家，文学翻译家。字旭初，曾用笔名卜朦胧、冷眼等。1902年生，四川省宜宾县人，少年时代在安徽芜湖读书，1922年在天津棉业专科学校纺织科毕业，后刻苦自学文学。入天津《新民意报》编文学副刊，并组织绿波社，提倡新文学。1923年加入文学研究会，1924年秋到湖南第一师范任教，同田汉、叶鼎洛编辑《潇湘绿波》杂志。1924年翻译安徒生的童话《皇帝的新衣》《火线匣》《白鹄》等，在商务印书馆的《少年杂志》上发表，是中国第一个把安徒生童话介绍到中国的翻译家。1925年回上海，任上海大学教授。1927年任开明书店编辑，并主编《文学周报》。1930年开始任北新书局总编辑，直到1951年。1930年还曾主编《现代文学》，并任复旦大学教授。1933年受郑振铎的影响和激励，从创作与翻译而研究古代戏曲与小说，成绩丰硕。解放后，一直在复旦大学任教，他为打破单纯从剧本与文献阐释昆剧历史、评论作家作品的研究方法，20世纪40年代拜昆剧名旦尤彩云、张振芳为师，苦学8载，又与友人俞振飞、徐凌云及以"传"字辈演员相互切磋。凡新中国成立以来有关改革与振兴昆剧的重要活动，他都积极参加。他的昆剧活动，普及并扩大了昆剧的社会影响。

赵景深先生于 1985 年病逝，享年 83 岁。

他德高望重，桃李满天下。他的墓志铭上刻下了"六十余年，培养英才遍世；半千万字，著编书籍等身"的俳句，实在是先生一生的真实写照。

赵景深先生著作颇丰。有《中国小说丛考》《童话概要》《童话论集》《中国文学小史》。诗集《荷花》，歌剧《天鹅歌剧》《民间故事研究》《作家与作品》《童话学 ABC》《民间故事丛话》《现代世界文学》《文学讲话》《文学概论》《文艺论集》《宋元戏文本事》《读曲随笔》《小说戏曲新考》《曲论初探》等，还有他选编的《鼓词选》《古代儿歌资料》等。

赵景深与朱湘被世人称为至交。每每讲到二人的关系，人们总会联想起春秋时期的管仲与鲍叔牙之间的友谊。管仲一生从生活到事业，都得到鲍叔牙无私的帮助。管仲曾感动地说过："生我者父母，知我者鲍叔也。"朱湘一生从生活到事业直到他的身后，都得到了赵景深无微不至的关怀和帮助。这里只列举两件事。

1933 年春，朱湘忽然跑到北新书局去找赵景深，赵景深吃了一惊，见他竟穿了一件破棉袍，面容憔悴不堪。他附着赵景深的耳朵说："轮船上的茶房跟我来的，我还没有买船票，行李还押在那里呢！"赵景深连忙替他付了钱。第二天他又去看赵景深，说是见不得人，要钱上街去买一件稍新的棉袍。赵景深知道他实在生活有了困难，便掏了一把钱给他，当然不会是他要的 5 元了。

朱湘投江自杀的噩耗传来，赵景深与夫人连忙赶到他家，一面劝慰夫人刘霓君节哀，一面帮忙料理后事。朱湘逝世不久，赵景深便在自己主编的《青年界》五卷二期上编辑刊出了纪念朱湘的专号，全部稿酬，一律赠给朱湘遗孤。同时，也就开始为编辑整理和联络出版朱湘遗著而奔走。在他的奔波下，朱湘的散文集《中书集》和文学论著《文学闲谈》陆续出版。1934 年 12 月，在朱湘逝世周年之际，赵景深又在北新书局出版了由他编辑的朱湘书信集《海外寄霓君》。后来，赵景深先生又写了多篇怀念朱湘的文章，不仅如此，赵先生还力所能及地帮助其遗孤。朱湘女儿小东生病到上海，就住在赵景深家。

《现代诗人朱湘研究》的作者钱光培先生，在讲到赵景深与朱湘的友谊时，曾深有感慨地说："我认为老一辈文人中那种经久不渝的友情，那种对友人的高度责任感，不仅应当传为美谈，也应该作为新一代作家们效法的风范。现在，这个想法更为坚定了。愿我的这本书也能给新一代的作家轻轻地吹去友谊的和风。"

16 孙席珍：北方"左联"几件事

来信主要内容：

信中回忆了四件事：

1. 未名社与北方"左联"的关系。

2. 关于张鼎和。

3. 陈沂陈述北方"左联"向鲁迅汇报一事有误。

4. 关于北平地下党书记刘愈。

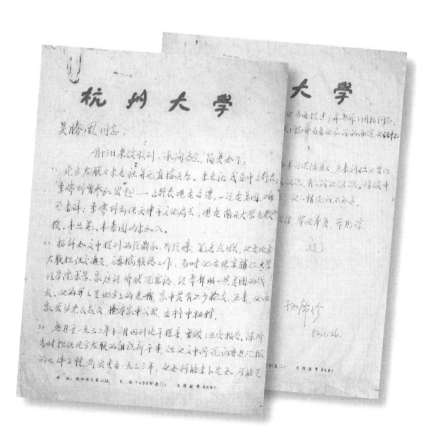

信件原文：

吴腾凰同志：

一月十三日来信收到。承询各点，简复如下：

（1）北方"左联"与未名社并无直接关系。未名社成员中台静农、李霁野曾参加发起——台静农现在台湾，一说在美国，确否未详；李霁野前任天津市文化局长，现在南开大学当教授。韦丛芜、韦素园均未加入。

（2）杨纤如文中提到的张鼎和，即张璋，笔名张泓，他在北方"左联"担任交通员，主要搞联络工作，当时他在北京辅仁大学理学院求学，家庭经济状况富裕，经常帮助一些贫困的战友。他的哥哥是地方上的恶霸，家中藏有不少枪支，后来，他回家发动农民起义，抢夺家中武器，在斗争中牺牲。

（3）鲁迅一九三二年十一月回到北平探亲，曾作了五次报告。陈沂当时担任北方"左联"的组织部干事，但他文中所说向鲁迅汇报的几件事情，都发生在一九三三年，他如何能未卜先知，可能是他自己记错了。我在北京曾向他当面提过；并告诉了周扬同志、夏衍、陈荒煤等同志；李俊民同志也当着他和我的面说他记忆有误，但他后来并未更正。

（4）我在北京念书时，北京市委书记是陈为人，后来刘仁也曾任此职。市委其他领导同志，有的我认识，有的我不认识。你信中提到的刘愈同志，我素不相识，他的情况我不知道。

我近年任务较多，身体欠佳，草此奉复，希见谅。

祝

春节愉快！

孙席珍

82.1.26

信件解读:

在一次中国现代文学学术研讨会上,吴腾凰见到孙席珍先生,知道他担任过北方"左联"的领导,还认识"未名社"的李霁野、台静农和曹靖华等人。会后,吴腾凰写信给孙先生,向他请教有关"未名社"的几个问题。孙先生于1982年1月26日在病中为他作了答复。

复信中第一个问题讲"未名社"与北方"左联"没有组织关系。孙先生说:"北方'左联'与未名社并无直接关系。未名社成员中台静农、李霁野曾参加发起。"孙先生又顺便告诉他台静农、李霁野两人的情况以及韦丛芜、韦素园都未曾加入"北方左联"。

第二个问题是关于革命烈士张鼎和的生平事迹。他信中说:"张鼎和即张璋,笔名张泓。"他在北方"左联"担任交通员,主要搞联络工作,当时他在辅仁大学理学院求学,家庭经济状况富裕,经常帮助一些贫困的战友。他的哥哥是地方上的恶霸,家中藏有不少枪支,后来,他回家发动农民起义,抢夺家中武器,在斗争中牺牲。"孙先生这里讲的情况,有些准确,有些不够准确,实际情况是这样的——

张鼎和又名张晓天,1905年出生于合肥西部张新圩的一个官宦之家,曾祖父是淮军将领张树声。20世纪初随父去天津定居。1925年加入中国共产党,后进黄埔军校读书。1929年入辅仁大学化学系学习,与台静农、李霁野诸老乡筹备、组建北方"左联",并当选为执委。1931年至1934年间,两次被捕入狱。1935年春从上海到重庆,1936年被捕,关押在安徽高等法院看守所和安庆饮马塘看守所,被国民党军事法庭按"危害民国紧急治罪法"处死刑,是年9月8日在安庆东门外刑场壮烈牺牲,终年31岁。1952年被追认为烈士,1982年中共肥西县委在紫蓬山麓的苍松翠柏间,重新修葺了烈士墓地,墓碑上铭刻着"张璋烈士墓"五个大字。如今,这里被定为肥西县重点文物保护单位和爱国主义教育基地。

张鼎和的堂妹夫、作家沈从文曾以他为原型写了短篇小说《大阮和小阮》，发表在 1937 年 6 月出版的《文学杂志》第一卷二期上，表彰其"世界好一点，就得有人跳火坑"的大无畏的牺牲精神。

第三个问题，讲作家陈沂同志回忆北方"左联"的一事有误。先生在信中说，陈沂同志在回忆北方"左联"的文章里，把发生在 1933 年的事说成 1932 年就向鲁迅先生汇报了。这样明显的差错，经他本人向陈沂同志"当面提过"，又让周扬、夏衍、陈荒煤等同志转达过他的意见，可他"并未更正"。

鲁迅先生 1932 年 11 月去北平探亲，曾先后应邀做了五次讲演，陈沂当时担任北方"左联"组织部干事，他同范文澜同志奉河北省委之命负责接待先生。一天晚上，范文澜同志安排在台静农家（地安门外西皇城根）鲁迅与北方"左联"领导人会面。会面时，北方"左联"陈沂同志向鲁迅先生汇报了工作，鲁迅先生也讲了一些意见。1979 年第 4 期《新文学史料》发表了陈沂同志的回忆《向鲁迅先生的一次汇报和请示》的文章。其中有几件事情是 1933 年才发生的，他回忆成 1932 年发生的，并说向鲁迅先生汇报了，这明显是记忆有误。斗转星移，岁月流逝，记忆有差错，这本属于成正常的事，无须责怪。可孙先生认为经他指出，陈沂确实记错了，可仍然不愿纠正，这是对历史不负责任的表现。1986 年吴腾凰在上海参加鲁迅逝世 60 周年学术研讨会期间，会上见到陈沂同志，向他问及这件事，他也没作正面回答。

第四个问题，关于北平地下党书记刘愈的生平事迹。未名社与北平地区的地下党关系密切，曾掩护过赵赤坪、李何林、王冶秋、王青士、宋日昌等许多地下党员。北平地下党书记刘愈牺牲后，台静农写《春夜的幽灵》，记录其为革命壮烈牺牲的场景。韦素园读了台静农的文章后，又写了一首《忆亡友愈》的悼念诗。吴腾凰向孙先生请教刘愈烈士的情况。孙先生答道，他在北平读书时，当时的市委书记是陈为人，后来是刘仁，对刘愈同志，我素不相识，他的情况我不知道。

写信人生平、学术成就:

　　孙席珍教授,是一位著作等身的现代作家。他 1906 年生于浙江绍兴县平水镇一个贫寒家庭。16 岁中学毕业后,到北京半工半读,晚上担任《晨报》副刊校对,白天在北京大学学习,与赵景深、塞先艾等组织绿波社,负责编辑《京报文学周刊》。其间在北京、上海的报刊上发表诗歌,曾被鲁迅先生称为"诗孩"。"五卅"运动后,积极参加青年爱国运动。1926 年从共青团员转为共产党员。北伐战争时期,任总政治部秘书,在郭沫若领导下主编《革命军日报》南昌版。1927 年参加南昌起义,失败后到上海转入地下,曾流亡日本。1931 年至 1937 年历任北京师范大学和北平大学女子文理学院讲师、中国大学及东北大学教授,同时任北方左翼作家联盟常委兼书记,并与吴承仕、齐燕铭、曹靖华等合编《文史》月刊及《盖旦》半月刊。北平"左联"解散后,成立北平作家协会,仍任常委、书记。"一二·九"前后,投身抗日救亡运动,任华北各界救国会和北平各界校园会常委。抗日战争爆发后,辗转山东、河南、湖北、江西、湖南、广西、福建等省从事救亡运动和流动讲学。抗战胜利后,受联合国救济署(UNRRA)之聘,曾任专门委员。新中国成立后,先后任南京大学、浙江大学、杭州大学教授,主要从事学术研究和教学,曾被选为浙江省文联委员、浙江作协副主席等。1984 年因病去世,享年 77 岁。

　　孙席珍先生,经历丰富,笔耕不辍。他的主要著作有:短篇小说集《到大连去》《金鞭》《女子的心》《夜夜姣》,小说散文合集《花环》,论文集《外国文学论集》《近代文艺思潮》《欧洲文学史》《文学概论》《诗歌论》《日本文学史纲》《西欧文学史》《印度文学史纲》《文学写作基础》《东欧文学史》等。

　　编译有《东印度故事》《莫泊桑生活》《雪莱生活》《高尔基评传》《辛克莱评传》《英国浪漫诗人》《英国文学研究》等。

17　王林：十九年后才知道他叫王青士

来信主要内容：

回忆与王青士烈士相交的情形。

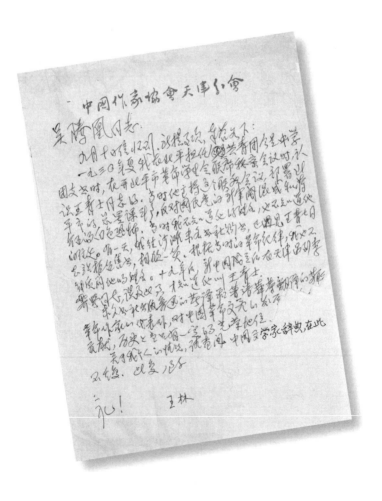

信件原文：

吴腾凰同志：

九月十日信收到。所提事项，作答如下：

一九三〇年夏，我在北平担任共青团今是中学团支书时，在开北平市革命学生会联席秘密会议时，认识王青士同志的。当时他主持这个联席会议，部署北平市的总罢课斗争，反对国民党的新军阀混战和蒋介石的白色恐怖。当时我不知道他的姓名，也不知道他的住处。有一天，我往沙滩未名书社购书，正遇见王青士同志站柜台售书，相顾一笑。根据当时的革命纪律，我也不能质问他的姓名。十九年后，新中国成立后在天津遇见李霁野同志，谈及此事，才知道他叫王青士。

未名书社出版鲁迅的著译和曹靖华等翻译的苏联革命作家的代表作，对中国革命文艺的发展……贡献，历史上当是有一定的光荣地位。

关于我个人的情况，请查阅中国文学家辞典，在此不重复。

此复，致礼！

王林

信件解读：

"未名社"的后期，曾掩护过一批地下共产党员，如李何林、王青士和王冶秋两兄弟。吴腾凰在考察未名社与共产党地下组织关系的情况时，曾向李何林先生请教。李先生告诉他，当时在北平从事地下党活动的有一个叫王林的人，他认识王青士，他曾向我讲过。此人现在天津作家协会，是位作家。吴腾凰于1983年7月7日致信王林先生，向他求教。王林不久便复信。

王林先生在信中称他在北平曾两次见过王青士。一次是1930年他在北平担任共青团今是中学团支书时，北平革命学生联席会召开一次秘密会议，王青士主持那次会议，部署北平市的总罢课斗争，反对国民党的新军阀混战和蒋介石的白色恐怖，但自己当时不了解他的住处。还有一次，他去沙滩未名社购书，看到王青士在柜台前售书。他们两个只是相互看了看，笑笑便没有讲话。那是根据当时地下工作的纪律，彼此不准相互质问姓名。王林直到新中国成立后，在天津遇到当年一度主持未名社的李霁野同志，才知道那位在联席会上讲话的是革命烈士王青士。

王青士（1907—1931），原名王之缙，化名王青士、王秋实。出生于安徽省霍邱县一个官僚地主家庭。自幼爱好绘画，就读于城内高等小学堂。民国八年高小毕业，次年春，带领弟弟王冶秋到北平求学。先在北平美术研究会旁听，学习绘画和摄影，并参加一些进步活动。后于1923年考进北京俄文法政学校，结识瞿秋白，在他影响下加入国民党。因从事反帝反军阀斗争，受到北洋政府的监视，随即辍学离北平。1926年返回家乡。1927年加入中国共产党。1928年参加皖北著名的"七二七"文字暴动。暴动失败后，10月避难于北平"未名社"。不久，与北平党组织接上关系。1929年初，党派他负责北平沙滩共青团工作。这期间，他的公开身份是未名社门市部的店员。由于他擅长绘画，未名社的广告和新出的书籍封面，多由他绘制。未名社出版的书籍的封面，除少数几本是陶元庆、孙福熙设计外，其余未署名的皆出于他之手。曹靖华翻译契诃夫作品书的封面，就是他绘制的，还受到鲁迅先生的夸奖。

王青士在"未名社"工作期间，未名社门市一度成为地下党的地下联络站。他利用"店员"身份，保释过十几位被捕的革命者。为了不给"未名社"带来麻烦，他向党组织请示后，便离开了"未名社"。

1930年夏秋之交，他受党组织派遣到山西省太原担任山西特委书记，后又转到山东省任省委组织部部长兼青岛市委书记。1931年1月，他代表山东省委赴上海参加中共六届四中全会。1月17日，由于叛徒告密，在汉口路222号东方旅社31号房间被捕。2月7日夜王青士和同时被捕的何孟雄、林育南、李求实、胡也频、柔石等23人，被国民党反动派秘密杀害于龙华。

写信人生平、学术成就：

王林，知名作家。1909年出生于河北省衡水县农村，原名王弢。1930年4月底在北平今是中学读书时加入中国共产主义青年团，同年秋考入青岛大学外文系，加入中国共产党，任该校地下党支部书记。此间，曾介绍黄敬同志入党。1935年12月与黄敬同志一起参加北京"一二·九"学生运动。1936年8月到东北军学兵队做地下工作，亲历西安事变。1937年投入抗日战争，曾任冀中文建会副主任，火线剧社首任社长，冀中文协主任，此间，创作了一些抗战剧本和散文。1949年随部队进入天津，历任天津市总工会文教部部长、天津市文联党组副书记、文联副主席、作协天津分会副主席、河北省文联副主席等。

1984年逝世，享年75岁。

　　王林先生从 20 世纪 30 年代参加左翼文艺运动，创作了大量现实主义作品。西安事变后，为歌颂中共地下人员在东北军为争取停止内战、一致对外的英勇斗争，创作了话剧《火山口上》。在冀中平原抗日斗争中，他创作了反映"五月大扫荡"的长篇小说《腹地》《女村长》和一批短篇小说。1949 年 7 月参加全国文协后，创作长篇小说《站起来的人民》等。1957 年与孙犁合写了《平原上的故事》。晚年又以"九一八""一二·九""双十二""七七"为历史背景，以东北人民亡省亡家的悲惨生活和在共产党领导下所进行的革命斗争为主题，创作长篇小说《叱咤风云》《一二·九进行曲》等。出版《王林文集》七卷，包括长篇小说、短篇小说、剧作、日记、散文等。

　　王林先生，为人性格开朗、风趣幽默，能与群众打成一片，是冀中妇孺皆喜欢的好作家。他的一生不离冀中，抗战时期他发誓要与冀中共存亡，新中国成立后在冀中跑乡串户，访贫问苦，因此他对那里的风土人情、风俗习惯、各类掌故都十分熟悉。他被誉为冀中的活字典、活地图。

18 赵清阁：鲁迅先生教导我写作

来信主要内容：

劝说吴腾凰不要写她的传，一是搜集材料不易，二是重复太多没有意思。

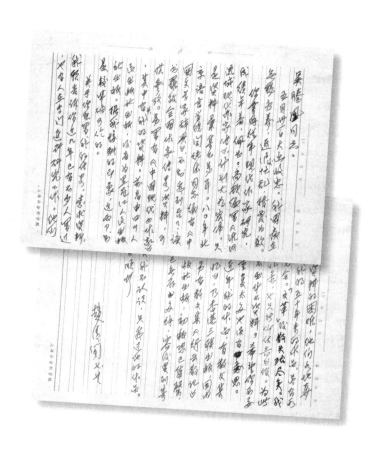

信件原文：

吴腾凰同志：

　　五月卅一日大函收悉。我因病在无锡疗养，返沪后忙乱，稽复为歉。

　　你业余从事现代作家研究，成绩卓著，佩甚。尚欲编写《淮河流域现代作家传》，计划尤为宏伟。只是资料汇集不易耳。一九八〇年北京语言学院闫纯德同志编有《中国文学家辞典》，不知看到否？该书罗致全国作家传略资料，可供参考。另写有《中国现代女作家》，其中有关我的资料。前者由四川人民出版社出版，后者为黑龙江人民出版社出版。据我接触的印象，这两部书是较准确可信的。

　　关于你想写我的传略，索求资料，我愿告诉你这几年已有不少人写过，也有人在专门进行研究工作。他们都感到资料的困难，他们各地奔波，搜求我的五十年来的作品，虽有所获，但不完全。"文化大革命"后散失殆尽矣。我自己写回忆录，也只能仰仗图书馆。为此我提供不出什么资料，希望你不要写我，重复太多也没有意思。

　　关于近年我的作品，有散文集《沧海泛忆》，乃香港三联出版，国内买不到。另有散文集《行云散记》乃百花出版社出版，初版恐已售罄，我手头已无存书多余，容后买到寄赠。

　　吕荧我不认识，只看过他的作品。

　　匆复顺致

文祺

赵清阁

七．廿

信件解读：

　　1985 年 5 月 31 日，吴腾凰为搜集淮河流域作家的生平资料，写信给作家赵清阁。她于是年 7 月 20 日复信。

　　复信的开端，说她"因病在无锡疗养"，再加上"返沪后忙乱"，故表示"稽复为歉"。接着称吴腾凰想编《淮河流域作家传》，"计划尤为宏伟"，可真正搞起来，搜集资料"不易耳"。她向吴腾凰推荐两部参考书：北京语言学院（现中央民族大学）阎纯德先生编《中国文学家辞典》和《中国现代女作家》，称这两部资料书"较准确可信的"。接着她又写道，至于她的传略，有不少人写过和研究过，那些人到处查她的资料，都因"文革"而散失殆尽，很难查寻。就连她自己写回忆录"也只能仰仗图书馆"。她奉劝吴腾凰，"希望你不要写我，重复太多也没有意思"，况自己也"提供不出什么资料"。信的后面说自己近年写了一些散文，香港三联出版了一本《沧海泛忆》，另有百花出版社出版的《行云散记》。前者国内买不到，后者出版"恐已售罄"，她手头已无存书多余，"容后买到寄赠"。

　　关于吴腾凰向她求教美学家吕荧先生的文学活动情况。她说自己不认识吕荧，只看过他的作品，故无法提供资料。

　　吴腾凰继《蒋光慈传》之后，又拟写蒋光慈夫人宋若瑜的传记，后与友人合写了《蒋光慈·宋若瑜》。书出版后，有些读者来信问他宋若瑜在河南省信阳教书时与作家赵清阁的师生关系的事，他觉得有必要做进一步了解。吴腾凰于 1996 年 10 月去上海参加鲁迅逝世 60 周年学术研讨会，会议结束后的 10 月 25 日上午，他约了中山大学教授李伟江和上海文史学者丁言模一道去拜访赵清阁。他们三人迎着初冬的寒风，走进华东医院住院部，在一间宽敞的病房里，拜访了赵清阁。老人个子不高，面目清秀，依然不减当年重庆时代照片上的风韵。三人自报身份后，老人先是忙着搬椅子，后又泡茶拿糕点，让他们坐下。赵清阁忙了一阵，回到病床前挪动一把靠椅坐了下来。三个人围在窗前的一个小桌上，桌上一瓶鲜花在阳光照射下显得十分灿烂。吴腾凰向老人说明来意，想请她回忆宋若瑜在信阳教书的情况。赵老低头沉思了一刻，用她一口轻柔的普通话讲述了她与宋若瑜老师的往事——

　　我出生在河南信阳，父亲是个知识分子，母亲温柔善良，能写诗绘画。在我5岁时，她就因病去世了，年龄仅26岁。母亲去世后，父亲又给我娶了后母，我就到外婆家去了。在那里开始读私塾。8岁，我从外婆家家塾转入信阳省立第二女师附小。当时宋若瑜老师还没来，大约在我10岁的时候她才来的。宋若瑜老师知识渊博，能歌善舞，还弹得一首好风琴，不管她教英语、代美术、教体育，还是当斋务主任，总是与学生们在一起跳舞呀，唱歌呀，说说笑笑，老师同学都喜欢她。当她得知我死母亲，心情苦闷的情况下，就对我特别关心。她发现我爱好文学，常常叫我到她屋里去，为我讲些新文学知识，介绍我阅读"五四"以来的新书和杂志，如冰心的《寄小读者》《小朋友》月刊等。如果说谁让我开始接触新文艺，把我从一个家塾的古文学中带到学校的话，那就是她。她为我这棵幼苗，奠定了矢志文艺的兴趣和志愿。我从书中寻到了解除苦闷的港湾。那时她正在与蒋光赤（慈）谈恋爱。后来她离开信阳，与蒋光赤结婚，不久，就在庐山牯岭病逝了。她去世我不知道，还是从蒋光赤发表的纪念亡妻若瑜的长诗《牯岭遗恨》中得知的，宋老师死得太早了，可惜呀！

　　赵老讲了这段往事，站起身，朝着桌上那束鲜花看了看，没有再说什么。
　　吴腾凰接着又问道："从资料上我们知道您曾经与鲁迅先生见过一面，请您讲讲具体情形好吗？"
　　赵老说：

　　我与鲁迅先生只见过一面，那是我一生都忘不了的。那是1934年的春天，我在上海发表了几篇小散文和旧体诗，便写信并寄去了发表的作品。没过几天，我便收到鲁迅先生的一封短信，约我到内山书店面谈。我当时十分兴奋，便把这一喜讯告诉一个同事左明，他是搞戏剧的。他那时正在改编鲁迅先生的《阿Q正传》，正要去找鲁迅先生请教，于是，我们俩便一块去了。

鲁迅先生和蔼可亲，一点架子都没有。鲁迅先生问我为什么喜欢做旧体诗，还鼓励我说："能做旧体诗就也能做新诗，写散文要富有诗意，做新诗对写散文有帮助。散文无论抒情和叙事，都必须辞藻优美、精练。然而更重要的是，诗与散文都应言志，不可空洞无物。"鲁迅又问到我的工作和学习情况。我说，我在上海美术专科艺术教育系学习，主要学习西画，还学习音乐、乐理。还在天一电影公司做《明星日报》的宣传工作。我与鲁迅先生正在谈着，鲁迅夫人许广平来了，说家里来了客人，要鲁迅先生回去。鲁迅先生便先走了，他让许广平和我先聊聊。我们俩一见如故，自那次以后我便与许广平成了好朋友，解放以后，她对我处处关心照顾。我那次见到鲁迅后写作的劲头更足了，第二年就将我的几篇小说汇编成小说集《早》出版了，那是我的第一部短篇集。鲁迅先生1936年10月逝世，我专程从南京到上海参加了先生的葬礼。鲁迅先生，我虽然与他只见过一面，但我记忆一辈子，影响我一生。1939年为纪念鲁迅先生，我曾写过一首《哀思鲁迅先生》的诗……

李伟江和丁言模觉得赵老是个病人，不能让她太辛苦，便对吴腾凰说："赵老太累了，下次再谈吧！"吴腾凰觉得不好意思，便对赵老说："谢谢您，我们下次再来看您！"

赵老笑着说："今天还好，不累不累！"接着双手按着藤椅扶手站起身来，顺手从床头柜上取了三本她新近出版的散文集《不堪回首》，说："你们每人一本，请批评。"

李伟江教授说："请赵老题个字吧！"

赵老慢慢地走到小桌旁，坐下来，问了每个人的名字，便在书的扉页上给每个人签了字。临别时坚持要送他们到病房门口。三人坚辞，赵老笑着说："你们都还年轻，祝你们事业有成！"在门口赵老忽然拉着吴腾凰的手问道："宋若瑜老师家中还有后人吗？"吴腾凰答道："她有个侄子，在开封冷冻厂当工人，我去访问过他。"

赵老说："你再有机会见到他，代我向他问声好！宋若瑜是我的恩师啊！"

吴腾凰他们三人走到楼道口回望，见赵老还站在病房门口朝他们看着。

谁也想不到，之后还不到三年时间赵清阁老人就驾鹤西行了。

写信人生平、学术成就：

赵清阁，现代著名女作家、画家。曾用名铁公。1914 年生，河南省信阳人，出生在一个小官僚、小地主家庭，祖父是杞县清朝举人，舅父是进士，父亲毕业于新式高等专科学校，母亲是一位聪明能干的女子，善刺绣能作诗绘画。赵清阁 5 岁时，母亲因病离世，被寄养在舅父家中，开始读旧诗文。8 岁入信阳省立女师附小读书，受蒋光慈未婚妻宋若瑜影响，爱好新文艺。1925 年考取信阳师范，因年龄太小，未能入学。1927 年再次考取信阳女师，被父亲阻止，仍未能入学，后经姨母帮助，进县立初中插班。1929 年，初中毕业。为反对包办婚姻，在祖母帮助下，于 12 月逃离信阳，奔走开封，投靠姨母，考入开封艺术高中二年级插班，改学国画，并学习音乐。1930年，她贸然第一次将一首押韵的新作投给《河南民报》，竟然发表了，还得到了稿费。她说："这真是天大的喜事，不但我高兴，校长和同学们也为我高兴。这启发了我，投稿还是一条通向经济自立的路。这时候我还不太懂得'名'的意义，只觉得能将心中的抑郁、愤懑写出来，公之于世，既痛快又有报酬，一举两得！于是从此我便向各报投搞，我什么都写，小说、戏剧、诗歌、散文、杂文，我把一肚子怨气都倾泻到笔墨间，我不仅抨击自己的封建家庭，也批评揭露亲友的家庭。"1932 年，她用真名真事写了表姐夫大男子主义欺负表姐，表姐毅然出走比利时的真实事件的话剧剧本，受到亲友的批评。高中毕业前，她就应约为《新河南报》主编《文艺周刊》，为《民国日报》主编《妇女周刊》。1932 年 7 月，高中毕业后，到河南救济院贫民小学执教，同时经著名作家叶鼎洛推荐在河南大学旁听借读。此间，她一边教书上课，一边旁听借读，一边为《河南民报》写稿，对社会的黑暗、压迫、罪恶的现象，由认识到憎恶，她拿起自己的笔，向罪恶刺去。她的文章惹怒了报社，成了黑社会恶势力关注的对象，文章不能发表了。她高呼着"我要前进，我要前进！"离开了开封。

1933 年 9 月奔赴上海，被聘为《女子月刊》特约撰稿人。11 月，考入刘海粟任校长的上海美术专科学校教育系二年级插班生，主攻西画，学习音乐及音乐理论。初到时，为了生活还到丝厂做过女工。1934 年，继续在美专读书，兼任天一电影公司《明星日报》编辑，半工半读。1935 年 7 月，美专毕业，被母校开封艺术高中聘为教员。当时年方 21 岁，亭亭玉立，如出水芙蓉，成为校花。再加上身为上海美专的优秀生，琴棋书画、诗词文章，多方面的才能，让广大师生引为骄傲。可她由于受鲁迅思想影响和左翼文艺的熏陶，不断写诗著文揭露军阀统治下的种种罪恶，因此成为国民政府的眼中钉，遭到抄家。后又在她的住室里搜到田汉的信件和《资本论》等书，便被当作共产党"嫌疑"而逮捕入狱。关了大半年，患上肺病，后经亲友保释出狱。几经辗转又去了上海。在上海女子书店任总编辑，主编"女子文库"，兼任《女子月刊》编委。后女老板知其因共党"嫌疑"坐过牢，便将她解雇。

抗战爆发后，她去武汉，编《弹花》文艺月刊，这是抗战后第一个文艺刊物。参加中华全国文艺界抗敌协会，与老舍、郁达夫等相识。1938 年 8 月去重庆，继续主编、出版《弹花》文艺月刊。后任教育部教科书编委会特约编辑。1940 年夏在曾家岩中共办事处受周恩来接见。1942 年住北碚，埋头著书，撰有话剧本《生死恋》《此恨绵绵》《潇湘淑女》和理论著作《抗战编剧方法论》。1943 年与老舍合作四幕话剧剧本《王老虎》（又名虎啸）、《桃李春风》，后开始改编《红楼梦》。1944 年，任中央民众教育馆特级编辑及《新民报》特级撰述。1945 年离川赴沪，主编上海《神州日报》副刊，并为《大公报》《申报》《人世间》《文潮月刊》等报撰稿。1946年出版反映爱情悲剧的多幕话剧《此恨绵绵》、根据《红楼梦》改编的三部多幕话剧《冷月诗魂》《鸳鸯剑》《流水飞花》以及描写抗日战争中爱国知识青年生活的中篇小说《月上柳梢》。1947年参加全国戏剧协会，编辑《无题集——现代女作家小说专集》出版。1948年任教于上海戏剧专科学校并任上海大同电影公司编剧。其间出版短篇小说集《落叶》，这些作品从一些侧面暴露了反动派的黑暗与罪恶。这期间，还创作了反映知识分子苦闷的电影文学剧本《几番风雨》，表现旧社会妇女的非人生活和悲惨命运的《蝶恋花》以及描写抗日战争中知识青年斗争生活的《自由天地》等。

　　1949年5月28日上海解放，7月加入中华全国文学工作者协会。1950年2月，加入上海戏剧家协会、电影工作者协会，创作反映新社会道德风尚的电影文学剧本《女儿春》，这是我国歌颂新中国的第一部影片。出版了根据孔尚任戏曲《桃花扇》改编的戏曲剧本《桃花扇》。1957年参加中国农工民主党，任上海天马电影厂编剧，此后，出版了根据古典戏剧《牡丹亭》改编的中篇小说《杜丽娘》、根据小说《红楼梦》改编的多幕话剧《贾宝玉与林黛玉》，反映工业题材的电影剧本《向阳花开》。因在"三反""五反"中被戴上"封建文学家"的帽子，调到电影厂资料室工作。1956年在许广平同志关心下，她重返创作岗位。1960年创作的表现老艺人新旧社会不同境遇的电影剧本《凤还巢》，1963年由香港电影公司摄制成功。1962年被选为上海市文联委员。"文革"开始后，被打成"反动文人""国防戏剧追随者""四条汉子的走卒"，遭受批斗、抄家，后患脑血栓偏瘫四年，开始以作画自娱。1979年，调上海社会科学院文学所。1984年加入中国共产党。1986年10月被评为研究员，1998年中央电视台《二十世纪中国女性》专题节目组采访了她。1999年11月27日病逝于华东医院，享年85岁。

　　在追悼会的灵棚两侧挂着一副挽联，概括了她苦斗一生为国家为人民奉献的业绩：

　　七十年创作生涯，清流笛韵，遗爱长留人间；

　　五十部文学作品，翠阁花香，文名永垂青史。

　　赵清阁著作等身，其主要著作：

　　小说有短篇小说集《旱》《华北的秋》《落叶》；中篇小说《杜丽娘》《江上烟》，长篇小说《双宿双飞》《月上柳梢》等。话剧有《女杰》《潇湘淑女》《此恨绵绵》《反攻胜利》《桃李春风》（与老舍合作）、《冷月诗魂》《鸳鸯剑》《流水飞花》《两打梨花》《血债》《生死恋》《贾宝玉与林黛玉》《红楼梦话剧集》等。电影文学作品有《几番风雨》（合作）、《蝶恋花》《自由天地》《女儿春》《向阳花开》《凤还巢》《粉墨青春》《模特儿》等。主编《弹花文艺丛刊》《中西文艺丛书》《神州日报》副刊、《无题集——现代中国女作家小说专集》《中国著名作家书信集锦》等。理论专著《抗战戏剧概论》《抗战文艺论》《编剧方法论》等。散文集《沧海泛忆》《行云散记》《往事如烟》《浮生若梦》《长相忆》等。另有诗、词、绘画散见于报刊。

　　赵清阁温文尔雅、文静娴淑、能诗善文、尊师爱友，与许多文坛巨匠、艺术大师结为至交。她是齐白石、刘海粟的得意门生；是郭沫若、茅盾、老舍、田汉、洪深、阳翰笙、梁实秋、傅抱石的知心文友；是冰心、凤子、陆小曼、方令孺、谢冰莹、苏雪林的好姐妹；是深受周恩来、邓颖超、鲁迅、许广平关爱与呵护的女作家。特别在晚年与邓颖超的友谊更给了她慰藉与力量。1973年，病痛中的周恩来总理向夫人邓颖超提及赵清阁，说她是一位才华横溢的女子，为文艺协会作出过巨大贡献，又说她是河南信阳人，你老家是光山，也是信阳地区。由此，邓颖超萌生了请赵清阁这位同乡来家中做客的念头。但后来因为诸事繁忙就把这件事给耽搁了。周恩来总理去世后，赵清阁写了一首悼念长诗，邓颖超读后，深为诗人的真情打动，久久难忘。1973年金秋三月，她特邀赵清阁到周总理生活26年的西花园厅见面叙谈。经过一番叙谈，邓颖超了解到赵一生未婚，无子无女，全靠自己的毅力和不服输的精神坚持创作的情况，对她产生了好感。自此以后，在信中邓颖超称赵清阁为"姐""同志""尊敬的"。1982 年邓颖超在上海治病，在院方限制与外人交往中，还请人把赵清阁接到医院，二人长时间交谈。后来回到北京，邓颖超还将新摘的桂花装进信封里寄赠赵清阁，人们赞之为"丹桂飘香友谊长"。

　　赵清阁与作家老舍之间的生死恋情，许多研究者都叙述过，傅光明、张彦林两位，一位有专著，一位有详文，将他们两人几十年的凄楚爱情做了具体陈述，我们在这里作一简述。

　　抗日战争爆发后赵清阁到了武汉，经《文艺战线》月刊主编胡绍轩邀请，赵清阁、老舍、王平陵、郁达夫等在武昌粮道街一家酒楼相聚。这是赵清阁第一次见到老舍，时间是 1938 年 2 月的一天。后来赵清阁主编《弹花》月刊，胡绍轩曾多次宴请赵清阁、老舍去酒馆吃酒。赵清阁为了组稿，也常借机向老舍讨教有关编刊真"经"。在《弹花》创刊号上发表了老舍的《我们携起手来》，文章热情洋溢地写出了《弹花》的宗旨。3 月 27 日，中华全国文艺界抗敌协会在汉口成立，赵清阁参加成立大会。老舍当选"文协"总务部主任，负责主持"文协"日常工作，赵清阁被聘为理事会干事。当时赵清阁 23 岁，穿着京沪一带流行的时髦短装，短头发，态度潇洒，落落大方，健谈。给人的第一印象是：有男性的健美，又有女性的温柔。这些都在老舍的脑海里留下极为深刻而鲜亮的印象。由于工作关系，他们二人接触的机会多了，更加深了对彼此的了解。后来由于日军对武汉的进逼和轰炸，《弹花》不得不停刊。在赵清阁启程离开武汉去四川的 7 月 10 日下午，老舍同郁达夫一起赶到"同春酒馆"专门设宴为她饯行。赵清阁向老舍讲了她不愿离开武汉的复杂心情，老舍劝她到后方只要不是苟安偷生，无论直接、间接，凡是有利于抗战工作，都有价值。老舍的一席话，增强了赵清阁入川的信心。赵清阁为将要离开老舍这样一位良师益友而颇感惆怅。饭后，两人沿街边走边谈，老舍一直把赵清阁送到住所才返回。

　　赵清阁 8 月初抵达重庆，因肺病和受聘于教育部教科书编委会，住到嘉陵江畔的风景区北碚镇。此时她便着手办《弹花》。8 月 14 日老舍抵达重庆，住在青年会，开始了"文协"工作。不管多么忙，老舍与赵清阁还是邀约相会，日久情更浓。老舍的文才、幽默和善良的优秀品质吸引着赵清阁，而赵清阁身上既有女性的柔美，又有男性的刚强豪爽，这种独特的气质也深深地吸引着老舍。日复一日，两人互相倾慕，最后坠入爱河。此间老舍和赵清阁合写了两个剧本《王老虎》（又名虎啸）和《桃李春风》（又名《金声玉振》）。赵清阁在《桃李春风》序中说："当然老舍约我同他合作剧本的时候，我不大赞成。"至于其中原委，赵清阁在写给文友阳翰笙的信中表达过女人"做人更难"的顾虑，但老舍执意要与她合作，赵清阁碍于情面，只好应允。他俩共同构思，并由老舍将故事梗概写出来，赵清阁开始分幕，老舍写的第一、二幕，写好后，老舍带着原稿到北培医院看望因割治盲肠炎而住院的赵清阁。赵清阁在病床上接着写第三、四幕，写完后交给老舍，老舍再对人物对话进行修改，赵清阁再在全剧人物的对话上加动作。这期间老舍也十分殷勤地照顾赵清阁。无巧不成书，赵清阁病愈出院后，老舍也患了盲肠炎。赵清阁不但陪他去医院，还为他选择住进北碚江苏医院附属医院，并日夜全程陪护。老舍不善于与女人打交道，但赵清阁大方开朗的性格却让他在交流中感觉非常的融洽，两人的感情逐渐强烈，老舍出院后，搬到赵清阁隔壁居住，两人形影不离，甚至同居了。可好景不长，远在北京的老舍夫人胡絜青听到丈夫与赵清阁亲密无间的传闻，便马不停蹄地从千里之外直奔重庆。一位老乡安排胡絜青与女儿先住下来，他去找老舍。当这位老乡找到老舍时，老舍正在吃饭，一听胡絜青带着女儿到了重庆，顿时手脚发抖。老舍躲了20天，最终决定放弃赵清阁，继续与胡絜青维持夫妻生活，与赵清阁避而不见。赵清阁性格一向刚硬，她看出老舍为难，又被老舍关键时刻的逃避伤透了心，于是断然搬迁到重庆市内，不再与老舍往来。

1945年10月，上海《神州日报》总编辑谢东平给赵清阁发来聘书，请她主编《神州日报》副刊。1945年10月底，在方令孺资助下，她离开重庆回到了阔别十载的上海。1946年初，老舍应美国国务院邀请赴美讲学。2月13日老舍抵沪，3月5日去美国，临行前赵清阁一直把他送到船上。

老舍到美国后不断给赵清阁写信，甚至邀请她去美国生活。老舍在美国的行踪，在赵清阁作编委的《文潮月刊》上时常可以看到。1946年3月老舍赴美之后，赵清阁写了一篇自传性的小说《落叶无限愁》，其中用小说主人公的话表达了自己决心割断这段爱情的思想："就是这么诗一般、梦一般的结束了我们的爱情吧：天上人间，没有个不散的筵席！"

赵清阁有自己的底线，老舍不真正离婚，她是不会和他走到一起的。而老舍是没有这个胆量和气魄去与胡絜青离婚和抛弃子女的。赵清阁选择自己去承受孤独、痛苦与相思，去成全老舍的家庭，因为她知道，硬要逼老舍在家庭和她之间作出选择，也是没有结果的。在美国老舍似乎觉醒了，1948年又再次给赵清阁写信："我在马尼拉买好房子，为了重逢，我们到那儿定居吧！"这肯定是一段没有结果的感情，正如赵清阁给老舍的信中所说："各据一城，永不相见。"赵清阁脑子十分清醒，以老舍的个性，做不到放弃妻子，更不能给她一个名分，故最终是不了了之。

1949年召开第一次文联会时，周总理指示，想尽一切办法邀请老舍回国，此时，国民党也去邀请老舍到台湾生活。当时老舍本意是邀请赵清阁一起在美国生活，或一起到马尼拉定居。后经阳翰笙出面，请赵清阁写信给老舍，让他回国，老舍便愉快地回到北京。老舍回到北京，后来担任北京市文联主席，还悄悄地给赵清阁写信，表达自己的思念情怀。

1960年4月，赵清阁为创作反映京剧新老艺人不同境遇的剧本，到北京戏曲学校体验生活，拜访了老舍。老舍回忆起在重庆的日日夜夜，遂赋诗《忆蜀中小景二绝》，并书成条幅赠送给了赵清阁，诗曰：

蕉叶清新卷月明，田边苔井晚波生。
村姑汲水自来去，坐听青蛙断续鸣。

杜鹃峰下杜鹃啼，碧水东流月向西。
莫道花残春寂寞，隔宵新笋与檐齐。

老舍在落款处写道："庚子牡丹初放写奉清阁同志两教　老舍于北京。"

下钤"舍予"印章。

1961年6月,赵清阁47岁生日(农历五月初九),老舍寄信题句,曰:"清流笛韵微添醉,翠阁花香勤著书。"边上有小字:"清阁长寿",落款是"舍予恭祝",同时老舍还写了一个横幅"健笔纵横写青山",向赵清阁表示祝贺。

1963年4月,老舍出席广州文艺会议后返途过上海,老舍看望赵清阁,赵清阁正患肝病,老舍逗留三天才依依不舍地离沪回京。

在老舍写给赵清阁的信中,多数是对她生活、工作、健康方面关心的话题,也有少数是交流创作思想的。这些往来的信件,不少是通过赵清阁一位远房亲戚谢慧中女士转递的。谢女士的外孙女韩秀有一段回忆,现照录于此:

1948年9月,在我刚满两岁的时候,自美国来到中国,在上海接船的两个人是我的外婆谢慧中与她的远房侄女赵清阁。这就使得多年来,我必然的站在清阁姨一边。

从我记事起,我的生活中就有"舒公公"这样一个人,他来我家,外婆客气地称他舒先生,有大事发生的时候则直接叫他舒庆春。比方说1959年,上海的电影制片厂逼迫清阁姨写一部歌颂三面红旗的剧本,不写就停发工资。停工资,清阁姨只能饿死。这封来自上海的信,是我送到舒家,在与舒公公一块儿浇花的时候悄悄递给他的。舒先生告诉他太太我外婆病了,他必须去探病,然后进屋加了一件衣裳就拉着我的手出门了。我们在八面槽储蓄所停了一下,他关闭了一个活期存款,取出了八百元人民币。他永远没钱,我们两人在胡同口吃炒肝,我掏出来的镚子儿都比他多。他总是很羞愧,于是送给我许多好玩的东西,陶瓷寿星、文房四宝、字与画。经过无数浩劫,我手边还有一只他送给我的小水壶——铜的——是日本作家送给他的礼物。

所以那天我问他这许多钱是从哪儿来的?他说是一笔稿费,他自己悄悄存起来的。回到家他见了我外婆,马上掏出钱,请外婆寄到上海去。

外婆那天直呼他的名字,并且说,你骗了清阁,让她以为她能够有一个归宿,要不然她早就走了,也不会吃这些苦头。

我早就知道，清阁是为了舒先生才留在大陆的，否则，就她与林语堂等人的友谊，就她与国民政府的良好关系，她没有任何理由一定要留下。

舒先生无语，面容哀戚。那是我所看到的舒先生最无助的一个画面。

那笔钱，是我到邮局寄到上海去的。清阁姨撑过那一段日子，没有写违心的剧本。

老舍给赵清阁的信，原都称赵清阁为"珊"自称"克"。赵清阁说，"珊"和"克"是她根据英国作家勃朗特的《呼啸山庄》改编的剧本中的两位主人公安苡珊和安克夫的简称，20 世纪 40 年代至 50 年代，她和老舍在通信中常以此相互称呼。他后来又称"清弟"，自称"舍"。

1966 年 8 月老舍去世后，赵清阁一直把老舍为她书写的扇面和条幅悬挂在客厅、卧室。她虽然没有专门写过回忆老舍的文章，但只要文中一写到老舍，就有说不尽的钦慕。她在《中国著名作家书信集锦》的注释中有这样一段文字：

老舍（1899—1966）满族人，现代著名作家、剧作家。其代表作《骆驼祥子》《四世同堂》是现代文学史上的力作。《龙须沟》《茶馆》等话剧，也受人民群众的喜爱，在国内外享有崇高的声誉。历任北京市文联主席、全国政协委员（应为人大代表——引者）。"文化大革命"时被造反派迫害致死。

赵清阁常把别人写老舍的文章剪贴下来，作为自己对老舍的怀念。她从此晨昏一炷香纪念老舍，数十年如一日，追悼她痴心热爱的人。在 85 岁她离开人世那一年，她烧掉了和老舍所有的书信，这段感情也永远地被她带到了另一个世界，或许这一刻，她才真正的放下。

这正是：爱恨离合难分对错，情之一字伤人至深。

19 赵淑侠：相约在南京

来信主要内容：

预约在南京与吴腾凰、杨连成两位研究者会面。

信件原文：

腾凰、连城两先生：

　　收到你们热情洋溢的来信，十分感动。其实两位的大作——有关我的书评，我早拜读过了，见解既深刻，文字又优美。有你们两位研究我的作品，我是衷心喜悦的（虽然有不少人在研究），因此就是你们不提，我也要设法见面的。

　　按行程我应于四月十三日的晚上住南京，所以写了一封信给作协的接待组，请安排会见，两位都有些什么问题，请先预备一下，见了面才好畅谈。

　　为了赶寄，匆匆就写到此，写得乱七八糟，请原谅。

　　祝
安好

赵淑侠上

1986. 三月十日

信件解读：

山不转水转。著名华人女作家以她一颗赤热的中国心倾泄出的真挚、细腻、质朴的文字感动了海内外无数华人，也让作家吴腾凰、记者杨连成、大学教师史挥戈为之倾倒，使他们挥毫为她的作品写评论文章，推广给大陆读者。更为可喜的是，吴腾凰、杨连成1986年春还应约与她在南京相会，并写了长篇访问记《赵淑侠女士谈创作》，发表在南京大型文学期刊《东方纪事》（小说卷）上。吴腾凰于1994年夏在武汉、郑州"赵淑侠作品国际研讨会"上再次与她重逢，并在会上宣读了他撰写的赵淑侠作品评论文章。史挥戈在1992年秋于武汉召开的中国当代文学学术研讨会上见到赵淑侠大姐，两人心缘相投。后来史挥戈对赵淑侠长篇小说《我们的歌》写的评论收进史挥戈的论文集《沉香一缕》中。

这里展示给读者的是1986年3月10日赵淑侠写给吴腾凰、杨连成两位的一封邀约见面的信。

吴腾凰、杨连成从1984年开始研究赵淑侠的作品，先后在海峡两岸报刊上发表了对她的多部作品的评论文章，他们想亲自见见这位大作家，听听她对他们评论文章的意见，便于进一步更加深入的研究。当他们获悉最近赵淑侠要回国的消息，便写信表达他们的愿望。

赵淑侠信的开头称："收到你们热情洋溢的来信，十分感动。"接着对吴腾凰、杨连成发表评论她作品的文章表示满意。她写道："两位的大作我早拜过了。见解既深刻，文字又优美，有你们两位研究我的作品，我是衷心的喜欢的。"对于吴、杨两位想见她一面的要求，她说："就是你们不提，我也要设法见面的。"

接着讲了会面时间和地点，她讲"按行程我应于4月13日晚上住南京，具体由南京作协接待组安排，请二位有些什么问题，先预备一下，见了面才好畅谈"。

信的最后说"为了赶寄这封信，所以写的乱七八糟，请原谅。"

　　4月12日南京作协主席艾煊给吴腾凰、杨连成打来电话，请他们13日下午赶到南京金陵饭店，与赵淑侠相见。他们二人按时到达，见到了仰慕已久的赵淑侠和她的儿子懋儿和女儿珊珊。在南京金陵饭店，南京作协热情接待，艾煊主席坐在主人位置，赵淑侠坐在贵宾位，吴腾凰坐在陪客位上，气氛十分祥和喜庆。餐后，吴腾凰、杨连成在大客厅茶座上对赵淑侠进行了长时间的访问交谈，直到深夜。还是艾煊主席说了"赵女士一路奔波疲劳，让她早休息"。这才不得不结束这次难得的采访。后来吴腾凰、杨连成把访问记录整理成近两万字的《赵淑侠女士谈创作》，发表在南京的《东方纪事》上。据《东方纪事》主编李纪先生说，赵淑侠对那篇访谈很满意，特地让他代购多本。

写信人生平、学术成就：

　　赵淑侠，美籍华人，现代华文女作家。1931年生于北京，故乡在黑龙江省肇东县，而远祖则世居山东省齐河县。清朝末年黄河泛滥和旱灾，把她身为佃农的祖宗赶到了关东那片黑土地上，凭借运气、勇气、智慧和毅力，经过几代拼搏，到祖父一代成为富户，父亲成为赵家的第一个大学生，就职于哈尔滨，同就读于哈尔滨医专的旗人的官宦之家的女子结婚。"九一八"事变后，他们避难北京，不久，生下了长女赵淑侠。

　　赵淑侠母亲知书达理，懂音律，善丹青，有着不凡的绘画和音乐才能。但公婆是封建老脑筋，认为"女子无才便是德"，这样她的艺术天才便转化到养育子女的辛劳中了。母亲教子认真，赵淑侠三四岁后，就每日描红、写大字、认字、背诵唐诗，如果功课做得好，还能得到母亲画的鸟、猫、马的奖励。抗战爆发后，赵淑侠跟随父母从沈阳、北平、南京、武汉、湖南，仓皇逃到四川重庆沙坪坝。在那里她进入小学读到一本《穷儿苦狗记》，受到感染，启发了她的心智，从此，她一本接一本地读起课外书来，抓到什么书都读。10岁之前她已读了鲁迅、巴金等很多作家的小说和剧本。家庭生活全靠父亲微薄的工资难以维持，母亲不得不变卖手指上的翠、钻、宝石来补贴生活。那所小学因经济拮据关闭了，赵淑侠只好转到红庙小学继续读书。抗日战争的战火，家庭生活的苦痛，使略懂人事的她，陷入苦闷与抗争之中。这不安的情绪，却都化成了一颗诗心。她拿起笔开始写诗，"啊，嘉陵江，我的母亲，你日夜不停地奔流，一去不回头。浪涛是你的微笑，水声是你的歌唱。啊，我的母亲，你日夜流，正在从我身边流过……"这是她那时留下来的诗篇。老师看她对文学热爱，便主动培养，为她开文学小灶，给她文学读物，指导她看课外书，仔细地告诉她作文的方法，规定她每周至少写一篇作文，派她代表全班参加作文、演讲、美术等比赛，当她得了冠军亚军之类的锦标回来，便受到老师的夸奖。从那时起，她最喜欢的功课便是文学了。每逢作文，便是长篇大论。这时她迷上了《黑奴魂》《鲁滨孙漂流记》《小夫人》《海浪》以及冰心的《寄小读者》、朱自清的散文等等，这让她从阴冷的生活走向春光明媚的景色中，在文学中找到了自我。

到了初中，她的个性已经凸显，把快乐建筑在读书的高台上，她日以继夜地读《红楼梦》，读《罗密欧与朱丽叶》，读《孽海花》，读张恨水的小说，常常在上课的时候偷看闲书，这就使功课成绩急转直下，原来常得100分的算术，居然连混个60分都成了问题。但这时的她已显露出了对文学和艺术方面绝对的兴趣，她虽然为此吃了不少苦头，但文学里那种满足和陶醉是无穷无尽的。她在家庭不受重视，而文学却使她摆脱了烦恼，给她带来了光明和生活的勇气。

抗战胜利后，她又跟随父母回到了东北，入沈阳国立东北中山中学继续读书，文学仍然是她的第一爱好。她的作文作为范文，或贴在墙上或班上朗读，受到老师的夸奖，她成了同学们眼中的神秘人物。赵淑侠在东北只读了一年，内战爆发了，他们一家又冒着战争烽火跑到南京。在南京入一所天主教女子中学，她对念经、神迹那一套毫无兴趣，时时感到"苦闷得要发霉"。

1949 年春，她又随着父母离开大陆到达台湾，那时她才 17 岁。她进了台中女子中学，又成了"文史尖子"，她一直做着作家梦、记者梦。她的散文《云塔》用赵侠的笔名，发表在《中央日报》上，顿时在师生间产生巨大反响，也在她心灵上注射了一针兴奋剂。可由于她"偏科"，考台湾大学国文系的梦想连续两次破灭。绝望中，她叫喊着："我不能再认输。我非奋斗出一条生路不可！"她用笔开拓生路，考取了台湾正声公司。可这个单位让她搞播音和编辑，她觉得这离她热爱的文学太远。正巧，父亲帮她找了一家银行当职员。除每天 8 个小时上班外，她把精力全用在读书、学外语、绘画上，她决心用文学之笔去描绘自己的前程。她拜师求教，发表散文，加入了妇女写作协会。视野开阔了，她不想虚度年华，说应该到欧洲去，那里有浪漫的气氛，有值得自己学习的东西。于是她省吃俭用存款，埋头学习外语。

1960 年初，她考取留学生，出国学美术，进了瑞士应用美术学院。毕业后，进了一家纺织品印刷公司担任美术设计师，设计过 170 多种美术图案，有的获了奖。1972 年，她带着一双儿女回到台湾省亲，在那里触景生情，她的文学梦又开始苏醒，萌发了写作的念头。回到瑞士后，便提笔写了 50 万字的长篇小说《韶华不为少年留》，寄给台湾一家杂志，没有被选用。她觉得写长篇不行，就写短篇。她相继写了《王博士的巴黎假期》《赛纳河之王》《当我们年轻时》等短篇小说，结果见报了，并很快在台湾文坛及海外华人读者中引起强烈反响。不久，小说集《西窗一夜雨》《当我们年轻时》，散文集《紫枫园随笔》出版发行。她的名字进入了作家行列。随着名声的远扬，她不再满足于短篇小说和散文的写作，她写作长篇小说《我们的歌》。这部小说在台湾报纸上连载后，反映甚佳，台湾文艺家协会授予她小说创作金奖。1983 年，这部书又在北京出版发行，受到大陆高度评价。接着，她又把旧稿《韶华不为少年留》取出来，重新写一遍，改名《落第》，由台湾《文坛》月刊发表。接着，她的散文集、小说集、长篇小说一部接着一部出版发行，计 17 种，达数百万字。

由于遭遇家变，1998 年离开生活多年的欧洲，移居美国纽约，仍坚持在文学园地辛苦耕耘。2009 年在北京中国华侨出版社出版描述清代词坛巨人纳兰容若凄楚一生的长篇传记小说《凄清纳兰》，2010 年在台北出版了《忽成欧洲过客》，2010 年在江苏文艺出版社出版了自传性散文集《流离人生》。还有德语译本《梦痕》《翡翠戒指》《我们的歌》《赛金花》《落第》。《落第》被拍成电视连续剧，在海内外公映。

赵淑侠这位世界华文文学著名作家、欧洲华文作家协会创始人、首任会长及永久荣誉会长，她的作品被誉为西方文学界盛开的一朵东方奇葩。现任纽约文化沙龙会长。1980 年获台湾文艺协会小说创作奖，1991 年获中山文艺小说创作奖。2008 年获世界华文作家协会终身成就奖。

赵淑侠自称是一位民族主义者。她几十年如一日，为沟通东西方文化搭建一座座桥梁，打开中华文化通向世界的一个个窗口。她满怀深情地写道：

我的根，深深地栽植在自己的国度里，四川也好，沈阳也好，南京也好，台湾也好，反正都是在中国，空气里飘浮同样的泥土气味，走在街上的人和我生着同样的黄皮肤黑头发，说着由同样文字化成的语言，流着同样的血液，我们同属于那块土地，我们有着同一个祖先，同是中国的儿女……

赵淑侠，从中国黑龙江走出去的中华优秀女儿，在几百万言的著作中，留给中国，留给世界，留给当代，也留给后代大量名言箴语。现摘出几则，与读者共同分享。

1. 宇宙间一切的存在现象都是有意义的，人乃万物之灵，生命何等庄严尊贵，生而为人是幸运的事，不论面临什么样的痛苦，对生命都应存敬重之心。尊重生命，是探讨人生哲理的基本态度。

2. 文学男女的真正价值在于他的文学，并不是他过的合不合社会惯例，两者之间确有无法统一的排斥之处。事实上，那些古往今来的优秀文学男女，曹植、柳永、周邦彦、徐志摩等，尽管活着的时候不很合社会规律，留下的作品却是千古不朽。他们的作品滋润了千万苍生的心灵，美化了世界、充实了人间。试想这个世界上，如果没有文学将是何等荒凉？事实上这些人是为文学燃烧了自己。

3.所谓文学创作的三个主要条件：丰富的感情、丰富的幻想力和创造力，形成了文学创造者的独特品质，使得他们特别敏感，观察细微，关怀面广，在爱与恨上呈现出的力量，比一般人更强烈。

4.像郁达夫这样一位有才华的作家，本应该有丰富的感情生活，当我们今天在这里纪念郁达夫遇难五十五周年的时候，谈起他一生的悲欢离合，爱恨情仇，只会为这位文学家的命运长长浩叹，绝不会用世俗的道德标准去妄做论断。

5.人不是孤零的个体。他上接千年下延百岁，这个冬季去了，保不定那个春季又来，四季的时序是变不了的，我不信人生的冬季是死亡的季节。

6.人来自泥土，死后又回到泥土。泥土是人的本，泥土里深埋着人的根。

7.红尘孽海，浮生凄迷如梦，生死之限本难界定。容若的肉身已消逝三百多年，他的词作仍继续传诵，留给人间无限的优美婉约和感人肺腑的至情。他证明了文学和一个文学男人的魅力与不朽，也证明了唯有真正的美与善，能在人间逐世长存。也许纳兰性德并没有真正死去，文学让他永生。

8.得失之间向来难画出明确的界限。生也有涯，岁月无情，人生的路只有一条，平直也罢，回曲也罢，反正就是那一遭，再无返回重走的机会。

9.要解放心灵先得净化心灵，净化心灵的最好方法是吸取智慧，吸取智慧的最好方法是阅读，书中自有好风光。读书破万卷的人，心中不会存着一池浊水，理的启迪、情的熏冶，足以孕育出一片碧绿如茵的大草原，供思想的神驹在上面逍遥驰骋，供灵性的牧人牧放他的羊群。那境界虽不见得已达到心灵解放的程度，离那距离多少是近了些。

20 施建伟：珍贵的《韦素园年表》

来信主要内容：

述说吴腾凰在海口现代文学年会上的发言，抨击现代文学史互相传抄，少有新观点的发言，给他留下"个性"的深刻印象。接着问及《未名社》一书出版情况。

信件原文：

腾凰兄：

　　您好！

　　海南匆匆一会，不觉又是半年多过去了。今天在查资料的过程中，再次拜读了大作：《韦素园年表》，于是，兄当时在大会发言时"慷慨陈词"的情景和会后豪爽的谈吐，立即又浮现在我的眼前了。

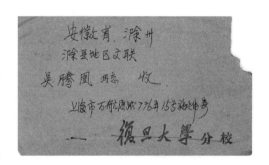

　　一个会上，相识的、不相识的，交谈过的，没有交谈过的，数以十计，然而，经过时间的沉淀和记忆的过滤，惟有极有"个性"的人，才会在人们的脑海里留下永久的印象，兄正在这种有"个性"的人。

　　大作所附的说明中提及："此《年表》是《未名社》一书的附录。《未名社》一书将由安徽人民出版社出版。"为此，我想打听一下：《未名社》一书何时问世？是否是兄的大作？因为我在上海的书店里还没有见到，所以，如果该书已出版，想烦请兄代购一册，不知可否？请恕搅扰，盼复！

　　如蒙赐示，乞寄：上海市万航渡路 776 弄 15 号施建伟收。

　　即颂

文安！

弟建伟上

1983. 元 .10

信件解读：

1982 年夏，中国现代文学研究会在海口市召开一次年会，吴腾凰与施建伟两位在会上相识。会议结束后的第二年伊始，施建伟给吴腾凰写来这封信。

信的开头两段，主要是夸吴腾凰在海口大会上的发言，给他留下了深刻的印象。吴腾凰的发言主要讲，现在出版的中国现代文学史没有什么新资料、新观点，大都是你抄我的，我抄你的，让学习者、研究者感到失望。中国现代文学史是门新学科，教授专家们，应该以文为本，用自己的学术观点，去作独特的阐释，编写出有各自特色的新的文学史。他发言后，会长王瑶先生还专门找他谈了一次话，对他的发言表示肯定，并说未来的研究者肯定会有新作问世。

第三段，主要问吴腾凰的《未名社》一书出版情况。吴腾凰在海口会议上向大会提交了一份《韦素园年表》，在《韦素园年表》后面的"附言"里讲，"《未名社》一书将由安徽人民出版社出版"。后来由于搜集未名社资料十分困难，书稿未能完成，而搁浅了。

信的最后，施建伟先生告诉了吴腾凰他的家庭住址。

写信人生平、学术成就：

施建伟，著名教授、海外华文文学研究家，1939 年生，笔名曾令素、曾鸣等。江苏省苏州人。1956 年考入天津南开大学，1961 年毕业。1979 年开始发表学术论文，1980 年至 1986 年，上海复旦大学、上海大学中文系讲师。1986 年至 1991 年，上海第二工业大学社会学系主任、副教授。1991 年至 1993 年，福建华侨大学中国文化系主任兼海外华文文学研究所所长、教授。1991年荣获国务院颁发的"政府特殊津贴"。1993年10月，同济大学文法学院副院长兼文化艺术系主任、海外华文文学研究所所长、对外汉语部主任。2001年2月被聘为同济大学海外华文文学学科资深教授。他还是英国剑桥大学国际名人传记中心名誉顾问、香港文学促进会顾问。

　　施建伟先生是当代有实力的现代文学研究家、著名世界华文文学教授。他的主要著作有《中国现代文学流派论》《鲁迅美学风格片谈》《走向世界的幽默大师——林语堂》《林语堂在大陆》《林语堂在海外》《林语堂研究论集》《幽默大师林语堂》《林语堂传》《鲁迅故事》《香港文学简史》《虎踞江东的孙权》《心理分析派小说集》《胡也频代表作》《林语堂代表作》《幽默大师》《港台作家传记丛书》等。

　　施建伟先生的夫人陈维莉，是原国民党中将、抗日先烈陈彬的女儿。陈彬烈士1939年赴上海沦陷区，任中统上海站站长，深入敌伪组织，长期潜伏在汪伪76号特务头子李士群身边搜集情报。近水楼台，施先生因而也就对张爱玲小说《色戒》和以此改编的电影的历史背景、人物原型有了更多的调查与研究，因此他以《抗战时期上海隐蔽战线的多方博弈——从电影〈色戒〉谈起》为题的讲演，每到一处都受到热烈欢迎，被听众称赞为爱国主义的演说。

21 李继凯：文化磨合与大现代文学

来信主要内容：

谈文化磨合与人类命运共同体建构问题。

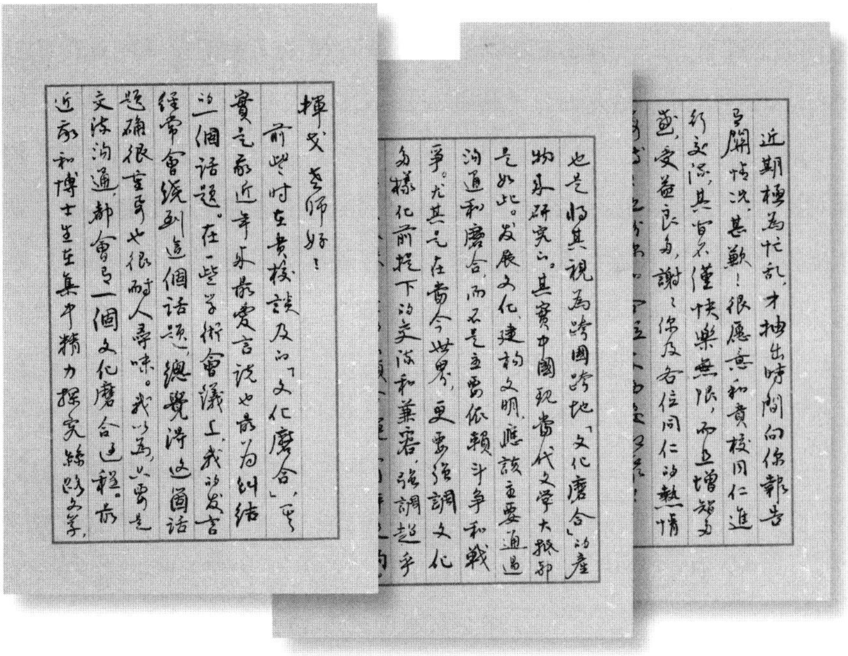

揮戈老師好！

前些时在貴校談及的「文化磨合」，可實是大家近年來最愛言說也最為糾結的一個话題。在一些学術會議上，我的发言経常會涉到這個话題，總覺得這個话題確很重要，也很耐人尋味。我以為，只要是文化溝通，都會有一個文化磨合过程。旅近家和博士生在集中精力探究絲路文学

也是將其視為跨國跨地「文化磨合」的產物來研究的。其實中國現當代文学大概都是如此。发展文化，建构文明，應該主要通過溝通和磨合而不是主要依賴斗争和戰爭。尤其是在當今世界，更要強調文化多樣化前提下的交流和兼容，強調超乎

近期極為忙亂，才抽出時間向你報告這開情况，甚歉！很願意和貴校同仁進行交流，其旨不僅快樂無限，而且增知長識，受益良多。謝謝你及各位同仁的熱情

信件原文：

挥戈老师好！

　　前些时在贵校谈及的"文化磨合"，其实是我近年来最爱言说也最为纠结的一个话题。在一些学术会议上，我的发言经常会绕到这个话题，总觉得这个话题确很重要也很耐人寻味。我以为，只要是交流沟通，都会有一个文化磨合过程。最近我和博士生在集中精力探究丝路文学，也是将其视为跨国跨地"文化磨合"的产物来研究的。其实中国现当代文学大抵都是如此。发展文化、建构文明，应该主要通过沟通和磨合，而不是主要依赖斗争和战争。尤其是在当今世界，更要强调文化多样化前提下的交流和兼容，强调超乎个体或民族本位的人类命运共同体建构。我们从事文学研究，尤须有这样的人文情怀。

　　近期极为忙乱，才抽出时间向你报告有关情况，甚歉！很愿意和贵校同仁进行交流，其间不仅快乐无限，而且增智多感，受益良多，谢谢你及各位同仁的热情接待！也盼你和各位来西安相聚！

　　即颂 冬安！

继凯匆上

己亥冬日於西安雾霾中

信件解读：

史挥戈与李继凯教授认识于 2019 年 10 月 26 日。这天上午 9 时，应江苏大学文学院邀请，陕西师范大学博士生导师李继凯教授和扬州大学博士生导师古风教授于三江楼 901B 作学术讲座。李继凯教授的学术报告主题为"文化磨合思潮与大现代文学"。讲座由时任文学院副院长的乔芳教授主持。

李继凯教授的讲座别开生面，他以自己发表的论文、与《文化中国》执行主编子夜先生的交流、一段微信为引，呈现了"文化磨合"在近现代中国形成的一种具有总体性、综合性和持续性的思潮，而这种思潮会对中国"大现代"文学的发展产生深刻、重要的影响。史挥戈作为现当代文学教授，对李教授的"文化磨合"观点十分有兴趣，趁会议间隙与李教授做了简短的交谈，仍感意犹未尽。于是会议结束后，史挥戈便和外国语学院的万雪梅教授一起，送李继凯教授去南京大学参加另一个会议，途中，又就文化磨合问题进行了深入交流。

史挥戈问：提到东西方文化的关系，通常用到的是对立、碰撞、冲突、融合等词汇，您是如何想到"磨合"一说的呢？

李继凯教授解释道：其实，文化矛盾的化解，归根结底就是文化的"磨合"。自晚清民初以来，中外文化便开始了不断"磨合"的曲折历程，并在此后一百多年间形成了一种具有普遍性、持久性和复杂性的"文化磨合思潮"，这种思潮对中国的新民主主义文化运动、社会主义文化运动及相应的文学现象都产生了重要的影响。进入 21 世纪以来，伴随着"文化磨合思潮"的深入发展，我国 21 世纪文学呈现出丰富多样的形态，体现出有容乃大的文化气度，但同时也出现了较为严重的二元对立思潮，这种意在抵御"文化磨合"的思潮不仅妨害"大现代"文化创造，也对"大现代"文学创作产生了消极影响。

李继凯教授指出文学思潮是文学发展的先导，且与社会思潮密切相关，无论是文化激进主义与文化保守主义文化思潮的二元对立,还是现实主义、浪漫主义和现代主义文艺思潮的三分天下,所有这些思潮的深处都涌动着"文化磨合思潮"的潜流。三教合一的例子就证明了"文化磨合"的思想基础便是"和而不同"的文化理念。

史挥戈继续问道:那么,这个"文化磨合思潮"是如何形成和体现的呢?

李继凯教授沉吟道:我认为现代中国文化是在现代时空中的古今中外文化逐步磨合而来的,近现代中国实际形成了一种具有总体性、综合性和持续性的"文化磨合思潮"。他强调,"文化磨合"折射了理想文化与现实文化的矛盾与冲突、对立与统一,文化矛盾的化解就是文化磨合,矛盾运动是过程,磨合融合是目的。"文化磨合思潮"对中国的"五四"新文化运动、民主主义文化运动、社会主义文化运动及相应的文学现象都产生了极为重要的影响,同时,也回应了近年来出现的一些非议或者是否定"五四"的声音。

史挥戈进而发问:您所说的"大现代"文学是否也是在"文化磨合思潮"中建构起来的呢?

李继凯教授点头道:我认为,新文化的期待与现实的矛盾恰好是民族文化发展的动力所在,尤其在现代文化语境中,看重文化磨合比一味强调文化碰撞更为重要,唯有"大磨合",才有"大现代"。百余年来中国文学的文化创造就是在中西文化的"磨合"中发生的。李继凯教授也谈及中国现当代文学学界长期存在的问题,即研究者往往忽视了众多现当代文学名著文本中所蕴藏的"文化磨合"的艺术特质,是"磨合"生成的合金型创造物,反而习惯性地陷入某种文化自卑中,这与我们今天强调的文化自信、理论自信相悖,应该引起学术界的反思。

最后,李继凯教授还从现实观照层面,强调了21世纪文学的发展要在"文化磨合"视域下继续进行文化配方的调制与世界文学视野的开拓,从而使21世纪文学呈现出更为丰富的文化价值。李继凯教授从"大现代"文学的教学实践出发,认为在今后的教学实践中应当与古为邻,而不是与古为仇,与外亦然,只有将古今中外化成现代,方能做到有容乃大。我们要强调古今中外化成现代的文化磨合，增进文化共识共存，切实促进世界各民族文化、中国文化和文学的发展和复兴。

"文化磨合思潮"浩浩荡荡，莫之能御，正是在这样的思潮下，新时代持续"建构"着新的思想，并将继续启人深思，励志前行，在文化创作和文学创作上取得更加辉煌的成就。"文化磨合"是一种思想美，在未来依旧是无法磨灭的发展趋向。

当得知史挥戈和吴腾凰兄长正在着手编写《中国现当代文化名人书简解析》（暂名）一书并跟他约一封信时，李继凯教授欣然接受，并愿意为我们作序。待他返回西安后不久，就快递来了为史挥戈题写的书法作品，殷殷期待之情令人动容：

史挥戈女史雅正

磨合文心

萃编佳作

闻编中国现当代文化名人书简解析，欣然书之并祝早日大功告成

李继凯书 己亥冬

写信人生平、学术成就：

李继凯，陕西师范大学教授、博士生导师。祖籍江苏宿迁，1957年10月生于睢宁，后移居邳州20余年，徐州师范大学77级中文系学生，毕业后任中学教师年余。1983年考入陕西师范大学，攻读中国现代文学专业，导师黎风先生，1986年毕业获四川大学文学硕士学位。同年在陕西师范大学工作，1996年破格晋升为文学院教授。1998年评为学校跨世纪学科带头人，同年享受政府特殊津贴。曾任陕西师范大学文学院副院长，2001年起担任学校研究生处处长，2002年获武汉大学文学博士学位，2006年起

任博士生导师，2008 年起改任学校发展规划与"211 工程"建设处处长，兼"211 工程"与学科建设办公室主任。2012 年 7 月离任，专心从事教学科研工作。现为陕西师范大学文学院教授，中国现当代文学学科骨干之一，陕西师范大学人文社会科学高等研究院院长。

学术兼职有：中国现代文学研究会理事，中国当代文学研究会理事，中国近代文学研究会理事，中国鲁迅研究会副会长，全国教育专业学位教育指导委员会委员，陕西省学位委员会委员，《中国现代文学研究丛刊》编委，《中国文学年鉴》编委等。

主要从事中国现当代文学及文学文化学研究，主持国家社科规划项目"20 世纪中国文学的文化创造"及参与主持、撰稿的各类项目多项。主要著作有《新文学的心理分析》《中国近代诗歌史论》（与史志谨合著）、《民族魂与中国人》《秦地小说与"三秦文化"》《全人视境中的观照——鲁迅与茅盾比较论》《20 世纪中国文学的文化创造》等，在《中国社会科学》《文艺研究》《文学评论》《中国现代文学研究丛刊》《鲁迅研究月刊》《社会科学战线》等刊物发表学术论文 160 余篇。50 余篇论文被《新华文摘》《中国社会科学文摘》《人大复印报刊资料》等转载或复印。成果被引用数百次。曾获全国首届青年社会科学优秀论文奖，参与编写的丛书获第三届国家图书奖提名奖，参与完成的项目获国家社会科学基金项目优秀成果奖三等奖；1997 年获曾宪梓高师教师奖三等奖，还先后获第六届高等学校科学研究优秀成果奖（人文社会科学）二等奖、陕西省社科优秀成果一、二等奖、陕西省高校人文社科优秀成果奖 10 多次。1998 年被遴选为享受国务院政府特殊津贴专家。

多年来一直致力于书法研究，造诣颇深，对文人与书法、文化的关系给了了较多的关注，并发表了多篇文人与书法文化有关的论文，试图在文人与作为第三种文本存在的书法、墨迹作品中找寻其存在的密切联系。早在 1988 年就出版了书法与现代文学专著《墨舞之中见精神》（国际文化出版公司，1988 年版），主要论文有《论郭沫若与中国书法文化》《论中国现代作家与书法文化》《书法文化视阈中的鲁迅与越文化》《两性文化与

中国书法》《郭沫若：现代中国书法文化的创造者》《略说性差与中国书法》
《论鲁迅与中国书法文化》《刘白羽与书法文化》《闻一多与书法文化》等。
并著有专著《文人与书法文化》，不日出版。

22　韩少功：从寻根的布景中剥离出来

来信主要内容：

　　答复史挥戈提出的关于寻根文学问题、关于业余爱好问题和"鸡头寨"原型等问题。

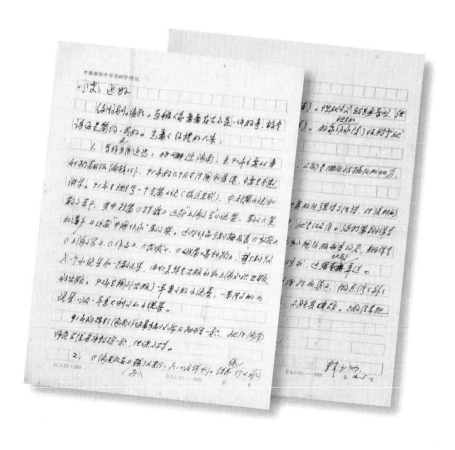

信件原文：

小史：近好

　　信收到。谢谢。总被人家看着实在不是一件好事，故专访还是简约一些好。先看看你提的几条：

　　1.写作及生活近况：1988年迁海南，至1990年主要从事刊物报纸编辑工作，1991年好几个月在法国和香港，主要是应邀讲学。1991年至现在写一个长篇小说（接近完成），中、短篇小说和散文若干，其中短篇《鞋癖》近获"上海文学"小说奖，散文《笑的遗产》近获"中国作家"散文奖。这些作品分别发表《收获》《上海文学》《作品》《花城》《峨眉》等刊物上，将分别收入一个小说集和一个散文集，由北京华艺出版社和上海知识出版社出版。1992年在国外出版了一本英文的小说集，一本法文的小说集以及一本意大利文的小说集。

　　1991年初辞去了海南作协常务副主席及秘书长一职，就任海南师范学院客座教授一职，但课不太多。

　　2.《海南纪实》共办了32期，给你一份人家的采访记录，可参考。

　　3."寻根"已经过去，不必谈了。现代主义我当然喜欢，但也不想谈，主要是被人们谈得太多了。好像现在的作家除了谈股票就只能谈点现代主义似的。

　　4."鸡头寨"原型在湖南，人物是湘北我插队的地方，地理背景是湘西。我是杂取。

　　5.英语是业余爱好，我也爱好过德语与法语，但没时间也缺乏毅力学好。课本字典一大堆，就是记不住。没打算翻译多少东西，主要是用来看看书刊。中国加入国际版权条约后，翻译会少些了，懂外语的人可以多看好多书，这比较幸运。

　　我最近忙着给出版社整理我的集子，做点修修补补的事。经常接待外地求职者，不胜其烦。只好经常把电话关掉，免掉一些打扰。

　　欢迎来海南玩。祝

顺适

韩少功

12.5

信件解读:

1992 年深秋季节,史挥戈作为济南教育学院中文系的讲师,去武汉的华中师范大学参加中国当代文学国际学术研讨会。校园内的桂花正在飘香。开幕式过后,她便采访了风尘仆仆从海南赶去参会的韩少功。

当问起韩少功前几年去海南办刊物"发了财"的传闻时,韩少功笑了,露一口整齐的牙齿,"不错,财是发的不小。我们没要国家一分钱,仅一年便向国家贡献利税加上捐赠残疾人近 180 万元。单位还购置了新房,大家的生活条件也得到了改善。""1988 年至 1989 年,是为作协服务,为国家赚钱。"韩少功深吸了一口"红塔山"。

谈起海南的情况,韩少功颇多感慨。整体感觉是海南大有作为,精神面貌活跃,人人都有自己的愿望、打算,人人都在"折腾",这就是生命力的一种表现。当然,诱惑也多。在海南要想坐下来写作,需要相当大的毅力,周围的人都在赚钱,邻居炒股票一星期就能赚几百万元。"至于我嘛,也有人劝我去炒股票,可我目前还没有实业方面的雄心,也不以为自己具备那种素质。不过万物缘聚则生,缘散则灭,一切顺其自然吧。""在海南有许多孤独可以体验。"拒绝诱惑的韩少功,那两年收获颇丰。1991 年有好几个月应邀去法国、中国香港讲学。一部长篇小说即将脱稿。在《收获》《上海文学》《花城》《作品》《峨眉》等刊物上发表了不少中短篇和散文随笔,以上作品将分别收入一个小说集和一个散文集,由北京华艺出版社和上海知识出版社出版。1992 年,还在国外出版了法文小说集《鞋癖》、英文小说集《归去来》和意大利文的《韩少功小说选》。台湾出版了他译的米兰·昆德拉的《生命中不能承受之轻》。他还被海南师院聘为客座教授,深得大学生们拥戴。

史挥戈说:"您能谈谈荒诞、变形等现代主义艺术手法吗?"

韩少功摆手道:"现代主义我非常喜欢,但不想多谈,主要是被人家谈得太多了。好像现在的作家除了谈谈股票就只能谈点现代主义似的。"

"您今后的打算是什么？"

韩少功毫不迟疑地回答："继续写，继续出书。大概永远也不会去做生意。"

会议闭幕后，一群人兴致勃勃地登上了赴三峡的旅程。史挥戈找好了座位，发现韩少功正好坐在她的身后。

与韩少功坐在一起的是法国国家研究中心的安妮女士。本来有一辆外宾专车，可安妮执意要跟地道的中国人坐在一起，更直接地体验中国文化，大家也不再把她当"老外"，很快便和她"打"成了一片。韩少功还时不时用法语跟安妮说上几句，安妮则如异乡遇故知那样显得特别兴奋。史挥戈曾听说过韩少功当年痴迷外语，跑到长沙火车站找外国人对话的故事，也读过他翻译的米兰·昆德拉的《生命中不能承受之轻》，感觉文笔十分流畅，便问他如今是不是还常翻译作品。韩少功立刻谦虚起来，说这不过是业余爱好。他还爱好德语与法语，但没有时间学好，课本字典一大堆就是记不住。没打算翻译多少东西，主要是用来看看书刊，中国加入国际版权条约后，翻译会少些了，懂外语的人可以多看许多好书，这比较幸运。韩少功还饶有兴趣地谈起他在国外第一次用英语演讲的情景，描述他如何鼓足勇气开口说第一句，那神情逗得满车人忍俊不禁。

许多年轻人慢慢聚拢在韩少功周围。一位来自美国得克萨斯大学的女教授告诉韩少功，许多美国学生喜爱中国新时期文学，尤其爱读他的小说，像《爸爸爸》是被当作经典作品来读的。

史挥戈问韩少功平时喜欢读哪一类的书，他说读的范围很广，也很杂，文学、历史、哲学都读。比较喜欢的外国作家是米兰·昆德拉，他把历史—语言—人物这些并不相同的东西用一种特殊方式纠合在一起。还有一位奥地利作家托马斯·伯恩哈德，刚去世不久，他的作品不多，但每部都有情节，真诚、流畅，代表作是一部新闻写实体的长篇小说，叫《维特更斯坦的侄儿》。

韩少功说除写作之外，他也习字，尤其喜欢马王堆出土的汉帛。读过佛经数种，更增加了对中国古典哲学的兴趣。每天还尽量坚持读20页英文文学原著，直接感受西方的文化。当有朋友问他是否用电脑写作，韩少功回答：不用，怕影响形象思维。

经过一番长途颠簸，车队终于抵达宜昌。这时，大家已是又累又乏，肚子里早已空空如也。因还要赶去参加隆重的湖北三峡艺术节及国际龙舟拉力赛的开幕式，不及饭菜上齐，便匆匆登车赶路了。幸亏从武昌带上了一批面包和水，本以为是累赘呢，此刻倒成了救急的"珍品"。大家一致同意优先照顾安妮和韩少功，曰："别饿坏了国际友人和咱们的'经典作家'。"韩少功倒不推辞，接过去便大口吃将起来，并感慨道："孔老夫子说'食色，性也'，可见食的确是第一位的。人们滔滔不绝谈人格，谈尊严，真让你饿上几顿饭，恐怕这些都谈不上了。"

豪华客轮在迂回曲折的三峡中穿行，天空一直阴沉欲雨。船驶入巫峡，只见两岸怪石嶙峋，形态各异的山峰上时时有一缕缕白色气体环绕。开始时史挥戈百思不得其解：莫非那直耸云霄的峰颠上有人间烟火？细一琢磨，始恍然大悟。不是说"曾经沧海难为水，除却巫山不是云"吗，今日总算窥见了巫山之云的真面目了，怎么反倒懵懂起来了呢？

在船头立久了，不胜凉意，史挥戈辗转来到了船尾，却发现韩少功正独自手扶船舷，凝视着湍急后退的浪花出神。

脚步声惊动了韩少功，他抬起了头。史挥戈问道："你的《爸爸爸》构思太奇特了，鸡头寨的象征性太强了，请问它是有原型的吗？"韩少功缓缓地、然而是肯定地答道："是的，是有原型的。鸡头寨原型在湘南，人物是湘北我插队的地方，地理背景是湘西，我是杂取。"他讲起了担任湘西自治州团委副书记时去过的一个小山村。韩少功说："《爸爸爸》的主题是宽泛性的，不好说透。也可以说是现实主义的。在中国类似丙崽这种人很多，可以说是中国文化的一种变形。"

谈起对当时文坛的看法，韩少功不像有些人那样忧心忡忡。他认为，文学现在的形势比较好，表面看来水土流失比较厉害，轰动也少了，但从深层看还是扎扎实实向前推进的。目前有种倾向：以王朔为代表的世俗化倾向，是瓦解一切的，以反文化、商品化和市民心态为其特征；以张承志为代表的神圣化倾向，越来越离开大众。但两种倾向都是很积极的，对文学有许多启发推动作用。

关于新写实，韩少功认为有些东西又到老路子上来了，有些是问题小说，有些还是不错的，吸收了现代主义的东西，与现实生活找到了一个契合点，基本倾向是回到世俗化。俗文化成为主潮会持续相当长的时间，纯文学将变得越来越奢侈。但真正的好作品是永远需要的，作家应耐得住寂寞。

说到寂寞，史挥戈心中一直有一个疑问，因为许多闯荡海南的作家都曾反映过新鲜而骚动不已的特区生活，唯独最早上岛的韩少功似乎无动于衷。对此，韩少功是这样解释的，许多反映特区生活的作品很有价值，但我不愿意写表面性的东西，而喜欢将生活浮面的东西抽象为一种普遍的心态来表现。

史挥戈回到济南后，好消息不断传来：韩少功的短篇小说《鞋癖》获"上海文学"小说奖，散文《笑的遗产》获"中国作家"散文奖……

这封信就是 1992 年那次当代文学会后，韩少功回复史挥戈的几个问题的复信。

在信中，韩少功一开始就表明态度，"总被人家看着实在不是一件好事，故专访还是简约一些好"。韩少功作为 1984 年以来的寻根文学的倡导者和代表性作家，被媒体追逐，被新时期文学研究者关注研究已经多年，改革开放之初南下大特区海南后又因创办《海南纪实》和担任《天涯》杂志社社长而广为人知，一直处于包围之中不胜其烦扰，故有此言，完全可以理解。

接着，韩少功介绍了自己的写作及生活近况以及在海南师范学院担任客座教授的情况。还简介了《海南纪实》的情况并附上了一份别人对他的采访记录，供史挥戈参考。

关于寻根文学的问题，韩少功认为"寻根"已经过去，不必谈了。据我们了解，新时期文学有个很奇特的现象，就是被文学史家纳入某个思潮流派的当代作家并不见得都能得到作家本人认可，被纳入寻根文学的王安忆、韩少功似乎就并不买账，所以韩对此明显不愿意再谈及了。对于现代主义这个话题，韩少功说"我当然喜欢，但也不想谈，主要是被人们谈得太多了。好像现在的作家除了谈股票就只能谈点现代主义似的"。这倒让史挥戈略感意外。

谈起寻根文学的代表作《爸爸爸》，韩少功也是一言以蔽之："'鸡头寨'原型在湖南，人物是湘北我插队的地方，地理背景是湘西。我是杂取。"韩是湖南澧县人，1968年初中毕业后赴湖南省汨罗县天井公社上山下乡，度过了长达6年的知青生活。1986年又到湘西自治州团委和怀化地区林业局分别挂职锻炼各一年，因此走遍了湘西湘北的土地，对那里的风土人情熟谙在心。

韩少功还讲到自己学英语的情形，说"英语是业余爱好，我也爱好过德语与法语"，他说自己"没打算翻译多少东西，主要是用来看看书刊。中国加入国际版权条约后，翻译会少些了，懂外语的人可以多看好多书，这比较幸运"。事实是，韩少功翻译了米兰·昆德拉的《生命中不能承受之轻》，在台湾和大陆都产生了强烈反响。

在信的最后，韩少功说最近在忙着给出版社整理作品集，接待外地求职者，不胜其烦，只好经常把电话关掉。

三年后的1995年，因了冥冥中命运的呼唤，史挥戈再次飞到海南，任《海南开发报》记者，坐上了"韩司机"（当时文友们的昵称）前去接站的汽车。有一次史挥戈来到他位于海南师院的家时，看到桌子上散放着的书稿，一问之下，才得知韩少功正在编一部词典，颇为诧异。后来才知道正是那部后来引起国内第一场文坛官司的小说《马桥词典》……

当真正融入这片热土时，史挥戈才切身体会到，在这个全国最大的特区、改革开放的前沿地带，要排除干扰，潜心写作是一件多么不容易的事情。

写信人生平、学术成就：

　　韩少功，当代著名作家，1953 年出生于湖南长沙，祖籍湖南澧县。1968 年初中毕业后赴湖南省汨罗县上山下乡；1978 年就读湖南师范大学中文系；1988 年迁调海南省，历任《海南纪实》杂志主编（1988）、《天涯》杂志社社长（1995）、海南省作协主席等。2011 年卸任以上职务。现兼职中国作协主席团委员、全委会委员，海南省文联名誉主席，湖南师范大学"潇湘学者"讲座教授，湖南大学特聘教授。

　　主要著作有《爸爸爸》《马桥词典》《暗示》《山南水北》《日夜书》《修改过程》等。曾获 1980 年、1981 年全国优秀短篇小说奖、2002 年法国文化部颁发的"法兰西文艺骑士奖章"、2007 年第五届华语文学传媒大奖之"杰出作家奖"、第四届鲁迅文学奖、美国第二届纽曼华语文学奖等。作品分别以 10 多种语言在境外出版 30 多种。另有译作《生命中不能承受之轻》（昆德拉著）、《惶然录》（佩索阿著）等数种出版。

　　2019 年 9 月 23 日，韩少功长篇小说《马桥词典》入选"新中国 70 年 70 部长篇小说典藏"。

　　韩少功早期代表作有《月兰》《西望茅草地》等。是 1985 年倡导"寻根文学"的主将，他在《文学的根》中提出："文学有'根'，文学之'根'应深植于民族文化传统的土壤里，根不深，则叶难茂。"并以自己的创作实践了这一主张，如《爸爸爸》《女女女》《归去来》等，表现了向民族历史文化深层汲取力量的趋向，饱含深厚的文化哲学意蕴。

　　在《爸爸爸》中，韩少功将目光投向深山里白云缭绕的鸡头寨，这里的人们遵循古代的生活方式，原始而神秘，空间坐标和时间坐标都显得游移不定，小说主人公是一个永远长不大的穿开裆裤的小老头丙崽，他应对这个世界的两句话"×妈妈"和"爸爸爸"含义模糊。丙崽的父亲德龙因嫌弃他们母子丑陋而离家出走，去向不明。为争水源，与处于下游的鸡尾寨发生了一场血腥的"打冤"，鸡头寨人败下阵来，为了宗族的生存，青壮年不得不背井离乡另觅住处。在仲裁缝的带领下，老弱病残喝下剧毒的雀芋毒汁，坐在削得尖尖的树桩上，面向据说是祖先来的方向，慷慨赴死。他们是那么坦然、认真。颇具讽刺意味的是，在小说结尾，被灌了两大碗毒汁的丙崽从死人堆里钻出来，茫然地看着周围，口中仍然咕哝着"爸爸爸"。鸡头寨的人们平日里任意羞辱丙崽，视之为"宝崽"、白痴，但在关键时刻，又把他奉为大仙顶礼膜拜。村人们对丙崽的态度，显示着他们与丙崽的认知水准难分伯仲，丙崽的不死同样具有象征意蕴。史挥戈在当代文学课堂上讲述寻根文学，讲到韩少功塑造的丙崽形象时，总会引导学生探究这一独特艺术形象的象征意义，认为丙崽身上浸透了冥顽不化的民族劣根性，作家对此进行了深沉的反思和冷峻的批判，为人类的健康生存在寻求新的精神寄托。所以史挥戈在给韩少功的信中提出了关于丙崽原型的疑问。

韩少功 21 世纪创作的长篇《暗示》《山南水北》《日夜书》等均产生了较大反响。其"天涯体"散文在当代独树一帜，《性而上的迷失》《完美的假定》《革命后记》等作品既有形式美感，又以思想见长。

20 世纪 80 年代以来，国内一线评论家都在持续关注韩少功。兹摘录其代表性评价如下：

孟繁华认为："韩少功站立在海南边地、以散论作为鞭子无情地抽打了那些垂死的灵魂，同张承志们一起不时地刮起思想的风暴，洗涤文坛的空前污浊，从而使他们这类作品有了一种醍醐灌顶的冲击力。"

吴亮认为："韩少功近期的小说在当代是独步的，它的价值不用等到将来的追认。在两个世纪行将交替之际，韩少功的小说恰如其分地表达了当代的思想困境，它是前后无援的。"

陈晓明认为："韩少功是唯一可以从寻根的布景中剥离出来的寻根派作家。韩少功的写作，他的那些作品文本，并不仅仅属于'寻根文学'，这个人从偏远的湘西走出来，他本身是一个纯粹的当代文学史事实；一份新时期的历史清单；一部打开又合上的新时期文学史大纲。"

南帆认为："许多迹象表明，'思想'正在韩少功的文学生涯之中占据愈来愈大的比重。如何描述韩少功的文学风格？激烈和冷峻，冲动和分析，抒情和批判，浪漫和犀利，诗意和理性……如果援引这一套相对的美学词汇表，韩少功赢得的多半是后者。'思想'首先表明了韩少功的理论嗜好。"

韩少功的老友陈剑晖说他："成熟，有思想内涵，有成就但从不骄傲，对人平易谦和；生活随便，淡泊功利，有难得的'平常心'；不显山露水，但极有主见；厚道宽容，对朋友一片真心。"

韩少功留给史挥戈的印象是：一位可以向他敞开心扉的朋友，一位有着坚实的人生基础和思想穿透力，因而底气十足的作家。褒贬毁誉，他都会十分淡然。他是一个把过程看得比目的重要的人。

最近的好消息是，2021年9月26日，朴拙大气的"韩少功文学馆"作为湖南汨罗新文学地标，在韩少功生活写作了几十年的三江镇八景村正式开馆，将会吸引更多的文学爱好者来此"寻根"。

23 竹林：知青文学第一人

来信主要内容：

叙述小说《呜咽的澜沧江》名字的来历、出版过程，以及出版后的社会反响；还谈及从生活到文学这中间要经过作家的咀嚼、思考和体验的复杂过程，才能构成鲜艳的血液流淌。

信件原文：

挥戈小妹好，腾凰大哥好！

　　前日通话，大哥问我，为什么我的长篇小说《呜咽的澜沧江》曾命名《女性——人》，电话里说不清楚，干脆以最古老的方式来回复吧。

　　那是我1988年发表的作品，回忆起来，有恍如隔世之感。还记得我很小的时候，就跟着奶奶读《红楼梦》。后来年岁渐长，想曹雪芹一个大男人，把形形色色女性写得——不是惟妙惟肖，而是感同身受，把灵魂吹进了肉身，故能让不同阶层、不同身份、不同年龄的各类人都有所思有所想，有所爱有所弃……这才是真正伟大的作家。

　　曹雪芹把我的口味养刁了。成年以后再看众多男作家小说里写的女性，竟是万般的瞧不上眼。

　　看不上就自己写，这个《呜咽的澜沧江》是我的第三部长篇小说。

　　20世纪80年代，有一位从加拿大来的汉学家陈幼石教授十分喜欢我的小说，与我成了朋友。陈教授是女权主义者。她为了保持自己清醒的思维以便工作，整个白天都不进食，只在晚上饱餐一顿。她常在近晚时分把我拉去与她共进晚餐，侃侃而谈她的女性主义观点，这就开了我的眼界。对于长期以来封建主义对女性的那种压抑，我有了更深的感悟。

　　80年代是我国思想解放的一个高峰期；可能直至现在，人们思想解放的峰值也不能与之比肩。这种解放是全方位的：思想、文学、音乐、舞蹈……

　　在我嘉定那所冬冷夏热的"寒暑斋"里，有一位去云南下乡返城的女知青常来光顾。女知青找我的目的是倾诉，倾诉她的云南兵团生活，她的战友，她的母亲，她的舅舅……这样的倾诉长达数月之久，最后她终于道出："我想请你写出来。"她说她看过我的《生活的路》，她说她觉得我能为她写好，也只有我能为她写……她还要说下去，我制止了她。我说我答应你。我的允诺好像没经过大脑。但事实上，如果我是一堆木头，她的一把火已经把我熊熊燃烧起来了。

这就是我的第二部知青小说《呜咽的澜沧江》。这部小说深得陈教授的喜爱。她认为我已经深谙她那些思想的精髓，遂建议我把小说取名为《女性——人》，还拿去在她办的一本同名女性杂志上发表，同时配上了女性评论家李子云的评论文章。

所以我这部书稿在《小说界》上发表时题名就是《女性——人》。但发表后一时无处出书，有一个书商拿去盗印，也不知印了多少，反正当时《劳动报》与我联系要发连载，他们拿到的就是那本封面红红的《女性——人》盗印本；上海作协资料室买了这本书，还叫我去签名。直到1990年在台湾出版时，出版社建议我把名字改掉，这才变成《呜咽的澜沧江》。再后来，1995年人民文学出版社在大陆初版，也用了台湾版的书名。

这本书面世后，我听到一些议论，有人说我不曾在云南下乡，写云南兵团的那些生活一定是胡编乱造。写作不是拿生活拍照，对这样没有常识的话，我自不理会。

但也有评论者认为由于作者自身的知青经历中有太多的苦难，情感太过宣泄，不够冷静克制，达不到那些能超然物外冷静叙事的大家作品的水准。

我笑了。我本不是大家。但我也知道，在作家的笔下，含而不露当然好啊！问题是你"含"的是什么。如果含的是水，那藏起来的也只能是水；如果含的是血，即便喷涌而出，自然也是血了。倘若含的是一口垃圾、一嘴鸡毛，最好还是自己咽下，不要吐出来更好。

写作其实是生活——也许是自己的，也许不是自己的、间接得来的，但必须经过写作者咀嚼、思考、体验之后构成自己的血液的流淌。这样写出来的作品才有血有肉有生命力，塑造出来的人物才是鲜的、活的。这种作品才能称作文学；如果只从生活里搬一些故事来哗众取宠，谈不上"文学"二字。如果为了追赶时尚而跟风取宠，邯郸学步，就永远也跑不到时代的前面去。

　　这封信从昨天写到了今天，原因是目力不济，在纸上写字颇为艰难（也许该配老花镜了），就此打住。祝大哥小妹平安喜乐！

竹林

2020. 4. 16

信件解读：

　　屈指算来，距离史挥戈第一次与竹林见面已经过去了 20 年，如果算上吴腾凰 20 世纪 70 年代与上海知青竹林的渊源，那我们与竹林就是妥妥的半个世纪之交了。

　　20 世纪 70 年代末期，竹林知青文学第一声——《生活的路》在新时期思想解放初期掀起了一场波澜。此后的 30 年，竹林自甘寂寞，远离热闹和喧嚣，在上海郊区一隅潜心写作，向文坛捧出了沉甸甸的成果，先后出版了《呜咽的澜沧江》《女巫》等十数部长篇小说以及儿童文学作品等。其中《呜咽的澜沧江》不仅受到海峡两岸老一辈作家胡秋原、萧乾等人的高度评价，还在台湾出版了精装本和评论专集，被加拿大的文学杂志全文刊载；后来的长篇小说《女巫》出版后，也立即在海内外引起很大反响，引发人们对 20 世纪中国农村和农民命运的深沉思索；《挚爱在人间》获"八五"期间全国优秀长篇小说奖；青春文学《今日出门昨夜归》获第十届"五个一"工程奖；《晨露》《夜明珠》被选入中国百年百部儿童文学经典；散文《架起爱的桥梁》《冰心与萧乾》被收入语文课本。一部部佳作犹如一朵朵光彩夺目的金蔷薇，绽放在新世纪文艺的百花园中。竹林的作品已经引起英、美、加、日以及中国台湾地区文学研究界的重视……成绩不菲却鲜为人知。由于吴腾凰的介绍和推崇，史挥戈得以较早地接触到了竹林的作品，从而对这位"传奇"作家、上海作家中的"隐士"产生了浓厚兴趣。

　　初见竹林是在 2009 年的夏天。兄妹二人会合后，在吴兄带领下，先乘动车到上海，又转乘新嘉专线车到嘉定，再坐上出租车，拐弯抹角地找到一个叫作沪宜公路 2800 弄的小区；一路上蝉声连绵不断，公路两旁香樟树的叶子在刺眼的烈日下放着油油的光。当我们大汗淋漓地来到竹林家楼下，准备拾级而上时，却见楼梯上立着一位身材小巧的女子，斜挎着一个皮包，正笑眯眯地招呼着我们。来者是竹林无疑，这让史挥戈颇感意外，因为在她的想象中，写出了那么多好作品的她似乎应该更高大一些的。

当史挥戈疑惑地伸出手去，又吃了一惊：握住的手是绵软的，柔若无骨的感觉，在她的想象中，无论如何，这双上山下乡摸了6年锄把子、又爬了30年格子、出版了500多万字的中国"知青文学第一人"的手，都应该有几分粗糙才对呢！

竹林敏捷、轻盈地走在前面。史挥戈凝视着她有如少女般体态的背影，惊异于这样的一副躯体是如何承载那么沉重的思想的？那可是一代人的思考啊！想起她笔下经常盛赞的南方的竹子，释然了：多么柔弱而又坚韧的一棵竹子啊！

竹林的家整洁而又简约，复式结构，宽敞明亮，客厅里抢眼的是顶天立地的一排书橱，房间里略微点缀着几丛绿色。

我们冲凉更衣稍作休整，然后在客厅喝茶聊天，还时而品评一下竹林书橱里错落摆放的一些造型别致的工艺品。

忽听楼下有人在喊，史挥戈忙跑到窗边向下张望，见竹林手推一辆旧单车，肩上依然斜背着那只旧挎包，车座上绑着两只大西瓜——原来她去农家地里买西瓜回来了。

晚饭前，不知何时，竹林又悄悄出门将小区门口唯一的西瓜摊上的几个硕大无比的西瓜悉数买断，据摊主讲，这是今年最好最甜的品种。于是，门廊里、客厅里挤满了西瓜，竹林欣喜地亲自切开一个最大的，殷勤地劝我们吃。那大个的西瓜切开后，瓜瓤是粉红色的，籽是白色的，吃起来肉肉的，味道有点酸，显然是不熟就摘下来的。吴先生勉强吃了一块，就以血糖高为由，君子不再动口；挥戈顾念竹林买瓜的辛苦和被忽悠时的虔诚，坚定地陪着她吃了一块又一块。竹林露出孩子般的神情，笑靥如花地说："还是挥戈最好！""我想总比喝水要好吧。"史挥戈实话实说。

不知怎的，眼前的情景令史挥戈想起腾凤兄长告诉过她的一个小故事——有一年春节前夕，竹林从上海返回嘉定，路上邂逅一对衣衫褴褛的乞讨的母女，听说他们是自己当年插队的安徽凤阳的农民，就毫不犹豫地将身上所有的钱都掏出来送给了她们，让他们买火车票回家过年；而她自己却因为没有了乘车的钱而只能沿着郊区公路徒步走回家……那种发自心灵的对人的真诚和爱，满足与宁静，令人感动莫名。

听说生活中的竹林经常心不在焉，去商店买东西常常付了钱忘了拿东西，或者拿了东西落下了钱包；可她给一家慈善机构定期捐款却从未忘记，在她书房的一个角落里，我们无意中发现了厚厚的一摞汇款收据；她还将一本书的稿费一万元全部捐给了安徽全椒的一所中学。看到自己雇的钟点工上班的路较远，竹林便买了一辆电动车给她骑。竹林还资助一位上海海事大学的大学生直到毕业；现在，这位大学生已在青岛有一份很好的工作……

正巧，我们来的第二天，苏州的一家台湾慈善机构请竹林去做一次心灵讲座，于是我们作为亲友团，也兴致勃勃地随同竹林呼啸而去。史挥戈与竹林坐在一起才发现，竹林一直不离身的挎包已经很旧，表层的皮都呈鱼鳞状了，这与一位名作家的身份极不相称。挥戈近年来才被好友灌输了精品意识，接受了服饰装扮要与身份相称的搭配原则。可看到竹林，她再次坚信，一个人的价值与她的包装几乎没有什么关系。

讲座、为台湾洪灾捐款、签名售书，竹林忙得不亦乐乎。知道自己不善言辞，竹林事先认真准备了讲稿，孰料主持人临时动议，将讲座改为问答的形式，打乱了原来的计划。这让我们暗暗替她捏了一把汗。果然，竹林白皙的脸庞涨得微红，有些磕磕巴巴地开始答主持人问；但毕竟谈的是自己的文学道路和感受，渐渐地也就进入佳境了；尤其在与听众互动的环节中，竹林的真诚、坦率赢得了热烈的掌声。

再见竹林是在2010年的正月十三，本以为春天已经到来，却不料乍暖还寒，在上海火车站等专线车时，料峭的北风就给了来自北方的史挥戈一个下马威。到了竹林家里，见挥戈冻得瑟瑟发抖，竹林赶忙拿来自己的保暖内衣、羊毛外套，悉数让挥戈穿上，顿时使我们有了到家的感觉。

为了接待我们，竹林一遍遍地用自行车驮回来涮火锅的各种材料，采购了一大堆各类食品，冰箱里塞不下，只好放在外面。当我们吃饭时，竹林只是陪坐在桌旁吃着她始终不变的烤白薯或玉米，并不断地催促我们多吃。在吴大哥的再三劝说下，竹林才象征性地吃了一点肉食。

竹林的生活很有规律。差不多就是"日出而作，日落而息"，但她经常会骑自行车到田野中、到葡萄园去呼吸新鲜空气。每天傍晚"收工"前，一般会做一套健身操加"哑铃操"——就是两个两公斤重的小哑铃那么举一通啦。晚上不写作，看电视，最爱看探索频道，尤其爱看宇宙探秘的内容。竹林说，1994年她得过一场大病，病愈后从此不敢对健康掉以轻心，让生活规律化，过着与大自然和谐的绿色健康生活。

竹林至今还用纸笔写作，写得很慢，她总认为自己不是敏锐的、才华横溢的人，对生活的认识是缓慢的，写作也只遵从心灵的声音，从不赶速度。但慢工出细活，不声不响地，她就捧出了一部部厚重的作品，构思之巧妙，文字之优美常常令人击节赞叹。

竹林构思作品阶段常常会走神。她经常坐长途车从上海回嘉定，一路上车子摇摇晃晃地行进着，竹林面向窗外，慢慢沉浸在小说的世界里，身边的嘈杂和拥挤逐渐隐去了。等她回过神来，眼看着高楼大厦由逐渐稀少又变为逐渐密集起来，一时间有些神情恍惚。司机见了便笑道："我经常见你坐这趟车，等回到了上海，你再坐回去就是了，我不收你的钱了！"

竹林经常去乡下采访，走在田间小路上有时因为只顾贪看田野景色而"误入藕花深处"，却又发现别有洞天，触发了灵感，得到意想不到的收获。她的许多作品的构思、素材就来自这样的迷途中的意外收获。

竹林待人有火一般的热情，甚至有些孩子气。当采访计划准时完成后，次日早饭时史挥戈预告明天一早要随腾凰先生去上海，拜访一位神交已久还未曾谋面的文友，不料竹林显出愕然的神情，背后悄悄问吴兄，你们这么着急走，是不是那位朋友家有什么好吃的，准备隆重接待你们？吴兄老老实实地说，顶多在馆子里吃两顿，有时就在友人家吃方便面。竹林顿时释然，提出我们最好第二天下午再动身，这样可以把她采购的一大堆东西多消耗一些，我们答应了，心头热乎乎的。

作为知青文学第一人，竹林在坎坷不平的创作道路上，幸运地得到过茅盾、韦君宜、冰心、萧乾等文学前辈的直接关怀；竹林的文才曾经令萧乾先生想起舞圣邓肯的舞姿，赞她是"鬼才"。这种感觉我们在她的文字中已经有了深刻的体会。从上海返家途中，手机悦耳的木琴声响起，是竹林的短信："挥戈，微笑在彼此的生命中！"眼前又浮现出竹林慈善温和的面容……

不久之后，我们就收到了竹林新出版的知青文学三部曲之三的《魂之歌》，几乎手不释卷地一口气读完，从字里行间品味到更为深沉的一代中国青年的命运沉浮、思想之舞，禁不住赞叹作家竹林在岁月沉淀后的澄澈与豁达。

研究竹林

2009年秋，史挥戈结束了在东南大学一年的访问学者生活后，被江苏大学作为人才引进，成为中国现当代文学的学科带头人。在考虑江苏大学高级人才科研启动基金选题时，经与吴腾凰先生商议，决定立项研究竹林的思想与文学创作。

2014年，32万字的《竹林文学创作论》由江苏大学出版社出版。史挥戈将竹林迄今为止近40年的600多万字的全部文学作品进行了缜密的梳理、解析、评论，不仅勾勒出了竹林创作的发展脉络，还凸显了她在现实主义创新征途上跋涉的痕迹。全书共分为：作家竹林与现实主义、知青文学研究、农村题材作品研究、"新科技探秘小说"研究、儿童文学研究、"人间大爱系列"研究、散论、附录等九大部分。全书采用文本细读法，坚持论从文出，从作品土壤里得出鲜活的结论。以竹林作为拥有6年女知青的经历以及当时整个中国复杂的社会和政治环境作为研究的背景，站在历史和时代的高度，追溯社会历史的渊源，理解知青们的命运抗争，展现当时的历史面貌，求真务实，努力破译竹林的现实主义创作方法及写作宗旨。

《呜咽的澜沧江》是竹林"知青三部曲"的第二部，描写的是一群来自北京和上海等城市的知识青年，在"文革"的年月里，在极"左"思潮和政策的驱使下，来到中国西南边陲的西双版纳，在那里他们建立农场、种植橡胶，并以军队编制进行组织管理，接受思想教育的故事。竹林用历史的哲学的目光去分析和批判上山下乡运动的本质，站在历史的高度，全方位、立体地展现了一代知青在人生价值斗争中，从盲从狂热到失落、迷惘；从彷徨、痛苦到反思、追求的过程，反映了从上山下乡到"文革"，直至改革开放这段观念形态激烈变化时期的深刻的历史内涵和真实社会生活图景。它是一部当代中国青年追寻人生价值的壮丽诗篇，是思想上的一座丰碑，是一部难得的精品力作。

这部作品在海峡两岸文学界都引起强烈共鸣，上海《小说界》发表后，在台湾现代文学研究中心和世界著名汉学家葛浩文（美国）、马汉茂（德国）、许世旭（韩国）联合发起编辑的"两岸文学互论"中进行了专题研究讨论，台湾和大陆的许多著名评论家对该书的思想深度和艺术手法给予了很高的评价，台湾还出了专门评述该书的专著《竹林小说论》。

竹林在信中说起她与加拿大学者陈幼石教授的交往，其女权主义观点对自己的影响，她说"对于长期以来封建主义对女性的那种压抑，我有了更深的感悟"。因为陈教授创办的刊物叫作《女性人》，所以竹林这部小说最初就命名为《女性——人》。后出版搁浅，盗版猖獗，直到1990年在台湾出版时，在出版社建议下，把书名改成了《呜咽的澜沧江》，1995年人民文学出版社在大陆初版，也用了台湾版的书名。

有人说竹林不曾在云南下乡，却写了云南兵团的生活，一定是胡编乱造。对此，竹林一笑置之。作为一位始终坚持现实主义创作道路的作家，竹林始终把真实性作为自己恪守的创作信条和生命。她坚信，唯其真实，才有文学价值和文学生命。只有来自自己的生命体验，才显出它的实在意义。竹林本人有在安徽凤阳6年的知青生活，也有与云南知青的长期交流和对云南的多次实地考察，《呜咽的澜沧江》完全经得起真实性的考验。

竹林对于用于创作的生活素材的应用也是十分严谨的。这里不妨引用一下笔者掌握的一段资料——当初，台湾中国现代文学研究中心在出版她的《呜咽的澜沧江》的繁体字版时，为了考察书中云南地方的地理环境和生活细节的真实性，曾找到台湾原康藏委员会的老专家进行审读，还查对了"云南植物志"，结果只提出了"鸡蛋花""望天树"这两种植物没有听说过；竹林当即给出了明确的解释和交代："鸡蛋花"是一种草本植物，其名称是民间的叫法；"望天树"则在现今的西双版纳"热带作物所"还有。由此可见，竹林对自己作品的每一个细节都是不肯马虎和想当然的。

在文学创作中，细节的真实并不等于艺术的真实。文学创作应该在生活的基础上概括、集中和提高，用作者自己的艺术手段来表达他的思想诉求。在竹林的这部反映云南知青命运遭遇的小说里，我们可以反思的东西很多，如愚民政治把一部分人变成了野兽，一部分变成了为保全自我而助纣为虐的行尸走肉，即在威势面前失去了独立判断能力的"平凡之恶"。这场大悲剧的后遗症在今天依然存在，纠正它却需要几代人的时间。

对于"有评论者认为由于作者自身的知青经历中有太多的苦难，情感太过宣泄，不够冷静克制，达不到那些能超然物外冷静叙事的大家作品的水准"的批评，竹林更是不以为然。

小说描写了建设兵团里郭副团长和"首长的儿子"小李别出心裁轮奸知青露露的一幕。然而，露露的牺牲并没有给她带来招工、返城的一纸调令，对自己受尽磨难生下的骨肉，露露始终没有看过一眼，她甚至亲手煮食了自己的儿子给断食多日的知青战友们吃。最后，在癫狂的状态下，露露跳进了滚滚滔滔的澜沧江，让江水洗刷她所遭受的非人苦难与屈辱。竹林悲愤地写道："可怕的不是山林中的自然野兽，而是那种披着人皮的权利野兽。这种野兽如果控制了整个国家，他们就会把老百姓当作猎物一样任意宰割、蹂躏。"

台湾的胡秋原先生在几次"实在看不下去了"，最终"硬着头皮"读了这部小说后，写了很长的感想，这位中华赤子说：这是我所看到的最使我感到恐怖和战栗的小说。"台湾著名作家陈映真先生则认为露露煮食婴儿的描写是一个败笔，认为"如果婴儿的降生使露露的母性战胜了随自己悲惨命运以俱来的仇恨，露露的形象应该更为高大，她所遭遇的不可置信的悲惨与侮辱，也才能发出更强大的控诉力"。从陈映真先生的批评中，可以真切地感受到他对悲剧形象的理解和对一部伟大作品的殷切呼唤。然而陈先生尽管也曾在国民党统治时期的台湾坐过牢，理解并同情大陆同胞极"左"时代的遭遇，但他对九亿神州一片红海洋的历史毕竟缺乏身临其境的感受。

竹林对此毫不掩饰自己的态度，"我也知道，在作家的笔下，含而不露当然好啊！问题是你'含'的是什么。如果含的是水，那藏起来的也只能是水；如果含的是血，即便喷涌而出，自然也是血了。倘若含的是一口垃圾、一嘴鸡毛，最好还是自己咽下，不要吐出来更好。"的确，许多世界名著中贯穿着忏悔与救赎的主题，苦难中升华出的人性温暖固然有着震撼人心的艺术力量，但也有另外的路径去实现这种升华，小说中露露的崩溃与极端做法，可谓触目惊心、振聋发聩，更能引发人们对极"左"路线、对人性扭曲的深沉思考。可以说，《呜咽的澜沧江》是站在人类文明的角度评价了这场运动，竹林努力将哲理高度和与之相匹配的艺术创造力融合起来，达到了艺术的真实。

在信的最后，竹林深有体会地总结道："写作其实是生活——也许是自己的，也许不是自己的、间接得来的，但必须经过写作者咀嚼、思考、体验之后构成自己的血液的流淌。这样写出来的作品才有血有肉有生命力，塑造出来的人物才是鲜的、活的。这种作品才能称作文学。"

我们深以为然。

写信人生平、学术成就：

竹林，原名王祖铃，祖籍浙江吴兴，1949 年生于上海。20 世纪 60 年代末作为知青赴安徽凤阳插队 6 年。以"知青文学"进入文学创作领域，长篇知青小说《生活的路》开知青文学之先河，曾得到当时文坛泰斗茅盾先生的鼓励与支持；书出版后曾震动海内外，也奠定了她在中国文坛的地位。她深入生活，广泛接触各类人物，细心观察，辛勤笔耕。先后创作《女巫》《呜咽的澜沧江》《魂之歌》（均为人民文学出版社出版）等大量长篇小说以及中短篇小说、散文。自传体长篇小说《挚爱在人间》（华夏出版社出版）获"八五"期间全国优秀长篇小说奖。她的《流血的太阳》《竹林村的孩子们》等儿童文学受到好评。后致力于青春文学、校园文学的探索，2005 年初向读者奉献新作《今日出门昨夜归》等。经过 10 余年的生活积累，8 年的潜心创作，2014 年又推出 60 余万言的长篇力作《魂之歌》，为她的"知青三部曲"画上了圆满句号。竹林先后在少年儿童出版社、上海文学编辑部、上海市作家协会工作。现为国家一级作家，上海市作协专业作家。

主要作品有：《生活的路》（人民文学出版社 1979 年）、《苦楝树》（湖南人民出版社 1985 年）、《女巫》（人民文学出版社 1993 年）、《呜咽的澜沧江》（人民文学出版社 1995 年）、《挚爱在人间》（华夏出版社 1994 年）、《挚爱在人间》（英文版）（远东出版社 1995 年）、《晨露》（广东人民出版社 1984 年）、《夜明珠》（湖南少年儿童出版社 1982 年）、《流血的太阳》（河北少年儿童出版社 1998 年）、《竹林村的孩子们》（湖北少年儿童出版社 1998 年）、《脆弱的蓝色》（明天出版社 2001 年）、《灵魂有影子》（二十一世纪出版社 2005 年）、《今日出门昨日归》（二十一世纪出版社 2005 年）、《魂之歌》（人民文学出版社 2014 年）。2015 年 12 月上海作家协会·华语文学网的"海上名家文库"出版了竹林作品的全集。

　　竹林 30 多年来，虽数次迁徙，但始终坚持用作品表达自我，完成与读者之间的心灵沟通。她说："我不羡慕别人的荣誉和名声。我人生的艰难时期已经过去，现在衣食无忧。我愿意在喧嚣的城市生活的边缘寻觅一块相对的净土读书、学习和写作。我认为写作本身就是寂寞和孤独的事业，但它的心路历程却相对较其他人更丰富多彩，这就填补了寂寞的空缺。"

　　随着创作的升华，竹林对文学作品表现和挖掘人性有了更深层次的认识，特别是 1996 年拜访台湾慈济佛教基金会的证严法师，法师提倡的"普天三无"给了她巨大的启示和震撼，使她对宗教义理有了新的理解，使她认识到爱是一种人生哲学，是一种宇宙法则，是人类文明的基因，因此，爱也是文学千年不变的母题，所以也是她在自己的作品中最想表达的精神内涵。

　　冰心先生生前曾为她题词：

创作未有穷期

竹林前途无量

我们也衷心期待着竹林重新沉淀后的下一部精品力作。

24 乐融:《狂人日记》是如何创作出来的

来信主要内容:

寄来一篇他为纪念"五四"新文化运动 100 周年所撰写的近作《〈狂人日记〉跨文化创作背景及其影响》。

信件原文：

吴腾凰主席

史慧戈教授：

　　你们好！

　　收到二位来信，获悉你们编著《中国现当代文化名人书简解析》，让我谈谈鲁迅方面的研究，本人才疏学浅，不胜忐忑，但由于我在鲁迅研究领域耕耘二十余年，也应是责无旁贷。

　　今年恰逢"五四"新文化运动 100 周年，鲁迅尽管没有直接参加游行活动，但是，作为中国新文化运动的先驱，他的文学作品给予了当年"五四"青年精神和思想上的启蒙，激励他们投入到反帝反封建的斗争中，其中鲁迅的《狂人日记》为中国现代文学史上的开山之作，影响和作用尤其深远。为此，撰文"《狂人日记》跨文化创作背景及其影响"，谈谈我对《狂人日记》的一孔之见。有不当之处，尚祈二位多加指正。

　　即颂

冬安

乐融

2019.11.28

《狂人日记》跨文化创作背景及其影响

乐融

100年前，鲁迅创作了《狂人日记》，揭露封建制度及礼教吃人的本质，呼吁救救还"未吃过人"的新生代。《狂人日记》的写作手法新颖，角度独特，人物表现深刻，使人读后感受其振聋发聩的冲击力，开创了中国现代文学白话文小说的先河，在国内外产生广泛而又深远的影响。那么，鲁迅是如何会创作这么一篇传世之作的呢？他的创作思想又受到什么启发？它又产生了哪些影响？

铁屋子里的"呐喊"

鲁迅原名周树人，由于家庭发生重大变故，经济拮据，科举之路已成泡影，只能"走异路，逃异地"[1]，离开从小生活的绍兴，来到南京进入不需要学费的江南水师学堂后转入矿路学堂，由于成绩优异，被选拔派遣往日本公费留学，后了解到日本的"维新大半是发端于西方医学"[2]，旋改学西医，在一次课间观看幻灯片中，偶然见到日俄战争中自己同胞被砍头和周围围观的麻木不仁的同胞，使鲁迅感到"医学并非一件紧要事，凡是愚弱的国民，即使体格如何健全，如何茁壮，也只能做毫无意义的示众的材料和看客，病死多少是不必以为不幸的"。[3] 因此，鲁迅认为："我们的第一要著，是在改变他们的精神，而善于改变精神的是，我那时以为当然要推文艺，于是想提倡文艺运动了。"[4] 鲁迅就与几个志同道合的留学生办起杂志《新生》，以此想改变国民精神，呼唤新的精神思想。但理想很丰满，现实很骨感，《新生》还未出版就已夭折。使得鲁迅感到"叫喊于生人中，而生人并无反应，既非赞同，也无反对，如置身毫无边际的荒原，无可措手的了，这是怎样的悲哀呵，我于是以我所感到者为寂寞。"[5] 鲁迅为了驱除这寂寞，抄古书、抄古碑，"来麻醉自己的灵魂，使我沉入于国民中，使我回到古代去。"[6]"但我的麻醉法却也似乎已经奏了功，再没有青年时候的慷慨激昂的意思了。"[7]于是乎鲁迅埋头于古纸堆里，似乎忘记了"我以我血荐轩辕"的誓言。其实不然，在鲁迅的心中，永远蕴藏着希望的火苗，在《近代的超克》一文中，日本鲁迅研究专家竹内好曾指出："鲁迅在发表《狂人日记》之前，正在酝酿着呐喊的凝重的沉默。"[8]鲁迅刚到北京时，住在绍兴会馆，在教育部上班，下班后回到住处，沉浸在自己的古代世界，"客中少有人来，古碑中也遇不到什么问题和主义"[9]"那时偶或来谈的是一个朋友金心异，"[10]这位在上文中被鲁迅化名为金心异的朋友，就是与鲁迅共同在日本留学、曾一起师从章太炎学习国学、研究音韵、训诂及《说文解字》的钱玄同。鲁迅在日本弃医从文后，大量阅读西方优秀文艺作品，还与弟弟周作人合作翻译东欧、俄国的短篇小说集《域外小说集》，并发表了《科学史教篇》《文化偏至论》《人之历史》《摩罗诗力说》《破恶声论》等长篇文艺论文，反映鲁迅深邃的文艺思想和文学修养，给钱玄同留下深刻印象。钱玄同后来在北京大学教书，正与受邀来北京大学担任文科学长的陈独秀一起积极编辑《新青年》，倡导文学革命，抨击封建主义，提倡民主、科学，以实践他们的文学主张，并计划用白话文出版，但响应者寥寥。就在此时，钱玄同想到了同在北京工作的鲁迅，联想到鲁迅曾经发表过的文艺论文，感觉到鲁迅的思想在国内是顶尖的，正合乎《新青年》推动中国文学革命的办刊方向。于是，出现在前述鲁迅文中的情景，钱玄同翻看着鲁迅抄的那些古碑，向鲁迅发问："你抄了这些有什么用？"[11]鲁迅回答，"没有什么用。"[12]钱又问："那么，你抄他是什么意思呢？"[13]"没有什么意思。"[14]钱玄同向鲁迅提议，"我想你可以做点文章……"[15]鲁迅"懂得他的意思了，他们正办《新青年》，然而那时仿佛不特没有人来赞同，并且也还没有人来反对，我想，他们许是感到寂寞了"[16]。这寂寞鲁迅是感同身受的，但是鲁迅说出自己的忧虑："假如一间铁屋子，是绝无窗户而万难破毁的，里面有许多熟睡的人们，不久都要闷死了，然而是从昏睡入死灭，并不感到就死的悲哀。现在你大嚷起来，惊起了较为清醒的几个人，使得这不幸的少数者来受无可挽救的临终的苦楚，你倒以为对得起他们么？"[17] 钱玄同回答："然而几个人既然起来，你不能说决没有毁坏这铁屋的希望。"[18] 鲁迅最后在文中写道："是的，我虽然自有我的确信，然而说到希望是在于将来，决不能以我之必无的证明，来折服了他之所谓可有，于是我终于答应他也做文章了，这便是最初的一篇《狂人日记》。"[19]

《狂人日记》的发表，无论从写作风格还是其内涵，在中国文坛上都是卓尔不群，是中国有史以来完整意义上的第一篇白话文小说，开创了中国现代文学的新纪元。通过"狂人"之口，揭露了中国几千年封建礼教吃人的本质，在思想上唤起一部分人的觉醒，作出了文学革命的实绩，奠定了新文化运动的基石，"鲁迅"这个笔名从此开始使用并广为传播，这也是鲁迅积淀已久对中国社会历史发展的观察和思考形成的思想革命意识，在致好友许寿裳信中提到《狂人日记》创作思想的形成："偶阅《通鉴》，乃悟中国人尚是食肉民族，因此成篇"，[20] 而"此种发现，关系亦甚大"[21]，它是继续"新生"的文艺运动，其主要目的还是在要推倒封建社会以及旧道德。以上这些都与当时"文学革命"的要求、方向相契合，通过这篇小说得到淋漓尽致的阐发，由此发出"铁屋子"里的呐喊。

跨文化的影响和接受

鲁迅曾在《我怎么做起小说来》一文中说："……我的来做小说，也并非自以为有做小说的才能，只因为那时是住在北京的会馆里的，要做论文罢，没有参考书，要翻译罢，没有底本，就只好做一点小说模样的东西塞责，这就是《狂人日记》。大约所仰仗的全在先前看过的百来篇外国作品和一点医学上的知识，此外的准备，一点也没有。……"[22] 这里鲁迅道出创作白话文小说的由来，尤其指出创作《狂人日记》是借鉴了曾经看过的 100 多篇外国文学作品，关于受哪些外国作家及其作品直接影响，鲁迅在《且介亭杂文二集》里的《〈中国新文学大系〉小说二集序》中就进一步地指出："……从一九一八年五月起，《狂人日记》《孔乙己》《药》等，陆续的出现了，算是显示了'文学革命'的实绩，又因那时的认为'表现的深切和格式的特别'，颇激动了一部分青年读者的心。然而这激动，却是向来怠慢了绍介欧洲大陆文学的缘故。一八三四年顷，俄国的果戈理（N. Gogol）就已经写了《狂人日记》，一八八三年顷，尼采（Fr. Nietzsche）也早借了苏鲁支（Zarathustra）的嘴，说过'你们已经走了从虫豸到人的路，在你们里面还有许多份是虫豸。你们做过猴子，到了现在，人还尤其猴子，无论比那一个猴子'的。……"[23] 鲁迅觉得《狂人日记》让青年们激动，是因为中国介绍欧洲小说不够，使得很多青年都没看到过《狂人日记》这样风格的小说，所以一经刊登，就受到当时青年们争相阅读。早在留学日本时期，果戈理就是鲁迅喜爱的外国作家之一，他"记得当时最爱看的作者，是俄国的果戈里和波兰的显克微支"[24] 认为果戈理的作品"以描绘社会人生之黑暗著名"，[25] 意在"以不可见之泪痕悲色，振其邦人"[26]。

　　1834 年，俄国作家果戈理创作了中篇小说《狂人日记》。 1918 年，中国作家鲁迅也创作了同名小说《狂人日记》。果戈理对鲁迅的影响是直接的。对于中国现代文学自身的发展而言，《狂人日记》是中国现代文学的开山之作，然而，从世界文学的发展和相互影响来看，鲁迅的这部划时代的杰作，又恰恰是受俄国文学影响的结果。那么，鲁迅的《狂人日记》在哪几个各方面借鉴了果戈理的《狂人日记》，或者说受到它的影响呢。笔者以为主要有以下几个方面：1. 文体的影响，鲁迅的《狂人日记》采用了与果戈理《狂人日记》相同的日记体小说。众所周知，中国传统的小说历来是以故事情节为框架、以人物刻画为目的的章回体，像《红楼梦》《西游记》《三国演义》《水浒传》和《金瓶梅》等，都是章回体小说的杰出范例。而日记体小说的源头不在中国，它可追溯到日记体小说十分盛行的18 世纪的欧洲。英国小说家笛福的长篇小说《鲁滨孙漂流记》就已经具备了日记体小说的某些基本特征。时至 20 世纪，仍有萨特的日记体小说《恶心》在西方文坛占有一席之地。果戈理的《狂人日记》和鲁迅的《狂人日记》就是日记体小说。果戈理小说中的"日记"为"狂人"所写，鲁迅小说中的"日记"也是"狂人"所为；果戈理的《狂人日记》为第一人称，鲁迅的《狂人日记》也是如此；果戈理的《狂人日记》按照日记的要求记述了"我"在当天的所见所闻，鲁迅的《狂人日记》也记录了"我"对当天经历的所感所思。由此可见两者之间的联系。2. 人物的影响。果戈理笔下的主人公是"狂人"，鲁迅笔下的主人公也是"狂人"。果戈理笔下的"狂人"叫波普里希钦，果戈理以沉重的笔触，运用日记的形式为我们叙说的是一个沙俄时代为上司削鹅毛笔的"九等文官"，他爱上了司长的女儿莎菲，但司长瞧不起他，科长也瞧不起他，连司长的仆人也瞧不起他，甚至司长女儿的狗也不把他放在眼里，当他得知司长的女儿要结婚了，心灵世界彻底崩溃了！他疯了！他不断地为自己升官，在幻觉中觉得自己当上了西班牙皇帝，却被关进疯人院而受尽折磨。最后在残酷的折磨中终于呼喊出："妈妈，救救你可怜的孩子吧！"鲁迅笔下的"狂人"既不是小人物，也不是小职员。从尚有"佃户"的身份上看，应当是一个大户人家的人，却是这个家庭的"叛逆者"。也正是由于这种"叛逆"，使他在村子里处处碰壁，多有"杂无伦次"的"荒唐之言"，患上了"迫害狂"之病。赵家的狗对他虎视眈眈，赵家人的眼光也格外的怪，路上的人见了他交头接耳，孩子们见了他也议论纷纷，母亲骂孩子时话中有话，家里的人见了他也视为陌路。他失去了自由，每日与两餐为伴。大哥请来的医生是刽子手，大哥也加入了迫害他的行列。 "我"被囚禁在"监牢"中等待不祥的命运，联想到中国数千年的吃人历史，联想到亲人的被吞噬，"我"终于发出了凄惨的呼喊："救救孩子……"3. 风格的影响，采用相同的艺术风格——讽刺。在19世纪俄罗斯文学史上，果戈理是一位具有开拓意义的作家。人们谈及果戈理的艺术成就，最不能忘记的就是他那卓越的讽刺艺术。也正是天才的讽刺艺术才使果戈理成为俄罗斯现实主义文学的奠基人。返观20世纪中国文学史，鲁迅也是一位具有开拓意义的作家。这位中国现代文学的开山鼻祖，是中国现代文学史上的一个标杆。在鲁迅的文学成就中，讽刺艺术表现得十分鲜明。在他充满批判精神的小说中，在他言辞犀利的文学批评中，在他"痛打落水狗"般的杂文中，讽刺艺术表现得淋漓尽致。而这一切都可以在鲁迅的《狂人日记》中找到根源。

尽管鲁迅的《狂人日记》受到果戈理的影响，但并非对俄国前辈的"克隆"，而是富有创造性的尝试，鲁迅认为《狂人日记》"意在暴露家族制度和礼教的弊害，却比果戈理的忧愤深广，……"[27] 在文体上，小说的"日记本文"部分采用了白话文体，却又精心设计了一个文言体的"小序"，从而形成了两个对立的叙述者——"我"与"余"，以"余"作为狂人"我"的坐标，以显"狂人"之心理和行为。正是鲁迅的这一系列独创之举，使借用于果戈理的"外来"文体本土化，使日记体小说这种"舶来品"完全民族化。

对国内外的影响和辐射

鲁迅的《狂人日记》在《新青年》发表后，在社会上获得积极的响应和广泛认可，被誉为中国现代文学的开山之作。由此一发而不可收，鲁迅随后发表了50多篇小说、诗歌、随感录及翻译等，极大地丰富了《新青年》的内容和提高了对社会大众的吸引力，使得原来销路不佳的《新青年》，一跃成为当时许多"时尚"青年争相阅读的杂志，自此《新青年》才进入了其最辉煌的时期，发行量从一千册左右的徘徊，到一万五六千册的井喷，在海外也设置了代销点，这时的《新青年》才真正引领时代风潮，成为新文化运动的旗帜。胡适在《五十年来之中国文学》中谈到新时期的文学中说"成绩最大的却是一位托名'鲁迅'的。他的短篇小说，从四年前的《狂人日记》到最近的《阿Q正传》，虽然不多，差不多没有不好的"。[28]《新青年》的创始者陈独秀则对鲁迅的小说是"五体投地的佩服"，[29] 刘半农还曾想推荐鲁迅作为诺贝尔文学奖的候选人。《新青年》流传下来的文章不少，但堪称经典的，还主要是鲁迅的文章。

鲁迅的《狂人日记》，不仅拉开了中国现代小说的序幕，开创了中国小说的新局面，而且作为中国现代文学史上第一篇日记体小说在当时的中国文坛引发出一道独具特色的文学风景线，一批日记体小说随后涌现出来，如丁玲的《莎菲女士的日记》、庐隐的《丽石的日记》、冰心的《一个军官的笔记》、沈从文的《一个妇人的日记》、石评梅的《林楠的日记》，乃至茅盾的《腐蚀》等，形成了一种魅力独特的文学时尚（尽管立意、定位不同）。在上述日记体小说中，鲁迅的《狂人日记》不仅是开创性的，并且在中国文化思想上影响力也是最大的。

由鲁迅发表《狂人日记》所引发的中国现代文学滥觞，不仅在中国文坛产生深远影响，并且，也对日本、东南亚等汉文化圈的一些国家不同程度地产生影响。

中国的紧邻日本，对中国唐以前的文化亦步亦趋，至今在日本还留有许多中国唐朝文化的印记，但随着"明治维新"，日本成功转型为现代工业国家，在引进了许多西方国家的先进科学技术的同时，也吸收了大量的西方文化，甚至把自己定位为在亚洲的欧洲国家，即"脱亚入欧"，中日甲午战争、日俄之战获胜后，更是不可一世，对中国近代文化颇多鄙视。但是，随着中国新文化运动的蓬勃发展、中国现代文学的起步，逐渐被日本汉学家所关注。

早在 1919 年和 1920 年，日本汉学家青木正儿分别在《大正日日新闻》和《支那学》杂志（1—3 期）上撰文向日本介绍中国的新文学运动及其风云人物（包括鲁迅），发表了《以胡适为中心潮涌浪旋着的文学革命》一文，对鲁迅的《狂人日记》作出了高度评价："小说方面，鲁迅是位有远大前程的作家，如他的《狂人日记》，描写了一位迫害狂的恐怖的幻觉，达到了迄今为止中国作家尚未达到的境地。"并通过胡适与鲁迅建立书信联系。1920 年 11 月 27 日，《鲁迅日记》记载："下午得青木正儿信，由胡适之转来。"[30] 但日本对《狂人日记》的真正研究还是从竹内好开始，竹内好认为应将《狂人日记》从《呐喊》和《彷徨》所包含的二十五篇小说中单独列出，原因是"这篇作品包含着所有倾向的萌芽，对作品整体而言占据着特殊的位置"。[31]1936 年，竹内好创作《鲁迅论》一文，文中他首先肯定《狂人日记》的巨大影响，同时指出："第一，它是新文学最初的作品，是作为文学家的自觉的最初态度，并且不囿于此。第二，对社会的思想界来说，也并非在当时先进的知识阶层开了风气之先。"[32] 因为在鲁迅发表《狂人日记》之前，先有吴虞 1917 年 2 月 1 日在《新青年》上发表的《家族制度为专制主义之根据》，随后有周作人倡导人道主义的《人的文学》

的发表，二文都有对封建家族制度的批判，因此，竹内好才得出以上结论。1944 年，奠定竹内好的鲁迅研究乃至学术研究之地位的著作——《鲁迅》问世，书中提出《狂人日记》是鲁迅在"沉默中的突发"[33] 的观点，同时，《狂人日记》使得鲁迅获得了文学上的自觉、"成就了一个文学者"。[34]1948 年，竹内好又发表《鲁迅传——为〈二十世纪外国作家辞典〉而作》，对《狂人日记》作出了高度评价，他认为鲁迅是借狂人的心理"将无法挽救的半封建半殖民地的现实描绘出来，其中流淌的人道主义气魄的强度和艺术形象力的高超，给了新一代人异常的感动"。[35] 尽管《狂人日记》在形式和内容上都超越了同时代，但《狂人日记》"作为作品，它并不是完美的。许多东西未经消化就一股脑儿地被放进来，并从中迸发出很多主题，成为鲁迅文学的原型"。[36] 此后日本对《狂人日记》研究都是在竹内好研究基础上生发，或继承、或补充、或纠偏，木山英雄、丸山昇、伊藤虎丸和丸尾常喜就是其中的代表者，而《狂人日记》在他们的鲁迅研究中均占有重要地位。"木山英雄认为《狂人日记》并不是描写具有独醒意识的狂人怎样走出'吃人'的世界，而是描写还没有察觉到自己也是'吃人'世界中的一员的狂人努力劝转他人不要吃人，然而以失败告终的故事。"[37] 丸山昇认为"《狂人日记》是鲁迅回归'革命'的标志，是鲁迅思想发展中的重要一环"。[38]"伊藤虎丸自称是竹内好的追随者，但事实上他在继承'竹内鲁迅'的基础上对其有失偏颇之处进行了反思和纠正，"[39]"伊藤虎丸认为《狂人日记》中的'月光'代表着某种具有'超越'意味的东西，'发疯'代表着'觉醒'，而作品中的既怕我又想害我的眼睛与《阿Q正传》中又凶又怯的狼的眼睛是同样的，这样的'眼睛'与鲁迅所批判的'奴性'是相对应的。"[40] 随着日本学者对鲁迅作品越来越全面深入的介绍研究，鲁迅作为中国最伟大的文学家在日本被广泛认可，研究鲁迅成为研究中国现代文学不能回避的课题，《狂人日记》是鲁迅创作的第一篇白话文小说，因此，对《狂人日记》的研究也成为日本鲁迅研究者的重要课题。

同样，鲁迅的作品对东南亚华文新文学的发展演变也产生着深刻的影响。根据记载，在 20 世纪 20 年代，几乎在国内鲁迅发表《狂人日记》等一系列作品的同时，鲁迅的作品就已陆陆续续地传播到东南亚诸国。新加坡著名女作家君盈绿将新加坡先驱作家姚紫的小说与鲁迅的小说进行比较，认为"鲁迅小说中的理性批判，比如《狂人日记》中浓重的悲剧色彩和清醒的现实主义精神，可以在姚紫的小说中恍惚看到"。[41]泰国华文知名作家洪林在《中国传统文化对泰华文学的影响》一文中承认早期的泰华文学深受中国传统文化的影响，"中国当代著名作家之名著，是泰华作家创作的精神支柱"，[42]中国的"五四"新文学运动，对处在萌芽阶段的泰华文学，起着深远的影响和推动作用，尤其是"五四"文学革命的先驱鲁迅的作品《狂人日记》"深刻揭露当时社会人吃人的历史本质，给泰华作家们很大的启示……"[43]印度尼西亚作家黄东平《形象性琐谈》对形象的塑造提出了颇多独到的理解，特别是以鲁迅的作品为例予以阐述："为了增加特殊的色彩，造成特殊的气氛，使形象更生动，作品每每通过人物的眼睛、感觉等来写。《狂人日记》通过狂人来看当时的社会……"[44]同时，鲁迅的民族精神与光辉人格赢得了东南亚华文作家的崇高赞誉，并升华为海外华人的精神源泉与效仿的典范。

正像果戈理的创作有着俄国和欧洲多元文化资源的滋养一样，鲁迅创作《狂人日记》的资源同样是多样丰富的，就如鲁迅自己所说"大约所仰仗的全在先前看过的百来篇外国作品"，因此除了果戈理之外，这"百来篇外国作品"中就不乏尼采、雪莱、弗洛伊德、卢梭、陀思妥耶夫斯基、迦尔洵等，另外根据鲁迅的思想渊源还应包含中国传统资源魏晋文人的狂狷、曹雪芹笔下跛足道人的形状和其老师章太炎的思想及"章疯子"形象等[45]，也可以看作对鲁迅《狂人日记》创作思想的影响。当然，鲁迅的医学知识，他对迫害狂症的直接生活经验[46]，都是他采用狂人这一主题的条件和缘由，但最后以这样的文本形式呈现在中国新文学史上，并产生如此重大的影响，则要归于世界文学思潮的背景和中国现代东西方文化与文学大碰撞的时代环境。从中西文学关系的角度看，《狂人日记》既是欧洲现代主义文学传播、影响的产物，更是当年中国先锋作家鲁迅居于中国（东方）现代文化的独特经验、个体的独特生成体验的一种艺术化表达。从世界文学的角度看，它是欧洲现代主义在跨文化传播旅行之后的生命延续，也是鲁迅创造性地将跨文化的影响付诸文学实践并取得成功的典范。

注释：

[1] 至 [7]，至 [19]《鲁迅全集》第一卷，人民文学出版社 2005 年版，第 437—442 页。

[8] 竹内好：《近代的超克》，生活·读书·新知三联书店 2005 年版，第 51 页。

[20][21]《鲁迅全集》第十一卷，上海人民文学出版社 2005 年版，第 365 页。

[22]《鲁迅全集》第四卷，人民文学出版社 2005 年版，第 526 页。

[23]《鲁迅全集》第六卷，人民文学出版社 2005 年版，第 246、247 页。

[24]《鲁迅全集》第四卷，人民文学出版社 2005 年版，第 525 页。

[25]《鲁迅全集》第一卷，人民文学出版社 2005 年版，第 66 页。

[26]《鲁迅全集》第一卷，人民文学出版社 2005 年版，第 89 页。

[27]《鲁迅全集》第六卷，人民文学出版社 2005 年版，第 247 页。

[28] 欧阳哲生编：《胡适文集 3》，北京大学出版社 1998 年版，第 263 页。

[29] 孙郁：《鲁迅与现代中国》，安徽大学出版社 2013 年版，第 248 页。

[30]《鲁迅全集》第十五卷，人民文学出版社 2005 年版，第 415 页。

[31][日] 竹内好：《近代的超克》，李冬木等译，（北京）生活·读书·新知三联书店 2005 年版，第 85 页。

[32][日] 竹内好：《鲁迅论》，靳丛林等译，《鲁迅研究月刊》2011 年第 12 期。

[33][日] 竹内好：《近代的超克》，李冬木等译，（北京）生活·读书·新知三联书店 2005 年版，第 129 页。

[34][日] 竹内好：《近代的超克》，李冬木等译，（北京）生活·读书·新知三联书店 2005 年版，第 79 页。

[35][日] 竹内好：《从"绝望"开始》，靳丛林译．（北京）生活·读书·新知三联书店 2013 年版，第 207 页。

[36][日] 竹内好：《从"绝望"开始》，靳丛林译．（北京）生活·读书·新知三联书店 2013 年版，第 104 页。

[37] 国内图书分类号 I 210.6 西南交通大学硕士论文（作者: 海童飞）：《阐释与方法: 日本的鲁迅〈狂人日记〉研究》，第 13 页。

[38][39][40] 国内图书分类号 I 210.6 西南交通大学硕士论文（作者: 海童飞）：《阐释与方法: 日本的鲁迅〈狂人日记〉研究》，第 14 页。

[41]《厦门广播电视大学学报》2006 年 6 月第 1 期，第 34 页。

[42][43]《厦门广播电视大学学报》2006 年 6 月第 1 期，第 32 页。

[44]《厦门广播电视大学学报》2006 年 6 月第 1 期，第 35 页。

[45] 文中所指的是：1906 年章太炎因《苏报》案监禁 3 年后东渡日本，在东京中国留学生为他举行的欢迎会上所张扬的"神经病"精神。

[46] 鲁迅在教育部任职期间，曾照料过一位患迫害狂的表兄，对这种病症有直接的体验。参见周作人：《〈呐喊〉衍义·六 狂人是谁》。

信件解读：

　　我们与上海鲁迅纪念馆副馆长乐融先生的相识，正应了人们常说的那句话：人生何处不相逢。

　　2007年，史挥戈还是济南职业学院的一位副教授，刚出版了《中国现当代作家新论》一书，考虑到其中有不少关于中国左翼文学的内容，包括鲁迅为首的现代文学社团未名社研究的系列文章，对瞿秋白、蒋光慈等左翼作家的考察资料，为了更好地发挥它的社会效益，给研究者提供新鲜史料，吴腾凰建议寄给上海"一大"纪念馆。有一天史挥戈收到了该馆的回信，写信人是该馆资料室主任乐融。信中大意是充分肯定了该书的价值并给予了热情的鼓励，记得其中有这样几句话：如果你是山东大学或者山东师范大学的老师，写这样一本书我并不会意外，但你只是一个职业院校的老师，肯下此等功夫，实地踏勘、考察，独立完成这样一部著作，实属不易！这封信读得史挥戈十分激动、备受鼓舞，也记住了乐融这个名字。

　　史挥戈于当年顺利晋升了教授，次年作为山东省高校优秀青年教师赴东南大学艺术学院作了一年的访问学者，2009年被江苏大学作为人才引进。2012年11月20日，史挥戈与吴腾凰作为未名社研究者受邀参加了在安徽省六安市叶集举行的台静农、韦素园诞辰110周年学术研讨会，与来自上海、北京、江苏、安徽等地的专家学者30余人会聚到大别山下、史河岸边这个古老而年轻的小镇，走进了未名社成员台静农、韦素园的出生地和故乡，研讨交流，追思怀念。正是在这次会上，史挥戈惊喜地听到了作为主办单位的上海鲁迅纪念馆副馆长乐融先生的发言，才有了神交后的第一次见面。晚上，乐融先生专门来到吴腾凰先生的房间，三人进行了长谈，才晓得原来乐馆长从"一大"纪念馆调入上海鲁迅纪念馆多年了。我们三人共同的文友、"一大"纪念馆副馆长、左翼文学专家张小红女士也因病于2011年英年早逝了。

　　2017年1月7日，江苏大学文学院独立后准备举办第一场学术研讨会，新任文学院院长任晓霏教授与史挥戈商议，确定为"多学科视阈下的鲁迅文化遗产与精神传承"学术研讨会。受史挥戈之托，乐馆长利用自己多年办会的经验，帮助拟定会议日程，帮助邀请上海和北京的鲁迅研究专家们，并参与了会议的许多琐细的组织协调工作，终于促成了文学院历史上的第一次成功的学术会议，受到与会的全国各地 20 余所高校、科研机构的 30 余位专家学者的好评。

研讨会上，著名鲁迅研究专家、原北京鲁迅博物馆副馆长陈漱渝研究员、上海交通大学博导、中国鲁迅研究会副会长王锡荣教授、滁州学院特聘研究员吴腾凰先生、长江学者、复旦大学文学院博导郜元宝教授、上海鲁迅纪念馆副馆长乐融研究员、上海外国语大学刘云等专家学者在会上作了精彩的专题报告。作为东道主的江苏大学教授史挥戈也作了《鲁迅先生与未名社》的发言，从鲁迅与未名社的渊源、未名社研究的意义与未名社研究的现状与期望等方面做了探讨。随后，与会专家学者就鲁迅的当代意义、鲁迅的性格与人格、鲁迅对中国社会的影响、鲁迅与新兴版画运动、鲁迅的治学方法、鲁迅传记的写作、鲁迅的翻译研究以及鲁迅文化遗产的继承与弘扬等问题展开了充分研讨。王锡荣教授在研讨会总结发言时将这次会议归纳为四个字：实、新、独、诚。

史挥戈和吴腾凰在与乐融先生的交往中，时时感受到他的低调、真诚和设身处地为别人着想的风格，了解到他本是理科的高才生，却醉心文学，多年来不知疲倦地做着鲁迅文学与精神遗产的抢救发掘、研究、宣传、推广的工作，脚踏实地、态度严谨，是真正的鲁迅精神的研究者和传承者。他的微信名曰"燃灯"，也表达了对新文学燃灯人鲁迅先生的一片深情。

2019 年，为纪念五四运动百年，江苏大学文学院和镇江市文广集团在江苏大学图书馆联合举办了"五四百年正青春"大型纪念活动，老中青三代学人的对话引人深思鲁迅的历史价值与当下意义。活动结束后，史挥戈便写信给乐馆长，请他谈谈鲁迅研究的最新动态，不久后便收到了他的这封回信。下面，就信中附录的乐馆长的《〈狂人日记〉跨文化创作背景及其影响》一文的观点进行一点解读。

1918年5月鲁迅的第一部白话小说《狂人日记》发表在《新青年》第四卷第五号上。2018年4月，为纪念《狂人日记》发表100周年，北京鲁迅博物馆召开了一次学术研讨会。作为鲁迅的研究者，乐融先生精心地撰写了这篇文章。

通读全文，可以概括出以下几个观点：

《狂人日记》无论是内容还是体裁都是鲁迅的首创，在中国具有开创性的价值。并且，这个开创又站在中国社会转型期的关键时刻，深刻反映中国社会变革深层次的原因和社会变革趋向。乐融认为，"《狂人日记》……是中国有史以来完整意义上的第一篇白话文小说，开创了中国现代文学的新纪元。通过'狂人'之口，揭露了中国几千年封建礼教吃人的本质，在思想上唤起一部分人的觉醒，作出了文学革命的实绩，奠定了新文化运动的基石……这也是鲁迅积淀已久对中国社会历史发展的观察和思考形成的思想革命意识"，"它是继续'新生'的文艺运动，其主要目的还是在要推倒封建社会以及旧道德……这些都与当时'文学革命'的要求、方向相契合，通过这篇小说得到淋漓尽致的阐发。"

《狂人日记》又受到跨文化的影响，鲁迅借鉴了果戈理同名小说的文体、人物设定、风格等元素，又如鲁迅自己所说"大约所仰仗的全在先前看过的百来篇外国作品"，因此除了果戈理之外，这"百来篇外国作品"中就不乏尼采、雪莱、弗洛伊德、卢梭、陀思妥耶夫斯基、迦尔洵等，但又超越果戈理同名小说的意义。乐融认为，鲁迅的《狂人日记》的人物刻画更深刻、写作视野更开阔，并在具体写作过程中作了创新。比如：小说的"日记本文"部分采用了白话文体，却又精心设计了一个文言体的"小序"，从而形成了两个对立的叙述者——"我"与"余"，以"余"作为狂人"我"的坐标，以显"狂人"之心理和行为，显示中国的民族文化特性。正是鲁迅的这一系列独创之举，使借用于果戈理的"外来"文体本土化，使"日记体小说这种"舶来品"完全民族化。

同时，鲁迅的这一标志性的文学作品，立刻引起国内外文坛的关注。乐融先生详细梳理了《狂人日记》在日本和东南亚汉文化圈的传播、接受与研究情况，令人信服地得出了结论："从中西文学关系的角度看，《狂人日记》既是欧洲现代主义文学传播、影响的产物，更是当年中国先锋作家鲁迅居于中国（东方）现代文化的独特经验、个体的独特生成体验的一种艺术化表达。从世界文学的角度看，它是欧洲现代主义在跨文化传播旅行之后的生命延续，也是鲁迅创造性地将跨文化的影响付之于文学实践并取得成功的典范。"

在交谈中，乐融先生表示，100多年前，鲁迅在辛亥革命、新文化运动及新旧文化碰撞中写作的《狂人日记》，在100多年后也并不过时，还具有相当的历史意义和现实意义，蕴含着无穷的生命力和不朽的艺术魅力。

乐融先生的文章，对我们理解文化之间的交互影响，从而增强文化自信，有着重要的启迪作用。

写信人生平及学术成果：

乐融，1962年11月出生于上海。上海鲁迅纪念馆副馆长、研究馆员，第十届中国鲁迅研究会常务理事、中国博物馆协会文学专业委员会副主任、上海宋庆龄研究会理事、复旦大学兼职硕士生导师、《上海鲁迅研究》编委。从事中国现代文学、鲁迅及相关人物、中国新兴木刻运动史、博物馆学等研究工作20余年，发表论文50余篇，著有《沈尹默画传》《永恒的缅怀——鲁迅逝世前后追踪》《汪刃锋画选》等。

25 尚起兴：张伯驹与袁世凯

来信主要内容：

讲述张伯驹与袁世凯两家的姻亲关系。

信件原文：

腾凰兄及挥戈小妹：

　　您好！惠书收到，迟复为歉。兄妹过奖，不敢当。吾只是商丘一小书生而已，盛名之下，其实难副。

　　因近来身体欠佳，又因事务繁忙，所以迟复。先给兄妹寄去书法作品各两幅，待稍有空闲即画画相赠，请见谅。

　　思兄妹久矣，但事多缠身，不能前往拜会，请见谅。如兄妹有暇，请光临寒舍。我已搬进新居，独门独院，三层小楼，四百多平方米，我已足矣！但请兄妹放心，此乃出力所挣，没贪一分公款。

　　兄来函问及张伯驹，我可简介之。张伯驹父亲张锦芳，字绸庵，弟兄二人，其兄张镇芳，字馨庵，进士，累官长芦盐运使，署理直隶总督，河南都督。是清朝宰相状元孙家鼐之门生。

　　光绪二十八年（一九二〇年），袁世凯任直隶总督兼北洋大臣，官为一品；张镇芳为长芦盐运使兼粮饷局总办。张、袁两家有姻亲，伯驹的姑母嫁给了袁世凯的弟弟袁世昌。袁世凯诸子称张镇芳为五舅，两家关系甚密。伯驹六岁时去天津，过继给了张镇芳。

　　袁甲三的夫人为陈宗石六世孙女。

　　敬颂

夏安

尚起兴

二〇一六年六月廿日

信件解读：

河南商丘是豫东平原上的一座古城，历史悠久，文化灿烂，名胜古迹星罗棋布。那里有三皇之首的燧皇陵，有五帝之一的帝喾陵，有中华民族最早的天文台，有中原四大名刹之一的白云寺。而对这些名胜考察研究最力者当数那里的文化工作者尚起兴先生，他被人们誉为"商丘通"。

清代大戏曲家孔尚任的《桃花扇》，历经五百年风雨，依然长演不衰，享誉海内外。剧中男主人公侯方域是商丘人，女主人公李香君是苏州人，两人悲欢离合的爱情，令观众落泪，但对李香君这位传奇女子的归宿却众说纷纭。有的说死后葬在南京栖霞山，那里有她的坟墓；有的说下落不明。我们在写作《李香君传》期间，从报端发现商丘有李香君墓，于是我们就专程赴商丘拜访"商丘通"尚起兴先生。在他热情导引下，我们不仅参观了李香君居住过的西园翡翠楼、李姬园，凭吊了李香君墓，还访问了李香君后人和一些知情人。铁的事实，证明李香君在清朝初年从南京栖霞山随丈夫侯方域回到老家商丘，还生下一子，最后终老在那里。自此之后，我们与尚起兴先生成了好朋友，交往不断。

我们在 2016 年 6 月给尚起兴先生写去一封信，信中讲了三件事。一是讲读了他的大作《商丘史话》，对他对木兰和《木兰诗》的研究十分佩服；二是询问有关大收藏家张伯驹与袁世凯的关系；三是向他索求书画作品。这里发表的就是尚先生于 2016 年 6 月 20 日的复函。

信的开端，说我们夸奖他对木兰和《木兰诗》的研究对文学和历史作了重要贡献，他说"兄妹过奖，不敢当"，又说"吾只是商丘一小书生而已，盛名之下，其实难副"。

众所周知，花木兰，是中国古代巾帼英雄，忠孝节义，代父从军击败入侵民族而流传千古，被唐代皇帝追封为"孝烈将军"。《木兰诗》是一篇乐府诗，记述了花木兰女扮男装，代父从军，征战沙场，凯旋回朝，建功受封，辞官还家的故事。

对于花木兰从军的时代，史家说法不一，但大多数认为是北魏时期。尚起兴先生从《木兰诗》中的"可汗大点兵"和"归来见天子"两句诗中，得出木兰应该是在北周时从军，隋开皇十年归来，即杨坚为天子时期。

关于木兰的故里，有九种说法。经过尚先生一一考证，认为现在的商丘市虞城县郭营村是木兰真正的故里，而其他八个地方均属民间传说而已。

至于《木兰诗》，那是木兰本人用第一称写的一首自述诗，绝非民歌。从诗中的人称即可证明。诗中称"木兰"者四，称"女"者八，称"爷娘"者七，称"姊"者二，称"儿"者一。所有这些都是木兰本人的口气，无任何装腔作势和蓄意雕凿的痕迹。

我们认为，尚先生将木兰生活的年代定在北周隋而非北魏，木兰故里定在虞城县而非安徽亳州等地，《木兰诗》为木兰本人自述诗而非民歌的结论是十分准确而可信的。尚先生的《木兰和〈木兰诗〉考》这篇论文，无疑纠正了文学史册中这方面的谬误，功莫大焉！

复信的第二段说我们向他求索书法作品的事。尚先生业余时间喜好写字作画，由于他的字画清秀流畅，内涵丰富，耐人寻味，惹得众人喜爱。我们想向他求一幅，以作为留存和纪念。他在复信时寄给我们两幅书法作品，还说，关于画作，"待稍有空闲即画画相赠，请见谅。"不久，他便又寄来了两幅花鸟，堪称言而有信。

第三段说他乔迁新居。新居是"独门独院，三层小楼，四百多平方米"。他已觉得"足矣"，还特别向我们交代说："但请兄妹放心，此乃出力所挣，没贪一分公款。"谁都知道，那几十年有些忘记了初心的党政干部贪污腐败现象严重，利用手中权力进行权钱交易的不乏其人。尚先生怕我们怀疑他买房的钱来路不明，特在信中说明。

第四五两段讲了收藏家张伯驹与民国大总统袁世凯两家的关系。张伯驹和袁世凯两家都居住在河南省项城县，是乡亲，又是亲戚。张伯驹父亲张锦芳，晚清廪生，民国二年任议员、道尹，有《修竹斋引玉咏》诗集存世。其兄张镇芳，晚清拔贡、进士，曾任长芦盐运使、署直隶总督、河南省都督兼民政长。张伯驹过继给张镇芳当儿子，张伯驹的姑妈嫁给袁世凯的弟弟袁世昌，故张袁两家是亲戚关系。正因为如此，袁世凯的儿子们都尊称张镇芳为"五舅"。袁世凯叔祖袁甲三，是清朝镇压捻军的主将，他的夫人则是"江南四公子"之一侯方域的七世外孙女。古人讲门当户对，由此可见一斑。

写信人生平、学术成就：

尚起兴，剧作家、文史研究家、书画家。1944 年生，河南省商丘人。师范学校毕业。曾任乡镇干部、中学教师、县文化局副局长、文联主席、旅游局长等。2005 年退休。退休后被商丘市委、市政府特聘为顾问。为中国炎黄文化研究会会员、中国电影家协会会员、中国民间文艺家协会会员、中国书画学会副主席、中国国家书画院副院长、中国文化艺术协会终身名誉会长。河南省第三、四次文代会代表。曾获得河南省文联系统先进工作者、商丘市优秀文艺家奖，被相声大师侯宝林誉为"商丘才子"。其传略已载入《东方之子》等多部名人传记。

尚起兴先生发表电影、电视剧、广播剧、戏剧等文学剧本 10 余部，电影文学剧本《桃花扇后传》发表在《大西北电影》上，六集电视连续剧《香君恨》，荣获河南省第二届影视作品一等奖。电教片《中国的火祖与火神》，获鲁豫苏皖四省电教片一等奖，戏剧《睢阳忠烈》（合作）获第三届中国戏剧"金三角"交流演出编剧奖和省"五个一工程"奖，六集电视连续剧《花木兰》已发行至海外，五集电视连续剧《追踪309》、电视连续剧《喋血记》和电视风光片《中原风情漫话》等在海内外发行，影响颇大。文史著作《根在商丘》《商丘史话》等 5 部。书画作品继承传统、学天常师，坚持我笔写我心，独具风格。中华艺术学会曾为其出专刊《中华艺魂》，书画作品被海内外名家收藏。

尚起兴先生，一生坚持追求"四真"：写真史、画真心、书真情、做真人。此"四真"显示了一位当代文人的真性情。

26　池子华：《历史学家茅家琦访谈录》发表前后

来信主要内容：

　　说明吴腾凰请他帮助复印蒋光慈、宋若瑜《纪念碑》封面未能完成一事；还有请吴腾凰为南京大学历史教授茅家琦写评介文章事；预约去滁州拜访吴腾凰事。

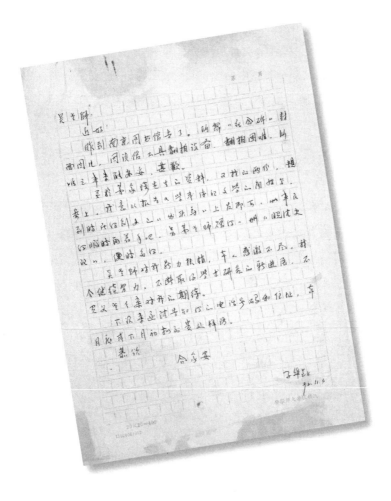

信件原文：

吴老师：

　　近好！

　　昨到南京图书馆去了。所需《纪念碑》封面图片，因该馆不具翻拍设备，翻拍困难。所嘱之事未能办妥，甚歉。

　　关于茅家琦先生的资料，又找到两份，现寄上。我意从报告文学或传记文学的角度写，到时在你创办的《出头鸟》上发即可。此事在你暇时再着手吧。另茅老师赠你一册《晚清史论》，便时交你。

　　吴老师对我鼎力扶植，本人感激不尽。我会继续努力，不断取得学术研究的新进展，不负父老乡亲对我的期待。

　　下次来函请告知你的电话号码和住址，本月底或下月初拟到贵处拜访。

　　恭颂

合家安

子华呈上

92.11.3

信件解读：

19 世纪中叶，在黄淮平原爆发了一场声势浩大的农民运动，史称捻军起义。捻军起义的发祥地，在涡河流域的亳州、蒙城一带。池子华和吴腾凰都生长在涡河岸畔，捻军将士反抗清王朝斗争的英雄业绩"先入为主"地印在他们的脑海里。两人都热爱历史，自然而然地成了文友。不但一度交往频繁，互通有无，还合作写过捻军史方面的论文。这封信是 1992 年 11 月 3 日池子华在南京大学读博期间给吴腾凰的复信。

信的开端讲关于《纪念碑》的事。《纪念碑》是革命作家蒋光赤（慈）与夫人宋若瑜的通信集。吴腾凰因出版《蒋光慈·宋若瑜》一书需要《纪念碑》封面的照片，写信给池子华，让他在南京大学图书馆帮助翻拍。池子华信中说："因该馆不具翻拍设备，翻拍困难，所嘱之事未能办妥，甚歉。"

第二段讲撰写茅家琦教授评介文章的事。茅家琦先生是池子华的博导，池子华想请吴腾凰写一篇评介茅先生的文章，于是 1992 年秋吴腾凰与滁州市委宣传部副部长臧连明一道，在池子华引领下，在茅先生的寓所进行了专访。吴、臧觉得材料不太充分，便写信给池子华，请他再找一点材料。池子华信中说："又找到两份，现寄上。"信中又建议道："从报告文学或传记文学的角度写"，至于在什么刊物上发表，在滁州市文联创办的《出头鸟》上发表也可以。又说，茅先生要把一本新作《晚清史论》赠给吴腾凰，"便时交你。"

信的最后，池子华对吴腾凰对他的扶植表示感激，并表示将继续努力研究学问，以求得新的进展，"不负父老乡亲对我的期待。"并计划本月底或下月初去吴腾凰家拜访，让其将电话号码和地址告诉他。

后来，吴腾凰与臧连明合写的《耕耘在历史的沃野——历史学家茅家琦访谈录》收进南京大学出版社出版的《焚膏补拙——历史学家茅家琦》一书。

写信人生平、学术成就：

池子华，著名历史学家、教授、博士生导师。生于 1961 年 8 月，安徽省涡阳县人。1981 年考入安徽师范大学历史系，1985 年毕业，留校担任《安徽师范大学学报》编辑。1991 年以同等学力考入南京大学攻读博士学位研究生，师从著名历史学家茅家琦教授、方之光教授治中国近现代史。1994 年获历史学博士学位。1995 年 12 月任安徽师范大学副教授。1996 年任河北大学教授、河北大学人口研究所所长、中国近现代史、人口硕士研究生导师（双重导师）。2001 年 9 月任苏州大学社会学院教授、博士生导师、历史研究所所长、苏州大学江苏省重点学科中国近现代史博士学位点负责人、教育部重点基地南京大学中华民国史研究中心、苏州大学中国特色城镇化研究中心、华中师范大学中国近代史研究所、上海师范大学近代社会史研究中心、阜阳师范大学皖北文化研究中心兼职研究员、红十字运动研究中心主任等。

主要业绩录入英国剑桥国际名人传记中心主编的《世界名人辞典》《中华优秀人物大典》等。

池子华先生研究方向：中国近代社会史、政治史、红十字会运动。著作有《中国近代流民》《曾国藩传》《幻灭与觉醒》《张乐行评传》《晚清枭雄苗沛霖》《中国流民史：近代卷》《流民问题与社会控制》《红十字与近代中国》《百年红十字》《中国红十字会历史编年，1904——2004》《农民工与近代社会变迁》《近代江苏红十字会运动》等 20 余部，主编《红十字运动研究》（年刊），"红十字书系""江苏红十字运动研究""近代国家与社会"系列丛书。在海内外发表学术论文 300 余篇。多次主持国家社科基金、教育部重大课题、省级社科基金项目。

池子华先生在几十年的研究道路上始终遵循历史学家、博导茅家琦先生的教诲：勤奋、求实态度和时代眼光。勤奋、求实对池子华来说，不难做到，但具有"时代眼光"，却不是一桩易事。茅先生认为，历史是历史学家通过自己的思想而建立起来的"过去"与"现实"的交流，纯粹再现"过去"的意义是有限的，认识过去是为了理解现实，认识现实也有助于理解过去。历史学家应该像关心历史那样关心现实。从某种意义上说，历史学家是站在历史与现实交汇点上的，应该具有敏锐的时代眼光，只有这样，才能高瞻远瞩，展望未来。茅先生终其一生的经验，池子华心领神会，可谓取得了真经。

前面讲过池子华出生于捻军起义的发祥地——安徽涡阳，从小就受到捻军故事、捻军歌谣的影响，进入大学历史系学习以后，出于对家乡的热爱，他选择研究捻军作为自己的主攻方向，阅读了不少捻军、太平天国的资料，大学毕业后，留校任《安徽师范大学学报》编辑。工作之余，继续捻军史研究，发表了一系列学术论文，引起史学界关注。捻军史研究专家江地先生曾感慨道："捻军家乡跃出了一匹黑马，这是大好事，不愁捻军史研究后继无人啦！这匹黑马就是安徽师大的池子华！"

机会是留给有准备的人。南京大学 1991 年夏招收历史学博士生，池子华决心拼一次。6 门课考完，其他 5 门全过关，只有外语差 2 分。历史教授茅家琦、方之光、张宪文和崔之清打报告要求学校破格录取，1991 年 9 月，池子华终于如愿地走进了南京大学的校门，成为一位名副其实的"南大人"。他深知，如果没有茅先生这位伯乐，他哪能成为"南大人"呀！

在读博期间，池子华克服了重重困难（夫人已生女儿），在南大图书馆、南京图书馆刻苦读书，沿着由博到约，再由约返博的研究之路，广泛阅读史料，不疑中存疑，发现探究历史与现实的结合点，寻求茅家琦先生指出的"时代眼光""那人却在灯火阑珊处"。

20 世纪 80 年代末，经过 10 年改革开放，中国经济获得迅速发展，农村剩余劳动力越来越多，加上沿海与内地之间、城市与乡村之前的差距进一步拉大，出现了居高不下的"流民潮"（"盲流潮"），引起了社会各界的广泛关注，也引起了池子华的思索，他想如果能对近代中国流民问题进行一番比较细致的考察，或许对现实有所裨益。他将自己的想法，向茅家琦、方之光两位导师一讲，立刻得到他们的认可，认为"中国近代流民问题研究"这一选题很好，具有"时代眼光"。1994 年 1 月 15 日的博士论文答辩会上，该论文以全优的成绩获得通过。这篇学位论文以《中国近代流民》为书名，由浙江人民出版社出版发行。茅家琦先生为之作序，称这是一篇"资料丰富、论点明确、在前人研究的基础上有所突破的博士论文"。

1994 年 7 月，池子华正式结束了在南京大学的学习回到了母校安徽师范大学，1996 年 7 月，他又被"引进"到河北大学历史系任教。池子华没有忘记茅家琦这位恩师交给他的一个任务，要为捻军领袖张乐行写一本评传，填补捻军史研究的一个空白。1999 年夏中国捻军史学术研讨会在他的家乡涡阳县召开，他捧着他的《张乐行评传》献给大会。这部评传，受到广泛赞许。吴腾凰还在《安徽史学》上发表了题为《捻军史研究的崭新篇章——读〈张乐行评传〉》的评论文章。

池子华对农民工问题的研究兴趣越来越浓，他咬定青山不放松，接着又陆续推出了《中国流民史：近代卷》《流民问题与社会控制》《中国历代流民生活掠影》《农民工与近代社会变迁》，还在《光明日报》等报刊发表《中国"民工潮"的历史考察》《"打工妹"的历史考察》等论文。据说，池子华关于农民工的论述，曾引起中央领导的关注，还被中央的文件摘引进去。

"时代眼光"是历史研究者的社会责任担当，池子华在流民课题研究中又有了新的拓展。他在研究流民问题过程中，发现红十字会屡屡向这些弱势群众伸出援手，1991 年中国遭受洪水侵袭，红十字会的优秀表现给他留下深刻的印象，从而引发和坚定了他研究红十字会的决心。1999 年，池子华向中国红十字会总部写了一封短信，表示希望与红十字会合作进行理论研究，得到热切响应，从此理论研究一发而不可收。他于 2003 年出版《百年红十字》，2005 年在苏州成立全国第一家红十字会研究中心，带动了理论研究的全面开展。

池子华陆续出版了《红十字与近代中国》《近代江苏红十字运动》《中

国红十字运动史散论》《百年红十字》等多部专论。

池子华现为中国红十字会第十一届理事会理事。

茅家琦先生提出的"时代眼光"，是史为今用的目标要求，也是"资政育人"的召唤。池子华用他掌握的历史知识，运用到社会实践中去的做法，是值得所有历史学者学习的。

27 王逢振：如何培养科研兴趣与能力

来信主要内容：

谈读书和科研的关系，以及搞科研的人一定要读理论著作和哲学书籍的重要性。

信件原文：

史挥戈女士：

　　你好！惠书早已收到，因外出开会讲学，迟复为歉。

　　你与令兄编的书颇有价值，只是我才疏学浅，恐不宜放入其中。不过我愿意就你提出的问题稍作回答。

　　关于培养青年学者与研究生的科研兴趣与能力问题，我想最重要的是使他们养成读书的习惯。"读书破万卷，下笔如有神。"只有不断读书，才能发现书中的奥妙，逐渐积累丰富的知识；而只有积累丰富的知识，才能提升科研的兴趣和能力。当然，读书要有选择，可以通过师友帮助选择，但更重要的是自己选择。一般说，读书有快读和细读，快读即迅速浏览，决定是否需要细读。如果需要细读，那就要认真阅读，边读边思考，边做笔记，甚至要反复阅读，领悟书中的内容和理念。为了进行选择，通常可以是先读前言和导论，以期了解该书是否对自己的科研有益，或是否适合自己的兴趣。总之，从事科研，一定要认真读书，耐得住寂寞。"十年磨一剑"就是这个道理。

　　读书之外，还要善于与同行交流沟通。遇到问题，可以请教师友，或进行讨论。今天是个互联网的时代，必要时可以通过网络进行交流，寻求答案。

　　理论是经验的概括和提炼。哲学可以帮助人们认识问题和解决问题。因此对从事科研的人来说，认真阅读理论著作和哲学著作也十分重要。

　　关于你提的问题，很难在信上全面回答，就此打住。

　　即颂

道安！

王逢振
2019.10.23.

　　又及：

　　请代向令兄吴先生致意。

信件解读：

史挥戈最初知道王逢振先生的名字是来镇江不久，在网上购得一部由漓江出版社出版的 1938 年诺贝尔文学奖获得者赛珍珠的《大地》三部曲，翻译者就是王逢振先生。后来在镇江召开的赛珍珠国际学术研讨会上，也多次领略了王逢振先生的风采。了解到王逢振先生是中国社会科学院外国文学研究所的研究员，多年从事批评理论和文化研究，在国内外学术界都享有很高的声誉，心中对王先生充满了敬意。

2019 年 9 月 5 日，王逢振先生在参加了"2019 中国·镇江赛珍珠国际学术研讨会"后，翌日，应江苏大学外国语学院邀请，在江苏大学会议中心第三报告厅举办了一场《如何培养科研兴趣与能力——以王逢振学术生涯为例》的学术报告。主讲的内容是：1. 我是如何走上文学研究道路的；2. 为什么翻译赛珍珠的《大地》，对赛珍珠和《大地》的理解；3. 为何转向批评理论和文化研究；4. 学习理论的意义，如何学习和应用理论；5. 关于论文写作的意见。讲座中，王逢振先生从自己的学术道路入手，深入浅出、娓娓道来；看似平淡的报告却字字珠玑，让人深深体会到他治学的严谨与学识的渊博。此次讲座让所有与会师生获益匪浅。

那次江大讲座后，在外国语学院万雪梅教授的热情邀请下，史挥戈参加了王逢振先生与江苏大学中青年教师的一次座谈会，有了跟王先生近距离接触的机会，对先生言谈举止中流露出的平和、谦逊、睿智，典型前辈学者的气质与风采留下了深刻而美好的印象。史挥戈从 2017 年开始招收硕士研究生，对如何培养研究生的科研兴趣这一内容特别感兴趣，于是又致信请教，王逢振先生在复信中阐述了自己的观点，言简意赅，给了史挥戈颇多启示。

首先，关于培养青年学者与研究生的科研兴趣与能力问题。王逢振先生认为最重要的是使他们养成读书的习惯，"只有不断读书，才能发现书中的奥妙，逐渐积累丰富的知识；而只有积累丰富的知识，才能提升科研的兴趣和能力。"对此，史挥戈深以为然。

接着，王逢振先生强调了"读书要有选择，可以通过师友帮助选择，但更重要的是自己选择。一般说，读书有快读和细读，快读即迅速浏览，决定是否需要细读。如果需要细读，那就要认真阅读，边读边思考，边做笔记，甚至要反复阅读，领悟书中的内容和理念。为了进行选择，通常可以是先读前言和导论，以期了解该书是否对自己的科研有益，或是否适合自己的兴趣"。关于读书，王逢振先生给出了以下建议。

1.书如何选择。今天，当我们走进图书馆，顿时就会被层层叠叠浩如烟海的图书所震撼，进而陷入一种难于取舍的迷茫，如何在茫茫书海中劈开一条属于自己的读书之路，该选择什么样的书来读，如何读，对每一位学习者来说的确是首先面临的问题。通过师友帮助选择不失为一个捷径，王逢振先生的建议可谓经验之谈，但更重要的是你自己的选择。史挥戈的理解是：

第一，要读与自己的专业有关的书，它能够加深理解所学的知识，拓展知识面，能启发自己的思考，提高自己的思维能力。

第二，要读经典、读名著。经典是经过历史沉淀的传统的具有权威性的著作。由于我们时间有限、精力有限，谁也不可能通读古今中外所有的著作，所以阅读经典不失为读书人的睿智选择。

第三，要读有益于修身励志的书。雨果说：书籍是造就灵魂的工具。要选读一些有益于身心健康，陶冶道德情操的书籍，学会学习，学会做事，学会共处，学会做人。这无论对什么专业的学生来说都是不可或缺的。

2.如何读书。王逢振先生把读书分为快读和细读，并进一步解释道：快读即迅速浏览，决定是否需要细读。如果需要细读，那就要认真阅读，边读边思考，边做笔记，甚至要反复阅读，领悟书中的内容和理念。

读书的方法因人而异，但王先生谈到的方法是行之有效的。对于需要细读的书，边读书边思考边做读书笔记，反复阅读，每读完一本书，掩卷沉思，像过电影一样把它从头到尾重温一遍，书的内容和理念是什么，它给自己怎样的启示，还有什么不足之处，等等。这样的读书才能有所收获。当然对于从事科研的人来说，只有耐得住寂寞，才能"十年磨一剑"，修成正果。

3. 善于沟通交流。王逢振先生提醒我们，"读书之外，还要善于与同行交流沟通。遇到问题，可以请教师友，或进行讨论。今天是个互联网的时代，必要时可以通过网络进行交流，寻求答案。"一个聪明的学习者，遇见问题不会满足于独自苦思冥想，可以与同行交流，向师长请教，还可以借助今天最发达的互联网彼此交流，得到答案。时代不同了，学习交流的方式更多样和自由，收获也会更多。

4. 重视理论与哲学。最后，王逢振先生特别强调道：理论是经验的概括和提炼。哲学可以帮助人们认识问题和解决问题。因此对从事科研的人来说，认真阅读理论著作和哲学著作也十分重要。

的确如此。哲学是一切学科的根本，哲学在科学研究中有重要作用。哲学可以划分为逻辑学、美学、伦理学、政治学、形而上学这五大范畴，而这五大范畴又互相影响，彼此完善。可以说，哲学是一个系统性极强的知识理论体系，也是延伸性极强的知识理论体系。哲学不仅可以帮助人们认识问题和解决问题，也能帮助我们建立完整的思想理论体系。所以培根说："没有哲学，所有科学都是肤浅的。"

写信人生平、学术成就：

王逢振，中国社会科学院外国文学研究所学者，1966 年毕业于北京大学西方语言文学系。曾任国际美国研究会常务理事，全国美国文学研究会和英国文学研究会常务理事。曾先后任美国加州大学（UCI）批评理论研究所、澳大利亚国立大学人文研究中心和美国杜克大学批评理论中心客座研究员，多年从事批评理论和文化研究，曾多次到美国、加拿大和澳大利亚从事研究和讲学。出版专著 8 种，译著 10 多种，主编了"知识分子图书馆"丛书（已出版 41 种）和《詹姆逊文集》（14 卷）。在北美出版编著 2 种，发表文章多篇。

28　宋遂良：文学是使看不见的东西被看见

来信主要内容：

谈对文学的看法。文学本身本没有明确答案，敏锐而不坚定；核心是感情，是思考与悲哀，与苦难与不幸结缘。文学是说不清道不明的，是白日梦，但它能帮助人们净化灵魂或增添力量。

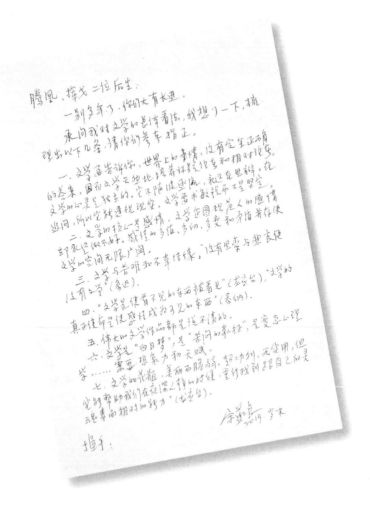

信件原文：

腾凰、挥戈二位后生：

一别多年了，你们大有长进。

承问我对文学的总体看法，我想了一下，梳理出以下几条，请你们参考指正。

一、文学要告诉你，世界上的事情，没有完全正确的答案。因而文学天然地培养怀疑论者和相对论者。文学的心灵是独立的。它不随波逐流，永远在思辨，在追问，所以它能透视现实。文学要求敏锐而不是坚定。

二、文学的核心是感情。文学企图规范人的感情却永远做不好。感情的多值、多向、多变的矛盾并存使文学的空间无限广阔。

三、文学与苦难和不幸结缘。"没有思索与悲哀便没有文学"（鲁迅）。

四、"文学是使看不见的东西被看见"（龙应台），"文学的真正使命是使感情成为可见的东西"（泰纳）。

五、伟大的文学作品都是说不清的。

六、文学是"白日梦"，是"苦闷的象征"，是变态心理学……需要想象力和天赋。

七、文学的花瓶，美丽而脆弱。超功利，无实用，但它能"帮助我们在夜深人静的时候，重新找到跟自己的灵魂素面相对的能力"（龙应台）。

握手！

宋遂良
2019. 岁末

信件解读：

史挥戈在济南教育学院做助教时，于 1988 年 9 月到 1989 年 6 月，在山东师范大学中文系助教进修班学习过一年的现当代文学硕士研究生课程。给他们上课的几乎都是现当代文学界的资深教授，除了宋遂良老师外，还有朱德发、蒋心焕、查国华、袁忠岳、吕家乡、韩之友、王万森等先生，也有一批风华正茂的青年教师，如李掖平、姜振昌、姚健、魏建等，史挥戈他们犹如进入了宝山，如饥似渴地汲取知识，感受每一位学者的风采，师生之间也建立了深厚的情谊。待进修班在一场波及全国的风波中仓促结束时，每位同学都满载而归。据说，这也是山东师范大学历史上唯一的一届现当代文学助教进修班。

2021 年 4 月底，史挥戈去杭州参加北大博雅讲坛主办的全国高校中国现当代文学教学研讨会，会议结束后，与一同参会的河南财经大学的王淑萍教授一道，与当年助教班同学、现浙江工业大学张欣教授（笔名子张）相约一聚，张欣住得很远，穿越大半个杭州前来赴约。在他的引领下三人游了西湖。在湖边的青藤茶室，我们三位来自江苏、河南、浙江的文学教授品着茶，享受着丰盛而精致的杭派茶点，聊着故乡往事，交流着各自的经历，眼看着窗外天色一点点暗下来。夜色中的西湖流光溢彩仙气飘飘，品味着老同学的情意，竟有了茶不醉人人自醉的微醺之感。

这次，史挥戈和张欣不约而同地聊起了宋遂良教授。

宋遂良教授讲授中国当代文学，总是传递给大家一种情感的力量。记得有一次是讲新时期文学中的《犯人李铜钟的故事》，当讲到三年困难时期，李铜钟看着饿得奄奄一息准备外出讨饭的乡亲们，心有不忍，便冒天下之大不韪开仓放粮，挽救了许多人的生命，而他自己却被以革命的名义活活饿死时，眼看着宋老师的眼泪成行地流下来……那份震撼一直都刻在我们记忆深处。第一堂课上，宋遂良先生面对我们这群二三十岁的青年助教，声音里透露着急切："我该如何走近你们？"那声音犹在耳边。

宋遂良先生生于 20 世纪 30 年代，是新中国成立后成长起来的一代知识分子。1961 年，宋遂良从复旦大学中文系毕业，被分配到泰安一中。从 26 岁到 48 岁，在一个人最好的年华里，有将近 10 年的时间，他在参加劳动改造，当伙食管理员，做赤脚医生，"没干多少事"。在他身上，很容易感受到那一代知识分子的理想主义、家国情怀等特征。宋老师很早就显露出了文学才华，读大三时就在《诗刊》发表了第一篇评论，也受到《文艺报》编辑的青睐。1983 年，被调入山东师范大学任教，1994 年，60 岁的宋遂良依规离休，其实是退而不休，在山东师范大学返聘任教多年，直到 2012 年才真正离开讲台。

宋遂良教授从不躲在象牙塔里孤芳自赏，而是主动走向十字街头。他热情参加不同主题的公共讲座，除了谈诗歌、谈影视，跟普通市民分享文学的魅力，也谈球，甚至也谈婚丧嫁娶。记得当时的《齐鲁晚报》专门为他开辟了《教授侃球》栏目，轰动一时。他还出版了足球评论集《足球啊，足球》。有一次宋老师给史挥戈打电话，动员她去做一档婚恋节目的嘉宾，现身说法自己对婚姻的感受，并承诺只出声音和背影，不出正面影像。但史挥戈掂量再三还是拒绝了，宋老师不无遗憾地说：大众传媒也需要知识分子去参与、引领，你不去我也不去，那就等于放弃了这个阵地。

宋遂良老师对生命、尊严的推崇，对美好女性的赞美也是毫不掩饰的，哪怕有时这会让他陷入尴尬的境地，在传统文化气息十分浓重的齐鲁大地俨然另类。记得当年宋老师受邀参加一个泉城路商业街扩建雕塑设计的会议时，他建议为某影视明星塑像，理由是，她是济南走出去的国际影星，还是联合国粮农组织的形象大使、北京申奥大使，是济南的骄傲。但这一提议立刻掀起了一场轩然大波，有人赞同，但是大多数济南市民无法接受一位娱乐明星的塑像出现在济南重要的商业街上。网络上铺天盖地的"讨伐批判"，使宋老师感到"吃惊"和"悲凉"，但"并不后悔"，他说只要对一座城市的文化建设和文明发展有益处，自己受点委屈也没有什么。

史挥戈还清楚地记得，2005 年 10 月下旬，南京夫子庙的大型浮雕文化墙《秦淮流韵》创作安装完成。在秦始皇、孙权、王羲之、李白等一批男性历史名人中，"秦淮八艳"也占据了一席之地，在让游客和市民眼前一亮的同时也引发了众多争议。11月20日，齐鲁电视台《齐鲁开讲》邀请了来自北京师范大学、山东大学、山东师范大学、山东省社科院的专家学者以及市民代表，史挥戈作为《李香君传》和《秦淮名艳李香君》的作者也受到邀请，与宋遂良老师在同一阵营。正反两方，就"该不该为秦淮八艳塑像"展开讨论。

众所周知，秦淮河自隋唐以来，就是画舫如织，粉黛汇聚之地。在众多佳丽中，格外醒目的是李香君、柳如是、董小宛、陈圆圆、卞玉京等民间推崇的"秦淮八艳"，她们在朝代更迭江山易帜之际的表现可圈可点，后世评说不尽。

反方认为，夫子庙是南京的窗口，文化墙上展现的应该都是咤吒风云的历史名人，"秦淮八艳"尽管不是一般的风尘女子，但仍属"糟粕文化"的范畴，毕竟不能与这些名人相提并论。为"秦淮八艳"树碑立传，与我们的社会道德格格不入。应坚决把那些打着文化的幌子，夹杂着色情等低级趣味的糟粕文化从我们的视野中剔除出去，以免污染人们的文化生活。

正方则认为，"秦淮八艳"虽身为青楼女子，但她们也是不幸的受害者，在当时明清朝代更替时，也表现出一定的民族气节，为后人所赞赏。浮雕再现了秦淮河所固有的文化和历史内涵。山东大学旅游系主任认为，只要宣传得当，"秦淮八艳"也是一个可以很好利用的旅游资源。

史挥戈和宋遂良教授自然站在了赞同方的阵营，与反对方展开了一场唇枪舌剑的辩论。听着反方以轻蔑的口吻，激烈地表达着对八艳的不屑，甚至要把她们钉在耻辱柱上的言论时，宋老师的表情越来越严峻，也越来越动情了。

当听到反方说，假如李白地下有知，发现自己竟然跟青楼女子并肩而立，该作何感想？简直是斯文扫地。青楼女子在夫子庙前晃来晃去，成何体统？宋教授还没等对方讲完，就激动地反驳道：假如李白地下有知，他会高兴地邀请八艳饮酒对歌，这些女子的气节和艺术修养是一班"臭男人"所无法相比的，"当然我也是臭男人"，宋教授接着跟上一句。诗人看到的是美而不是龌龊。宋教授的幽默与坦率表现，引起一片掌声与笑声。

2007年，史挥戈与吴腾凰合著的传记文学《秦淮名艳李香君》（安徽文艺出版社2007年第一版)出版了,史挥戈将书送给宋遂良老师,请他批评。没想到宋教授读后很快地写了《从〈桃花扇〉到〈李香君〉》的评论文章，发在了《齐鲁晚报》上，在充分肯定了拙著"作为一部带有历史考证和学术研究的人物评传"的价值的同时，也指出了作为"一部并非完整意义上的小说的不足"，字里行间闪烁着一位严肃的文学评论家的真知灼见，也分明让人感受到一位师长对晚生后学的扶植提携之深情。

宋遂良老师在信中阐述了他对文学的整体看法，言简意赅，但融进了自己教授文学、研究文学和从事文学评论数十年的切身经验与体会，贯穿着辩证法的思维方式，既有哲理的高度，闪烁着真知灼见，又有来自对生活的体察和创作实践的鲜活质感，有许多可意会却难于言传的深意，值得细细品读。

一、"文学天然地培养怀疑论者和相对论者。文学的心灵是独立的。它不随波逐流，永远在思辨，在追问，所以它能透视现实。文学要求敏锐而不是坚定。"宋老师特别强调从事文学创作的人应保持心灵的独立，不盲从，要能透视现实，看清真相。文学要求的是敏锐的艺术悟性，而非执着与坚定。

二、"文学的核心是感情。文学企图规范人的感情却永远做不好。感情的多值、多向、多变的矛盾并存使文学的空间无限广阔。"宋老师把"感情"这个问题提到了文学的核心的高度，认为正因为它的多值、多向、多变的矛盾并存才使得文学的空间变得无限广阔。这也正是文学创作的不竭源泉。

三、文学与苦难和不幸结缘。"没有思索与悲哀便没有文学"（鲁迅）。宋遂良老师认为,苦难是文学的重要主题之一,与作家创作有着紧密的关联,苦难对作家创作的影响是巨大的。

四、"文学是使看不见的东西被看见"（龙应台），"文学的真正使命是使感情成为可见的东西"（泰纳）。

正如龙应台所定义的，伟大的作家使你看见愚昧的同时，认出自己的原型，而涌出最深刻的悲悯。文学与艺术，使我们看见现实背面更贴近生存本质的一种现实，在这种现实里，除了理性的深刻以外，还有直觉的对"美"的顿悟。

五、伟大的文学作品都是说不清的。

实际上，宋老师一直都在试图说清楚这个问题。在疫情防控以来举办的一场"文学照亮人生——中外经典文学讲坛"上，宋遂良老师讲述了"中国文学史上的伟大作家"。那么，什么样的作家和文学作品堪称"伟大"？宋老师认为，伟大的作家要爱国爱民，追求真理，凝聚时代精神，伟大的作品要具有独创性和艺术魅力，析解人性人情，开一种文体的先河，深远影响后世。从这个衡量的标准看，屈原、司马迁、李白、杜甫、苏轼、曹雪芹、鲁迅都是伟大作家。鲁迅对精神的深刻反思，对自身生命和人格的深刻反思，在依然存在着许多困难的今天有重要意义。

六、文学是"白日梦"，是"苦闷的象征"，是变态心理学……需要想象力和天赋。

按照弗洛伊德的理论，文学创作的动机就是本能欲望压抑与升华的产物，文学产生的目的在于发泄压抑在无意识深处的潜在欲望，文学创作在本质上和梦一样是潜意识愿望获得的假想满足。厨川白村认为，生命力受了压抑而生的苦闷懊恼乃是文艺的根柢。变态心理学是以心理与行为异常表现为研究对象的心理学分支，它在作家的文学创作中起着举足轻重的作用，使作家保持对宇宙万物的敏锐而又独特的感受力。

七、文学的花瓶，美丽而脆弱。超功利，无实用，但它能"帮助我们在夜深人静的时候，重新找到跟自己的灵魂素面相对的能力"（龙应台）。

文学永远是无用之用，但无用之用，是为大用。没有文学，人类的思想和精神将会枯竭，没有文学，人类将失去可以遮风避雨的家园。

写信人生平、学术成就：

宋遂良，1934 年生于湖南浏阳，1949 年考入湖南人民革命大学，参加革命工作。毕业后分配去军委民航学校学习报务，1952 年整编入空军，任文化教员。1956 年转业后考入上海复旦大学中文系。1958 年开始发表文学评论，1961 年毕业分配到山东泰安一中任语文教师，1982 年被评为特级教师、山东省优秀教师。1983 年调入山东师范大学，从事中国现当代文学的教学与研究工作，任现代文学研究中心主任，教授，硕士研究生导师。出版《宋遂良文学评论选》《一路走来》等，发表论文、散文、随笔逾百万字。1994 年退休。现为中国作家协会会员，山东省作家协会理事，中国当代文学研究会理事，山东省当代文学研究会副会长，山东省散文学会顾问，山东省中学语文教学研究会顾问。

学高为师，身正为范。宋遂良老师谦逊待人，无私提携后学。他视野开阔，才思敏捷，把真善美的种子播撒在齐鲁大地。他的沉浸式文学教学，给我们留下深刻的印象。山东有个宋遂良，是齐鲁学子之幸。

附录

当代书画家谈艺术

1 许建康：绘画要坚守文道合一

来信主要内容：

先讲中国画首重艺术家精神自觉，艺中见道。接着讲"有容乃大"，画家既要重视民族技艺的继承，又要学习外国技艺的方法，鼓励大胆创新，勇于探索。

信件原文：

腾凰先生赐鉴：

前日来电嘱写个人艺术创作感言，实惶恐之至。我虽学艺数十年，然智浅才拙竟无所成就，惭愧惭愧……

现将平日零散的杂感汇聚成文，略陈鄙见，尚乞先生教之：

吾国绘画首重艺术家精神自觉，文道合一，艺中见道。中国艺术的胸襟是移情于万物的冥合无间，是神与物游的刹那觉醒，是独与天地精神往来的人格超越。画虽小技然可成人伦助教化，怡悦性情。人品不高笔墨无法，诚如赵松雪诗云："欲使清风传万古，须如明月印千江。"我画的古代先贤或云山浩唱，兴寄五弦与琴酒而俱逝；或仁行如春，沧波自乐，纵烟霞而独往。三昧在手所运在心，毫端寄寓着我对先哲古贤们的追慕与敬仰。这类作品笔情古逸，思致雅渊，或有可观之处。

老子说"有容乃大"建立在天人合一基础上的博大与包容，是中华民族五千年文明史中最可珍视的精神特质与人文理想。作为一个现代画家，既要坚守民族精神，又要积极拓展新的形式语言，更应具有世界眼光与宽容的文化立场，对人类一切优秀的艺术成果均不应心存芥蒂拒之门外。

文人笔墨之外的上古时期的岩画彩陶、精工华美的宫廷绘画、博大闳约的敦煌壁画、质朴浓烈的民间彩绘以及流派纷呈的西方现代艺术都曾给予我有益的启迪和借鉴。唐风系列及现代人物系列都是基于这种文化态度而创作的。

这类作品更为关注中国画形式技法与材料媒介尝试与拓展，侧重于水墨肌理及抽象绘画元素的借用，也是对传统文人笔墨"逸笔草草""重道轻器"思想的一种反动，也许这类作品尚不够成熟，但我以为失败的探索远比稳妥的守成更具有意义。好在我们所处的时代无论是艺术家还是欣赏者的心态都比以往任何时候更为宽容。

　　匆匆粗述陋见，恐言不及意，聊博先生一粲。

　　即颂：近祺！

建康　顿首

二〇二〇．四．二十八日于金陵

信件解读：

　　画家许建康，是我们交往多年的老朋友。20 多年前，我们曾写过他画作的评论文章。最近看到他的一些写意人物画作，觉得有必要了解一下他多年来在上下求索不断创新方面的感受。他于 2020 年 4 月 28 日来信专门谈了他的感言。

　　感言之一，讲中国画最看重的是画家的精神自觉，文道合一，艺中显现出道。天人合一，是画家将宽阔的胸怀，将情移于笔端，将人格绘于图中，以此去表达心意，感化人、教育人。这就要求画家的人品要纯正，操行要高尚，否则，是画不出天人合一的境界的作品的。他说自己画的古代写意水墨人物系列作品，或云山浩唱、或兴寄五弦与琴酒俱逝，或仁行如春，沧波自乐，纵烟霞而独往，都寄寓着他对先贤们宠辱不惊、修身洁行的追慕与敬仰。他又谦虚地说，他的这类作品，也许是可以看的。我们理解为，一个好的画家，要具备天人合一的和谐自然观，要有正确的人生观和价值观，要有端正的品德，才能画出熏陶人、感染人，富有正能量的上乘佳作。

　　感言之二，是讲"有容乃大""天人合一"是中华民族最为珍贵的精神财富，也是千百年来文人的理想。他认为作为一个现代画家，既要坚守民族精神，又要拓展新的形式语言，为此要放眼世界，对人类一切优秀艺术成果都不应存芥蒂之心。中华民族绘画史上的古岩画彩陶、宫廷绘画、敦煌壁画、民间彩绘应该继承借鉴，而西方流派纷呈的现代艺术同样应该继承借鉴和拓展。他说，自己这十几年的尝试，正是基于这种文化理念和态度下进行的。他在创作中既关注中国画形式技法与材料媒介的尝试，又借鉴西画的蒙太奇表现方法，这些都是对中国传统文人画"逸笔草草""重道轻器"的反动，还不够成熟。但他认为，"失败的探索远比稳妥的守成更具有意义"。

　　我们认为许建康先生这几十年的勇猛探索是成功的。艺术创造是当随时代而生而发展的。对艺术家的艺术成就应该放在时代的大背景下去考察，阐明其历史价值和艺术价值。许建康先生的古代写意水墨人物系列，主人公多是高士、仕女，他们热爱自然、宠辱不惊、逍遥自在、清纯娴雅，让人有超越尘世的感觉。这与当前整个社会名利兑现，浮躁盛行之风恰恰相反。许建康的高士、仕女和一些洋溢着空明禅意、恬淡清静的画作，正是给当下的急功近利和浮躁者们吹一阵凉风。大凡有成就的艺术家无一不是在他们创造的艺术世界里，去寻找适合自己的艺术创作理念、图式、艺术语言，从自己所处的时代出发，用自己的风格，去表达自己对美的追求，创作出具有鲜明时代特色的艺术作品。许建康先生就是用他独特的艺术语言、艺术风格，绘出时代风云，这是难能可贵的。

许建康先生的这份感言，字字珠玑，句句深刻，是一篇经典性的艺术创作经验总结。它不仅对从事自然科学、社会科学和艺术创作的人有直接指导作用，就是普通读者，也会从中受益的。

写信人生平、学术成就：

许建康，著名画家。1965 年 5 月出生于安徽省砀山县，1985 年毕业于安徽师范大学美术系，文学学士。1992 年结业于南京艺术学院美术系中国画专业硕士研究生课程班，中央美院国画系访问学者，中国美术家协会会员。曾任安徽省滁州学院美术系主任、教授，现任南京信息工程大学传媒与艺术学院党委书记、院长、教授、硕士生导师。江苏省国画院特聘画师，中国教育发展战略学会艺术教育专业委员会理事，中国博士后基金会评委，江苏省美术家协会美术教育艺委会委员，江苏省文化产业学会艺术专家委员会副主任。

作品多次入选国家级大展，先后获国家级美展铜奖 1 项、优秀奖 3 项。省级美展银奖 2 项、铜奖 2 项、优秀奖 4 项。曾在德国、日本、韩国、法国、荷兰等国家举办个展和联展。曾荣获安徽省文联颁发的"安徽省十佳优秀青年美术家"称号和江苏省科协颁发的"江苏省首席科技传播专家"称号。主持省部级社科项目5项,公开发表学术论文40余篇。

1998年:《春闺》获"安徽省青年美展"银奖(省文联、省美协主办);1999年:《阳光——日子》入选第九届全国美展并获安徽省美展二等奖;《疏影》入选"中国画三百家画展"(中国美协主办);2000年:《徽韵系列》4幅作品参加"第七届中日友好水墨画展"(日本京都美术馆);《秋韵》获中国美术最高学术奖"金彩奖"铜奖(中国文联,中国美协主办);《水墨仕女系列》10幅参加"全国中青年画家作品展"(郑州美术馆主办);2001年:《彩墨仕女系列》15幅参加"全国中青年画家5人展"(威海博物馆);2002年:《水墨人物系列》应邀参加"全国中青年实力派画家作品展"(烟台美术博物馆);《水墨仕女系列》参加"水墨新方阵——全国当代水墨八人展"(学术主持为著名理论家贾方舟先生,北京国际艺苑美术馆主办);2003年:《月冷秦淮》获"七彩世纪·江苏省中国画大展"优秀奖(江苏省文化厅、上海美术馆);2004年:《雪域净土》获第二届全国少数民族画展优秀奖(文化部、中国美协主办);《唐风》入选"首届中国美协会员国画精品展"(中国美协、齐鲁美术馆主办);《徽州行吟》获新世纪安徽省首届美术大展铜奖(省文化厅、省美协主办);2005年:《西厢丽影》获第十六届世界造型艺术家大会美术特展优秀奖(中国美协主办);5幅作品参加"当代中国人物画名家作品邀请展"(烟台美天博物馆主办);5幅作品参加安徽省工笔重彩十二人联展(省美协主办);3幅作品参加中央美院第七工作室材料与表现作品展(中央美院主办);《唐风》参加水墨敦煌当代中国画名家学术邀请展(兰州美协主办);2006年:《夜宴》入选"2006中国画家提名展"(中国美协主办);在韩国忠北大学举办个人画展;2008年:个人被安徽省文联评为安徽省十佳优秀青年美术家;《雪融》获安徽省第二届美术大展优秀奖(省文联,省美协主办);2009年:应德国汉诺威中国中心之邀赴德国举办作品巡展;《风从山岗掠过》获安徽省第三届美术大展铜奖(省文化厅、省文联、省美协主办);2011年:《人民教育家陶行知》入选安徽省重大历史题材美术创作工程(省委宣传部、省文化厅、省财政厅主办);2012年:《溪山清远》参加第五届美术报艺术节中国画名家研究展;2013年:5幅作品参加"2013年中韩水墨艺术交流展"(韩国驻华大使馆主办)、5幅作品参加"墨彩生辉·心象脉动——学院名家推介展"(安徽省文联主办)、《松下高士图》参加第六届美术报艺术节"国风——中国画名家邀请展"。

多幅作品发表于《艺术家》《美术》等艺术杂志,并被国内外艺术机构和私人收藏。

作为当今画坛活跃在一线的、具有代表性的100位名家之一,许建康受邀参加2022年7月26—30日在李可染画院图形学美术馆举办的"众妙之门——当代中国画名家学术邀请展",以自己的精品力作,汇入了当今画坛时代风貌的华彩乐章。

在艺术探索的道路上勇毅前行的同时,作为一位高等院校的教授和院长,许建康先生还积极探索本学科教育之新方法新途径。他尊重艺术教育的特殊规律,科学系统地安排课程内容和结构,本着道技并重的艺术教育理念,在因人施教、注重学生技法提高的同时,努力拓宽学生的艺术视野,让学生在艺术体验中感受艺术的真谛,体验创造的快乐,培养和发展学生的艺术创新精神。在尊重传统美术的前提下,利用现代教学手段,最大限度地增大学生对优秀经典作品品读范围和对美术作品的感知能力、鉴赏能力,为以后的美术创作奠定坚实的基础。他参与"二十一世纪高等院校美术专业教材"《中国画人物》第六章、第九章编写工作。开办"中国画艺术之美"、书法欣赏等专题学术讲座。

许建康认为,作为一名大学老师,科研和教学水平的高低直接关系到教学的效果和质量,没有高水平科研与创作能力,所谓教学水平的高质量也就是一句空话。大学教师应立足当代学术前沿,关注当代艺术发展的最新态势,并要积极参与其中。

2 鲁光：我鲁光就是一头牛

来信主要内容：

赠吴腾凰一幅牛画，并解说自己画牛的缘由——"俯首甘为孺子牛"。

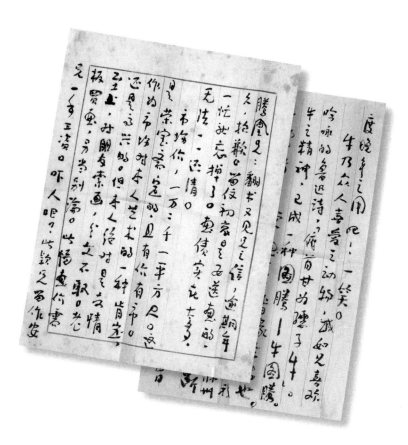

信件原文：

腾凰兄：

　　翻书又见兄之信，逾期年久，抱歉。留信初衷是要送画的，一忙就忘掉了。画债实在太多，无法一一还清。

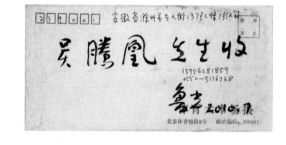

　　市场价，一万二千一平方尺。这是荣宝斋定的，且有价有市。作为市场对本人艺术的一种肯定，还是高兴的。但本人绝对是友情至上，对朋友索画，分文不取。老板买画，另当别论。此幅画价需兄一年工资。吓人吧？此款兄留作安度晚年之用吧！一笑。

　　牛乃众人喜爱之动物，诚如兄喜欢吟咏的鲁迅诗，"俯首甘为孺子牛"。牛之精神，已成一种图腾——牛图腾。吾常写之，常画之，皆缘于此也。

　　今年忙。你三八，我三七，你应小我一岁，而不是来函所云大我一岁。到滁州一游，先作为一个美梦吧！人生需不断有梦才行。

　　匆匆。夏安。

鲁光

二〇一〇年七月廿四日

于北京

信件解读：

吴腾凰出生在安徽省淮北平原一个穷苦人的家庭里，全家八口人，全靠一条老黄牛耕田耙地，养活一家老幼，牛成了他一家的宝贝。母亲十分疼爱那条耕牛，每到春耕、夏收、秋种季节，或者逢年过节的时候，她都会炒一些黄豆砸碎，或者炒一些麦麸子，撒在牛草中，用棍拌匀，为牛加餐。她说："牛是我家的宝贝，它累得很，过年过节人吃好的，它也要过年！"吴腾凰小时候就割草喂牛，常牵牛到沟边让牛喝水，他和牛有着特殊的感情。每当他去槽上为牛拌草加料时，牛总是仰起头让他去抚摸自己那两只并不美丽的角。

后来他读了鲁迅先生的诗句"俯首甘为孺子牛"，对牛的精神有了认识。鲁迅先生的诗的原意是疼爱孩子，甘愿做儿子海婴的牛，让孩子骑在他身上玩耍，后来人们将诗意延伸，理解成愿做人民大众的牛，这就使他对牛更加热爱了。

1999年夏，吴腾凰从《文艺报》上看到一篇评价鲁光先生画牛的文章，便引起了他的兴趣。他稍加思索，便提笔给鲁光先生写了一封信，信中先写他对牛的特殊感情，接着写他想买鲁光先生一幅牛画，并说愿意拿出月工资的一半（正处级），画到即汇款。光阴荏苒，时光过去一年。2001年7月，吴腾凰忽然收到来自北京的一封挂号信，信袋里装有一本鲁光的新作——《我的笔名叫鲁光》，书中夹了一封信和一幅约两平方尺大的"牛画"。他喜出望外。

鲁光先生在信的开端写未能及时复信的原因。他写道："翻书又见兄之信，逾期年久，抱歉。留信初衷是要送画的，一忙就忘掉了，画债实在太多，无法一一还清。"

第二段讲他寄的这幅画不要钱。信中说："市场价一万二千一平方尺，这是荣宝斋定的，且有价有市。"接着说他是一个友情至上的人，对朋友索求他的画，他分文不取，如老板们买他的画，他会另当别论的。考虑到吴腾凰是个靠工资吃饭的文化人，经济条件可能不太好，便半开玩笑的说："此幅画价需兄一年工资，吓人吧？此款兄留做安度晚年之用吧！一笑。"

第三段向吴腾凰讲他画牛的缘由。他说："牛乃众人喜爱之动物。牛之精神已成一种图腾——牛图腾。吾常写之，常画之，皆源于此也。"他在《我的笔名叫鲁光·我是一头牛·后记》里有一段阐述："我画牛，师古人，师前人，师友人，但更师造化。说到底，我画牛，是在画我自己。抒发我的情与爱，表达我的审美观念和人生追求。从这个意义来讲，我只画我自己的牛。"

信的最后一段，用诙谐幽默的笔触，讲了他与吴腾凰的年龄大小的事儿。他说："你三八，我三七，你应小我一岁，而不是来函所云大我一岁。"即他出生在 1937 年，吴出生在 1938 年。吴腾凰这一令人忍俊不禁的错误，再次印证了平时文友们自我戏谑的"学中文的不识数"一说。一哂。

吴腾凰工作地点在安徽省滁州市，那里风景优美，有名闻遐迩的中国古亭之首的醉翁亭，有明代开国皇帝朱元璋故里——凤阳县，有《儒林外史》作者吴敬梓故居等风景名胜，他希望鲁光先生到他那里做客、观光。鲁光半开玩笑的说："到滁州一游，先作为一个美梦吧！人生需不断有梦才行。"可见他希望去滁州，但不知什么时候才能成行！特别是"人生需不断有梦才行"这句话，多么富有哲理性。生命不息，美梦不止，永远前行。

此信写于 2010 年 7 月 24 日。

写信人生平、学术成就：

鲁光，著名记者、作家、画家。原名徐世成，1937 年生。浙江省永康县双门村人。自幼读书，先后在家乡小学、东阳县中国中学、东阳县中学学习。1955 年考入上海外国语学院俄语系。两年后，转入华东师范大学中文系。学生时代酷爱文学，阅读了大量古今中外名著。1960 年大学毕业分配到《体育报》编辑部，先后任记者、文艺编辑。1970 年加入中国共产党。翌年调至国家体委机关，曾任政治部秘书处副处长、处长。1982 年加入中国作协。后任国家体委宣传司处长、中国体育报社社长兼总编、人民体育出版社社长、中华全国新闻工作者协会常务理事、中国武术协会副主席、亚洲体育记者联盟副主席、中国作协委员会委员、中国美术家协会会员、中国体育美术促进会副会长、中华民族文化促进会会长、书画艺术中心主任、香港亚洲美术家协会副主席等。曾任上海体育学院、苏州大学客座教授。

1998 年退休，名入《中国当代名人录》。

鲁光先生，前半生是作家，后半生是画家，其著作和画作甚多。在文学方面主要有报告文学集《东方的爱》《踏上地球之巅》（合作），《中国姑娘》《把掌声分给她一半》《中国男子汉》。游记《在世界屋脊旅行》（合作）。电影文学剧本《第三女神》（合作）。散文集《写画人生》《随绥笔记》。长篇纪实文学《中国体坛大聚焦》（合作），传记文学《东方的梵高》《红色魔女》《我的笔名叫鲁光》等。画集《鲁光画集》《鲁光画牛集》《鲁光新作集》《美术家鲁光》等。《鲁光文集》共收录了350 万字，编为七卷，主要记录了中国半个世纪体育发展的曲折与辉煌。

鲁光的画被中国画研究院院长刘勃舒称赞为雄浑、厚实、拙朴、强烈，是富有情感生命和现代意识的新文人画。花鸟画家崔子范称其作"画风新、画路广"。

鲁光先生的人生信条是，宁可忙死不可闲死。他在自述中写道：尽是牛、牛、牛……你说，我这个人，不是牛还会是什么？

鲁光赠给吴腾凰的那幅《母子图》，画面上有两头牛，一头母牛，一头小牛，畅游在水中。母牛看着小牛，小牛望着母牛，异常亲热。这幅画吴腾凰一直挂在书房中，每当他休息时总会站在画前沉思。他有时看着看着，就吟诵起唐代诗人李商隐的《送母回乡》：

停车茫茫顾，困我成楚囚。

感伤从中起，悲泪哽在喉。

慈母方病重，欲将名医投。

车接今在急，天竟情不留。

母爱无所报，人生更何求。

　　按照家乡老人叶落归根的习俗，吴腾凰的母亲在滁州重病弥留之际被送回淮北，当夜就在老家去世了。母亲的病逝，给他带来无限的悲痛。他觉得老母走了，自己再也没有什么办法去报答母恩了。他看着鲁光的牛画，觉得心情似乎可以平静很多。画中的母牛就是他的母亲，那条小牛就是他自己，母亲那慈祥的目光正凝视着他，让他靠近她，再靠近她，好受到她的呵护……

3 吴雪：书法中有文有人有道有德

来信主要内容：

谈自己学习书法的道路和体会，让学习书法的人，要艺道互进，才能达到书法堂奥，达到书法应有的境界。

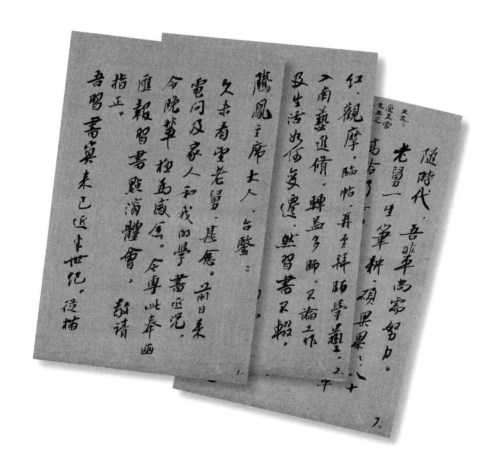

信件原文：

腾凰主席大人，台鉴：

　　久未看望老舅，甚念。前日来电问及家人和我的学书近况，令晚辈极为感念。今专此奉函汇报习书点滴体会，敬请指正。

　　吾习书算来已近半世纪。从描红、观摩、临帖、再至拜师学艺，入南艺进修，转益多师。不论工作及生活如何变迁，然习书不辍，乐在其中。《书谱》云，初学分布，先求平正。既能平正，再追险绝。既能险绝，复归平正。我的学书过程也大体如此。体会最深处，莫过于几十年来的坚持。很多收获恰恰是在最后的坚持之中。舍此，不可能有量变到质变的升华。

　　换个角度看书法，我觉得学书须掌握技、艺、道三个字：把握两句话，技艺双修、艺道双修。学书从学技始，但仅修技不修艺，可能事倍功半，不得要领。因此，需要技艺双修。既要练手，也要练眼。只有不断提高自己的审美眼界，才能找准自己的努力方向。另一方面，书法以中国文化为背景，每一个字都承载着传统文化内涵，因此，需要我们从历史和文化的高度来审视书法。如果仅仅满足于把字写得漂亮，可能会失之毫厘，差之千里。只有艺道互进，方可进入书法堂奥，达到书法应有的境界。书法是需要终生追求的艺术，不可毕其功于一役。书中有文有人有道有德。书法讲究书品与人品的统一，不可偏废。正所谓，通会之际，人书俱老。

　　新时代，新气象。笔墨当随时代，吾辈尚需努力。

　　老舅一生笔耕，硕果累累！八十高龄仍奋笔疾书，令晚辈十分感佩，但毕竟岁月不饶人，还望多多保重，劳逸结合，安享天伦。

即颂

夏安！

学生 吴雪顿首

二〇二〇年五月十二日

又及：受吴雪先生之托将此信首页第三行奉字下补一函字

范振海于崇实斋中

信件解读：

　　著名书法家吴雪与吴腾凰同是安徽蒙城人，他们两人是同乡。不仅是同乡，还有点亲戚关系，吴雪先生的两个舅舅都是吴腾凰中学时期的同窗好友，因此吴雪尊称吴腾凰为"老舅"。事有凑巧，吴雪先生长期在省文联任职，吴腾凰多年担任该省下属一个市的文联负责人，两人有着密切的工作关系。这样两人交往颇多，相互了解。吴腾凰的叔父即史挥戈教授的父亲史文晋先生的自传《老庄故里走出的白衣战士》就是吴雪先生题的书名。

　　史挥戈与吴腾凰兄妹想编著一本他俩收到的现当代文化名人书简集，特致电吴雪先生，请他谈谈数十年来习书的体会，以启发后学者。吴雪于2020年5月18日驱车将他写的专函径直送到滁州吴腾凰家中，请他们酌处。吴雪先生回省城后，发现专函中丢掉一个字，又特请书法家范振海先生去吴宅，将落下的"函"字补上。这种认真做事的精神，真让人感动。

　　吴雪先生专函的第一段，主要写他与这位"老舅"多日不见，向老人问候。称让他写习书体会，自己愿意为之。

　　专函第二段，陈述他半个世纪学习书法的经历。从自幼描红、观摩、临帖开始，再到工作期间到南京艺术学院进修，又转益多师，再多年在书艺的海洋中游弋不停。他坚信唐代大书法家、书法理论家孙过庭在《书谱》中讲的"初学分布，先求平正。既能平正，再追险绝。既能险绝，复归平正"是一条正确的道路。只有沿着这条道路走下去，才能让自己的书法达到"量变到质变的升华"。

　　习书者都应该知道，《书谱》所讲的习书的三个阶段。第一阶段是"分布"，"分布"指的是字的结构安排，包括用笔的全部法则，即按照一定的方法正确写出每一个字的笔画。"平正"从结字上讲，就是端正、平稳、均衡的意思；从笔法上讲，则应该严格的遵从规矩法度，绝不能想怎么写就怎么写。第二阶段是在写好字的基础上，再去调动个人的创作才华，在遵守法度的前提下，勇敢追求变化，向惊险方面挺进。汲取古今名家之长，运用自己的艺术语言,不吃别人吃过的馍,一反常态写出独具风格的作品。第三阶段是"复归平正"。这里的"平正"与第一阶段的"平正"意思迥然不同。这是在"险绝"基础上的"平正",是连通古今,"人书俱老"的艺术品,它内涵丰富,极富个性化,又表现为返璞归真纯自然的状态,达到"随心所欲不逾矩"的自由王国的境界。

专函的第三段,吴雪先生从另一个角度谈习书者需要掌握技、艺、道,也就是技艺双修,艺道互进的问题。他写道:"把握两句话,技艺双修,艺道互进。学书从学技始,但仅修技不修艺可能事倍功半,不得要领,因此,需要技艺双修。既要练手,也要练眼。只有不断提高自己的审美眼界,才能找准自己的努力方向。另一方面,书法以中国文化为背景,每一个字都承载着传统文化内涵。因此,需要我们从历史和文化的高度去审视书法。"对于书法的技、艺、道的理解,吴雪先生的解释已经十分清楚,如果我们再把中国美协副主席、中国画艺术委员会副主席冯远先生在《艺术之道》里的一段话拿来对照,那么我们对书法的技、艺、道之间的关系就更明晰了:

艺术显现的是形式,其产生的视觉效应是沟通观者并与之形成共感,达到交流的直接渠道。组成形式的多个局部经由技术来完成。技若语言,赖以传达神采、气韵。形式、技艺背后便是精神在起着驱策作用。精神、形式、技艺三者,俱不可缺,均可为主,又皆可为辅,唯视谈者择其不同角度品评是焉。但成功的作品必三者兼胜。

吴雪先生在信中又进一步强调书法与书者人品道德的关系,他写道:"书中有文有人有道有德。书法讲究书品与人品的统一,不可偏废。正所谓,通会之际,人书俱老。"我们以为,他讲的就是"夫书画也者,心之迹也"。

最后一段称赞"老舅"一生笔耕,取得了不少成果,年届八十有余,仍不停笔,令他敬佩,但自然规律不可违背,毕竟岁月不饶人,希望老人注意保重身体,要劳逸结合,安享天年。

写信人生平、学术成就：

吴雪，当代著名书法家。1959 年生，安徽省蒙城县人，中国书法家协会理事、中国书法家协会创作委员会委员。1982 年 7 月毕业于安徽大学哲学系，历任安徽省委宣传部副科、正科巡视员，安徽省文联办公室副主任、利辛县挂职县委副书记、省文联书记处书记、党组成员、副主席，滁州市挂职副市长，安徽省文联主席、省书协主席、中国文联第十届全委会委员。

艺术成就：

幼时酷爱笔翰，初学唐楷，后研汉碑，继而专攻行草。以帖为师，师古不泥，力求自身修养与笔墨的内在统一。其作品天真烂漫、无拘无束、平淡自然、豪纵奇逸，风姿跌宕，极富新意。作品多次入选全国高层次书展和入编多部高档次书法作品及辞书、年鉴等，还被多家博物馆、艺术馆、高等院校收藏。

他在书法艺术理论研究和实践中从不懈怠，曾与同仁主编出版《书法新论》和《书法新探》，在报纸杂志上发表多篇书论和书评，在书法界产生了较为广泛的影响。

社会评价：

在江淮书坛，他是一位引人瞩目的书法家，人们评价他的书作有一股空灵的意蕴，一袭超逸的宁静，一种纯粹的美意。他为人谦逊、温文儒雅。他重视书艺，更重视人品。他的作品充溢着浓郁的书卷气，达到了雄浑与典雅的统一，刚柔相济，美而不俗，秀而不媚，深受人们喜爱。

在安徽文联领导任上，成功举办了世界艺术家大会、中国"兰亭书法大赛"。同时，他重视文艺新人的培养，在安徽文艺界有着很好的口碑。

4 张乃田：丑书、怪书原因剖解

来信主要内容：

　　前段讲因不断参加国企改盛典诸多之展览，没有及时复信，希谅解。末段说吴腾凰年老笔耕不辍，深表敬佩，希保重身体。

信件原文：

腾凰兄：

　　近安！

　　承蒙惠赠大作，收悉且已拜读再三，颇多收益。只因国之盛典展事连连，弟难却同好相邀前往参观学习，东奔西突，用时不少（好在一开眼界，二会新朋老友，亦获益良多矣），

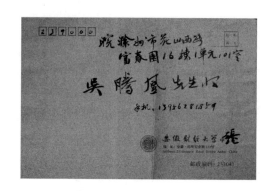

故未能及时作复致你，尚乞见谅。

　　为兄不计年高，牢记使命，为传播社会之正能量，全力鼓呼，佳作不断，弟甚是感佩。然望为兄保重身体。祝健康长寿！专此奉达。

　　顺颂

撰祺

弟 张乃田拜

二〇一九年十月十五日

信件解读：

　　著名书法家张乃田与吴腾凰是合肥师范学院中文系的同学。他们二人关系密切往来较多，再加上如今通讯工具发达，不是手机就是电话，用纸质写信交流反倒变成罕见的事了。这里发表的是张乃田先生 2019 年 11 月 15 日写给吴腾凰的一封信。

　　2019 年夏，张乃田先生因事到滁州，吴腾凰将他新出版的《吴月庄升腾的一颗红星》赠给他。这是一本描写沂蒙山姑娘吴兴娴，投身抗日战争、解放战争；转业到地方后，又继续参加医疗事业，救死扶伤，奋斗不息的传记文学作品，请他读后批评指正。张乃田信中说，他读了这本传记"颇多收益"。接着讲之所以没有写信是因为忙于新中国成立 70 周年举办展览诸事。他举办个展，又要出席别人的书画展参观学习，所以未能及时"作复"，尚请原谅。下面说，参观别人的展览很有收获，开阔眼界还能会见老朋友，结交一些新朋友。段末对老同学吴腾凰不计年高，还牢记使命，为传播社会之正能量而佳作不断表示钦佩，并祝他保重身体，健康长寿。

写信人生平、学术成就：

　　张乃田，著名书法家、篆刻家，艺名张野。1945 年出生于安徽省凤阳县农村。蚌埠第一中学毕业后考入合肥师范学院中文系，毕业后，先在中学任教员，后调入安徽财贸大学任副教授、中文系主任，教授古代文学和书法。系中国书法家协会会员、安徽省文史馆馆员、安徽省蚌埠市社会主义学院副院长、蚌埠市政协常委、安徽省书法家协会副主席、安徽省篆刻委员会主任、安徽省书法家协会顾问。2006 年退休。

　　张乃田先生，自幼酷爱书法、篆刻，传统功底深厚，师从童雪鸿、穆孝天，追风求髓，承衣继钵，发扬光大，肖神致韵，出入变化自然流畅。其金石严谨隽永，龙吟虎啸，书风大气磅礴，观之令人动魄摄魂，艺术成就蔚然可观。其作品流布四海，曾入选全国书法篆刻展、郑州、自贡、西安等地篆刻展。书法篆刻作品先后被毛主席纪念堂、蔡元培艺术基金会、沈钧儒纪念馆、瞿秋白纪念馆、太白墓碑廊等多处收藏。另有《书学概论》《书法教程》《写字》《怎样写钢笔字》《硬笔书举隅》等书法学术论著和书法教材刊行，受到书法界和高等院校的关注，影响颇大。

张乃田的书法、篆刻作品内涵丰富，形式优美，似玫瑰，又似美酒，让人从诗意美学中体味到作者的情怀，在享受审美时引发深刻的思考。为什么他的作品有如此的魅力，我们想主要与他的为人处事和做学问两个方面有关。他为人处事洒脱、大方、正直、言而有信，他爱喝酒，连上课时都在屁股后面挂着一瓶酒。讲课时讲着讲着，瘾来了就转身，把酒瓶抽出来打开，喝上一口，揩一下嘴，接着再讲。他爱读书，出外开会、旅游都带着书，手不释卷。对古代诗词和文学作品中的名篇，他不仅能熟背如流，有自己独特的见解，还能从不疑中去求疑，寻到新的解释。他认为，过去许多有关书法艺术的论述，其内容或为叙笔法、墨法、章法、结体之妙诀；或为述流派、师法之关系；或论品格、或评次第。然而对中国书法艺术产生、发展、流派、风格形成的背景、原因却很少触及，延及今人的书法史之类，也是描述史实，却很少分析解释这些现象和其中的问题。在他的《书学概论》中，他对历史上各个时期书法的特点，都能结合当时的社会、政治、经济、文化思想，寻找出接近实质的答案。他认为，晋人取韵、唐人取法、宋人取意、明人拟古、清人思变，都与那个时代的社会背景密不可分。比如，他对清代书法的分析，就让人大开眼界，耳目为之一新。他是这样剖析的——

清兵初进中原和蒙古人的做法是一致的，俘获文人一律杀掉。康熙即位，才开始起用文人，但清代的统治者们（从康熙开始）对汉民族的文化艺术都有着一种不可名状微妙的心理，尤为典型的是乾隆，他本人雅好文墨，却又极力限制汉民族文化的发展，恐怕满人被汉人同化，在书法上极力推行乌黑光亮的制艺馆阁体，强求一律。因而，从清初到乾隆间，除了由明入清的傅山、王铎独树一帜之外，整个书坛千人一面，俱为馆阁之体。

到了乾嘉之际，社会矛盾日益尖锐起来。清代在政治上继承并发展了明代中央集权制，同时较之明代，清代又多了一层压迫——民族压迫。清统治者为了消除汉民族的敌对情绪，一方面大兴文字狱，另一方面大兴古籍整理、考据之风，龚自珍的"避席畏闻文字狱，著书全为稻粱谋"是对这个时代的典型概括。面对着这个阴冷、沉寂的世界，在乾隆年间具有叛逆性格的扬州八怪就开始用怪诞的书画形式进行愤怒的抗争，郑板桥那清癯，瘦硬的六分半书，金冬心凝重沉郁的墨漆书，正是这个时代的沉重气氛和人们的悲愤心情的曲折反映。

……

首先，清代书法家在篆书艺术上取得了空前的成就。乾嘉学派在考据学上的成就直接影响了清代的书坛，到了清末，甲骨文的大量出现，更引得书家们在这个领域中锐意进取。这一时期的代表当推邓石如、赵之谦、吴让之等人，他们开了一代篆书书法的新风，为近代和现代的篆刻艺术开拓了一条崭新的道路，具有划时代的意义。

其次，清代的书法理论为清代的书法实践作出了巨大的贡献，面对着帖学和馆阁体的盛兴，包世臣著《艺舟双楫》首倡碑学，对馆阁体和帖学发起猛烈的进攻。康有为推波助澜，再著《广艺舟双楫》，彻底荡涤着馆阁体的流毒，极力推崇以北碑为代表的刚健、阔大的雄奇之风，把书法美学推向了一个崭新的境界。至此清代书法大体崇尚碑学，他们的书法极尽变化之能事，或纵横捭阖，千姿百态，或金戈铁马，霸气横秋，其风流遗韵，至今未绝……

张乃田先生把书法艺术的发展与时代的发展变化放在一起进行考察分析，是马克思主义历史唯物主义和辩证法在书法研究中的具体实践，这无疑为书法艺术的研究开辟了一条崭新的道路，对当今书法艺术的继承发展具有理论指导和创作实践的积极意义。

张乃田先生对当前书法界流行的率意、粗糙、夸张之类的丑书、怪书现象，也进行了观察和批评。他在《安徽日报》上发表《流行书风"流而不行"》，一针见血地指出这种流行"歪风"，主要是四个方面的原因造成的。

1.妄图创新。书法是中国传统的艺术，有其自身的发展规律，只有顺应规律才会有良性发展；反之，逆流而动，则是死路一条。书法虽因时代变更而发生尚韵、尚法和尚意等变化，但有内在的恒定性，即基本笔法、字法、墨法和章法的基本要求，强调意境、人文修养和学问等。目前流行的书风直接背离书法的基本要求，笔法上追求率意、实际上粗糙，字法上刻意夸张变形，章法上追求视觉冲击，追求个性的结果是泯灭个性，走向单调、雷同和粗俗，毫无美感。漫长书法史中有数不清的人做过数不清的尝试，而今又有许多人尝试，命运都将是一样的春江流水花去也。

2.社会环境的原因。随着社会形态由自然经济社会向商业化社会过渡，经济因素成为社会发展的动力、要求和目标，影响社会生活的各个方面，对书法的冲击不啻于一场深刻的革命。当金钱成为衡量艺术成功与否的标准和身份与地位的象征时，从而便改变了书法者的心态，传统书法家的文化品格和精神追求受到排挤和消解，让写出来的字夸张变形，看不出喜怒哀乐的情感的变化，只是一张虚张声势的表面化的东西。

3.评委原因。当今之世，入选或获奖是书人功成名就的见证。不少书人为了入展投其所好，迎合评委口味去创作，为了创作而创作。评委们以自己的喜爱来评定书法作品展览的取舍，在整个流行书风运动中充当始作俑者的角色，起着推波助澜的作用。

4.展览机制原因。展览是当今书法最主要的社会展示，是书坛风气导向的存在形式。当大量具有流行书风特点的作品涌进展厅时，书法便从修养变成职业，从人文走向人为，从个体走向社会，精神实质变成流于形式。每当一届展览结束，获奖作品便成为下一届参加者的模仿对象，克隆了一种流行书风。当今展览多如牛毛，轮番轰炸，加上一些不透明的情况存在，使大多数书家越来越感到疲倦，逐渐失去兴趣，只有流行书风在进行角逐。

文章最后，他强调，优秀传统是医治流行书风痼疾和阵痛的良药。学书者必须真正做到继承传统，立足当代，海纳百川，有容乃大，古不乖时，今不同弊。只有这样，中国的书法才能在振兴中华的大业中发挥其文化自信和美育的作用。

我们认为，中国书法艺术是世界艺术园地里的一朵特殊而又独有的花种，她承载着中华文化的深厚内蕴，体现着中国哲学的精妙，历经数千年的形成和发展，已然成为参天大树，蔚然成林了。在民族振兴的今天，应该继承传统，与时俱进，合理创新，使之更加美丽、壮观。学校从娃娃抓起，沿着正道前行，在前行中发现新人，培育新人，鼓励英才，使之成为高山奇松，为新时代带来新的景观。

5　秦锦章：山川灵气浸润诗意

来信主要内容：

首先对当前书界的乱象予以批判，然后讲书法艺术博大精深，没有数十年的苦练苦研绝对不会成功。最后表示自己要"活到老学到老"，努力永远。

信件原文：

腾凰大兄尊鉴：

　　己亥冬已至，转瞬又是一年过去了，我按常规生活习惯，元旦前夕又赴南国深圳避寒来了。

　　闲暇之时常思念我们兄弟文友之情……

　　由当今书坛纷争"丑书"与"创新"之论，谈谈我的书法创作之点滴体会。

　　现如今很多年青书者以及占据各级书协领导位置之人急功近利，为争夺××协会的头衔不择手段，往往以"丑书"行世，没花几年工夫就去炫耀自己可与古人比肩了，真是在践踏中华书法这门艺术！

　　中国传统的书法艺术博大精深，史上大家无一非以数十年工夫而成就者。回忆自己年轻时工作繁忙，家庭生活、小孩上学诸多琐事而占去大量时间。然而为了自己的爱好（学习书法）只有抢时间下功夫。光阴对于每个人都是公平的，一年只有三百六十五天（不管是君王或是平民皆如此）。所以想多用时间只有主动去争取，我有一句俗语"别人坐着我站着，别人走路我跑步，别人睡觉我熬夜"。由于多年的功夫积累而使得自己书法水平才有所不断提高。与此同时我在书法创作中常遵循"意在笔先"之古训。这就是要用"字外功"掺于书法创作中。于是就能有出奇的书面效果出现也……

　　古人云"读万卷书行万里路"。多年来我常行走于祖国大山名川之间饱吮青山绿水之灵气以充实自己的艺术创作。我在国内外举办多次个人书法展或参与多种联展并能学习借鉴他人之长补自己之短。退休后更有时间多读古人经典融于自己创作之中，加上多年来笔力之基础确实也体会出"人书俱老"之味了。

　　"活到老学到老"这是永久的真理，我当继而往之为自己所珍爱的书法艺术努力永远！

　　祝新春愉快阖家欢乐！

　　　　　　　　　　　　　　　　　　　　　　　　弟锦章书

　　　　　　　　　　　　　　　　　　　二○二○年元旦于深圳揽翠楼

信件解读：

    20世纪80年代中期，安徽省滁州市举办一位书法家的个展，吴腾凰应邀前去参观。他步入展厅，停下脚步，先看展览前言。前言是用硬笔楷书写的，每一个字都规范严谨，每一行都平直如一，行行字字相对，整篇前言就如同一田新插的秧苗，整齐壮观，恰似满园春色鲜艳夺目。他怎么也不敢相信，地区下面县市还有人能写出如此这般漂亮的正楷书法。

    作为一个文化人，呈腾凰一向崇拜有真才实学的人。他择日专程去全椒这个教育之乡拜访"前言"书写人秦锦章先生。两人一见如故，谈得十分开心，寒来暑往，几十年来二人变成了密友。这里发表的就是秦锦章先生2020年元旦从深圳寄给他的一封书札。

    信的开头讲他又去深圳避寒了。秦锦章退休后，因身体健康欠佳，每年冬季都要去深圳女儿处避寒，一可享受南国的温暖，二可享天伦之乐。尽管秦锦章"不亦乐乎"，但在闲暇时还时常思念吴腾凰这位兄长。

    接着，他对当前书法界的争名逐利的乱象发了一番感慨和愤怒。他说，当今书坛纷争"丑书"与"创新"，许多年轻书者和占据各级书协的人，不择手段，以"丑书"行世，还恬不知耻地自以为可以与古人比肩，简直是践踏高贵的中华书法艺术。世人皆知近几十年来，由于商品经济泛滥，真、善、美的中华民族传统美德被淡化和淹没，许多文人以各种手段制造假、丑、恶，败坏社会风气，把书画界弄得乌烟瘴气，确实到了该整顿的时候了。

    第三、四两段，秦锦章谈了他数十年在书海中搏击的切身体会，也即是经验之谈。他说，中国书法艺术博大精深，没有数十年的磨炼、探索是不会有什么成就的。他从年轻时就酷爱书法，因为家庭和孩子耽误了他许多宝贵的时光，为了补回逝去的光阴，他就只好"别人坐着我站着，别人走路我跑步，别人睡觉我熬夜"，就这样在书法的长路上日夜兼程。如此坚持数年，自己的书法水平"才有不断提高"。当然，就书法练书法那是不行的。他说："我在书法创作中常遵循'意在笔先'之古训。这就是要用'字外功'掺于书法创作中，于是就能有出奇的书面效果。"他本身是学美术教美术的，又钻研唐宋诗词，这些"外功"，对他的书法创作在形和意上，在美的展现上都产生了意想不到的效果。下面他又进一步讲"行万里路"对他书法创作的影响。他说："我常行走于祖国的大山名川之间，饱吮着青山绿水之灵气"，充实了自己的艺术创作。他在国内外举办个展或参加各种联展，让他"能借鉴他人之长补自己之短"。随着见闻日多，岁数的增加，对"人书俱老"的滋味更有一番体味。

最后他表示了"活到老学到老"的决心。艺无止境，过去一切都是零，每天都要重新起步，自己虽年过七十，一切虽然"从心"，但仍须"为自己珍爱的书法艺术努力永远"。他这种永不言老的精神，比起一味地惜命养生，显得多么富有生气啊！

写信人生平、学术成就：

秦锦章，著名书法家。祖籍安徽省无为县（市）人，1948 年生于全椒农村。毕业于滁州师专美术系，参加工作后又就读于南京艺术学院、北京大学首届书法艺术研究班。先后任中学美术教师、县政协副主席、人大常委会副主任等。为中国书法家协会会员、安徽省书法家协会理事、高级美术师、联合国教科文组织艺术教育协会会员、日本国艺术道院顾问、安徽省文史研究馆馆员、中国国家博物馆艺委会客座教授等。2011 年退休。

秦锦章先生从 1987 年起先后多次参加国内外大型书法展览，有数十次分别在中国上海、广州、深圳、香港、北京以及日本、泰国、加拿大等地举办个人书法展览。作品分别在《人民日报》《参考消息》《人民政协报》《中国书法》等国内外报纸杂志发表，并被中国人民军事博物馆、全国人大办公厅、全国政协办公厅、故宫博物院、中国国家博物馆、孙中山纪念馆、黄帝陵碑林、李四光纪念馆等单位收藏和刻石，部分作品还被作为礼品分赠东南亚诸国和日本、美国、加拿大、英国、法国等国家以及中国香港、澳门、台湾地区的友人。出版《秦锦章书法选》专辑，其作品和个人简历入选《中国当代书法艺术大成》等数十部辞书。退休后又先后赴俄罗斯、美国等访问并举办展览。

秦锦章先生在书法艺术创作生涯中，曾师从刘海粟、陈大雨、袁行霈、叶郎、沈鹏、欧阳中石等名家，平时沉浸于古今名家法贴，博览群书，如痴如醉。他深深扎根于中华传统文化，努力汲取古代优秀书法艺术的精髓，又不拘泥于法度，力求继承与创新融合。《中国书画报》评价其作品"线条饱满，婉转流畅，结字多有变化，墨色浓淡、干湿相依，饶有特色"。安徽省书协老主席李百忍先生赞扬他的书法是"以文动情、寓情于墨，神采可见"。

字如其人。秦锦章的个性是柔中有刚，以柔为主。在原则问题上，他寸步不让；面对一般问题，则取中庸之道。平常待人接物和蔼可亲，春风荡漾。他的书法作品中属于"金戈铁马、气吞万里如虎"的豪放型的很少，最常见的是"暖雨晴风破冻，柳眼梅腮，已觉春心动"和"理罢笙簧，却对菱花淡淡妆"的婉约型的。观他的作品，如欣赏一位轻盈灵动的舞者，在绵绵的江南丝竹声中翩翩起舞，收放自然，神采飞扬，令你陶醉于行云流水又骨力雄健的和谐氛围中，流连忘返。

听千曲始晓音，观千剑方识器。秦锦章先生在当今书坛上独树一帜，自成一体，刚柔相济，以柔为主，清新秀丽。我们认为可将其书体称为"婉约体"或"锦章体"。

后　记

　　当这部书稿终于付梓印行时，2022 年的一轮中秋圆月已经高悬空中，接着就到了我们兄妹同月同日的生日。在亲情友情的环绕下，我们携行 20 余年，兄长腾凰已届耄耋之年，小妹挥戈亦和教过的一届届学生一样临近"毕业"。回首来路，恍惚间竟有了"锦瑟无端五十弦，一弦一柱思华年"的感慨，也油然升起"人生到处知何似，应似飞鸿踏雪泥"的释然。

　　30 多年来，从齐鲁到江南，我一直在高校中国现当代文学领域安身立命。业余时间，与中国作家、现当代文学研究者、兄长吴腾凰先生携手考察、追根溯源，与这段历史的参与者和知情人书函往来，乐此不疲。在此过程中，我们不仅增长了知识，更从这些文化名人身上感悟到做人的真谛——热情、真诚、友善、谦虚，也学到了做研究工作的原则与方法——实事求是，不疑中求疑，追根求源，有所创新。

　　我们从江地、丁景唐、陈铁健、陈子善等诸位先生那里取得了"求真"的真经，迈开双脚走出去，到野外实地考察。为了解决蒋光慈有无子嗣的问题，我们不仅询问了蒋的妹妹，还见到了他的儿子和孙女；为了落实捻军领袖张宗禹的下落，我们去到河北沧州亲自访问了张宗禹藏身的孙家后人，还凭吊了张宗禹坟；为了弄清翻译家韦丛芜的历史，我们不但数次拜访他侄子新华社记者韦顺，还直接到杭州看望他的儿女并叩拜了他的坟墓；为了弄清李香君最后的下落，我们到了南京栖霞山，还数次到河南商丘，不仅找到李香君晚年的居住地打鸡园，还找到李香君墓，更为可喜的是在南园见到了李香君与侯方域之子的后人。几十年来，我俩就是坚持蚂蟥的叮住不放的精神，采用扳倒树掏老鸹的笨法子，和求真求是的韧劲，在前辈和文友们的帮助下，解决了一个又一个难题。

　　江地先生对捻军史处女地的开拓，丁景唐先生对"左联"五烈士史料的挖掘，李希凡对文学为人民服务方针的坚守，陈铁健在瞿秋白研究中的大无畏精神，陈子善对史料全方位科学分析求真的方法，许杰先生把作家放进时代中研究的还原实践，许建康先生绘画中以我为主、外为我用的创新法则等都为我们的研究打开了窗口，引进了阵阵自由坦荡的风。可以说，这65位名人的66封亲笔书信，都从某一方面映照出了我俩治学的身影。

在本书写作过程中，我们得到了许多朋友的帮助。有着"最美西行人"美誉的李继凯教授，在得知我们的写作计划时"觉得确有重要价值"，随后给出了建设性的意见，又在百忙和酷暑中为我们作了情真意切的序。深圳文化学者胡野秋先生，则从读者的角度出发，建议并帮助拟定了小标题。同事王明真废寝忘食地帮助打印文稿。文友黄妍女士，带领她的同事李渊放弃休息日，夜以继日地敲着电脑。在她身后，是我们因缘而聚的文友群，在彼此需要帮助时，总是毫不迟疑地伸出援手。我的研究生林雅慧、王慧慧、柴思茹、林梦娜和陈媛、本科学生任宇韬也热情帮助打印和扫描信件，在此一并致谢。

此刻，我还要把满心的感激送给我的家人，特别是二姐逸鸽、外甥林东李琼夫妇，他们在济南精心服侍我高龄的老母亲，让千里之外的我能心无旁骛地投入教学与写作。嫂子王玉珍为我们做了许多后勤保障工作，这份理解与支持是我们写作的动力。

今年的十月八日，母亲吴兴娴这位沂蒙山走出的女八路，在子孙们的陪护下驾鹤西去，走得洁净而安详，享年九十七岁。家中第四代的小姑娘宁宁默默地给太姥姥画了一幅天使画，说，我知道您给我摘星星去了。这让我相信，爱会传承，在另一个时空，父母会永远陪伴着我们。

不知不觉间，我在这个"美得让人吃醋"的宜居城市镇江已经生活了十几年，我的情感已经与江南这片土地深度交融。感谢江苏大学，感谢文学院，感谢我的同事和知己，我们携手并肩、肝胆相照了许多年，留下了那么多珍贵的记忆供我细细品味。也感谢镇江市文联对我的信任，把筹建市文艺评论家协会的重任交给我和志同道合的同仁们，协会成立5年多来，我们默契合作、呼朋唤友、无私奉献，一起为镇江的文艺繁荣尽了一份心力。

最后，我们要衷心感谢文友贡发芹先生的热情推介，感谢"中国最具独立精神和践行能力的学者型青年传记文学作家"、中国文史出版社的窦忠如主任的鼎力相助。众所周知现在出书难，出一本好书更难，而窦主任却慧眼识别并看重这部书稿，始终给予热情鼓励。在我作为作者代表赴京时，又在百忙中热情款待，令我顿时就有了宾至如归的亲切感。他严谨踏实与删繁就简的工作作风，让我们深信，对于这部书稿来说，这一定是最美的遇见。另外，在京期间，友人房宇女士精心安排、暖心陪伴，为我驱散了疫情背景下一个人在外的压抑感，至今耳畔仍回响着她关切的声音。

我们在本书写作过程中，主要参考了《吕荧文艺与美学论集》，方铭、马德俊主编《蒋光慈全集》，江地著《捻军史论丛》，李希凡著《毛泽东文艺思想的贡献》以及《丁景唐六十年文集·犹恋风流纸墨香》等文献，特此说明。

生命不息，求索不止。无论处在生命的哪一道年轮，我们都将保持热情，坚守信仰，崇尚真实，留下芬芳。

随着网络时代的发展，新媒体代替了传统的书信。写信的人少了，信件也少了，书信成了稀罕物。物稀为贵。当我翻阅亲友们的一封封来信时，感到特别亲切，特别温暖。也许不要过多少年，那些信件就成文物了，我们编著的这本书也变成可以收藏的古玩了。

史挥戈

2022 年 9 月 18 日、11 月 29 日

于江苏大学 沉香斋